BREUDDWYD RHY BELL

D1341610

WEST
GLAMORGAN
COUNTY
LIBRARY

COMMUNITY
SERVICES

WILIAM Urien

Breuddwyd Rhy Bell

Books should be returned or renewed by the last
date stamped above.

Breuddwyd Rhy Bell

Urien Wiliam

Argraffiad cyntaf—Mawrth 1995

ISBN 1 85902 108 5

ⓗ Urien Wiliam

Dymuna'r cyhoeddwyr gydnabod cymorth
Adrannau'r Cyngor Llyfrau Cymraeg.

Argraffwyd gan
J. D. Lewis a'i Feibion Cyf., Gwasg Gomer, Llandysul, Dyfed

Rhagair

Mae tystiolaeth ar gael bellach nad damwain ddaeth â'r Ffrancod i Abergwaun yn Chwefror, 1797; er bod bwriad i ymosod ar Fryste, roedd y cynllun yn cynnwys hefyd y posibilrwydd o ymosod ar Loegr drwy Gymru tra byddai llynges arall yn glanio yn Iwerddon a chodi gwrthryfel yno. Un o arweinwyr y Gwyddelod oedd Wolfe Tone, ac roedd ar un o'r llongau a hwyliodd i Iwerddon ganol Rhagfyr 1796. Yn anffodus, cododd tywydd arbennig o arw gyda gwyntoedd nerthol a rwystrodd yr ymosodwyr rhag glanio er eu bod o fewn tafliad carreg i'r lan a bu rhaid cilio ymhen pythefnos 'nôl i Ffrainc.

Un arall o brif arweinwyr y Gwyddelod Unedig oedd yr Arglwydd Edward Fitzgerald. Pan gyrhaeddodd y newyddion am ddyfodiad y llynges o Ffrainc ym Mae Bantry fe ddiflannodd Fitzgerald o'i gartref am dair wythnos a'r esboniad arferol yw iddo fod yn Belfast yn ceisio codi cefnogaeth i'r gwrthryfel. Ond tybed oes 'na eglurhad posibl arall am y tair wythnos golledig? Pwy oedd yr 'artist' a laniodd yn Abergwaun yn gynnar yn Ionawr 1797 a pham oedd ef yno? Ai i astudio bywyd y porthmon Cymreig, neu a oedd ganddo ryw ddiben gwleidyddol, cyfrinachol? A thybed pa effaith a gafodd ei ddyfodiad ar fywydau dau gariad o Abergwaun?

Roedd gan America ran bwysig yn y rhyfel rhwng Ffrainc a Phrydain; bu unigolion yn rhoi cefnogaeth foesol ac ariannol i syniadau radicalaidd ac i America y dihangodd amryw radicaliaid er mwyn osgoi erledigaeth ym Mhrydain, e.e. y Parchedig Morgan John Rhys. Roedd tueddiadau radicalaidd amryw Gymry amlwg yn hysbys i'r awdurdodau, e.e. David Williams, Richard Price, Jac Glan-y-gors a Iolo Morganwg. Yn hinsawdd y cyfnod hawdd y gellid meddwl y byddai llawer o Gymry'n gefnogol i fudiad chwyldroadol a gwrthfrenhinol ac y câi gwrthryfelwyr yn Iwerddon gydymdeimlad a chefnogaeth eu cyd-Geltiaid yng Nghymru—cafodd John Elias o Fôn (o bawb!) ei gyhuddo o fod yn fradwr ac ochri â Ffrainc a'r Gwyddelod. Ac os oedd Saeson yn ddrwgdybus hyd yn oed o Gymry ceidwadol fel John Elias, heb sôn am Gymry radicalaidd, hawdd deall y byddai Gwyddelod, Americanwyr a Ffrancwyr hefyd yn rhannu'r un camargraffiadau.

Roedd amryw Americanwyr yn barod iawn i gefnogi'r mudiad cenedlaethol yn Iwerddon ac atyn nhw yr aeth Wolfe Tone i chwilio am gefnogaeth yn 1795. Pan hwyliodd y llynges Ffrengig i Bantry Bay yn 1796 roedd llong Americanaidd yn 'digwydd' bod yno ac Americanwr arall, y Cadfridog Tate, oedd arweinydd y fintai a laniodd yn Abergwaun yn Chwefror 1797. Tra oedd Tone yn America fe fu'n gweld y llysgennad o Ffrainc, Pierre Adet, ac roedd ganddo lythyrau oddi wrtho pan hwyliodd i Ffrainc ar ddechrau 1796 yn cefnogi'r glaniad yn Iwerddon. Tybed a fu dealltwriaeth rhyngddo a Morgan John Rhys yn ogystal? Roedd Ysgrifennydd Gwladol America, Jefferson, yn bleidiol i Ffrainc—ac yn ymffrostio yn ei waed Cymreig. Gallwn gredu'n hawdd y byddai wedi cefnogi ymgyrch Tone i ryddhau Iwerddon ac, o gofio anerchiad ymfflam-ychol Morgan John Rhys i Fyddin America yn 1795, hawdd credu y gallai Jefferson fod wedi'i annog i anfon llythyrau at y Cymry i'r un perwyl.

Breiniau Dyn

Clyw'r brenin balch di-ras,
A thi'r offeiriad bras,
Dau ddiawl ynglŷn;
Hir buoch fel dau gawr
I'r byd yn felltith fawr
Yn sarnu'n llaid y llawr
Holl freiniau dyn.

O pam, frenhinoedd byd,
Y malwch ewyn cyd
Mewn poethder gwŷn?
Clywch orfoleddus gainc,
Mae'r gwledydd oll fel Ffrainc
Yn rhoddi'r orseddfainc
I freiniau dyn.

Edward Williams (Iolo Morganwg)

1

Roedd hi'n braf cael bod 'nôl gartre yn Kildare unwaith eto, gartre yn y tŷ bach clyd ar gyrion y dref. Beth fyddai hi, taith ddwy awr neu dair o garlamu ar draws y Curragh o Ddulyn? Nawr roedd ei goetsh deuluol yn agosáu at y fan oedd anwylaf iddo yn yr holl fyd. Edward, Arglwydd Fitzgerald, yn dod adre i Kildare unwaith eto ar ôl crwydro Ewrop, ar brynhawn heulog o Fedi 1796, i ganol ei bobl. Dyna lle'r oedden nhw'n sefyll yn eu carpiau ar ochr y ffordd a'u llygaid yn pefrio a gobaith yn eu hwynebau wrth iddyn nhw weiddi'u banllefau o groeso i'w harwr, y *Geralltyn*, oblegid oni wyddai pawb mai hwn oedd y Mab Darogan, y gŵr a ddewiswyd gan y Goruchaf i arwain ei bobl o'u caethiwed i Iwerddon Rydd?

Ar gwr y pentref, wrth i'r goetsh agosáu, dechreuodd y bobl ganu:

O mae'r Ffrancwyr ar y môr
meddai Siân Fân Focht,
O mae'r Ffrancwyr ar y môr
meddai Siân Fân Focht.

Ac ymhle y bydd eu llu?
meddai Siân Fân Focht,
Ac ymhle y bydd eu llu?
meddai Siân Fân Focht?

Yn Kildare bydd meibion Siân,
A'u calonnau oll ar dân,
Â'u picelli llymion glân,
Meddai Siân Fân Focht.

Dros y Curragh ar doriad dydd
Meibion Siân yn heidio sydd—
Arglwydd Edward yno fydd!—
Meddai Siân Fân Focht. . .'

Ac yna ar ôl canu dyna nhw'n taflu capiau i'r awyr a gweiddi 'Cead mile failte!'—'Croeso adre, Geralltyn!' '*Erin go brath!*'

1

Ni allai Pamela beidio â sylwi ar y balchder yn llygaid ei phriod wrth glywed y cyfarchion, a'r goetsh yn agosáu at glwydi'r tŷ. Petaech yn syllu arni'r funud honno fe welech foneddiges ifanc mewn dillad teithio lliw hufen, dillad drud a ffasiynol, yn lluniaidd a main ei gwasg ar waethaf esgor ar faban bedwar mis 'nôl; yn wir fe fu Pamela de Genlis, fel yr oedd hi cyn priodi, yn adnabyddus ers llawer blwyddyn fel un o ferched ifainc harddaf Paris, yn bell cyn i'r Gwyddel rhamantus hwn ei sgubo oddi ar ei thraed a'i phriodi o fewn mis ar ôl ei gweld.

Doedd hi ddim yn syndod ei bod wedi syrthio mewn cariad â'r bonheddwr o Wyddel â'i Ffrangeg rhugl a'i gynefindra â bywyd haenen uchaf cymdeithas. Canolig o ran taldra oedd Edward, ag wyneb bachgennaidd o agored a gwallt du'n disgyn dros ei arleisiau. Roedd ganddo lygaid direidus, a'r rheiny'n gyfrifol am ran helaeth o'i swyn. Roedd cytundeb cyffredinol ei fod yn ddyn caredig a didwyll ac ni allai'i elynion ddweud fawr ddim drwg amdano.

Wyddai hi ddim ar y pryd, nac am lawer blwyddyn wedyn, fod tafodau maleisus wedi sibrwd mai ei thebygrwydd i'w hen gariad, Elizabeth Sheridan, a syfrdanodd Fitzgerald y tro cyntaf iddo'i gweld. Yn Theatr Feydeau ym Mharis yn ystod perfformiad o opereta gan Cherubini y bu hynny. Pan drodd ei phen daliodd Fitzgerald ei anadl wrth weld ei hwyneb crwn, a'i chnawd cannaid, y trwyn pwt a'r llygaid tywyll Eidalaidd a'r gwefusau nwydus. Yr eironi oedd fod Elizabeth Sheridan wedi sôn wrtho flynyddoedd yn gynt am y ferch brydferth oedd wedi dwyn calon ei gŵr ac y byddai wrth ei bodd petai Edward yn priodi'r ferch honno ryw ddydd.

Gwyddai pawb nad Sheridan oedd tad plentyn Elizabeth a bod Fitzgerald wedi bod yn ymwelydd cyson â hi yn Llundain. Yn wir, fe fu gyda hi bron at ddydd ei marw ar ôl geni'i phlentyn. Ond os oedd mam Pamela wedi clywed y sibrydion adawodd hi ddim i hynny ei rhwystro rhag cydsynio i'r uniad. Oni fu hithau'n gywely gynt i Ddug d'Orleans, Phillip Egalité, a Pamela'n blentyn iddo? A nawr dyma uno gwaed glasaf Ffrainc a gwaed aelod un o deuluoedd aruchelaf Iwerddon a Lloegr mewn glân briodas.

Yn Eglwys Twrnai y bu honno. Mor urddasol a hardd oedd

Edward, yng ngolwg y briodferch, yn ei got hirgwt ddu wedi'i thorri'n llym 'nôl wrth ei wasg a pherlau o fotymau ar ei lewys a'i drowsus llwyd a'i grafát glas yn gweddu i liw ei lygaid. Ac roedd hithau'n bictiwr o ddiweirdeb yn ei ffrog wen laes a'i phenwisg les a'i hesgidiau gwyn sidan yn dod i'r golwg o dan ei gwisg wrth iddi gerdded. Ac ni fu mam yn falchach erioed o'i merch na'r Comtesse de Genlis y bore hwnnw.

Nid yr offeren briodasol a weinyddwyd gan nad oedd Edward yn Babydd nac yn bwriadu troi'n Babydd a phan bwysodd yr offeiriad arno i addo y câi'r plant eu codi yn y Ffydd bu'n gyndyn i wneud hynny. Yna cytunodd yn anfoddog, er mwyn boddio Pamela'n fwy na dim; ond pan ddaeth yn adeg i'r pâr priodasol benlinio wrth yr allor gadawodd i Pamela blygu glin, ond crymu'n ben yn unig a wnaeth yntau yn y dull Anglicanaidd, a'i drem yn herio'r offeiriad.

Wna i fyth anghofio'r diwrnod bendigedig hwnnw—na'n noson gyntaf gyda'n gilydd. Mor dyner a charedig y bu Edward wrth fy nghymryd gan leddfu f'ofnau â'i wên ddireidus a'i lygaid dioglyd a phan orweddodd ar f'ysgwydd yn dawel wedyn mi lawenhais fy mod wedi peidio â bod yn forwyn a 'mod i bellach yn wraig gŵr ac yn perthyn iddo am byth ac yntau i mi, yn un cnawd.

Trodd Pamela ei phen a syllu ar ei mab dwyflwydd oed, Edward Fox Fitzgerald, oedd mor debyg i'w dad gyda'i wallt tywyll cyrliog a'i wyneb crwn wrth gysgu'n dynn yng nghesail Colette, a Pamela fach hefyd yn cysgu'n dynn ar gôl y forwyn-faeth. Gloywodd ei llygaid hithau. Roedd hi'n dod â'i merch fach i'w chartref cynta am y tro cynta oddi ar ei geni draw yng nghartre'i mam yn Hambwrg bell bedwar mis yn ôl, 'nôl i'r tŷ lle bwriodd hi ac Edward eu swildod.

Ochneidiodd yn ysgafn; gobeithio y câi ei phlant blentyndod hapusach nag a gafodd hi a hithau'n blentyn anghyfreithlon ac yn cael ei magu gan famau-maeth nes yr oedd yn ddeuddeg oed. Ac yna o'r diwedd fe aeth 'nôl at ei mam iawn, Madame Sillery, Comptesse de Genlis, dan yr enw o fod yn blentyn o Saesnes fabwysiedig. Aeth blynyddoedd heibio cyn iddi sylweddoli pam y cawsai fagwraeth mor ansicr, mewn awyrgylch o amheuon,

3

drwgdeimlad ac eiddigedd pan oedd ei mam ei hun yn ofni am eu bywydau ill dwy drwy gydol yr Arswyd. A phan ddaeth Edward heibio yn harddwch ei naw ar hugain oed, a hithau gryn ddeng mlynedd yn iau nag ef, a'i sgubo oddi ar ei thraed roedd y cyfuniad o'i harddwch pryd a gwedd a'i safle cymdeithasol a'i gyfoeth yn chwa o awyr iach yn ei bywyd. Fe fyddai wedi'i briodi hyd yn oed pe na bai'n ei garu ac yn dwlu arno.

Pan awgrymodd Edward y dylen nhw fynd i roi tro am ei mam yn Hambwrg (a honno'n byw yno ar ôl ailbriodi), roedd hi wrth ei bodd ar waetha'i syndod. 'Nôl yn y gwanwyn cynnar y digwyddodd hynny a hithau erbyn hynny yn chweched mis ei beichiogrwydd ac yn teimlo'n afrosgo a thrwm. Ond roedd y salwch boreol wedi hen ddarfod, a'r plentyn wedi bywiocáu yn ei chroth ers wythnosau.

'Wyt ti'n siŵr y bydd hi'n iawn i fi fynd fel hyn?'

Ond rhoi'i fraich am ei chanol yn dyner a gwenu a wnaeth Edward, a'i lygaid diniwed, mor rhyfeddol o ddiniwed o dan y cudyn o wallt du oedd yn disgyn ar ochr chwith ei dalcen, yn chwerthin arni. Yna pylodd y wên.

'Wyt ti'n meddwl y gadawn i iti deithio petai unrhyw berygl, 'nghariad i? Beth ddwedai Madame Sillery, dy fam, petawn i'n peryglu dy fywyd? Mae Dr Brown yn dweud dy fod ti'n iach ac yn abl i wynebu'r fordaith. A chan fod y ffyrdd tyrpeg wedi ymledu ar draws Lloegr fe fydd y daith yn ddidrafferth.'

'A mi ga i aros gyda *Maman* dros y geni?'

'Cei wrth gwrs, os hoffet ti.'

'*Chérie! Comme je t'aime!*'

Ac roedd ei dwyfraich am ei wddw a'i gwefusau llawn yn taro cusanau dros ei wyneb nes iddo chwerthin yn uchel o foddhad. Bu hi'n treulio'r dyddiau nesa mewn breuddwyd, yn meddwl am y daith a'r holl baratoadau ar ei chyfer, ac yn edrych ymlaen at gael gweld ei mam eto ar ôl tair blynedd.

Syllodd ar y ddau blentyn llonydd a gwenodd. Roedd y garwriaeth wedi bod yn un sydyn, yn frawychus o gyflym, a dweud y gwir, ond doedd hi ddim ym mofyn oedi, fwy nag yntau. Os oedd Edward yn fyrbwyll roedd hithau hefyd yr un mor ddifeddwl. Priodi yn eglwys

4

y plwyf yn Tournai ddeuddydd ar ôl y Nadolig yn 1792; i ffwrdd wedyn i Loegr a chwrdd â'i theulu-yng-nghyfraith pell ac yna i Iwerddon a chwrdd â'r tylwyth agos (ac roedd y rheiny'n bur niferus gan fod Edward yn ddeuddegfed o ugain o blant); rhyfeddu wedyn at fywyd prysur Tŷ Leinster yn Nulyn—mor fywiog bob gafael â bywyd Paris. Ac yna i ffwrdd o sŵn y ddinas i dawelwch y wlad a'i chartref newydd, Tŷ Kildare, i ymswyno ynddo, a chenhedlu'i phlentyn cyntaf o fewn chwe mis.

Roedd hi wedi syrthio mewn cariad â'r tŷ'n syth. Gallai gofio'r tro cyntaf iddi fynd yno fel y soniodd wrth ei mam mewn llythyr:

'Mor hapus yr ydw i'n teimlo, mor llawen ac mor fodlon fy myd! Gymaint yr hoffet ti'r lle 'ma, *Maman*, petaet ti yma! Lle bach yw e, ac mi fyddai amryw'n wfftiog ohono; ond mae 'na harddwch a chymedroldeb o'i gwmpas sydd wrth fy modd. Ar ôl mynd ar hyd lôn, ac i mewn drwy glwyd fe ddowch at dŷ bach gwyn, gyda chwrt bychan a graean drosto o'i flaen. Tair ffenest yn unig a welech chi, ac o gwmpas y cwrt mae gorchudd o hen elmwydd; mae un ochr i'r tŷ o'r golwg tu ôl i lwyni, ac mae onnen sylweddol ar yr ochr arall. Mae'r lle i gyd o fewn mur uchel sy mewn cylch. Ond yr olygfa! Tir ffermio cymen yn rhedeg o flaen eich llygaid, nes i hwnnw droi'n beithdir y Curragh! Mewn un man mae 'na ffordd gefn at y caeau ac fe allwn fynd i gerdded ac osgoi'r dref. Dyma'r fan i ti, fy mam anwylaf, ond anodd yw ei ddisgrifio; rhaid iti'i weld i'w werthfawrogi!'

A nawr roedden nhw yno eto lle bu dechrau eu bywyd priodasol, rhwng adfeilion y castell ac eglwys y plwyf lle byddai Edward yn mynd i addoli ac yna'n dod i'w nôl o'r eglwys Babyddol yn y dref ar hyd ffordd gefn.

Syllodd ar y tŷ'n foddhaus wrth ddisgyn o'r goetsh ac Edward yn ei helpu. Brysiodd i'r tŷ, heibio i foesymgrymu'r gweision a'r morynion, a Colette yn dilyn gyda'r plant; rhaid oedd iddi gael brysio drwyddo i'r ardd gefn i gael syllu ar yr olygfa dros y wal isel, golygfa nad oedd wedi'i gweld ers cynifer o fisoedd—golygfa oedd wedi serio ar ei chof.

Y tro diwethaf y bu hi'n pwyso ar y wal ac yn syllu draw i gyfeiriad y Curragh roedd Edward gyda hi, mor fachgennaidd ac mor hardd yn ei drowsus gwyn a'r got a chwt a'i grafát am ei wddw ac esgidiau duon â bwclau am ei draed. Roedd yn bictiwr o uchelwr cyfoethog a bywyd llawn a chysurus o'i flaen.

A hithau'n byrlymu am y daith i Hambwrg, roedd wedi cael siom pan ddwedodd Edward wrthi y byddai Arthur O'Connor yn dod gyda nhw. Roedd Edward wedi dewis ei funud i ddweud wrthi'n dda, a'r dydd yn heulog a haul y gwanwyn cynnar yn cymell y briallu a'r cennin Pedr i ddangos eu harddwch, diwrnod o lawenhau ar ôl yr hirlwm; llawenhau am ei bod yn cyfranogi o gyfrinach fawr natur fel y coed a'r blodau; ond O'Connor, y Sais hwnnw oedd wedi troi'n fwy Gwyddelig na'r Gwyddelod yn ei frwdfrydedd dros Iwerddon Rydd—pam yn y byd?

'O'Connor?'

Prysurodd Edward i ateb ei chwestiwn cyn iddi'i ofyn.

'Mae am gael gair ag un o dy gyd-wladwyr di.'

Crychodd Pamela'i thalcen—pa Ffrancwr fyddai yn Hambwrg?

'Reinhard—y llysgennad'.

Roedd y syndod anneallus yn dal ar ei hwyneb.

'I drafod rhyddid Iwerddon.'

Rhythodd Pamela arno, yna pylodd y syndod a gwgodd. Roedd yr olwg dros y wal draw i gyfeiriad y Curragh mor brydferth, a hithau mor llawen wrth feddwl am weld ei mam. Pam oedd rhaid iddo ddifetha'i hapusrwydd y foment honno drwy sôn am wleidyddiaeth? Roedd y siom yn amlwg ar ei hwyneb.

'Cariad—beth sy?'

'Rown i'n meddwl mai eisiau mynd â mi i weld *Maman* oedd arnat ti.'

'Mae hynny'n wir.'

Estynnodd ei law i gyffwrdd â'i hysgwydd ond ymatebodd hithau'n chwyrn, ei hwyneb yn wyn ac eithrio am ddau smotyn coch dig ar ei dwyfoch.

'Paid â chyffwrdd â fi! Esgus yw e i ti gael chware'r gwleidydd!'

'Nid chware ydw i—mae rhyddid fy mhobol i yn y fantol!'

6

'O, wrth gwrs! Yr arwr mawr sy'n mynd i gyflawni gwyrthie a gyrru'r Saeson o Iwerddon!'

'Gyda help y Goruchaf.'

'Y Goruchaf? Wel bydd eisie help Hwnnw arnat ti; chei di fawr o help gan dy bobol dy hun!'

'Beth wyt ti'n feddwl?'

'Wyt ti'n meddwl o ddifrif y gwnaiff Pabyddion Iwerddon godi yn erbyn y Saeson er dy fwyn di, un o ddynion y Sefydliad Protestannaidd?'

'Welest ti mo'r croeso ges i ar ein ffordd yma?'

'O, ie, y banllefau; roen nhw'n gwbod beth oedd ore iddyn nhw o flaen y Meistr!'

'Ond doedd dim rhaid iddyn nhw 'ngalw i'n Geralltyn.'

'A thithau'n dwyn enw Fitzgerald roedd yn beth diplomataidd i wneud, ddwedwn i!'

'Ac mae'n beth diplomataidd i O'Connor ddod gyda ni ar ein hymweliad teuluol rhag i'r Saeson sylweddoli beth sydd ar droed.'

Trodd Pamela arno a'i llygaid yn fflachio â dicter.

'A beth yn hollol sydd ar droed fod rhaid iti guddio tu ôl i sgertiau dy wraig er mwyn ei wneud?'

'Rhyddid fy nghenedl! Chwyldro yn erbyn gormes, fel a ddigwyddodd yn Ffrainc.'

Stopiodd wrth weld ei hwyneb yn duo.

'Wyt ti'n beiddio dweud hynny wrtho i ar ôl beth wnaethon nhw i'r *aristos*? A dyna'r math o bobol rwyt ti ac O'Connor yn mynd i siarad â nhw!'

Am ennyd tawodd Edward, gan sylweddoli iddo ddweud peth annoeth; roedd yn loes iddo weld y dicter ar wyneb Pamela. Ond roedd achos rhyddid Iwerddon yn fwy na theimladau personol; yn y pen draw fe ddôi hi i dderbyn nad oedd ganddo ddim dewis ond mynd i weld Reinhardt yn ddirgel yn sgil yr ymweliad teuluol heb i'r Saeson sylweddoli fod rhywbeth ar y gweill.

Nid bod hynny wedi twyllo neb am yn hir. Wrth iddyn nhw fynd trwy Lundain a thario ychydig gyda thylwyth Edward, cafodd Dug Efrog afael arni a chrefu arni gadw Edward rhag mentro i Ffrainc;

7

byddai'n ddigon iddo gael ei gyhuddo o deyrnfradwriaeth ar adeg o ryfel rhwng y ddwy wlad. Roedd sbïwyr Llundain yn graffach nag a wyddai Edward, oedd â'i ben yn y cymylau yn llawn rhamant am arwain ei genedl i ryddid. Ond, er iddo fynnu mynd mor bell â Basel yn y Swistir ni chafodd Edward fawr o hwyl ar drafod gyda Reinhardt na'r un Ffrancwr arall, ac yntau'n *aristo* ac yn briod â merch i *aristo* arall.

Clywodd sŵn cyfarwydd ei droed yn tu ôl iddi; gwenodd a siarad heb droi'i phen.

'Mae'n braf cael bod 'nôl, Edward.'

Teimlodd ei freichiau'n cydio amdani a chlywodd gusan foch ar ei gwallt.

'Wyt ti'n siŵr? Fyddai hi ddim yn well gen ti fod yn Nulyn, neu ar lan y môr yn Frescati?'

'Dim peryg! Heddwch y wlad sy angen arna i, Edward—heddwch i fagu'n teulu bach, heb ofid na chynnwrf.'

'Wrth gwrs. Mae Frescati'n iawn yn ei le, ond y wlad sy ore gen inne hefyd.'

Roedd Frescati'n rhy agos at Ddulyn, yn blasty o le ym mhentref Carraig Dubh ar lan y môr lle treuliodd Edward ran o'i blentyndod, —hyd nes i'w fam ailbriodi a mynd â'i theulu niferus i fyw i Auvigny yn Ffrainc. Ond roedd gormod o ôl ei dylwyth yn Frescati, a heblaw am hynny, eiddo'i frawd, y Dug, oedd y lle bellach. Byddai'n rhaid iddo fynd ar ofyn iddo am gael aros yno a phrin yr oedd y ddau'n siarad â'i gilydd ar ôl i Edward ymuno â'r Gwyddelod Unedig.

Y Gwyddelod Unedig, mudiad gwladgarol nad oedd wedi croesi'r ffin rhwng teyrngarwch a theyrnfradwraeth hyd yn hyn ond roedd y ffin yn beryglus o agos a sbïwyr Siors y Trydydd yn prysur gasglu gwybodaeth am O'Connor a Nappy Tandy, a Wolfe Tone ac yntau, yn barod i'w restio un ac oll, pan fyddai'n bryd symud.

Ac fe fyddai'r amser hwnnw wrth law cyn bo hir, pan fyddai lluoedd Ffrainc yn goresgyn yr Ynys Werdd ac yn ei rhyddhau o afael Lloegr!

Ond nid tlodi'r werin anllythrennog oedd yn crafu byw yn eu bythynnod digysur na rhyfel a gwrthryfel oedd ar feddwl Pamela'r prynhawn cynnes hwnnw o Fedi. Roedd hi'n llawenhau eu bod gartref yn Kildare lle byddai siawns iddi gadw Edward rhag ymroi i'w freuddwydion a pheri iddo ymgolli yng nghyfrifoldebau ei deulu.

Nawr, wedi iddo gael ei antur ofer yn Hambwrg a Basel a deall nad oedd yn dda gan y Ffrancwyr gyfathrebu ag ef, efallai y bodlonai ar fywyd uchelwr fel ei frodyr a'i chwiorydd. Efallai y rhoddai'i fryd ar y bywyd disglair o gwmpas plasty Leinster yn Nulyn am yn ail â gofalu am ei stad a marchogaeth ar y Curragh a'r cant a mil o bethau a allai lenwi bryd uchelwr oedd yn frawd i Ddug Leinster ac yn gefnder i Ddug Richmond.

'Rwyt ti'n dawel iawn,' ei lais yn sibrwd chwerthin yn ei chlust wrth iddi syllu i'r pellter. Crychodd corneli'i llygaid wrth iddi wenu.

'Mwynhau bod yma oeddwn i, a'r olygfa, a theimlo dy freichie amdana i, a theimlo'n falch 'mod i gartre unwaith eto, gartre lle dylwn i fod gyda 'nheulu—lle dylet tithe fod hefyd.'

Trodd Edward hi yn ei freichiau a syllu i'w llygaid.

'Cerydd i fi yw hynny? Am fynd â thi oddi yma i weld dy fam?'

'Ie, os mynni di, ond ar ôl dod 'nôl, does dim gwahaniaeth nawr. Rydyn ni yma yn Kildare yn bell o helbulon y byd a heb ddim i'n gofidio ac yma y byddwn ni bellach, yntê, Edward?'

Nodiodd yntau.

'Ie, cariad,' gan ei thynnu i'w freichiau fel na allai weld y gofid yn ei lygaid. Sut y gallai ef ddweud wrthi na fyddai, na allai aros yn Kildare yn hir, y byddai Iwerddon yn wenfflam pan laniai'r Ffrancwyr?

2

Eisteddodd Edward wrth ei fwrdd sgrifennu yn teimlo'n foddhaus am unwaith am fod Ffrainc yn paratoi i symud o'r diwedd. Yn Basel roedd wedi dysgu rhai pethau pwysig, fod Wolfe Tone, nid yn unig wedi dod 'nôl o America, ond ei fod wedi bod yn Ffrainc ers

9

misoedd yn trefnu'r ymgyrch gyda'r awdurdodau a bod y Cadfridog Hoche ei hun yn bwriadu arwain yr ymosodiad. Erbyn hyn roedd wedi sgrifennu hanner dwsin o lythyrau gyda'r newydd da i'w hanfon at arweinwyr y Gwyddelod Unedig. Os oedd Louis Lazare Hoche, un o gadfridogion enwocaf Ffrainc, a gorchfygwr y Llydawiaid a'u gwrthryfel yn erbyn y Chwyldro, y gŵr oedd yn ysu am ddial ar Loegr ar ôl cyflafan Bae Quiberon, yn ymwneud â'r ymosodiad fe fyddai'n ymosodiad o'r iawn ryw! Pan ymadawodd â'r Swistir roedd wedi cael addewid y byddai negesydd yn ei ddilyn i ddweud pryd a ble'n hollol y byddai llynges Ffrainc yn taro, er mwyn iddo yntau godi'r Gwyddelod yn eu tro.

Fe fyddai hynny'n dipyn o orchwyl mewn amser mor fyr, o gofio am ddiffyg trefn y Gwyddelod Unedig; dim ond yn Ulster ymhlith ei gyd-Brotestaniaid yr oedd eu trefniadaeth yn weddol gadarn. Roedd y rheiny, fel yntau'n dyheu am senedd a grym iddi yn Iwerddon ac nid y siop siarad aneffeithiol, Senedd Grattan, a âi dan yr enw o fod yn Senedd Iwerddon er fod mwyafrif y bobl, y Pabyddion, heb bleidlais na chynrychiolaeth ynddi.

Cyffyrddodd blaen ei blufyn â'r inc du yn y ddysgl fach a dechrau sgrifennu eto: 'Annwyl gyd-aelod! Gair i'ch hysbysu fod y Diwrnod Mawr yn prysur agosáu ac i'ch annog i baratoi eich dynion at yr alwad . . .'

Oedodd, a'i feddwl yn crwydro dros yr anawsterau.

Ar wahân i'r diffyg trefn, gwendid arall, wrth gwrs, oedd cyflwr y werin bobl, oedd yn wan gan ddiffyg bwyd maethlon a phrinder amodau byw teilwng. Profiad go annymunol oedd mentro i fwthyn gwerinwr, nad oedd fawr mwy na chut un stafell ddrewllyd, gyda muriau o bridd a mawn a lloriau pridd a thwll yn y to gwellt i ollwng y mwg allan a'r glaw i mewn. Cutiau cyntefig oedd cutiau'r werin, heb gyfleusterau ymolch, carthion dynol yn domen y tu allan a dim ond rhyw rith o le-tân o gerrig, bwrdd amrwd a chadeiriau pren o'i amgylch ar ganol y llawr a gwelyau o wellt mewn conglau a thamaid o randir i godi tatws yn y cefn. Pa ryfedd fod y perchnogion tir yn ystyried y Gwyddelod tlawd fel barbariaid anghyfiaith ac anniwylliedig? I'w meddylfryd nhw, cymwynas ddifesur i'r gwerinwr fyddai ei orfodi i siarad Saesneg a'i ryddhau o orthrwm Eglwys dywyll Rhufain gyda'i hoffeiriaid dibriod, rhwystredig, a'i hofergoelion. Ar y llaw arall, gydag addewid y câi'r Pabyddion bleidlais yn Senedd Iwerddon fe godai'r rheiny yn eu miloedd ac uno gyda'u brodyr Protestannaidd i fynnu terfyn ar ormes Lloegr. Eisoes roedd miloedd wrthi'n cymryd y llw o deyrngarwch i'r Gwyddelod Unedig ac yn ymbaratoi ar gyfer y frwydr.

Ond faint o werth fyddai ffyrch a chrymanau gwerin dlawd a dihyfforddiant yn erbyn drylliau a bidogau'r milisia a gynnau mawr byddin Lloegr? Dyna pam roedd ymyrraeth Ffrainc mor hanfodol; milwyr Ffrainc oedd ymladdwyr dewraf a mwyaf medrus Ewrop, a dim ond nhw allai herio a threchu cotiau cochion Lloegr.

Nawr roedd gobaith a sicrwydd fod pethau'n symud, fod Hoche wedi codi byddin fawr o filwyr profiadol. Roedd wedi'i thymheru yng ngwres y brwydro yn Llydaw yn erbyn gwŷr y tylluanod, 'Ar C'houaned', y cyfuniad hwnnw o uchelwyr, gwerin ac offeiriaid Llydewig fu'n herio gormes *La République Française* yn enw cenedl orthrymedig ac a orchfygwyd yn waedlyd gan Hoche. Fel pobl Provence a'r Auvergne a Limousin, roedd gan y Llydawiaid ryw *batois* annealladwy a'u cadwodd mewn encilfa Geltaidd dlawd ar wahân i weddill Ffrainc am ganrifoedd, yn ddigon tebyg i'w cyd-Geltiaid yn Iwerddon a Chymru o ran hynny. Ond roedd anobaith a gwaseidd-dra'r gorffennol wedi mynd a'r gwledydd Celtaidd yn dechrau codi llais dros gyfiawnder a rhyddid. Roedd lleisiau protest i'w clywed hyd yn oed yng Nghymru lle bu dynion yn gwrando ar Thomas Paine a'i neges ac yn galw am wrthryfel a diwygiad yn y drefn oedd ohoni.

Tom Paine, yr athrylith rhyfeddol hwnnw, un o brif gychwynwyr Annibyniaeth America a'r Chwyldro Ffrengig, ac awdur *Hawliau Dyn* a ddarllenodd ag awch, a chael y wefr o gwrdd â'r awdur a dod yn gyfaill iddo yn Llundain yn 1791. Bu'n rhannu llety ag ef ym Mharis y flwyddyn ddilynol ac yn y sgyrsiau rhwng y ddau fe gadarnhawyd ei syniadau am gydraddoldeb dynion a'u hawl i gael hapusrwydd a chyfle mewn bywyd. Gwelodd anghyfiawnder cyfundrefn ffiwdal y frenhiniaeth. Roedd y twpsyn hwnnw, Etholydd

Hanover, oedd yn ei alw'i hun yn Frenin Siôr y Trydydd, eisoes wedi colli un ymerodraeth; gyda chyhoeddi llyfrau Tom Paine roedd mewn perygl o golli'i goron hefyd! O dan ddylanwad Paine yr aeth Edward i Ffrainc yn 1792, ac oni bai i hynny ddigwydd, meddyliodd dan wenu, ni fyddai wedi mynd i'r theatr ym mis Tachwedd y flwyddyn honno a gweld Pamela a syrthio bendram-wnwgwl mewn cariad â hi, a'i phriodi cyn diwedd y flwyddyn. Rhwng popeth roedd ganddo destun diolch i Tom.

Bellach roedd hi'n nosi a sylweddolodd Edward ei fod yn dal heb orffen y gwaith. Hoffai fod wedi rhoi rhagor o wybodaeth ond y drafferth oedd na wyddai ymhen faint y byddai Hoche yn cychwyn na maint y lluoedd a ddôi gydag ef. Y tebygolrwydd oedd yr âi misoedd heibio cyn y byddai'r fyddin a'r llynges yn barod i gychwyn. Ar un olwg roedd hynny'n beth da. Fe roddai fwy o amser i'r Gwyddelod Unedig ymbaratoi; fe allai yntau fwrw ati i roi rhyw lun o hyfforddiant milwrol i ddynion y gymdogaeth. Hyd y gwyddai, roedd pawb yn deyrngar iddo, ac nid ei denantiaid yn unig; gwyddai fod llawer o ddynion Kildare yn barod i aberthu popeth, hyd yn oed eu bywydau, er mwyn yr achos, ac er ei fwyn ef a Wolfe Tone. Rhaid iddo ddechrau eu hyfforddi a disgwyl yn amyneddgar am y neges o Ffrainc.

'Edward! Cariad! *Le diner!*'

Llais hapus Pamela wrth y drws yn ei alw i swper. Dododd y plufyn i lawr. Byddai amser i orffen y llythyrau fore trannoeth.

Sgrechiadau o arswyd a bloeddiadau o ddicter a barodd iddo godi ar ei eistedd yn y gwely, ei law'n ymbalfalu am y dagr a gadwai wrth law bob amser. Clywodd anadliad sydyn ac ofnus Pamela wrth ei ochr.

'*Mon Dieu! Edward! Qu'est-ce que c'est que ce bruit-la?*'

'Paid â gofidio, Pamela—llais Tony yw hwn'na! Fe fydda i 'nôl nawr!'

'Bydd yn ofalus!'

'Aros di fan hyn; fydda i ddim yn hir!'

12

Roedd ei gŵr wedi diflannu cyn y gallai Pamel ddweud gair arall. Gorweddodd yno'n crynu am eiliad, yna taflodd y dillad gwely 'nôl a chodi a rhedeg o'r stafell a'i chalon yn curo'n wyllt. Ond roedd Colette ddibynnol yno a chanhwyllbren yn ei llaw'n ei sicrhau fod popeth yn iawn yn y fagwrfa a bod y ddau fach yn cysgu'n dynn.

Safodd y ddwy ac edrych yn syn ar ei gilydd wrth glywed y lleisiau'n codi o'r gegin gefn; dau lais cyfarwydd, eiddo Edward a Tony, a llais anghyfarwydd, llais dyn oedd bron â drysu gan arswyd; sgrechiadau hysterig a dawodd yn sydyn yn sŵn ergyd ar draws wyneb a llais Edward yn bloeddio, 'Cau dy ben, y ffŵl!'

Y funud nesa clywodd Pamela Edward yn ymbil arni.

'Tafla bilyn i lawr ata i, wnei di?'

Roedd yn rhaid iddi wenu gan i Edward ruthro o'u stafell heb wisgo. Brysiodd 'nôl i'r stafell, a gafael yn ei drowsus a'i grys a'u taflu dros ganllaw'r grisiau.

Petai hi wedi mentro i'r gegin gefn fe fyddai wedi gweld golygfa fythgofiadwy—Edward yn droednoeth, ond yn ei grys a'i drowsus a dagr yn ei law, yn rhythu i lawr ar ddieithryn o lanc main, yn ei ugeiniau cynnar, yn penlinio o'i flaen a'i lygaid yn llawn arswyd. Gwyddel oedd y llanc wrth ei ddillad garw a'i acen a Phabydd yn ôl fel y byddai'n ymgroesi bob hyn a hyn. Ond nid y dagr yn llaw Edward oedd achos ei arswyd yn gymaint â ffigur bygythiol Tony yn sefyll uwch ei ben. Y foment honno y cyfan ar feddwl y llanc oedd cilio mor agos at Edward ac mor bell oddi wrth y dyn du ag y gallai. Gwingodd wrth i Edward afael yn ei siaced. Rhythodd y llygaid glas, diniwed i fyw llygaid y llanc a gwenu'n sarrug,

'Wel, pwy sy gyda ni fan yma, 'sgwn i, sy'n torri i mewn i dŷ rhywun ganol nos—lleidr, ie?'

'Na! Dydw i ddim yn lleidr! Beth yw hwn'na—y Diafol 'i hun? Mam Duw, mae ar ben arna i!'

'Diafol?'

Fflachiodd dannedd Tony'n wyn.

'Rwyt ti wedi fy nabod i! Leiciet ti weld 'y nghynffon i? Rwy i wedi bod yn disgwyl amdanat ti ers dyddie! Ga i fynd ag e nawr?'

'Na! Mam Duw—helpa fi! Y Diafol! Helpwch fi, syr!'

13

Teimlodd Edward freichiau'r llanc am ei goesau, yn gafael yn dynn yn ei arswyd. Dyna beth oedd twpsyn, os bu un erioed.

'Y ffŵl! Wyt ti ddim wedi gweld dyn du erioed?'

'Dyn du?'

'Yn hollol—yn union yr un peth â ti neu fi ond am liw ei groen—yntê, Tony?'

'Ie, meistr Edward!'

Bu rhaid i Edward wenu wrth glywed Tony'n chwerthin.

'Nawr 'te, os galli di anghofio Tony am foment, pwy wyt ti? A pham wyt ti yn fy nhŷ i ganol nos?'

Syllodd y llanc o'r naill wyneb i'r llall.

'Dyn du?'

'Ie, ie,' meddai Edward yn ddiamynedd, 'Wnaiff e ddim byd iti heb 'y nghaniatâd i, rwy'n addo! Nawr—pwy wyt ti, dwed? A chod ar dy draed, ddyn.'

Llaciodd y llanc ei afael a chodi'i ben.

'Ar dy draed, neu mi gaiff Tony dy godi!'

Roedd y bygythiad yn ddigon. Mewn eiliad roedd y llanc ar ei draed ac yn simsanu o flaen Edward a'i lygaid ofnus yn symud yn ochelgar o'r naill ddyn i'r llall. Sylwodd Edward eto ar ei ddillad a'i glogyn carpiog, a'r crafát llwyd a'i esgidiau rhad a bawlyd.

'Gwyddel?'

'Ie, f'Arglwydd—o'r Coleg Gwyddelig yn Rhufain.'

'A beth mae darpar-offeiriad Pabyddol yn ei wneud mewn tŷ Protestannaidd heb wahoddiad?'

'Neges oddi wrth y Cadfridog Wolfe Tone, f'Arglwydd.'

Rhythodd Edward arno'n syn. A allai'r creadur ofnus hwn fod yn negesydd oddi wrth Tone? Ar ben hynny ers pryd yr oedd Wolfe yn gadfridog?

'Wolfe Tone—ata i?'

'Ie, f'Arglwydd.'

'A phwy ydw i felly?'

'Yr Arglwydd Edward Fitzgerald.'

'A phwy wyt ti, gyfaill?'

'Bernard MacSheehy, f'Arglwydd.'

'Hm—Bernard MacSheehy.'

Bu Edward yn dawel am foment, yn ystyried honiad y llanc. Roedd enw MacSheehy'n ddierth iddo. Gallai fod yn dweud y gwir ond gallai fod yn sbïwr. Roedd angen ei groesholi'n ofalus.

'Dwed wrtho i, MacSheehy, sut dest ti yma o Baris?'

'Nid o Baris, f'Arglwydd—o Brest.'

'O?'

'Ar long Americanaidd—o Brest i Ddulyn, gan alw yng Nghaergybi ar y ffordd.'

'Caergybi?'

'I'r Saeson feddwl 'mod i wedi dod adre o Loegr ar fusnes teuluol.'

'A sut yr ei di 'nôl i Lydaw?'

'Ar yr un llong, f'Arglwydd, wedi iddi orffen dadlwytho.'

Roedd stori'r dyn yn swnio'n iawn; gallai llong niwtral fel eiddo'r Americaniaid fod yn ddefnyddiol dros ben i gario neges rhwng dwy wlad oedd yn rhyfela yn erbyn ei gilydd. Eto i gyd, roedd yn esboniad rhy daclus, rhy gyfleus wrth fodd Edward. A phan siaradodd nesaf roedd tinc o gyhuddiad yn ei lais.

'Pam y dylwn i dy gredu di?'

'F'Arglwydd?'

'Wyt ti'n siŵr nad sbïwr wyt ti?'

'Ydw!'

'Profa hynny!'

Daeth ofn eto i lygaid MacSheehy wrth i Tony gymryd cam bygythiol tuag ato.

'Mae gen i lythyr i chi! Oddi wrth y Cadfridog.'

'Oddi wrth Wolfe Tone? Dere weld!'

Ymbalfalodd MacSheehy yn ei boced a bu bron iddo rwygo'r papur yn ei frys i dynnu'r llythyr allan a'i estyn i Edward. Cydiodd hwnnw yn y llythyr a syllu'n amheus arno. A fyddai Wolfe Tone wedi ymddiried neges o bwys ar bapur, gan wybod y gallai'r negesydd syrthio i ddwylo'r gelyn? Ac eto, daliodd y llythyr yn nes at olau'r canhwyllau. Roedd y llawysgrifen ar yr amlen yn gyfarwydd iddo, llaw Wolfe yn ddiamau, ac roedd y sêl hefyd yn gyfarwydd.

15

Amneidiodd ar Tony i estyn stôl i'r llanc. Yna rhwygodd yr amlen a darllen. Crychodd ei dalcen mewn syndod; doedd y cynnwys ddim yn debyg i'r hyn a ddisgwyliai. Fe fu Wolfe yn ddigon doeth i beidio â datgelu'r cyfan ar bapur. Edrychodd ar MacSheehy.

'A beth oedd y neges?'

'Mae'r Cadfridog Hoche yn barod i gychwyn o Brest, ac Wolfe Tone gydag ef.'

'Yn barod—eisoes?'

Crymodd yr ymwelydd ei ben yn frwd.

'Ydi, fwy neu lai, f'Arglwydd Edward, ymhen pythefnos, ar Ragfyr y pymthegfed, gyda'r bwriad o gyrraedd Iwerddon ar yr wythfed ar hugain! Llynges gyda phymtheng mil o filwyr profiadol ac arfau ar gyfer hanner can mil arall! A rhaid imi fod 'nôl yn Brest cyn hynny i roi gwybod am gryfder y Gwyddelod a faint o ddynion y gall Ffrainc ddisgwyl eu gweld yn codi arfau.'

Oedodd MacSheehy, ac am y tro cyntaf gwelodd Edward fflach o hyder yn ei lygaid. Roedd wedi dod dros ei arswyd o weld Tony. Daeth nodyn bostfawr i'w lais.

'Mi fynnodd y Cadfridog Wolfe mai fi ddylai ddod.'

'Felly wir?'

Nodiodd MacSheehy.

'Do—roedd arno fe eisie rhywun y gallai ymddiried ynddo fe.'

Syllodd Edward ar yr wyneb hyderus. O leiaf roedd y llanc yn ffyddlon i'r achos; prin y byddai Wolfe Tone wedi ymddiried neges mor bwysig iddo oni bai fod ganddo ffydd ynddo.

'A'r man glanio?'

Oedodd MacSheehy'n anghysurus wrth iddo syllu ar Tony.

'Dw i ddim yn siŵr a ddylwn i ddweud.'

'Ddim yn siŵr? Ofni dweud o flaen Tony, ti'n meddwl? Wyt ti'n meddwl nad yw fy mhobol i'n ddibynadwy?'

'Down i ddim yn meddwl eich sarhau, Arglwydd Edward.'

'Wel? Ble?'

'Bantry'.

'Bantry!'

Wrth gwrs, Bae Bantry, i lawr yn y de-orllewin, y pwynt agosaf at

16

Lydaw, bron iawn, ac am hynny yn rhy amlwg i'w ystyried. A heblaw am hynny, roedd Hoche wedi gweithredu twyll i beri i'r Saeson feddwl ei fod yn anelu am Portwgal ac anfon eu llynges yno i oddiweddyd y Ffrancod. Gwenodd wrth feddwl am gyfrwystra Hoche, ac ymlaciodd MacSheehy gyda rhyddhad. Edrychodd Edward arno a gwenu eto. Yfory fe gâi gychwyn 'nôl i Lydaw yn y llong Americanaidd ag adroddiad am y gefnogaeth, am yr hanner can mil o wŷr arfog oedd yn barod i godi yn Ulster yn unig heb sôn am y taleithiau eraill. Ac fe gâi ddweud wrth Hoche y byddai rhwng deunaw ac ugain mil o filwyr gorau Ffrainc yn hen ddigon i wthio'r Saeson i'r môr. Ac wedi iddo fynd fe gâi Edward bythefnos i baratoi ar gyfer y Diwrnod Mawr.

'Wel 'te, Bernard MacSheehy, rhaid dy fod ti wedi blino. Fe gaiff Tony drefnu tamaid o fwyd iti ac yna dy hebrwng i wely cyffyrddus.'

Ai dychmygu eiliad o fraw yn y llygaid glas a wnaeth?

'Paid â gofidio; fydd dim rhaid iti gysgu yn yr un gwely ag e!'

Ymwrolodd y llanc ddigon i ymgrymu a mynegi diolch cyn troi i ddilyn y dyn du.

Gwenodd Edward ac agor yr amlen er mwyn ei darllen—a gwelodd fod ail amlen y tu mewn i'r amlen gyntaf. Crychodd ei dalcen mewn syndod wrth weld enw cyfarwydd arni. Yna dechreuodd ddarllen llythyr ei gyfaill.

Ond pan aeth i'r llofft at Pamela roedd ei wyneb yn llawn penbleth.

3

Pencadlys y Llynges,

Brest,
Llydaw.
Tachwedd 7, 1796

At yr Arglwydd Edward Fitzgerald,
Kildare,
Iwerddon,

Cyfarchion!

Hyn sydd i'ch hysbysu fod dygiedydd y llythyr hwn, un Bernard MacSheehy, ymgeisydd am yr offeiriadaeth yn Eglwys Rufain a disgybl o'r Coleg Gwyddelig, Rhufain, wedi derbyn cydsyniad y sawl sydd â'i lofnod ar waelod y llythyr hwn i wneud ymholiadau ar ei ran ynghylch cyflwr lluoedd y Gwyddelod Unedig a bod gan y cyfryw arwyddwr bob hyder a ffydd yng ngeirwiredd Bernard MacSheehy a'i fod yn deisyf arnoch roi pob gwybodaeth berthnasol iddo'n ddi-nacâd.

Yn enw Iwerddon Rydd!

Theobold Wolfe Tone,
Cadfridog ym Myddin Gweriniaeth Ffrainc.

O.N.

Wedi gwneud hynny hyn o gais ffurfiol, f'annwyl Edward, afraid dweud na allaf roi dim ffeithiau ar bapur a allai fod yn niweidiol i'n hachos pe digwyddai syrthio i ddwylo'r gelyn. Ond gallaf dy sicrhau fod llynges Ffrainc yn awchu am gychwyn ar ei siwrnai i waredu Iwerddon o afael y Gormeswr Mawr ac y byddwn yn glanio yn Erin rhag blaen! Fel y mae pawb yn gwybod, mi fûm yn America am gyfnod yn chwilio am gymorth i'n hachos. Mae'n hysbys i bawb hefyd na ddaw cymorth yn swyddogol o'r wlad niwtral honno—eto i gyd paid â synnu os daw help answyddogol, distadl, o law ein llu cyfeillion— fel y llong a gariodd ddygiedydd y llythyr hwn. A phe bai angen, ac nid ydw i'n tybied y bydd, paid â synnu os bydd llong arall o America wrth law petai'r dydd yn mynd yn ein herbyn.

Roedd yn ofid gennyf na chefais wybod am dy siwrnai i Basel rai misoedd 'nôl tan yn ddiweddar. Petawn yn gwybod gallwn fod wedi anfon y llythyr amgaeedig atat yno neu ddod ag ef atat fy hun o Baris. Sut bynnag, llythyr yw hwn a fu yn fy meddiant ers yn agos i flwyddyn bellach; llythyr sydd wedi'i gyfeirio, fel y gweli di, at hen gydnabod iti, rwy'n meddwl—Edward Williams, o ardal tref y Bont-faen, Morgannwg, yng Nghymru, oddi wrth gydwladwr iddo. Y Cymro hwnnw yw'r Parchedig Morgan John Rhys, Philadelphia,

Pennsylvania a ffodd o Loegr o dan erlidigaeth y Brenin dros flwyddyn yn ôl—fel y gwnaeth ei arwr mawr—yn wir, ein harwr ni i gyd—Tom Paine, o'i flaen. Gŵr yw hwn sy'n fawr ei barch yn Philadelphia nid yn unig oherwydd ei ffydd ddilychwin ond hefyd oherwydd ei eangfrydedd a'i wladgarwch Cymreig. Wedi deall fy rheswm dros ymweld ag America, sef ceisio cefnogaeth i'r ymgyrch dros ryddid ein gwlad, mynnodd, fel cyd-Gelt, anfon y llythyr amgaeedig i annog ei gydwladwyr roi pob cymorth posibl i bobl Iwerddon yn awr eu rhyddid gan alw ar ei gyd-Gymry, ie, a gwerin Lloegr hefyd, i godi yn erbyn y Gormeswr Mawr yn enw rhyddid a chydraddoldeb dynion!

Mae'n bryd iti gael gwybod, gan hynny, ei bod yn fwriad gan Lywodraeth Ffrainc anfon *ail* lynges a byddin i Gymru i amlhau trafferthion Lloegr. Yn swyddogol y nod yw cipio Bryste a'i llosgi i'r llawr fel y llosgodd Scipio Carthago, ond mewn gwirionedd y bwriad yw codi gwrthryfel yng Nghymru, gwlad sy'n wenfflam â gwrthdystiadau yn erbyn tlodi a gormes y meistri tir a lle mae'r Eglwys Wladol yn gormesu Protestaniaid hyd yn oed heb sôn am Babyddion! Ac fe fydd llynges sylweddol o dan y Cadfridog William Tate yn glanio ym mhorthladd Abergwaun yn ystod mis Chwefror yn y flwyddyn newydd, pan fydd y frwydr ar ei heithaf yn Iwerddon. A dyna pam rwy'n gofyn iti fynd â'r llythyr hwn rhag blaen i Gymru a'i roi i'r Radical ym Morgannwg, er mwyn iddo yntau godi'r Cymry yn erbyn y Brenin. Oblegid â Chymru ar dân ni fydd modd i fyddin Lloegr gyrraedd Iwerddon heb sôn am ei goresgyn, ac yna fe fydd Iwerddon yn ei thro'n anfon ei milwyr i Gymru i uno yn y gwrthryfel fel y byddo pob cenedl a phob gwerin yn mwynhau breintiau rhyddid o'r diwedd!

Hyn tan y cyfarfyddwn ni yn Iwerddon Rydd!

Wolfe.

Roedd wyneb Edward yn ddu gan siom ar ôl darllen y llythyr. Beth oedd ar feddwl Tone yn ceisio'i anfon allan o Iwerddon ar foment mor dyngedfennol, ar yr union adeg pan fyddai mwya o 'i angen yno? A beth a feddyliai'i ddilynwyr o glywed fod eu harweinydd wedi'u gadael? Roedd y peth yn gwbl amhosibl. Heblaw hynny, roedd y llynges Ffrengig yn debyg o gyrraedd Bantry cyn diwedd y mis. Fe roddai hynny ddigon o amser iddo fynd i Bantry i'w gweld yn glanio a mynd i Gymru yn y flwyddyn newydd, wedi gweld fod popeth yn mynd yn iawn.

Goleuodd ei wedd wrth feddwl am un o'r ddau Gymro a enwyd yn llythyr Wolfe, Edward Williams, un o radicaliaid mwyaf croch Llundain 'slawer dydd. Gallai ddeall rhesymeg Wolfe yn gofyn iddo fynd i Gymru i ddeffro gwrthryfel. Os oedd 'Mad Ned' wedi mynd adre i Gymru i fyw roedd yn sicr ganddo y byddai wedi hau hadau gwrthryfel yng nghalonnau'r werin yno.

Roedd wedi dod yn gyfarwydd â Ned tra bu'n byw yn Harley Street bedair neu bum mlynedd 'nôl. Eisteddodd wrth i'r atgofion lifo drwy'i feddwl, dadlau yng nghilfachau myglyd y King's Arms yn Poland Street neu'r White Bear yn Piccadilly, am wleidyddiaeth a chrefydd, am Undodiaeth a Dëistiaeth, ac am droi cymdeithas ar ei phen. Fel y llifai'r cwrw fe âi bochau pantiog a gwelw Ned yn gochach bob ochr i'w drwyn pigfain, a sbonciai yn ei sedd wrth lafarganu'i farddoniaeth a'i lygaid yn pefrio ac yn herio Wil Blake i ganu'n well nag ef, a chwerthin Mary Wollenstonecraft yn tincial yn ei glustiau. Mawr fyddai'r boddhad wrth wrando ar benillion tywyll Blake a rhai symlach Ned. Syllodd Fitzgerald ar olau'r gannwyll wrth alw i gof un o'r penillion hynny:

Dear Liberty! Thy sacred name
O let me to the world proclaim,
Thy dauntless ardour sing;
Known as thy son, nor Knaves of State
Nor spies I fear, nor placemen's hate,
Nor mobs of Church and King.

Petai'i gof yn ddiffygiol, digon hawdd fyddai estyn ei law at y ddwy gyfrol o gerddi Ned ar ei silff lyfrau, *Poems, Lyric and Pastoral*, dwy gyfrol nad oedd neb llai na George Washington ymhlith y tanysgrifwyr. Byddai'n bleser arbennig i gwrdd â'r Cymro balch unwaith yn rhagor.

Llifodd yr atgofion drwy'i feddwl. Fe fu cwmnïaeth ei gyfeillion yn gysur mawr iddo yn y dyddiau hynny ar ôl i Elizabeth Sheridan farw, ac yn fodd i leddfu'i hiraeth ar ei hôl; pobl fel William Blake a Mary Wollenstonecraft—a Tom Paine wrth gwrs, gyda'i wên a'i ymroddiad i egwyddorion rhyddid a chyfiawnder yn wyneb

20

erledigaeth yr awdurdodau. A Chymry fel Ned Williams a David Samwel, meddyg yn Fetter Lane.

Y dyddiau hynny roedd Llundain yn ferw o siarad am chwyldro a bwrw'r cyfoethogion o'u safleoedd yn enw rhyddid y werin. Dyna'r adeg y bu Paine wrthi'n dryllio'r delwau ac yn crynu seiliau brenhiniaeth bwdwr; pan oedd lleisiau'n crochlefain am ddilyn esiampl America a Ffrainc a hebrwng democratiaeth i Brydain Fawr. Roedd hi'n ferw yn y tafarndai a'r tai coffi a sbïwyr y llywodraeth yn chwilio am ysglyfaeth i'w hanfadwaith.

Roedd pawb yn nabod ei gilydd wrth gwrs, mewn dinas mor glòs. Roedd holl radicaliaid Llundain yn trigo ochr yn ochr â Samuel Johnston, a Boswell, a gwleidyddion fel Pitt, Yr Arglwydd North, Edmund Burke, a'i gefnder, Charles James Foxe. Roedd Tom Paine bron â bod yn gymydog iddo yn ei lety gyda 'Clio' Rickman, y llyfrwerthwr, yn Marylebone. I gael cwmni dynion a merched o gyffelyb fryd gallai'r ddau gerdded yn rhwydd i siop lyfrau John Owen, 'Owen's Repository for Books and Stationery'—yn Piccadilly, ac oddi yno i Cheapside a siop lyfrau a chartref Joseph Johnson ger Eglwys St Paul, neu guro ar ddrws Mary Wollenstonecraft ger Covent Garden.

Dyna'r dyddiau y byddai helgwn y llywodraeth yn erlid dynion am eu daliadau—a doedd neb yn fwy croyw eu barn na Chymry fel Ned.

Roedd Ned wedi bod yn meddwl am fynd i America i chwilio am ryw Indiaid gwynion, disgynyddion i ryw dywysog o Gymro, ond roedd yn amlwg bellach na ddaeth dim o'r bwriad hwnnw. Roedd y cyswllt rhyngddyn nhw wedi'i dorri pan aeth i Baris ac fe aeth y Cymry'n angof ganddo yn sgil priodi Pamela a symud i Kildare. Roedd clywed fod Ned wedi symud 'nôl i Gymru i fyw'n newyddion da iddo.

Ond y peth rhyfeddol oedd y newyddion fod Cymro arall wedi mynd i America yn lle Ned a'i fod yn annog cefnogaeth y Cymry i gynlluniau'r Gwyddelod Unedig yn y llythyr amgaeedig. Roedd hyn yn cadarnhau'r farn fod ysbryd chwyldro'n gryf yng Nghymru. Rhaid bod Ned a'i ffrindiau'n gwneud mwy na siarad a chanu; efallai fod ganddyn nhw hefyd eu rhwydwaith o gelloedd o ddynion gwrthryfelgar oedd yn disgwyl eu cyfle i godi yn erbyn y Gormeswr Mawr. Efallai mai fe, Fitzgerald, fyddai'r un a daniai'r Cymry! Oedodd ennyd cyn agor drws y stafell wely. Un peth oedd yn sicr ganddo, gwyddai y byddai yn Bantry cyn diwedd y mis i estyn croeso i'r Ffrancod!

Ychydig o gwsg a gafodd Edward y noson honno. Roedd rhaid tawelu ofnau Pamela a diwallu'i chwilfrydedd ynghylch y dieithryn ac roedd y newyddion yn rhy gyffrous i adael iddo wneud dim mwy na hepian. Y glaniad ymhen pythefnos!

Syllodd ei lygaid aflonydd ar y lleuad yn amlinellu cwarrau'r ffenestri drwy'r llenni. Halen y ddaear oedd dynion fel Seamus a Finn a Tadhg, ond faint o werth fyddai'u picelli yn erbyn magnelau'r Saeson? Wedi i'r Ffrancod lanio gyda'u harfau fe fyddai'n wahanol. Ond tan hynny a fyddai'n ddoeth iddo fynd â nhw i Bantry, gan wybod y byddai'r milisia'n heidio yno, yn ddrwgdybus o bob dieithryn? Heblaw hynny, fe fyddai diflaniad deugain o ddynion y gymdogaeth yn siŵr o ddal sylw'r sbïwyr lleol. Doedd dim amheuaeth nad oedd llygaid barcud yn rhywle yn gwylio'i symudiadau ers misoedd ac arian Jwdas yn boeth yn y boced. Ond fe allai yntau fynd heb godi amheuon; oni fyddai'n mynd i Ddulyn bron bob wythnos—ac yn amlach pan fyddai'r Senedd yn cwrdd? Mi allai fynd â Tony gydag ef, fel arfer. Yn wir, byddai mynd hebddo'n fwy tebygol o ddal sylw'r sbïwyr.

Tony, cawr o ddyn du, gyda gwallt cyrliog tynn a brith, a fu'n gydymaith iddo oddi ar y diwrnod tyngedfennol hwnnw yn America. Rhyfedd o fyd fod pethau'n gallu newid pur llwyr. Dros bymtheng mlynedd 'nôl roedd yn swyddog ym myddin Siôr y Trydydd yng Ngogledd America, yn erlid y bobl hynny yr oedd ei gyfaill Wolfe bellach wedi bod yn ymbil am eu cymorth yn erbyn y teyrn cibddall hwnnw. Roedd hynny 'nôl yn ei ddyddiau anaeddfed, dyddiau bywyd hunanol y tirfeddianwyr Protestannaidd ffroen-uchel pan oedd yntau fel ei frodyr a'i dylwyth yn dirmygu'r werin. Y pryd hwnnw, gyrfa fel uchel-swyddog ym myddin Ei

22

Fawrhydi oedd rhawd ddisgwyliedig meibion tirfeddianwyr mwya'r Deyrnas Gyfunol. Ond yn America roedd wedi gweld y brodorion yn dioddef gormes y dyn gwyn, ac yn marw yn eu miloedd, diolch i glefydau'r ymfudwyr, a'u gynnau, a'u diod gadarn a'u creulonderau.

Wnâi e byth anghofio'r frwydr honno yn 1781 yn Eutaw Springs pan gafodd ei glwyfo gan un o fwledi'r gwrthryfelwyr. Pwy feddyliai y gallai dynion George Washington ymladd mor galed ac mor benderfynol er mwyn eu rhyddid? Cofiodd yr ergyd a'r boen a'r syndod o weld y gwaed yn staenio'r wisg cyn iddo lewygu. Bu'n gorwedd yn hanner anymwybodol am ddyddiau mewn ysbyty, yn troi a throsi yng ngwres y dwymyn gan weiddi ac ochneidio, heb wybod mai dwylo Tony fyddai'n ei ddal i lawr pan fyddai'n strancio, yn sychu'r chwys oddi ar ei dalcen, yn clirio'i garthion, yn golchi'r clwyf ac yn newid y clytiau bob dydd. Aeth dyddiau heibio cyn iddo ddeall mai Tony oedd wedi'i gario o faes y gad yn sŵn magnelau a sgrechfeydd heb feddwl am ei ddiogelwch ei hun.

Byth er hynny roedd y ddau wedi bod yn anwahanadwy; drwy Tony roedd Edward wedi dysgu ystyr cyfeillgarwch a chydraddoldeb ac nad oedd lliw croen yn bwysig. Dysgodd ei gydnabod mai colli'i gyfeillgarwch fyddai diystyru neu wawdio'i gyfaill croenddu o hynny ymlaen.

Rai wythnosau wedyn, pan oedd ar wellhad, gofynnodd i Tony pam yr oedd wedi ochri gyda nhw, y 'Saeson', yn erbyn yr Americanwyr. Fflachiodd Tony ei ddannedd a chrychu corneli'i lygaid wrth wenu'n drist. Meddai, 'Sut gallwn i ddilyn dynion fel Washington a Jefferson a nhwythe'n cadw caethweision ac yn prynu a gwerthu 'mhobol fel gwartheg?'

*   *   *

Gwawriodd Dydd San Steffan yn oer a stormus a gwlyb yn Kildare fel yr oedd wedi bod ers deng niwrnod, a phawb yn rhyfeddu y gallai'r fath gorwyntoedd barhau mor hir a digyfnewid, yn hyrddio glaw o'r gogledd ac yn gwlychu'r neb a fentrai o'i dŷ mewn munudau. Roedd yn dywydd a fferrai ddynion at fêr eu hesgyrn ac

23

a chwythai lechi oddi ar doeau tai'r byddigion a gwellt oddi ar gutiau'r werin. Treiglai'r glaw'n ffrydiau i lawr y muriau a throi'n nentydd lleidiog ar hyd y llwybrau gan gronni'n byllau melynllwyd. Gallai dyn neu geffyl gamu i un ohonyn nhw, heb wybod ai modfeddi neu droedfeddi o ddyfnder a lechai o dan yr wyneb. Roedd yn dywydd y dylai pob enaid gwâr lechu o dan do diddos, ond y bore hwn roedd Edward yn dyheu am gychwyn, glaw neu beidio, cyn i rywbeth arall ei rwystro.

Roedd y ferch fach wedi dewis amser anghyfleus i gael gwaith dannedd bum diwrnod 'nôl nes bod ei boch wedi chwyddo'n fflamgoch a'i ffroenau a'i gwddw'n llawn catâr trwchus a phoenus a'i cadwodd ar ddi-hun, a'i rhieni gyda hi, oblegid roedd Pamela'n rhy ofidus am ei chyflwr i'w gadael gyda Colette. Treuliodd oriau'n suo'r un fach ar ei mynwes o flaen y tân, a dal lliain gwlyb, oer ar y foch boenus er mwyn ei hoeri a lleddfu'r boen; ac er bod Edward yn awchu am gychwyn i Bantry roedd gweld y tamaid bach yn gwingo ac yn gryndod i gyd yn ei thwymyn yn ei gadw yno fel na allai deisyfiad Pamela ei wneud.

Roedd y fechan dipyn yn well erbyn noswyl y Nadolig ac yn amlwg ar wellhad ar fore'r Ŵyl ei hun, yn ddigon da i Pamela fodloni i Colette ei chymryd iddi hi gael brysio i'r offeren arbennig. Y noson honno y dywedodd Edward wrthi.

Roedd hi'n brwsio'i gwallt o flaen y drych pan ddaeth ati a dodi'i ddwylo'n ysgafn ar ei hysgwyddau a chusanu un o'r cudynnau. Pwysodd Pamela ei phen 'nôl ato dan wenu a rhoi'r gorau i'r brwsio am ennyd. Roedd y rhyddhad yn amlwg ar ei hwyneb ar ôl gofid y dyddiau blaenorol. Cododd ei llaw a gwasgu llaw Edward.

'Wedi blino, 'nghariad i?'

Nodiodd hithau.

'Ydw, dipyn. Fe fydda i'n falch i gael noson o gwsg, a thithe hefyd, mae'n siŵr.'

Roedd hynny'n wir, fy fyddai'n falch i gysgu'r noson honno gan na wyddai pryd y câi gysgu wedyn.

'Yn hollol . . . Pamela.'

Cwrddodd eu llygaid yn y drych wrth iddi ailddechrau brwsio, ond daliodd i afael yn llaw ei gŵr â'i llaw chwith ac roedd rhyw feddalwch ac addewid yn ei threm a barodd iddo ddal ei anadl. Crwydrodd ei lygaid at ei hysgwyddau a'i mynwes hanner-noeth. Ar waetha'i blinder gwenodd hithau wrth sylwi ar gyfeiriad ei edrychiad.

'Ie?'

'Mae gen i rywbeth i ddweud.'

'Dwed 'te!'—gyda golwg ddireidus i'r drych, golwg a ddiflannodd wrth iddi sylwi ar y gofid ar ei wyneb.

'Edward—beth sy'n bod?'

Ymbalfalodd yntau am y geiriau iawn gan lyncu poer.

'Mae'r fechan yn well erbyn hyn.'

'Ydi—i Dduw y bo'r diolch—mi fues i'n gweddïo ar y Forwyn Fair, ti'n gwbod.'

'O.' Roedd ei chlywed yn canu clodydd Mair yn beth na hoffai, yn ei atgoffa fod ei wraig yn Babydd.

'Dyna beth sy'n dy ofidio, ie? Ond mae hi gymaint yn well.'

'A nawr mae hi'n well mi alla i fynd ar neges.'

'Mynd? I ble? Pa neges?'

'Wyt ti'n cofio'r dyn rhyfedd 'na a dorrodd i mewn y mis diwethaf?'

'Bu'n agos i Tony ei frawychu i farwolaeth! Beth amdano fe?'

'Wnes i ddim dweud wrthyt ti ar y pryd, ond roedd newyddion da ganddo. O Ffrainc!'

Gwelodd yr olwg chwilfrydig, holgar ar ei hwyneb.

'Mae'r ymosodiad ar fin dechrau!'

'Ymosodiad?'

Yn sydyn roedd ei hwyneb yn llawn ofn ac amheuaeth—fel petai hi'n ofni'r gwaetha. Peidodd ei llaw â brwsio a throdd ato'n sydyn.

'Pa ymosodiad?'

'Fe fydd llynges fawr yn cyrraedd o Ffrainc cyn diwedd y mis—gyda Hoche a Tone yn arwain byddin i ryddhau Iwerddon!'

'Fe fydd yn rhyfel, ti'n meddwl?'

'Ydw! Y rhyfel fydd yn taflu'r Saeson allan o Iwerddon unwaith ac am byth!'

'Dyna i gyd y galli di siarad amdano? Rhyfel ac ymosodiade?'

'Ond rhaid inni ymladd os yw Iwerddon i gael ei rhyddid—fel y chwyldro yn Ffrainc!'

Neidiodd Pamela ar ei thraed gan daro'r brwsh gwallt i lawr ar y bwrdd.

'I'r Cythraul â chwyldro Ffrainc, Edward! Edrych beth wnaeth hwnnw i 'nheulu i! Lladd a llofruddio pobol ddiniwed yn eu miloedd! Wyt ti'n dymuno i hynny ddigwydd yn Iwerddon?'

Dechreuodd Edward siarad ond aeth Pamela ymlaen.

'Ond . . .'

'Pam mae angen rhyfel o gwbl? Pam na allwn ni fyw'n dawel fel pawb arall, fel Arglwydd Riverside a'i arglwyddes, er enghraifft? Pam mae rhaid iti ymboeni â gwleidyddiaeth? Dyw Riverside ddim!'

'Dyw e ddim yn poeni am ddim byd, heblaw am sut i gael elw o'i denantiaid! Ond alla i ddim diodde gweld Iwerddon yn marw o esgeulustod a gormes pan allai fod yn wlad o ffyniant a hapusrwydd.'

'A rwyt ti'n meddwl y daw'r Ffrancod â ffyniant a hapusrwydd wrth ymosod ar Iwerddon, wyt ti? Rwyt ti'n byw mewn breuddwyd, Edward! Y cyfan a ddaw gyda'r Ffrancod yw rhyfel a dioddef, teuluoedd yn chwalu, plant yn amddifaid, merched yn cael eu treisio! Edward! Cadw draw oddi wrthyn nhw, er ein mwyn ni i gyd!'

'Alla i ddim.'

'Galli! Tyn 'nôl cyn iddi fynd yn rhy hwyr! Cyn iti droi'n fradwr!'

'Bradwr? Ydi ceisio rhoi terfyn ar y gormes sydd ar fy nghenedl yn waith bradwr? Alla i ddim stopio nawr pan fo dynion a merched yn Iwerddon yn cael eu sathru dan draed dynion y Gormeswr! Rhaid i fi ddilyn 'y nghydwybod.'

'Dy gydwybod? Dy hunanoldeb, ti'n feddwl! Dy freuddwyd orffwyll i ryddhau Iwerddon, a dod yn frenin drosti dy hun, synnwn i ddim!'

'Mae hynny'n beth annheilwng i ddweud.'

'Ydi e? Paid ag esgus na hoffet ti fod yn gadfridog ar fyddin o Wyddelod. Gwisgo lifrai gwyrdd ac aur a chael dy alw'n Geralltyn, unrhyw beth i ddod yn enwog, yntê, Edward, ac anghofio am dy deulu.'

'Nage! Er eich mwyn chi yr ydw i'n gwneud hyn!'

'Celwydd! Twylla dy hun os leici di, ond paid â thrio 'nhwyllo i!'

'Ond maen nhw'n disgwyl amdana i, yn dibynnu arna i, rwy wedi gwastraffu gormod o amser gartre'n barod!'

Tynnodd Pamela'i neglije'n dynnach amdani wrth rythu arno.

'O, mae'n flin gen i, roeddwn i'n meddwl mai gofidio am ein plentyn oeddet ti! Gwastraffu amser, meddet ti! Wyddwn i ddim ei bod hi'n golygu cyn lleied iti!'

Ysgydwodd Edward ei ben yn ddiamynedd.

'Fe ddylwn i fod wedi mynd ers dyddiau, ond mi arhoses i gartre am ei bod hi'n ddi-hwyl.'

'A nawr rwyt ti am fynd at dy ffrindie—heb aros hyd yn oed i ddathlu'n priodas!'

'Pamela.'

Estynnodd ei law ati ond gwingodd oddi wrth ei gyffyrddiad.

'Paid â chyffwrdd â fi!'

'Pamela. Er mwyn popeth.'

Ond roedd ei wraig yn swp dagreuol ar y gwely a'i chorff yn crynu wrth iddi feichio crio i'r gobennydd.

'Pamela, 'nghariad i!'

'Cer i ennill dy enwogrwydd! Anghofia'n priodas!'

Caledodd ei lygaid a throdd ar ei sawdl a cherdded o'r stafell gan gau'r drws yn glep yn ei dymer. Ond yna clywodd waedd yn llawn ing.

'Edward! Paid â 'ngadael i!'

Wrth iddo oedi'n ansicr tynnwyd y drws ar agor ac roedd hi ar ei draws yn wbain yn ei dagrau ac yn glynu wrtho fel gele gan hyrddio cusanau dros ei wyneb nes bod ei dagrau'n chwerw yn ei geg.

'Mae'n flin gen i, Edward! Paid â 'ngadael i fel hyn!'

'Dere di, 'nghariad i—bydd popeth yn iawn.'

Cododd hi yn ei freichiau a'i chario at y gwely, gan wthio'r drws ynghau â sawdl ei esgid. Rhoddodd i orwedd ond pan geisiodd godi oddi wrthi caethiwyd ef gan ei dwylo am ei wddw a'i cheg ar

27

ei geg yntau. Roedd ei llygaid ynghau a'r blewiach yn ddu yn erbyn ei chnawd; sylwodd unwaith eto ar lyfnder ei chroen a'r cochni ffasiynol ar ei dwyfoch. Teimlodd ei galon yn carlamu a'r gwaed yn curo yn ei arleisiau a'i wyneb yn gwrido yn ei nwyd. Llwyddodd rywsut i afael yng ngodre'i grys a'i godi dros ei ben.

Rywdro yn yr oriau mân dihunodd Edward a chlywed crio tawel wrth ei ochr. Estynnodd ei law at ysgwydd ei wraig.
'Pamela, 'nghariad i, beth sy'n bod?'
'Edward! Rwy'n dy garu di gymaint!'
Yna roedd ei gwefusau'n anwesu'i wyneb unwaith yn rhagor a'i bysedd yn crwydro'i gorff ac yn ei dynnu ati a hithau'n ei gusanu drwy ddagrau poeth gan ymbil arno i beidio â mynd a'i gadael.

4

Roedd hi'n dal heb wawrio pan ymysgydwodd Edward a sleifio o'r gwely. Roedd yn fore oer a chrynodd wrth wisgo amdano'n gyflym. Cododd ei esgidiau gan fwriadu eu gwisgo yn y gegin; yna trodd a rhoi cipolwg ar wyneb Pamela. Llamodd ei galon wrth syllu arni—mor ddiniwed yn ei chwsg. Plygodd a'i chusanu ar ei thalcen a'i gweld yn gwenu, ond cyn iddo symud i ffwrdd agorodd ei llygaid syn a chyffrôdd hithau.
'Edward! Rwyt ti 'di gwisgo.'
'Mae rhaid i fi fynd—mae'n hwyr.'
Syllodd hithau heb ddeall, yna llanwodd ei llygaid â braw.
'Mynd? Na! Alli di ddim!'
'Mae'n rhaid i fi.'
'Na, nid heddiw! Nid ar ôl neithiwr! Neu wyt ti wedi anghofio?'
'Nac ydw! Rwy'n dy garu di'n fwy na bywyd 'i hun, Pamela, ond rwy'n caru Iwerddon hefyd. Alla i ddim bradychu Iwerddon nawr!'
Roedd ei hwyneb yn arteithio ato a'r dagrau'n beryglus o agos yn y llygaid tywyll. Cydiodd ynddi, a'i chodi i'w freichiau a'i dal yn

dynn. Yna cusanodd hi a'i theimlo'n ymateb, ond fod y gusan yn llawn hiraeth a gofid ac anobaith.

'Dim ond am ychydig wythnose, 'na i gyd—ac mi fydda i 'nôl yma, pan fydd Iwerddon yn rhydd! Ac rwy'n addo, adawa i monot ti fyth eto.'

'Edward!'

Roedd ei hebychiad yn gerydd torcalonnus. Yna gwthiodd Edward hi'n dyner ar y glustog. Sibrydodd.

'Fe fydda i 'nôl cyn bo hir.'

'Edward!'

Roedd hi'n wylo cyn iddo gyrraedd y drws.

*   *   *

Roedd Tony'n disgwyl amdano yn y gegin. Eisteddodd ar ffwrwm dderw a phwyso yn erbyn y bwrdd i wisgo'i esgidiau. Trodd Hannah, gwraig fer yn ei deugeiniau mewn dillad gwasanaethferch, ffrog ddu hir, brat, a chap crwn gwyn, a rhoi'r gorau am ennyd i ddodi mawn ar y tân myglyd a'i gyfarch,

'Meistr, mae bara a chaws ar y ford i chi, a chwrw bach.'

'Diolch, Hannah.' Roedd hi bob amser yn dipyn o ymdrech i wthio troed i wddw hir yr esgid a'i thynnu lan dros y goes wedyn. Fe âi amser hefyd i wthio'r botymau pres trwy'r rhwyllau yn y lledr caled. Rhoddodd y droed ar lawr a gwasgu nes bod y sawdl yn y man iawn, yna gwisgodd yr ail esgid a sefyll ar ei draed ar ôl trafod y botymau a chymryd cam neu ddau i ystwytho.

'Sut dywydd yw hi?'

Gwnaeth Tony wyneb hir.

'Glaw mân a gwynt cryf o'r gogledd-orllewin.'

Roedd hynny'n well na'r eira a fu'n disgyn ers wythnos a rhagor. Roedd ei galon wedi suddo wrth ei weld yn drwch ar y cloddiau a'r caeau a'r ffyrdd; nid peth hawdd fyddai tramwyo ar draws gwlad i Bantry yn yr eira a byddai'n anodd i filwyr Ffrainc fartsio i Ddulyn o ran hynny. Ar y llaw arall, fe fyddai'n rhwystro catrodau'r Saeson rhag dod at ei gilydd. Ond nawr byddai'r glaw wedi toddi'r eira ar

29

y ffyrdd a'i droi'n llaid melyn, a byddai teithio'n haws. Ond byddai'n dal yn oer a diflas. Byddai angen gwisgo'n gynnes felly— crys gwlanen a gwasgod frethyn a'i got deithio fawr lasddu â'i choler uchel a'i het driphyg yn isel dros ei ben. Gyda menig lledr hyd at ei benelinoedd a thros y llewys dwbwl, byddai siawns iddo gadw'n sych am dipyn cyn i'r lleithder oer dreiddio hyd fêr ei esgyrn. Ac os byddai'n sythu erbyn diwedd y dydd, pa faint mwy y cryndod a'r anghysur i Tony oedd o hil gwledydd poeth?

A dyna fater yr arfau wedyn. Anarferol, a dweud y lleiaf, oedd gwisgo cleddyf yn niwedd y ddeunawfed ganrif oni bai eich bod yn swyddog ym myddin Ei Fawrhydi, Siôr y Trydydd, y 'person egwan a gorffwyll hwnnw' fel y galwodd Tom Paine ef. Ond roedd wedi hen ymadael â'r Pum Deg Pedwaredd Gatrawd, neu a bod yn fanwl cawsai'i ddiarddel ohoni ar ôl galw'n gyhoeddus am ddileu teitlau etifeddol pan oedd gyda Tom ym Mharis yn Hydref 1792.

Ond roedd ganddo arfau haws i'w cuddio na sabr. Cododd docyn o fara a chaws a'u bwyta wrth gerdded drwodd i'w fyfyrgell, lle na châi'r un forwyn na gwas, na hyd yn oed ei arglwyddes, ymyrryd â'i bapurau. Stafell fechan oedd hon gyda bwrdd a chadeiriau derw ar ganol y llawr pren moel, silffoedd o lyfrau'n cuddio'r muriau a desg dderw a gadwai ynghlo bob amser. Mater o eiliadau fu tynnu'r llenni trymion 'nôl ddigon i gael llygedyn o olau gwan y wawr i'r stafell a dat-gloi drôr y ddesg. Mewn eiliad neu ddwy roedd ganddo ddagr mewn gwain o dan ei gesail a blwch pren yn dal dau ddryll â barilau dwbwl, un uwchben y llall, a dau focsaid o fwledi yn ei freichiau. Archwiliodd y ddau ddryll yn ofalus, er ei fod yn gwybod eu bod wedi'u glanhau'n barod. Nodiodd yn foddhaus; roedd wedi rhoi gofal mawr iddyn nhw, gan wneud yn siŵr fod y ddau faril yn troi'n hawdd ac yn newid lle â'i gilydd wrth iddo danio. Wnâi hi mo'r tro petai'r mecanwaith yn gwrthod troi pan fyddai angen saethu. Caeodd y bocs a'i roi yn y cwpwrdd a'i gloi.

'Tony—cymer hwn.'

'Nôl yn y gegin estynnodd un o'r drylliau i'r dyn du ynghyd â bocsaid o fwledi. Gwenodd Tony wrth iddo afael yng ngharn y dryll, a'i bwyso yn ei law, a'i anelu at elyn dychmygol. Yna fe'i gwthiodd i boced ei got fawr gyda'r bwledi. Yr un pryd tynnodd Hannah anadl ddofn wrth weld yr arfau.

Gresynodd ei bod hi wedi sylwi; fe allai ddweud wrth Pamela.

'Hannah, dim un gair am hyn wrth neb, ti'n deall?'

'Ydw, wrth gwrs, meistr, ddweda i'r un gair.'

'Gofala di! Ac os clywa i fod rhywun yn gwybod . . .'

Anesmwythodd yr wyneb crwn.

'Ddim un gair, wir i Dduw Dad trugarog, meistr!'

'Mae'r ceffyle'n barod i fynd, meistr.'

Nodiodd Edward wrth gymryd llond pen arall o fwyd.

'A'r ceirch?'

'Yn barod hefyd, meistr.'

Nodiodd Edward yn foddhaus.

Wrth gwrs eu bod nhw'n barod—fe fyddai Tony dibynadwy wedi bod draw yn cyfrwyo'r meirch a'u bwydo a gosod ceirch mewn cydau wrth gefn y cyfrwyau cyn meddwl am ddiwallu'i anghenion ei hun. Llyncodd yn galed ac yfed ychydig o gwrw, digon i dorri syched.

'O'r gore—cystal inni gychwyn. Mae'n ffordd bell i Bantry.'

'Ydi, syr.'

Cytunodd Tony fel petai'n hen gyfarwydd â'r ffordd fawr a redai drwy wastadeddau'r de-orllewin i gyfeiriad Youghal a Corc er nad oedd wedi'i thramwyo erioed.

'Ydych chi am i fi agor y clwydi, meistr?'

Hannah'n awyddus i ennill ffafr a'i siôl eisoes dros ei phen rhag y glaw.

'Ydw—diolch, Hannah.'

Gwenodd y wasanaethferch a brysio allan yn droednoeth drwy'r glaw fel pe na bai'n teimlo'r oerfel na'r gwlybaniaeth.

'Edward! Aros!'

Roedd Edward eisoes yn camu drwy'r drws pan glywodd y llais. Y foment nesaf roedd Pamela yno, a siaced laes amdani a'i dagrau wedi sychu.

'Chéri—gwisga hwn, rwy'n erfyn arnat ti.'

A gwasgodd groes arian fechan ar gadwyn i'w law.

Syllodd Edward arni, yn synhwyro symlder ei ffydd. Byddai gwybod fod y groes fechan am ei wddf yn gysur iddi hi o leiaf.

'Diolch, 'y nghariad i.'

Diosgodd ei fenig ac agor botwm ucha'i got fawr.

'Gad i fi wneud.'

Gwyrodd ei ben a gadael iddi osod y gadwyn am ei wddf—a'i gusanu'n dyner.

'Mi fydda i'n gweddïo drosot ti bob nos.'

Cofleidiad sydyn ac yna roedd y drws wedi cau ar ôl y ddeuddyn a sŵn eu hesgidiau'n clindarddach ar draws y buarth at y stablau. Rhedodd Pamela at y ffenest gan dynnu'i siaced yn dynnach amdani. Ymhen ychydig daeth Edward i'r golwg yn arwain ceffyl gwinau a Tony ar ei ôl gyda march llwyd-ddu cymysgliw, a'r ddau'n pystylad ac yn falch i adael tywyllwch y stabl. Doedd hi ddim yn synnu eu bod wedi dewis y ceffylau hynny, nid y rhai cyflymaf, o bosibl, ond ceffylau a allai ddal ati i garlamu pan fyddai ceffylau mwy llednais eu tuth wedi diffygio, ac roedd ganddyn nhw ffordd bell i fynd cyn nos.

Allan yn yr awyr agored dringodd y ddeuddyn ar gefn eu ceffylau a chau eu cotiau'n dynn. Pan gymerodd Edward gipolwg brysiog ar Tony roedd ei wyneb bron o'r golwg tu ôl i goler ei got a dim ond ei ddau lygad i'w gweld yn rhythu ar y byd, a heb hoffi beth a welen nhw, digon tebyg. Roedd hynny'n beth da, byddai wyneb du'n siŵr o beri syndod a thynnu sylw ar y daith. Trodd ei ben eto a gweld wyneb gwelw'n edrych arno drwy'r ffenest a llaw wen yn chwifio. Cododd ei fraich rydd â'r chwip ynddi mewn arwydd o ganu'n iach a galwodd '*á bientot!*' yn siriol fel petai'n cychwyn allan i'r farchnad; yna trodd ben y ceffyl a throtian yn frysiog drwy'r porth agored a Tony'n ei ddilyn.

'Diolch, Hannah!'

'Siwrne dda i chi, meistr!'

Roedd sŵn y carnau'n dal yn ei chlustiau wrth i Hannah fynd 'nôl i'r tŷ at ei meistres ar ôl cau'r clwydi.

Roedd ganddyn nhw ganllath go lew i fynd ar hyd y llwybr caregog i lawr rhwng adfeilion castell Kildare a mynwent yr Eglwys

Anglicanaidd at sgwâr y pentref. Yno trodd i'r chwith ar y briffordd a redai i diroedd gwastad y Curragh ac ymlaen i Ddulyn. Roedd y Curragh eisoes wedi dechrau datblygu'n fagwrfa geffylau a'r tir llwm, di-goed, yn ddelfrydol at farchogaeth yn gyflym dros dir oedd yn gadarn ond yn ddigon meddal i ddyn allu cwympo heb gael niwed ond iddo gwympo'n ofalus. Os oedd llygaid chwilfrydig yn gwylied (o borth y tafarndy, o bosibl) fe welen nhw frawd y Dug yn cychwyn allan gyda'i was ffyddlon i'r peithdir ar ei ffordd i'r brifddinas yn ôl ei arfer, wedi cael digon, o bosibl, ar aros gartref o dan fawd ei wraig.

Sbardunodd Edward ei geffyl a'i deimlo'n ymateb yn egnïol o dan ei ddwylo medrus. Am ennyd roedd y glaw wedu peidio a daeth paladr o heulwen ddyfrllyd i oleuo'r heol arw o'i flaen a disgleirio ar olion yr eira ar y caeau a'r coed. Roedd yn gysur i'r galon fel petai'n rhagargoeli llwyddiant i'r achos. Trotiodd y ddau geffyl yn hamddenol i'r dwyrain nes mynd o olwg y pentref ac yna fe gyflymson yn raddol nes bod y ddau farch yn carlamu'n afieithus dros y peithdir gwyrdd fel petai'r Diafol ar eu holau.

*   *   *

Roedd Pamela'n gorwedd ar ei gwely yn ei siaced laes yn syllu'n drist at y nenfwd gwyn ac yn wylo'n dawel. Pam yr oedd rhaid iddo ymhél â dynion fel y Tone 'na ac O'Connor gan gefnu ar ei dylwyth a'i bobl ei hun? Roedd y peth yn ddirgelwch hollol iddi. Gallai Edward fod yn mwynhau bywyd y cyfoethogion yn Nulyn a Llundain ac yn ymdroi yng nghynnwrf y Llys; roedd eisoes yn aelod o senedd Iwerddon, a gallai gael sedd yn San Steffan hefyd petai'n dymuno hynny, fel ei gefnder, Charles Fox. Roedd hwnnw'n gwmni difyr gyda digon o chwerthin o'i gwmpas bob amser; tipyn difyrrach cwmni na'r tlodion o gwmpas Kildare. Y peth nesa fyddai mynnu iddi ddysgu iaith ryfedd y brodorion a'i siarad â'u plant! Ond o leiaf fe fyddai gobaith iddo dderbyn eu Ffydd wedyn. A nawr roedd ganddi ddyddiau—wythnosau—o unigedd i'w hwynebu'n hiraethu am ei gŵr ac yn gweddïo ar Fam Duw i eiriol ar ei Mab i ddod ag ef 'nôl ati'n ddiogel.

*   *   *

Roedd ganddyn nhw ddewis o dair ffordd i fynd i Bantry o Kildare. Y ffordd drwy Athy a Kilkenny oedd yr un fwyaf syth ac roedd hi'n fyrrach na'r ffordd fwyaf ogleddol trwy Portlaoise a Limerick a Mallow. Roedd y ffordd orau'n hirach byth, drwy Carlow a Waterford, ac roedd hon yn gyfarwydd iddo gan ei bod yn mynd trwy dref Youghal lle'r ymunodd ag un o gatrodau'r Brenin yn un ar bymtheg oed. Wrth edrych 'nôl gallai synnu a rhyfeddu at draddodiad ymhlith dynion o'i gefndir fod disgwyl iddyn nhw ddysgu ymladd bron cyn tyfu'n ddynion. Gallai gofio cynnwrf y dyddiau hynny, ac yntau'n gyw-swyddog dibrofiad ac anaeddfed, yn derbyn hyfforddiant yn Youghal cyn hwylio i America i wynebu'r gwrthryfelwyr yno.

Yn y fyddin roedd wedi dod i garu ceffylau wrth ddysgu eu marchogaeth, gan ddod i wybod nad oedd angen na chwip na sbardun i hysio march teimladwy ymlaen nerth ei garnau; ac yn Kildare roedd wedi treulio wythnosau'n dewis ceffylau da a allai ddal ati i garlamu drwy'r dydd heb flino, fel y ddau geffyl odano yntau a Tony, dau geffyl o rywogaeth ardderchog ag awgrym o dras Arabaidd yn eu hosgo; ceffylau chwimwth ac ysgafn o gorff, gyda phennau hirfain, llwynau cyhyrog, gwarrau uchel, pedreiniau hir a chynffonnau uchel o rawn syth, sidanaidd. Byddai ceffylau mor llamsachus a nerfus â'r rhain yn hapusach yn carlamu nag yn trotian, ac roedd angen llaw fedrus i'w rheoli, yn enwedig yng nghanol synau erchyll maes y gad.

Y bore diflas hwn o Ragfyr, 1796, roedd yn falch iddo dreulio cymaint o amser cyn prynu'r ddau farch a'u hyfforddi i ufuddhau i'w ddymuniadau yn ddiymdroi. Gallai deimlo'r nerth o dan ei lwynau a gwybod yn nhuth y creadur balch y gallai ddal ati i garlamu tan fachlud haul yn hapus ddigon. Nid dafnau chwys oedd y diferion ar war y brithlwyd chwaith ond y glaw mân oedd unwaith eto'n disgyn yn llen ar draws y ffordd. Roedd Tony hefyd yr un mor gartrefol ar gefn ceffyl ar ôl dilyn ei feistr 'nôl ac ymlaen o Kildare i Ddulyn ac i Athy ac ar draws y wlad i Athlone ar fusnes y Gwyddelod Unedig.

Y ffordd fyrraf fu ei ddewis ar gyfer y daith ar ôl croesi'r Curragh i Droichead Nua, drwy Athy, Kilkenny, Clonmel a Mallow, ffordd oedd heb newid fawr ddim ers canrifoedd gyda'i hwyneb garw a'r pyllau dŵr y byddai angen eu hosgoi. Ryw ddydd fe fyddai ffyrdd tyrpeg yn siŵr o wella trafnidiaeth Iwerddon fel yn Lloegr ond nid y bore hwn, ac yntau ar frys i gyrraedd Bantry mewn pryd i groesawu Wolfe Tone! Y bore hwn byddai angen trotian yn ofalus fel gŵr bonheddig allan gyda'i was, boed i gadw oed neu fynd i hela; ac ni fyddai neb yn ei gweld yn rhyfedd fod aelod o Senedd Grattan yn mynd ar fusnes i'w etholaeth yn Athy. Ar ben hynny, fydden nhw ddim yn rhoi'r argraff eu bod ar frys wrth basio drwy'r pentrefi a'r trefi rhyngddyn nhw a Bantry.

Arafodd y trotian ryw filltir cyn cyrraedd Athy a throdd Edward ben ei farch i'r chwith a dilyn llwybr rhwng dau dwyn isel gan wybod y byddai'n dod 'nôl i'r ffordd ymhen milltir neu ddwy y tu draw i'r dref. Doedd e ddim yn awyddus i gwrdd â neb fyddai'n ei adnabod. Ei ofn pennaf oedd y byddai rhyw fonheddwr allan yn blygeiniol ac y dôi wyneb yn wyneb ag ef.

Wedi ailymuno â'r heol gallai anadlu'n fwy rhydd; gyda phob cam i ffwrdd o Athy roedd y tebygolrwydd o gael ei adnabod yn mynd yn llai bob eiliad. Fyddai fawr neb yn gyfarwydd â'i wyneb yn nhref Kilkenny a gallai frysio drwyddi hi a Callan yn weddol hyderus.

Arhosodd y ddau i gael tamaid o ginio gan gysgodi orau y gallen nhw mewn tyddyn oedd wedi hen fynd â'i ben iddo, ond o leiaf, roedd y murddun yn cadw'r glaw mân draw am y tro. A'i geg yn llawn o fara a chaws sylwodd Edward ar ei amgylchedd diflas a rhyfeddu fod neb wedi llwyddo i fyw yn y fath gyntefigrwydd; llawr oedd yn fwy o laid na dim arall, muriau o bridd a gwiail heb eu plastro a tho o dyweirch; adeilad heb ffenestri a dim ond twll yn y to a drws agored i oleuo'r tu mewn. Ac eto roedd tlodion wedi cartrefu yno, rywsut ac wedi cenhedlu tyaid o blant yng nghanol y budreddi, y dynion yn llwydaidd a diegni, a'u gwragedd yn wan ac yn hen cyn pryd dan ormes epilio'n drwm; yn hen gyfarwydd â'r torcalon o gladdu plant yn eu babandod oherwydd diffyg maeth a chlefydau'r oes. Oblegid byddai'r meistri tir didostur oedd yn estron o ran iaith a chrefydd, yn dwyn yr ychydig gyfoeth a

35

gynhyrchai'r tir sâl fel na fyddai plentyn yn gweld menyn na chaws na chig o ddechrau blwyddyn i'w diwedd.

Cofiodd y sioc a deimlodd pan glywodd swyddog ffroenuchel o Ffrancwr yn cyfeirio at y tyddynwyr yn Llydaw ryw dro fel petaen nhw'n is nag anifeiliaid—'*les pommes de terre aux cochons — et les épluchures aux Bretons!*'—'y tatws i'r moch—a'r crafion i'r Llydawiaid!' Ond dyna'n union agwedd cynifer o'i gyd-feistri tir yn Iwerddon, pobl oedd yn credu mai iaith farbaraidd oedd yr Wyddeleg ac mai'r rhwystr pennaf i ffyniant y werin oedd Eglwys Rufain. Pa ryfedd fod y werin yn eu casáu wrth weld eu plant yn nychu a marw o dlodi a'r byddigion yn pesgi ar ffrwyth eu llafur?

Roedd rhyw fath o gysur mewn meddwdod yn eu tafarnau tlawd a chanu i sŵn y crwth a'r pibau a dawnsio'u dawnsiau rhyfedd ac roedd eu crefydd yn gysur gyda'i phwyslais ar y byd oedd i ddod ac mai paratoad ar ei gyfer oedd eu bywydau llwm, neu felly y byddai'r 'Tad' Hwn-a'r-llall, nad oedd yn dad o gwbl, yn ei ddweud. A'r fath eilunaddoliaeth a gâi am fynd yn offeiriad gan aberthu bywyd normal a chariad gwraig a theulu er mwyn Duw. Ond faint o aberth oedd hynny? Roedd bywyd unig mynach ac offeiriad Pabyddol dipyn yn fwy cysurus na thlodi'r tyddynnwr Gwyddelig. Ac roedd llawer o ferched yn ddigon balch i gyfnewid hylltod eu cartrefi llwm am lendid a chysur ingol y cwfaint.

'Meistr, oes rhywbeth yn bod?'

Deffrowyd ef o'i fyfyrdod gan lais gofidus Tony. Sylweddolodd iddo fod yn delwi ai lygaid di-weld fel petaen nhw wedi'u parlysu wrth rythu ar y tir diffaith o flaen twll y drws. A thir diffaith oedd hwn hefyd, yn gorsog, gyda brwyn yn codi'n dwffau yma a thraw. Roedd hynny o goed a welai—tair neu bedair o goed ffawydd yn grwm a chrebachlyd a chen gwyrddlwyd yn eu hanner gorchuddio fel petaen nhw wedi danto yn yr holl wlybaniaeth. Yn sicr nid oedd yn lle i oedi ynddo fwy nag oedd rhaid.

'Breuddwydio oeddwn i, 'na i gyd.'

'O—gwell inni symud mlaen, chi'n meddwl?'

'Ie, Tony—inni gael cyrraedd Clonmel cyn iddi dywyllu.'

5

Roedd y ddau'n falch i weld tafarn Spiddal yn Clonmel yn hwyr y prynhawn hwnnw a chael stafell a thân o goed yn tasgu gwreichion lan y simnai; cyfle i dwymo ac ystwytho dwylo sythlyd a sychu dillad oedd yn wlyb diferu. Anadlodd Edward yn ddwfn gan arogleuo'r coed yn llosgi; gymaint gwell ganddo dân felly na thân mawn a'i arogl sur. Roedd yn stafell syml, gyda muriau plastr gwyngalchog, sgwaryn o orchudd ar y llawr pren, dau wely haearn gyda phob o fatras o wellt, bord fach a dwy gadair uchel o flaen y tân a chawg yn dal planhigyn ar y ford. Roedd y llenni trwm o frethyn cochlyd yn help i leddfu'r gwynt a chwibanai heibio i ymylon y ffenestri.

Os oedd y gwesteiwr a'r ostler wedi teimlo syndod wrth weld wyneb du Tony wrth i'r ddau gyrraedd buarth y dafarn roedden nhw'n ddigon cwrtais i beidio â dangos hynny. Parhaodd wyneb bochgoch y gwesteiwr yn ddifynegiant pan ofynnodd Edward iddo ddod â phryd o fwyd i'r stafell wely fel na fyddai rhaid iddyn nhw fwyta yng ngŵydd llygaid chwilfrydig.

Fe fu'r pryd yn hir cyn cyrraedd ac roedd Edward yn dechrau colli amynedd pan ddaeth y gnoc ar y drws.

Brysiodd Seamus Dowd i mewn yn llawn ymddiheuriadau, a'i lygaid glas yn pefrio yn ei wyneb crwn mewn cynnwrf. Dyn boliog oedd Seamus, o gwmpas yr hanner cant oed a'i ben eisoes yn bur foel a'r ychydig wallt oedd ar ôl yn frith. Rhoddai'r argraff fod ei goesau wedi gorffen tyfu'n gynt na gweddill ei gorff ac o ganlyniad cyrhaeddai'i ddwylo islaw'i bennau gliniau, fel epa, meddyliodd Edward, gan guddio gwên. Ond os oedd ei gorun yn foel fe wnâi iawn am hynny â barf badriarchaidd o drwchus. Pan agorai'i geg fe welid dannedd melyn oedd yn dystiolaeth o'i hoffter o gnoi joien o dybaco.

Gobeithio y gwnâi cig maharen wedi'i ferwi gyda llysiau a bara'r tro ac afalau i ddilyn, a ffioleidiau o gwrw i dorri syched.

Byddai'r bwyd yn burion ond pam yr holl ymddiheuro?

Pefriodd y llygaid eto. Roedd nifer o filwyr newydd daro heibio ar eu ffordd i Corc.

'Corc?'

'Ie, syr, y sôn yw fod byddin o Ffrancod ar fin glanio!'

'Ar fin?'

'Mor wired â phader, syr! Mi welodd rhywun nhw yn agos i Clear Island ddyddie 'nôl. Mae'n bosibl 'u bod nhw wedi glanio erbyn hyn. Maen nhw'n dweud fod pawb wedi cilio i Corc neu i'r brynie a bod Colonel Dalrymple wrthi'n casglu byddin i amddiffyn y ddinas!'

Bu rhaid iddo oedi eiliad i dynnu anadl.

'Ac maen nhw'n dweud fod milwyr o Tralee a Cillarne yn barod i symud hefyd yn ôl y galw!'

Ceisiodd Edward edrych yn frwd.

'Digon da fod yr eira'n cilio 'te, iddyn nhw gael heol glir, yntê?'

'Ie, syr. Hoffech chi gael gair gyda nhw? Fe fyddan nhwythe'n cysgu 'ma heno.'

Ysgydwodd Edward ei ben a dylyfu gên yn gysglyd gan glapian ei law drosti.

'Na, dim diolch—mae'r ddau ohonon ni wedi blino ar ôl teithio trwy'r dydd a ma' rhaid inni godi'n gynnar 'fory os ydyn ni am gyrraedd Youghal erbyn y prynhawn.'

'Youghal, syr? O—oes, wrth gwrs—mae'n dipyn o daith, hyd yn oed gyda dau geffyl braf fel sy gennych chi. Fe ddwedodd y sarjant hynny wrtho i gynnau fach.'

'Sarjant?'

Roedd ei oslef yn llymach nag a fwriadodd.

'Sarjant Evans, o Gatrawd y *Bloody Britons*, fel mae pobol yn 'u galw nhw, nid fi, wrth gwrs, syr,' chwanegodd yn frysiog. 'Rwy i mor deyrngar i'r Goron â neb er mai fi sy'n dweud.'

Torrodd Edward ar ei draws rhag clywed rhagor o waseidd-dra.

'Wnes i ddim breuddwydio nad oeddech chi, Mr Dowd. Ac rych chi'n dweud 'i fod wedi cael golwg ar ein ceffyle ni?'

Daeth golwg ofidus dros wyneb y gwesteiwr.

'Do'wn i ddim yn meddwl unrhyw ddrwg, syr, ond pan ddaeth y milwyr â'u ceffyle i'r stable roe'n nhw'n llawn edmygedd o'ch rhai chi. Ac os ca i ddweud, syr,' oedodd er mwyn cael mwy o bwyslais,

38

'roedd y sarjant yn eitha' cenfigennus, a nid jyst am eich bod chi wedi sychu a bwydo'r ceffyle cyn cael bwyd eich hunan. Roedd e'n gallu gweld mai gŵr bonheddig oedd piau'r ddau geffyl wrth 'u cyflwr! A mi gafodd wybod mai'r Arglwydd Riverside oedd y perchennog a'i fod yn aros yma dros nos! Rwy'n gobeithio nad ydych chi yn meindio, syr.'

Os gwelodd y cysgod o wên ar wyneb Edward ni ddeallodd unrhyw arwyddocâd i hynny ac eithrio bodlonrwydd. Gwenodd yn hyderus wrth i Edward godi ar ei draed a rhoi braich am ei ysgwyddau, a'i hebrwng yn gyfeillgar i gyfeiriad y drws yn nhraed ei sanau.

'Ddim o gwbl, gyfaill, fe wnaethoch yn iawn, ac os ca i ddweud, mae'r bwyd yn edrych yn flasus.'

Gwenodd Dowd, ac ymadawodd â'r stafell yn foddhaus a'i lygaid yn serennu gan ddiolch yn fawr. Os byddai angen rhywbeth arall ar yr Arglwydd Riverside dim ond galw fyddai rhaid, unrhyw awr o'r nos. Caeodd Edward y drws ar ei ôl dan bwffian chwerthin.

'Ewch chi ddim i'r nefoedd—Arglwydd Riverside!'

Ffrwydrodd y chwerthin ohono'n fyrlymus wrth weld Tony'n gwenu arno; yna brysiodd at y ford.

'Dere i fyta cyn i'r bwyd oeri!'

Roedd y bwyd cystal â'r arogl, y cig yn dyner fel petai wedi mudferwi ar dân mawn ers oriau, y llysiau'n feddal a'r bara'n ffresh fel bara Ffrengig. Bwytaodd y ddau heb wastraffu geiriau.

Roedd ef wedi mentro wrth alw'i hun yn Arglwydd Riverside gan wybod ei fod yn teithio'n nes at diriogaeth hwnnw yn Swydd Corc bob munud o'r daith. Ond roedd wedi dyfalu na fyddai Riverside wedi aros mewn lletŷ mor ddi-nod â hwn ac na fyddai'i wyneb yn gyfarwydd i Dowd, yn wahanol i'w enw.

Roedd mwy o berygl yn y Sarjant Evans a'i griw. Roedd golwg ddifrifol ar ei wyneb wrth alw i gof yr hyn a glywsai am y gatrawd. Cymro oedd Evans a barnu wrth ei enw a'r llysenw ar ei gatrawd, catrawd o wŷr meirch a godwyd mewn ateb i alwad y Brenin yn 1793 ar ddechrau'r rhyfel â Ffrainc. Roedd Siôr y Trydydd wedi galw ar i bob sir ymgatrodi â gwŷr meirch i wynebu ymosodiad disgwyliedig y Ffrancod. Bellach roedd bron pob sir drwy'r Deyrnas Gyfunol wedi codi catrawd a nhw oedd asgwrn cefn y fyddin Brydeinig erbyn hyn. Ond nid pob catrawd oedd wedi ennill enw mor ansawrus iddi'i hun â'r *Bloody Britons* mewn oes mor fyr. 'Ancient Britons' oedd eu llysenw hanner swyddogol am eu bod yn gatrawd o Gymry ac yn dueddol o siarad Cymraeg ymhlith ei gilydd cyn amled â pheidio. Ond roedd yr ansoddair arall wedi disodli'r 'ancient' oherwydd eu creulondeb a'u diffyg tosturi, yn enwedig wrth dreisio merched diamddiffyn yn Iwerddon ar yr esgus lleiaf. Roedd Iwerddon yn gyfle i'r dynion bwystfilaidd hyn ormesu'r brodorion heb orfod wynebu barn am hynny dan esgus cadw trefn, a'u casineb yn erbyn Pabyddiaeth yn cyfiawnhau trin y bobl yn waeth nag anifeiliaid. Fyddai'r rhain ddim yn debyg o droi ac ochri gyda'u cyd-Geltiaid, fel y gallai'r milisia lleol wneud a'r rhan helaethaf ohonyn nhw'n Babyddion. Beth bynnag arall a wnâi, byddai'n talu iddo gadw daear sylweddol rhyngddo a Sarjant Evans a'r 'Bloody Britons'.

Ychydig a wyddai am Gymru a'i phobl. Roedd traddodiad teuluol fod cangen arall o lwyth hynafol y Fitzgerald wedi cartrefu yng Nghymru ganrifoedd gynt a bod un ohonyn nhw wedi dod yn enwog yn ei ddydd fel pregethwr a fyddai'n annog ei bobl i 'gymryd y Groes' yn erbyn y grefydd Islamaidd. Gwyddai hefyd fod mynydd-oedd Gwynedd yn uwch ac yn fwy ysgithrog eu golwg i'r sawl a deithiai ar hyd y ffordd dyrpeg newydd na bryniau Wicklow a bod trwch y boblogaeth wedi troi'n Brotestaniaid yn ddigon ufudd o dan y Tuduriaid. Efallai fod hynny'n cyfrif eu bod yn well eu byd na'r Gwyddelod Pabyddol, a'u ffermwyr heb fod mor dlawd â thyddynwyr Iwerddon; doedd dim sôn am bobl yn llwgu ac yn ddigartref yng Nghymru. Eto i gyd roedd llythyr Wolfe yn bendant fod dynion o'r un hil â'r 'Bloody Britons' yn anesmwytho fel yr oedd gwerin Iwerddon yn anesmwytho a bod dynion fel Rhys yn annog chwyldro. Ond erbyn meddwl, Cymry oedd dynion fel Richard Price a David Williams oedd mor frwd dros y Chwyldro Ffrengig, fel ei hen gydnabod o'r Bont-faen, y gŵr yr oedd ganddo lythyr ato yn ei boced. Ac roedd yr Edward o Gymru fel yntau'n edmygydd mawr o'u cyfaill, Tom Paine a'i syniadau, ac os oedd llyfrau Paine yn cylchredeg yng Nghymru fel yr oedden nhw yn America roedd yn arwydd o werin oedd yn ymhél â chyfiawnder ac yn dyheu am ryddid. Fe fu Tom Paine yn ysbrydoliaeth i America gipio'i rhyddid ac i werin Ffrainc godi mewn chwyldro, ac fe allai wneud hynny yn Iwerddon a hyd yn oed yng Nghymru.

*   *   *

Cododd y ddau'n blygeiniol fore trannoeth a gadael y gwesty wrth i'r nos ddechrau llwydo a pharatoi i wawrio. Fe fu Edward yn ddigon peniog i dalu'r noson gynt am eu bwyd a'u llety a doedd dim i'w cadw rhag sleifio i'r stabl ac arwain eu meirch i'r stryd, a phob cyffyrddiad carn ar y cerrig gwlyb yn swnio fel ergyd o ddrwm. Disgwyliai ruthr milwyr arfog bob eiliad i holi'u busnes mor fore, ond cafodd y ddau lonydd i ddringo ar gefn eu ceffylau a'i chychwyn hi ar ail hanner eu taith. Doedd y tyndra ddim ar ben wrth i'r tir rhyngddyn nhw a Clonmel dyfu'n filltiroedd, a hawdd y gallai'r milwyr eu goddiweddyd unrhyw foment, ond, efallai eu bod yn gyndyn i ymyrryd â rhywun mor bwysig â'r Arglwydd Riverside!

Roedd y tywydd yn dal yn ddiflas, yr wybren yn llawn cymylau bygythiol a chymysgedd o eirlaw ac eira'n chwipio'n llaith ac oer ar eu traws nes bod pennau'r meirch wedi'u gorchuddio'n ysgafn. Ac roedd y gwynt creulon yn dal i dreiddio o dan eu ceseiliau ac i lawr eu coleri.

Rhaid oedd brysio ymlaen gan gymryd lonydd cefn nawr a'r wlad yn llenwi â milwyr y Goron. Roedd hi'n rhy hwyr i'r Ffrancod daro'n ddirybudd bellach os nad oedden nhw wedi glanio'n barod; os oedd stori'r gwesteiwr yn wir fe fyddai gormod o filwyr er lles i'w hiechyd ar y ffordd fawr, yn ysu am gyrraedd Corc ac ymladd y gelyn. Fe fydden nhw'n amau pob dieithryn rhag ofn ei fod yn sbïwr ac yn cymryd diddordeb arbennig yn Tony petaen nhw'n ei weld. Roedd Edward wedi dweud wrth y gwesteiwr eu bod yn mynd i Youghal ac roedd yn siŵr y byddai'r sarjant wedi cael gwybod hynny erbyn hyn. Efallai na wyddai'r sarjant am y ffyrdd cefn oedd yn arwain heibio

41

i Mitchelstown a Mallow ac yn osgoi Corc; yn bendant, roedd yn rhaid iddyn nhw osgoi'r dref honno. Byddai'n andwyol iddo petai'n dod ar draws Colonel Dalrymple oedd yn ei adnabod ac yn gyfarwydd â'i ddaliadau. Fe fyddai'n amheus ohono'n syth fel y byddai Riverside yntau.

Wedi i'r ddau adael cyffiniau Mallow a mynd ymlaen i Macroom roedd y dirwedd yn graddol arwhau a'r tir yn torri'n fryncyn a chefnen a thrum a'r rheiny'n fwy coediog a chysgodol.

A nawr roedd y cam mwya peryglus yn agos, y siwrnai fer, syth drwy Dunmanway i Bantry, a'r wlad yn pingad â milwyr bob cam. Cyn cyrraedd Dunmanway fodd bynnag, oedoedd Edward a dringo i ben bryncyn a syllu drwy sbienddrych bychan. Pan ddisgynnodd 'nôl at Tony roedd yn falch ei fod wedi gwneud hynny, ac fe atebodd y cwestiwn yn wyneb ei gyfaill.

'Cotie cochion ar y ffordd i Bantry!'

Nodiodd Tony.

'Beth wnawn ni, meistr?'

'Eu cylchynu a dod o'r de—dros y llwybr drwy Drinagh i Skibbereen os bydd rhaid.'

Roedd 'na heol arall, heol syth i Bantry drwy Drimoleague ac Aghaville, ond byddai honno hefyd yn debyg o fod yn brysur gyda milwyr y Goron. Gwell fyddai cymryd y ffordd hir, mewn hanner cylch drwy Skibbereen. Doedd y dref fach honno ddim yn bell o benrhyn Clear a phorthladd Baltimore ond roedd ffordd gefn yn rhedeg oddi yno i Bantry. Os oedd sbïwyr y Goron yn Skibbereen a Baltimore yn edrych i gyfeiriad y môr a'i gilfachau, ac yn chwilio am longau Ffrainc, fe fydden nhw'n llai tebyg o sylwi ar ddau deithiwr tawel y tu ôl iddyn nhw. Heblaw hynny, roedd 'na loches yn eu disgwyl mewn tŷ arbennig, a chroeso gan ŵr na fyddai'n flin i weld llongau Ffrainc yn cyrraedd . . .

*   *   *

Roedd hi'n ganol y prynhawn pan duthiodd y ddau farch at ddrws cefn Tŷ'r Abaty. Hen dŷ llwyd oedd hwn a godwyd â meini o adfeilion yr hen abaty wedi i hwnnw fynd â'i ben iddo yng nghanol yr ail ganrif ar bymtheg, diolch i sylw milwyr Cromwell. Bellach rhannau o'r muriau'n unig oedd yn sefyll, ynghyd â nifer o gerrig beddau yn yr hen fynwent. Petai'r muriau'n gyflawn fe fyddai rhywun wedi gallu oedi wrth un o'r ffenestri ac edrych dros y bae at y lan gyferbyn, at Ynys yr Arth yn y pellter i'r de ac ynys gyfagos Whiddle yn union gyferbyn â'r lanfa yn Bantry. Bellach roedd y goedwig wedi adfeddiannu ochrau'r bryn fel petai Natur yn gwatwar ymdrechion pitw dynion i'w dofi a'i rheoli a llwybr ansicr oedd yn arwain trwyddi heibio i'r hen fynwent at y tro yn y ffordd fawr. Am ryw ddau gan llath i'r gorllewin rhedai'r heol yn gwbl syth uwchlaw'r traeth lleidiog a charegog gan basio heibio i byrth mawreddog Seaward House, cartref tirfeddiannwr lleol, Richard White, Ynad Heddwch.

Rhaid bod rhywun wedi'u gweld yn dod oblegid roedd y drws ochr cefn ar agor a'r meistr a gwas yn sefyll yno i'w croesawu.

Os oedd y gwas canol oed yn dawel a thenau yr olwg ac yn chwim ei symudiadau yn ei glos pen-glin brown a'i grys gwyn, roedd Padraig O'Neill i'r gwrthwyneb yn hollol gyda'i gorff llydan, sgwâr mewn siwt o frethyn gwyrdd a'i ben crwn a thrwyn anghyffredin o bontiog rhwng llygaid brown tywyll a rythai'n syn ar y byd. Roedd bellach yn tynnu at ei ddrigain a deg ac yn cloffi mewn un goes oherwydd gwynegon yn ei glun chwith ac yn gorfod defnyddio ffon i'w helpu i gerdded. Yn wahanol i gynifer o ddynion o'i oed roedd wedi cadw llond pen o wallt a hwnnw'n hollol wyn, ac roedd ei farf yn fyr a'i fwstás yn rhimyn bach tenau, gan beri iddo edrych yn urddasol ac yn hŷn nag yr oedd. Roedd y perlyn o bìn yn ei grafát blodeuog a thaclusrwydd ei farf yn dystiolaeth ei fod yn ofalus ynghylch ei olwg ac yn ei gyfrif ei hun yn gymaint o fonheddwr â'r Protestaniaid Seisnigaidd yn Seaward House. Oblegid Pabydd oedd O'Neill, un o'r Pabyddion prin hynny oedd yn dirfeddiannwr ac yn aelod o'r Gwyddelod Unedig.

'Edward! Croeso i chi'ch dau!'

'Padraig! Ydyn nhw wedi cyrraedd? Dŷn ni ddim yn rhy hwyr?'

Ysgydwodd Padraig ei ben.

'Nac ydyn, mae arna i ofn. Mae'r gwynt wedi bod yn 'u herbyn. Maen nhw wedi gorfod cilio y tu draw i Ynys yr Arth.'

'Ond mi ddôn! Wedi dod mor bell allan nhw ddim peidio â glanio!'

Nid atebodd Padraig er na ddangosodd unrhyw amheuaeth ynghylch gosodiad hyderus Edward. Nodiodd yn frysiog.

'Dewch—disgynnwch a dewch i'r tŷ! Fe gaiff Sean fynd â'r ceffylau i'r stabl a'u bwydo. Mae'n siŵr eich bod wedi blino, ac fe fydd eisie bwyd arnoch chi. Dewch, gyfeillion, dyw hi ddim yn ddiogel allan y dyddie 'ma; mae'r milisia o gwmpas fel haid o wenyn meirch.'

Disgynnodd y ddau'n ddiolchgar a dilyn O'Neill i'r tŷ wrth i Sean arwain y ddau geffyl i'r stabl ar draws y cwrt mawr wrth gefn y tŷ.

Llawr cerrig moel oedd i'r coridor tywyll wrth iddyn nhw ddilyn O'Neill i'r gegin. Camodd y ddau'n ddiolchgar at y lle tân i gynhesu a diosg eu cotiau mawr trymion.

'Fe gân nhw sychu o flaen y tân tra byddwch chi'n byta, os—mynnwch chi.'

Arafodd geiriau O'Neill wrth iddo weld lliw wyneb Tony.

'Padraig, fe ddylwn i fod wedi'ch cyflwyno, dyma Tony, sy wedi bod yn gysgod imi byth oddi ar iddo achub 'y mywyd yn America! Padraig O'Neill yw hwn, Tony, cyfaill da i'r Achos.'

'Mae'n dda gen i gwrdd â chi, syr'.

Estynnodd Tony ei law a chymerodd O'Neill hi a'i hysgwyd ar ôl ennyd o ansicrwydd. Syllodd ar ei law fel petai'n hanner disgwyl gweld ôl brown arni, yna gwenodd yn gyfeillgar.

Croten ifanc oedd Moira a ymgroesodd mewn syndod wrth weld y dyn du a gwrido wedyn. Roedd hi'n fer, a'i gwasg yn fain a'i gwallt tonnog cochlyd yn disgyn hyd at ei hysgwyddau. Roedd ei llygaid yn llwyd a chroen ei hwyneb yn welw â thrwch o frychau haul brown drosto. Roedd ei dillad gwaith yn arw a di-lun, gyda sach am ei hysgwyddau fei petai ar fin camu allan i'r glaw. Esgidiau bach digon garw'u gwneuthuriad oedd am ei thraed. Bwriodd ati'n syth i nôl cawgiau a chodi'r cawl â lletwad o'r crochan ar y pentan a'u dodi o'u blaenau ar y ford. Gwenodd Edward arni'n ddiolchgar.

'Rych chi'n garedig iawn, Padraig.'

'Ddim o gwbl, Edward—fe wnaech chithau'n union yr un peth. Dewch—llanwch eich bolie!'

Doedd dim angen dweud eilwaith a thra bu'r ddau'n bwyta dododd O'Neill eu cotiau mawr i sychu ar gefn stolau o flaen y tân. Cyn hir roedd yr anwedd yn codi'n gymylau i safn y simnai fawr.

Prin yr oedd y ddau wedi cael cyfle i fwyta hanner y cawl pan glywson nhw sŵn lleisiau'n agosáu ar draws y buarth, llais gwraig a llais dwfn gŵr yn ei hateb. Ymateb greddfol Edward oedd cyffwrdd â charn ei bistol ym mhoced ei siaced a chodi'i ben i edrych ar Padraig a'i drem yn gofyn beth oedd ystyr yr heldrin. Y foment nesaf agorodd y drws cefn a brysiodd Sean i mewn a thwba o wraig fer, walltgoch wrth ei sodlau. Gallai hi fod yn rhagflas o'r olwg a fyddai ar Moira ymhen ugain mlynedd.

'Esgusodwch ni, syr.'

'Ie, Sean, beth sy'n bod?'

'Mae Nora fan yma wedi bod i lawr yn y pentre, syr.'

Syllodd Padraig O'Neill ar yr olwg bryderus ar wyneb y wraig yn ei ffrog laes ddu a siôl frethyn lwyd am ei hysgwyddau.

'Mrs Walsh—beth sy'n bod?'

Tawodd y wraig a'i llygaid yn syllu'n anghysurus ar Edward a Tony. Sylwodd Padraig ar gyfeiriad ei hedrychiad.

'Mae popeth yn iawn, Mrs Walsh, mi allwch siarad yn rhydd.'

'Syr, mae 'na ddynion newydd gyrra'dd y pentre o Ceri i groesawu'r Ffrancwyr!'

'Na!'

Ebychiad o syndod yn fwy na dim arall a lithrodd o enau Padraig O'Neill, ebychiad a barodd i Edward roi'i lwy i lawr a rhythu arno.

'Padraig—beth sy?'

Trodd llygaid gofidus Padraig arno.

'Edward! Does dim modd y gallan nhw wybod fod y milisia wedi cyrraedd Bantry!'

'Y milisia?'

'Mi anfonodd Richard White at Gadfridog Dalrymple dros wythnos 'nôl—yn Corc!'

'Dalrymple? Ydi e yma?'

'Nac yw, mae'n debyg, ond mae 'na gatrawd o wŷr meirch yn Seaward House, wedi cyrraedd awr neu ddwy o'ch blaen chi'ch dau!'

Nodiodd Edward; roedd hynny i'w ddisgwyl a'r milwyr wedi carlamu dros y briffordd tra bu rhaid iddo yntau a Tony gymryd ffordd fwy cylchog ac arafach.

Cododd Edward o'r ford a gafael yn ei got fawr.

'A wyddan nhw ddim fod y milisia yma, chi'n dweud?'

'Allan nhw ddim gwybod; mae Richard White wedi'u cuddio y tu ôl i'w blasty.'

Roedd hynny'n ddealladwy a White yn dirfeddiannwr oedd yn byw'n fras ar gefn y bobl. Doedd ganddo ddim cydymdeimlad â dyheadau'r Gwyddelod Unedig ac awydd ei gyd-Brotestaniaid i ymryddhau o hualau llywodraeth Llundain. Cofiodd Edward iddo gwrdd â'r dyn, oedd rhyw bedair blynedd yn hŷn nag ef, mewn dawnsfeydd yn Corc pan oedd yn swyddog ifanc yn Youghal. Roedd y dyhead am y bywyd bras a'r gymdeithas uchelwrol yn amlwg yn y dyn; gyda'i ddillad ffansi, a'i got fawr goch, ei grafát blodeuog a'r cudynnau hir melyn a ddisgynnai dros ei war roedd yn nhraddodiad y dynion hynny a ddilynai ôl troed 'Prinnie', mab y Brenin Siors. Pan glywodd fod Edward yn arglwydd ac yn frawd i Ddug Leinster doedd dim digon y gallai ei wneud i ennill ei gyfeillgarwch, gan ei wahodd i ddiota fin nos neu gydfarchogaeth ag ef gan arddangos ei geffyl gwyn hardd. O bob dyn yn Bantry y diwrnod hwnnw, White fyddai'r tebycaf o'i adnabod—a'i gasáu.

'Mae rhaid i rywun fynd lawr i rybuddio'r dynion.'

'Mi a' i, syr, ond i chi ddweud pa ffordd i fynd.'

Roedd Tony wedi codi'n frysiog.

'Alla i ddim disgwyl i chi fynd, gyfaill,' dechreuodd Padraig ond torrodd Edward ar ei draws.

'Mi a' i, Padraig.'

'Ond, Edward, fe allen nhw ymosod unrhyw bryd, neu fe allech gael eich dal gan y milwyr.'

'Fe awn ni gyda'n gilydd, syr.'

Nodiodd Edward wrth glywed llais penderfynol Tony.

'O'r gore, Tony, ni'n dau gyda'n gilydd, fe rybuddiwn ni nhw i ddiflannu a dod 'nôl yn syth. Pum munud, dyna i gyd, a nawr, p'un yw'r ffordd orau i fynd a dod heb gael ein gweld?'

Doedd dim amser i wisgo'u cotiau uchaf; byddai'n haws symud yn gyflym hebddyn nhw ac roedd y rheiny'n dal yn wlyb, sut bynnag. Ymhen munudau roedd y ddeuddyn yn brysio a hanner rhedeg i lawr y llwybr rhwng y coed trwchus ar ochr y bryn. Bob hyn a hyn gellid cael cipolwg ar donnau llwyd ac Ynys Whiddle yn gorwedd yn hir a gwyrdd yng nghanol y bae. Fe fyddai Tony wedi hoffi bod ar gefn ei geffyl ond roedd y llwybr yn rhy gul i ganiatáu i geffylau garlamu drosto a byddai unrhyw farchog mewn perygl o gael ei daro gan ganghennau praff a allai'i fwrw oddi ar ei farch. Heblaw hynny, fe allai'r ddau farch weryru a thynnu sylw'r milisia, ac anodd fyddai eu cuddio wedyn petai rhaid.

Yna safodd Tony'n stond wrth gyrraedd pen draw'r coed.

'Meistr! Edrych!'

Draw rhyw ddau ganllath i ffwrdd roedd y casgliad rhyfeddaf o ddynion yn sefyllian yn aflonydd. Craffodd Edward arnyn nhw orau y gallai gan deimlo syndod wrth eu gweld mor dlawd a charpiog, a'u hanner yn droednoeth hyd yn oed ganol gaeaf. Eu hunig arfau oedd picellau hir, gyda blaenau miniog. Gallai feddwl fod rhwng deugain a hanner cant ohonyn nhw.

Suddodd calon Edward wrth eu gweld, yn dwr anhrefnus o ffyliaid diddisgyblaeth, ond dewr ac yn amlwg yn disgwyl Wolfe Tone heb wybod eu bod yn cerdded i drap. Y foment nesaf clywodd swn cyfarwydd a'i llanwodd ag arswyd, swn fu unwaith yn rhan o'i fywyd pan oedd yn swyddog i'r Goron yn America, swn marchogion disgybledig yn carlamu i lawr ffordd fetel, a'r swn yn dod yn nes ac yn nes—roedd y trap ar fin cau!

6

Ffrwydrodd dwy golofn o wŷr meirch drwy borth fwaog Seaward House a charlamu dros y llethr agored a'u cotiau fflamgoch a'u trowsusau disgleirwyn yn wrthgyferbyniad gwawdlyd i lwydni carpiog y dynion ar y traeth lleidiog. Tawodd y rheiny'n sydyn ac yna bloeddiodd un ohonyn nhw oedd ag elfen o awdurdod yn ei lais, ryw fath o orchymyn. Ymgasglodd y dynion mewn dwy res anwastad gan fyseddu eu picellau a'u dal yn ddewr o'u blaenau. Cododd y Capten Hamilton ei law dde mewn arwydd i stopio. Daeth hunanddisgyblaeth y gwŷr meirch a'u rheolaeth dros eu ceffylau i'r amlwg wrth i'r colofnau arafu a sefyll mewn eiliadau. Syllodd y swyddog ar y twr o'i flaen a gwenodd yn sarrug. Fe fyddai'n bleser pur i drywanu'r fath greaduriaid anwaraidd.

'Cleddyfau!'

Fflachiodd trigain cleddyf dur o'u gweiniau mewn un symudiad ac anelu'n syth i fyny. Yna'n araf disgynnodd arf y capten nes bod ei bwynt blaen ar anel yn syth tuag at y dynion ar y traeth.

'Ymlaen mewn cylch!'

Cyffrôdd trigain ceffyl wrth deimlo'r sbardunau yn eu pedreiniau a'r eiliad nesaf roedd y ddwy golofn yn carlamu i gyfeiriad y dynion, a chan droi'n raddol, y naill i'r chwith a'r llall i'r dde, yn un llinell hir a honno'n ymestyn fwyfwy mewn hanner cylch fel crafanc haearn yn cau am y dynion ofnus a dryslyd. Ymgroesodd un llanc gwelw na allai fod yn fwy na deunaw oed, a llefain ar Fab Mair i'w warchod. Daliodd ei bicell yn dynn. Roedd sŵn carlamu'n llenwi'i glustiau a hwnnw'n cynyddu bob eiliad; yna clywodd sgrechfeydd dieflig heb sylweddoli eu bod yn dod o'i geg ei hun a chegau'r lleill, a bloeddiadau eraill yn eu hateb o safnau'r diawliaid fflamgoch. Roedd un ohonyn nhw'n anelu'n syth ato a gallai weld llygaid dirmygus y marchog yn hoelio arno a'r cleddyf yn graddol godi i daro. Rhythodd ar ddau lygad du'r ceffyl a gwelodd y ffroenau'n ymledu wrth iddo anadlu. Clywodd guriadau'r pedolau'n dod yn nes ac yn nes. Sgrechiodd eto a dechrau rhedeg ymlaen i gwrdd â'r gelyn ac wrth wneud hynny llwyddodd ar yr eiliad olaf i neidio ychydig i'r dde i ochr bellaf y march, oddi wrth y fraich oedd yn dal y cleddyf a theimlodd ergyd nerthol a'i bwriodd yn ôl ar wastad ei gefn wrth i'w bicell dderbyn hyrddiad corff y dyn a therfynu'i floedd yn sydyn. Teimlodd wefr o syndod wrth droi a neidio ar ei draed. Gwelodd y march yn llamu heibio gan ddwyn corff gwaedlyd ar ei ôl gerfydd ei sodlau, corff â phicell drwyddo. Llanwodd ei feddwl â llawenydd ond byr fu ei wefr; cafodd amrantiad i weld fflach cleddyf uwch ei ben cyn i hwnnw ddiffodd ei olwg yntau am byth.

Roedd hi'n frwydr anghyfartal rhwng grym hyrddiad y meirch a deheurwydd y marchogion yn taro a chymynu ar y dde a'r chwith. Pa wŷr traed a allai wrthsefyll ymosodiad mor nerthol? Mewn ychydig funudau roedd cyrff yn gorwedd ar bob tu a'r meirch yn pystylad drostyn nhw a'r capten yn gweiddi chwerthin wrth annog ei wŷr i'w lladd bob un. Munud neu ddwy eto ac roedd y truenusion oedd yn fyw yn cilio'n wyllt i bob cyfeiriad, i geisio dianc i rywle o afael y cotiau cochion.

Ar gwr y coed prin y gallai Edward oddef edrych ar y gyflafan. Beth allen nhw wneud? Roedd yn frwydr annheg. Ond roedd yn rhaid ymateb, a'r eiliad nesaf roedd yn rhedeg i gyfeiriad y traeth ac yn tanio a Tony wrth ei sodlau!

Daeth golwg syn dros wyneb Capten Hamilton wrth glywed yr ergydion; deuddyn ar droed yn y pellter yn tanio pistolau, yn rhy bell i ffwrdd i wneud niwed! Oedd 'na wŷr arfog yn cuddio yn y coed, tybed?

'Sarjant!'

'Syr?'

'Ewch â deg o wŷr meirch a deliwch â nhw!'

'Syr!'

Ymhen eiliadau roedd un ar ddeg o geffylau'n carlamu i gyfeiriad y ddau.

'Syr, allwn ni wneud dim byd, dewch!'

Safodd Edward. Pa obaith fyddai ganddyn nhw yn erbyn cynifer? Roedd hi eisoes yn rhy hwyr i helpu'r truenusion ar y traeth. Trodd y ddau a rhedeg 'nôl i'r coed a dechrau dringo'r llwybr a sŵn carnau'r meirch yn eu clustiau. Ond roedd y llwybr yn serth ac roedd hi'n anodd mynd yn gyflym.

'Syr! Ffordd hyn—brysiwch!'

Llusgodd Tony ef o'r neilltu drwy lwyni trwchus i gesail derwen braff a theimlodd y brigau'n tynnu ar ei ddillad ac yn crafu'i wyneb. Safodd y ddau a'u calonnau'n rasio a rhegfeydd y milwyr yn eu clustiau wrth i'r rheiny orfodi'u meirch i ddringo'r llwybr garw rhwng canghennau'r coed.

Roedd yn gyfle i ail-lwytho'r pistolau ac anadlu'n ddwfn, ond beth nesaf? Byddai'n amhosibl cyrraedd y ceffylau nawr a'r gwŷr meirch rhyngddyn nhw a'r tŷ.

Y tŷ! Cnôdd Edward ei wefus isaf wrth sylweddoli'i dwpdra. Wrth danio ar y milwyr y cyfan yr oedd wedi'i wneud oedd tynnu'r gelyn i gyfeiriad tŷ Padraig. Fe fyddai'r taclau'n siŵr o fynd yno a holi amdanyn nhw. A fyddai Padraig yn gallu'u darbwyllo na wyddai ddim am y ddau? Gobeithio hynny, er ei fwyn ei hun a'i deulu. Y cyfan y gallai Tony ac yntau ei wneud nawr oedd ymguddio yn y coed nes i'r milwyr fynd 'nôl i'r traeth.

Ond ac yntau'n gyfrifol am dynnu'r gelyn yno ni allen nhw aros yn llonydd heb wybod beth oedd yn digwydd yn y tŷ. Amneidiodd ar Tony gan bwyntio'r ffordd a nodiodd y llall.

Roedd y goedwig yn drwchus, llwyni a choed bythwyrdd yn bennaf, a roddai gysgod effeithiol, a sut bynnag roedd y dydd yn dechrau cilio bellach a byddai'n haws symud heb i neb eu gweld.

*　　　*　　　*

Â llond pen o regfeydd sbardunodd y Rhingyll Evans ei geffyl yn greulon i ben y llwybr ac i olwg y tŷ mawr, llwyd. Erbyn iddo gyrraedd tir agored roedd yn chwysu o dan ei got fawr a'i wyneb cochlyd a'i farf frithgoch yn rhoi golwg ffyrnig arno. Ffrwynodd ei geffyl wrth i'r lleill gyrraedd, yna carlamodd heibio i dalcen y tŷ i'r buarth agored gan edrych o'i gwmpas. A fyddai'r ddau ffoadur wedi mentro i'r tŷ gan feddwl cael lloches? Os buon nhw mor ffôl â hynny byddai'n amhosibl iddyn nhw ddianc heibio i gadwyn o wŷr meirch.

Yna tynnwyd ei sylw gan sŵn gweryru o du draw'r buarth. Tybed oedden nhw'n cuddio yno, a'u presenoldeb yn cynhyrfu unrhyw geffylau a ddigwyddai fod yno?

'Chi'ch tri—y stabal!'

Sbardunodd y tri eu meirch i gyfeiriad y stablau a chadwodd Evans ei lygaid arnyn nhw. Os oedd y ddau yno ac wedi cyfrwyo ceffylau, hwn fyddai'u hunig obaith i ddianc, drwy farchogaeth allan, goresgyn y tri ag ymosodiad sydyn, a charlamu i ffwrdd ar hyd y ffordd cyn i'r lleill allu eu goddiweddyd. Fflachiodd tri chleddyf yn y gwyll; gwthiodd esgid yn erbyn y drysau praff a symud i mewn yn ochelgar.

Torrwyd y distawrwydd gan waedd.

'Sarjant! Dowch 'ma!'

Galwodd Evans orchymyn ar i'r lleill amgylchynu'r tŷ a sbardunodd ei farch i gyfeiriad y stablau. Beth bynnag oedd achos y floedd nid ymosodiad gan elyn oedd hwnnw.

'Sarjant, edrychwch. Y ceffylau 'ma, mi 'dan ni 'di gweld nhw o'r blaen.'

Cyffrôdd Evans wrth weld ceffyl gwinau a cheffyl llwyd-ddu o'i flaen; doedd dim amheuaeth nad oedd wedi gweld y ddau yn Clonmel, yn eiddo i'r Arglwydd Riverside oedd ar ei ffordd i Youghal, yn ôl y tafarnwr. Ond beth fyddai Riverside yn ei wneud yn Bantry? Dod o ran chwilfrydedd? Neu ddod i helpu? Neu, a duodd ei wyneb, doedd hi erioed yn bosibl fod y dyn yn ochri gyda'r gwrthryfelwyr? Amneidiodd â'i ben a throi pen ei farch.

'Dowch!'

Tynnodd ben y march yn arw a'i sbarduno; roedd yn bryd cael sgwrs â thrigolion y tŷ.

Llamodd calon Moira yn y gegin wrth glywed y dwrn manegog yn pwnio'n sydyn ar y drws cefn a llais garw'n galw rhywbeth yn Saesneg.

'Agorwch yn enw'r Brenin!'

'Fam Duw! Pwy sy 'na?'

Rhuthrodd at y ffenest a brawychu.

51

'Milwyr!'

Trodd ei mam ei phen yn gyflym o'r ford at ei gŵr.

'Sean! Y meistr!'

Ond roedd Padraig O'Neill eisoes yn nrws y gegin a golwg ddifrifol ar ei wedd wrth i'r pwnio ddod eto.

'Gadewch i fi siarad—deall?'

'Ateba i'r drws, syr.'

Nodiodd O'Neill—byddai'n weddus fod y gwas yn gwneud hynny mewn tŷ i ŵr bonheddig.

'O'r gore. Diolch, Sean.'

Ond roedd y drws wedi'i hyrddio ar agor cyn i Sean ei gyrraedd a hanner dwsin o wŷr arfog yn rhuthro'n swnllyd i'r gegin, a'u cleddyfau yn eu dyrnau. Daeth cri o ofn o enau Moira a rhedodd at ochr Mrs Walsh mewn symudiad greddfol plentyn at ei fam. Gafaelodd honno amdani'n warcheidiol.

Wrth weld Sean o'i flaen anelodd Evans ergyd â chledr ei gleddyf a'i fwrw ar ei liniau.

''Na wers i ti ateb y drws yn brydlon!'

Daeth cri o ofn o enau Moira, 'Na! 'Nhad!'

'Beth yw ystyr hyn?'

Roedd y grym yn llais Padraig O'Neill yn annisgwyl wrth iddo rythu'n ddig ar y milwyr, ond nid oedd yn ddigon awdurdodol i drechu tymer ddrwg y rhingyll a drodd arno'n ffyrnig a gafael yn ysgwydd ei got a'i ysgwyd fel petai'n blentyn yn cael cerydd.

'A phwy wyt ti'r corgi i godi llais ar filwyr Ei Fawrhydi?'

Llwyddodd O'Neill i ffrwyno'i awydd i daro wyneb cochlyd, chwyslyd y Cymro a cheisiodd ddangos cymaint o urddas ag y gallai.

'Padraig O'Neill, syr, perchennog y tŷ hwn, wrth eich gwasanaeth, —a'r dyn rydych chi newydd 'i daro'n ddiangen yw Sean, fy ngwas.'

Culhaodd llygaid Evans wrth glywed y cerydd yn y gair 'diangen'.

'Diangen? Pwy wyt ti i ddeud fod hynny'n ddiangen, y? Yn enwedig os oes bradwyr i'r Brenin o gwmpas!'

'Bradwyr?'

'Ie, bradwyr! Dynion sy'n ochri gyda'r Ffrancod yn erbyn ei

Fawrhydi ac yn barod i drochi Iwerddon 'ma dan donnau o waed! Ond fyddat ti ddim yn gwbod dim am y rheiny, na fyddat?'

'Fydda i ddim yn arfer cadw cwmni bradwyr i'w gwlad, Sarjant.'

'A fyddi di ddim yn gallu deud wrtha i am y ddau geffyl yn y stabal chwaith, na fyddi di?'

'Y ceffyle?'

'Ie! Y ceffyla, yn union 'run fath â'r ddau geffyl welais i yn Clonmel, neithiwr. A paid â deud na wyddost ti ddim byd amdanyn nhw!'

Roedd yn bleser gweld yr arswyd yn llygaid y Gwyddel a'r ddwy ferch yn crynu mewn ofn.

'Taswn i ddim yn gwybod mai'r Arglwydd Riverside pia' nhw mi fyddwn yn dechre d'ame di, O'Neill.'

'O ie, Arglwydd Riverside, mi alwodd yma'r bore 'ma, a mi adawodd nhw yma i orffwys.'

Roedd O'Neill yn gobeithio nad oedd ei lais yn bradychu'r teimlad o syndod a rhyddhad.

'Do wir? Ac mae wedi mynd i'r pentre i weld Mr White, debyg?'

Roedd ei lais yn dwyllodrus o dawel, bron yn gyfeillgar, fel petai'n credu'r esboniad. Ond roedd hynny'n peri ansicrwydd, yn awgrymu'n ddistadl mai twyll bwriadol oedd y geiriau. Petai Riverside wedi galw i weld White fe fyddai pawb yno'n gwybod hynny, yn cynnwys y milwyr.

'Wn i ddim, Sarjant, nid fy lle i oedd gofyn i ble'r oedd e'n mynd.'

Torrwyd ar ei draws gan un o'r milwyr oedd wedi bod yn cerdded yn araf fygythiol o gwmpas y gegin gan lygadu Moira a'i mam. Trodd Evans ei ben.

'Beth sy?'

'Dillad gwlyb, Sarjant!'

Nid oedd modd peidio â synhwyro'r don o fraw a aeth drwy drigolion y tŷ wrth i'r milwr godi dwy got fawr oedd wedi gwarchod eu gwisgwyr yr holl ffordd o Kildare cyn cael eu gosod o flaen y tân i sychu.

Lledodd gwên fuddugoliaethus dros wyneb y rhingyll.

'Côt yr Arglwydd Riverside, ie, O'Neill?'

Edrychodd yn faleisus ar wyneb Padraig ac yna newidiodd ei wyneb a throi'n fygythiol a chreulon. Yn sydyn ergydiodd ef ar draws ei wyneb.

'Deuda rwbath, ddyn! Fel y gwir y tro hwn! Pwy oedd yn gwisgo'r cotie 'ma? Nid y ddau ddyn fu'n tanio aton ni gynne fach, does bosib! Dau sy'n cuddio yn rhywla yn y tŷ 'ma, hwyrach!'

'Nag ŷn!'

Roedd llais O'Neill yn floesg wrth iddo ymateb, a'r diolch a gafodd am hynny oedd ergyd yn ei ganol a'i dyblodd mewn poen.

'Syr!' Clywodd lais Sean yn ymbil arno. 'Syr, doedd y meistr ddim yn 'u nabod nhw, dieithried yn mofyn lloches a gorffwys.'

Torrwyd ei ymbil gan ergyd ar draws ei ben a'i bwriodd ar wastad ei gefn.

'Na! Gad lonydd iddo fe'r diawl!' llefodd Moira.

Ac roedd hi fel cath ar ei warthaf a'i dwylo'n crafu'i wyneb ac yn anelu am ei lygaid. Adweithiodd gan ei chodi ar gefn ei fraich a'i hyrddio ar draws y stafell, yn syth i ddwylo'r milwyr.

'Daliwch hi'r bitsh!'

Ac yna roedd y milwyr yn gafael ynddi gan wthio'i breichiau tu ôl i'w chefn nes ei bod yn gwingo mewn poen ac yn ei dal yn uchel fel na allai'i thraed gyffwrdd â'r llawr, a gafaelodd dau filwr arall yn ei mam yr un modd. Gwenodd un o'r milwyr.

'Gawn ni hi, Sarjant?'

Gwenodd Evans. 'Mewn munud! Dy dad, ddeudist ti'r gath ddiawl!'

Trodd a syllu ar y ddeuddyn yn griddfan o'i flaen a chwifiodd ei gleddyf gan bwyntio at y naill a'r llall yn eu tro.

'Wel, O'Neill, oes 'na reswm yn y byd pam y dylwn i adael i ti fyw, fradwr? Neu wyt ti'n mynd i ddeud wrtha i pwy piau'r ddau geffyl yn y stabal?'

Cododd Padraig ei ben a syllu i fyw llygaid Evans. Roedd cryfder a phenderfyniad yn ei oslef, fel petai'n barod i wynebu unrhyw beth y gallai'r milwyr wneud iddo.

'Dydw i ddim yn fradwr i 'ngwlad nac i 'nghyfeillion, Sarjant.'

Symudodd blaen y cleddyf o fewn ychydig fodfeddi i'w wddw, un gwthiad bach syml fyddai'n ddigon i drychu'i lwnc—mor ddiymdrech â chyllell boeth drwy fenyn. Yna symudodd y cledd i ffwrdd. Byddai hynny'n rhy syml, yn rhy hawdd, ac ni roddai bleser iddo. Roedd wedi hen ddysgu fod gwefr a phleser difesur i'w gael wrth ddirwyn bywyd dyn i ben yn araf gan sawru'r arswyd a mwynhau'r griddfan a'r sgrechiadau o boen; gweld yr ysglyfaeth yn newid, yn ymbil am faddeuant, am gael byw, am gael ei ollwng yn rhydd. Roedd wedi dysgu bod gan y cryfaf ei bwynt torri pan fyddai'i urddas yn peidio â bod, ac yn ei adael yn ymddwyn yn ôl y greddfau cyntefig fel anifail wedi'i gornelu.

Roedd 'na wefr arbennig pan fyddai'r ysglyfaeth yn ferch, a meddalwch ei chorff yn deffro'i chwantau, nes bod ei wyneb a'i arleisiau'n grasboeth, ei galon yn rasio a'i goesau'n crynu mewn angerdd a'i wddw'n sych a'i lais yn floesg. A chynyddu'i drachwant yn hytrach na deffro cywilydd a thosturi ynddo a wnâi'r ymbiliadau a'r dagrau a'r sgrechfeydd o arswyd.

Syllodd Evans ar y pedwar truenus o'i flaen a gwenodd; dau ddyn canol oed, mam a merch—roedd yma ddeunydd sbort go-iawn iddo yntau a'i garfan. Camodd at y lle tân ac edrych ar y mawn tywyll yn cochi yn y gwres.

'Ti'n siŵr nad ydan nhw'n cuddio yn y tŷ?'

Rhythodd O'Neill 'nôl ato'n dawel.

'Ydw.'

'Be ti'n ddeud, Parri! Allwn ni gredu gair Pabydd?'

Ymateb Parri oedd poeri'n ddirmygus i'r llawr. Dyn canolig o ran ei daldra a llydan ei gorff oedd Parri gyda phen bach sgwâr a gwallt wedi'i dorri'n fyr a thrwyn cam rhwng llygaid tywyll. Pan agorai'i geg i chwerthin fe ddangosai ddwy res fylchog o ddannedd ag ôl sug tybaco arnyn nhw. Roedden nhw yn y golwg nawr wrth iddo ofyn yn awchus,

'Ydach chi am inni chwilio'r lle, Sarjant?'

Ysgydwodd Evans ei ben.

'Beth sy'n ffordd dda i gael gwared o gacwn, dwed?'

'Mwg, Sarjant?'

'Ie, a thân. Os ydan nhw yn y tŷ, mi losgwn ni'r jawled uffernol o'na!'

*   *   *

Ffenestri'n chwalu a mwg yn chwythu allan yn gymylau du trwchus, yn llawn pentewynion cochlyd yn llamu gyda'r gwynt yn uwch ac yn uwch nes pylu a diflannu yn yr wybren lwyd. Tu ôl i'r mwg, fflamau'n serio ac yn cynddeiriogi wrth draflyncu awyr iach a gwyniasu nes bod y stafelloedd fel ffwrneisi yn sŵn trawstiau'n llosgi a hollti a nenfydau'n cwympo'n stwrllyd. Wrth i'r fflamau oleuo'r fan yn y cyfnos roedd creulonder dynion at eu cyd-ddyn yn cael ei ailadrodd unwaith eto ar y lawnt.

Roedd rhaff am wddw Padraig O'Neill erbyn hyn ac yn ei hanner tagu wrth ei dynnu o gwmpas a'i ollwng ar y ddaear am ysbaid i beswch a griddfan a llyncu cegeidiau o awyr.

'Wel? Deud wrtha i, pwy oedd y ddau ddyn diarth!'

Ond syllu'n styfnig a wnaeth O'Neill nes i Evans golli'i dymer a'i dynnu unwaith eto gerfydd ei wddw a pheri iddo stryffaglio ar ei bennau gliniau drwy'r llaid a phwdeli o ddŵr. Yna daeth diwedd ar ei amynedd a rhoes glec sydyn i'r rhaff, clec a redodd ar ei hyd at y cylch am wddw O'Neill ac a dorrodd y madruddyn yn sydyn. Edrychodd Evans ar y corff ar y llawr, plygodd a rhyddhau'r rhaff; roedd hi'n rhy dda i'w gwastraffu drwy ei gadael yno. Gallai grogi llawer Pabydd arall cyn dechrau breuo.

Ac yn nesaf y dyn arall, y gwas, Pabydd arall, mae'n siŵr, ac felly heb haeddu dim trugaredd yn y byd hwn, beth bynnag am yr un nesaf. Amneidiodd ar y ddau filwr oedd yn gafael yn Sean ac fe'i llusgwyd ato a'i orfodi ar ei liniau o'i flaen. Edrychodd ar yr olwg ofnus yn llygaid y dyn.

'Weli di hon?'

Daliodd y rhaff o flaen Sean.

'Leicet ti'i gwisgo hi fel dy fishtir? Neu leicet ti gael byw? Hm?'

Syllodd y llygaid ofnus arno'n fud.

'Leicet ti fynd yn rhydd gyda dy deulu? Dim ond iti ddeud pwy oedd y ddau ddyn dierth, 'na i gyd.'

56

'Dwy' i ddim yn gwbod pwy oedden nhw.'

Ochneidiodd Evans yn ysgafn, roedd hwn eto'n mynd i fod yn ystyfnig. Gafaelodd yng nghlust dde Sean a'i dynnu ato. Gwthiodd gylch y rhaff dros ei ben a'i dynhau.

'Sut wyt ti'n leico hon am dy wddw, dwed? Nawr, dyma dy gyfle ola, pwy oedd y ddau ddyn?'

'Sarjant, wy'n dweud y gwir, chlywes i mo'u henwe.'

Dwrn y sarjant ar ei geg a orffennodd y frawddeg, dwrn a holltodd y gwefusau yn erbyn dannedd y dyn a pheri i waed ddisgyn dros ei ên ar ei grys gwyn. Yna clywodd sgrech a barodd iddo droi'i olwg i'r chwith at y ddwy ferch yng ngafael hanner dwsin o filwyr, a'r rheiny'n rhedeg eu dwylo dros eu cyrff. Daeth syniad i ben Evans; y dyn a'i wraig a'i blentyn, y sefyllfa berffaith i dynnu'r gwir ohono. Llusgodd Sean gerfydd ei wddw i gyfeiriad y lleill a thaflodd ben rhydd y rhaff dros gangen braff a'i thynnu nes ei orfodi i sefyll ar flaenau'i draed.

'P'un gynta, Sarjant, yr hogan ifanc?'

Parri a'i geg yn glafoerio mewn pleser a'i lygaid yn llawn chwant.

'Pam nad y ddwy, fechgyn?'

'Y ddwy!'

Daeth bloeddiadau o chwant o safnau'r dynion a sgrechfeydd o gegau'r ddwy wrth i'r dwylo geirwon rwygo'r gwisgoedd a'r peisiau a'u gwthio'n noeth i'r lawnt. Ymbalfalodd Parri ym melt ei drowsus yn ei frys i'w ollwng cyn penlinio rhwng coesau gwinglyd y ferch.

'Na! Mi weda i wrthych, ond gadewch lonydd iddyn nhw, er mwyn Mair!'

'Aros, Parri! Wel? Yr enw, ddyn, yr enw!'

Ymladdodd Sean i feistroli'r dagrau yn ei lygaid a'r wylo yn ei geg a'i lwnc.

'Er mwyn Duw gollyngwch nhw.'

'Yr enw! Ar unwaith neu . . .'

'Fitzgerald.'

'Pwy? Dwed yn uwch!'

'Fitzgerald—Edward Fitzgerald, Duw faddeuo imi.'

Gwenodd y rhingyll. Roedd wedi cael yr wybodaeth ac fe fyddai Capten Hamilton a'r Cyrnol Dalrymple yn falch i glywed. Roedd y dyn ar ben y rhaff wedi cyflawni'i swyddogaeth a'i werth wedi gorffen. Plyciodd yn sydyn ynddi a theimlo cyffroadau'n trafaelu ar hyd-ddi, cryndod a stopiodd yn sydyn.

'O'r gore, Parri, paid â bod yn rhy hir, mae 'na ddeg ohonoch chi rhwng dwy, cofia.'

*   *   *

Roedd y dagrau'n llifo dros fochau Edward Fitzgerald a'i lais yn gynddeiriog pan gyrhaeddodd gyda Tony a gweld diwedd y gyflafan o gyrion y coed. Roedd y corff oedd yn hongian wrth y rhaff yn glir yng ngoleuni'r fflamau ac mor llonydd â'r cyrff gwynion gwaedlyd ar y llawr, a thrwch o laid a gwaed a llysnafedd dynion yn eu difwyno, a'r bwystfilod fu'n gyfrifol bellach yn cymryd hoe ar ôl eu prysurdeb.

'Y moch creulon! Y bwystfilod! Damio chi!'

Roedd Parri'n teimlo'n arbennig o bles ag ef ei hun. Roedd wedi cael gwyryf ifanc ac wedi mwynhau gweld yr arswyd yn ei llygaid a chlywed ei sgrechian wrth iddo gyrraedd ei ollyngdod carlamus. Fe fu'n rhaid lladd y ddwy wedyn, wrth gwrs; roedd hynny'n rhan o'r pleser rhywiol, fe'n troi'r fidog ym mola'r groten a'r sarjant yn trafod y fam. Rhyfedd fel yr oedd y ddau ohonyn nhw'n rhannu'r un math o chwaeth a blas yn eu pleserau. Roedd yn sychu llafn y fidog ar borfa pan barodd y floedd o gynddaredd iddo godi'i ben a gweld dau ffigur yn rhedeg atyn nhw'n wyllt. Ymbalfalodd am ei ddryll yn frysiog, ond gollyngodd y llaw gafael wrth i'r belen ei phlannu'i hun yn ei wddw a'i fwrw'n ddiymadferth ar ei gefn i'r llaid.

Roedd ymateb y lleill yr un mor gyflym, a'r drylliau'n tanio mewn eiliadau a'r ddau ffigur yn y gwyll yn symud ar letraws yn sydyn i gyfeiriad pen pella'r adeilad a'r stabl y tu draw iddo.

'Ar 'u hole!' gwaeddodd Evans yn ffyrnig, 'Dowch chi'ch dau hefo fi!' ychwanegodd a throi i gylchynu'r tŷ o'r ochr arall. 'Chân nhw ddim dianc!' Cyn iddo fynd bum cam, fodd bynnag, daeth rhagor o danio, bloedd o boen ac un arall o orfoledd wrth i ffigur tywyll syrthio yn erbyn congl y plasty. Trodd Evans a rhedeg draw at y corff, y lleill wrth ei sodlau. Oedden nhw wedi lladd y ddau, tybed? Yna clywodd geffyl yn gweryru a sŵn ei garnau'n carlamu i ffwrdd. Damo! Roedd un ohonyn nhw wedi dianc a doedd dim modd ei weld yn y tywyllwch!

Ond roedd y milwyr yn llonydd a syn, ac yn syllu ar wyneb marw—wyneb du.

7

Rhegodd Evans yn huotlach nag arfer ac anelu cic ddieflig at y corff ar y llawr o'i flaen. Roedd y llall, y dyn a'i galwai'i hun yn Arglwydd Riverside, neu'n Fitzgerald, wedi llwyddo i ddianc drwy'i ddwylo, gan adael ei was ar ôl. Ond o leiaf, ni fyddai'n mynd 'nôl at y capten yn waglaw. Byddai'r corff hwn yn dystiolaeth bwysig am dueddiadau bradwrus y dyn.

Roedd y milwyr wedi cilio yn nes at y fflamau erbyn hyn, yn falch i symud oddi wrth gorff y dyn du. Bellach, roedden nhw'n cael hwyl yn taflu'r cyrff eraill i ganol yr adeilad, dau yn gafael ym mhob corff gerfydd ei draed a'i ddwylo ac yn ei daflu gan weiddi 'un—dau—tri—hwp!' wrth ei ollwng i ganol y fflamau gyda bloedd a chwerthiniad wedyn. Y ddeuddyn a daflwyd yn gyntaf a chymerwyd mwy o hamdden wedyn gyda'r fam a'r ferch, gan lafoerio uwch eu noethni a galw i gof y pleser o'u treisio.

'Sarjant! Beth amdano fo? Geith ynta' fynd i'r tân hefyd?'

Roedd trachwant yn fflamio yn llygaid y milwr ar ôl iddo syllu ar gorff Tony. Ysgydwodd Evans ei ben.

'Na—fe fydd y capten am 'i weld. Dos i 'nôl y ceffyla.'

'Iawn, Sarjant. Syth bin.'

Brysiodd y milwr drwy'r buarth at y stabl a safodd yn syn wrth weld ceffyl Tony yno. Roedd wedi dychwelyd i glydwch y stabl ac at y meirch eraill, ac roedd yn ddigon bodlon pan afaelodd llaw gyfarwydd yn ei ffrwyn, a thylino'i ochr yn dyner a siarad yn fwyn ag ef: 'Tyd yma, 'ngwas i—dyna chdi,' a'i arwain draw at y sarjant.

'Drychwch, Sarjant!'

Goleuodd wyneb Evans; dyma rywbeth arall i ennill canmoliaeth y swyddogion, ceffyl gwerthfawr o well epil na'r rhelyw o feirch, wedi'i gipio oddi wrth fradwr. Ymhen ychydig funudau roedd corff Tony wedi'i rwymo am ei ganol, yn barod i'w gario 'nôl i'r pentref at Capten Hamilton. Yn ogystal codwyd corff Parri a'i roi'n barchus ar draws ceffyl y rhingyll; fe gâi hwnnw angladd Cristnogol, o leiaf.

Tynnodd Evans ar y rhaff a nodiodd yn fodlon.

'Rŵan 'ta, hogia! Ma'n bryd inni fynd!'

Brysiodd y milwyr at eu ceffylau'n ddirwgnach. Roedden nhw wedi cael prynhawn wrth eu boddau rhwng y lladd a'r treisio a'r llosgi a byddai eisiau bwyd a gorffwys arnyn nhw erbyn hyn. Ar ben hynny byddai angen iddo roi adroddiad i'r capten.

Rhoddodd Evans gipolwg 'nôl at adfeilion y tŷ cyn dilyn y fintai i lawr y llwybr serth drwy'r coed. Roedd y fflamau'n dal i losgi ond heb fod mor chwyrn nac mor uchel wedi i'r to ddisgyn. Erbyn i'r tân ddiffodd fe fyddai'r cyrff wedi diflannu am byth, heb ddim i ddweud sut y buon nhw farw. Tybed a allai'r Ffrancod weld y fflamau o'u llongau draw yn y bae, yn eu rhybuddio i gadw draw?

Sbardunodd y ceffyl â chyffyrddiad ysgafn a'i deimlo'n ymateb; yn sydyn sylweddolodd ei fod bron â llwgu.

*   *   *

Cododd capten y marsiandïwr Americanaidd, y *Beaver*, ei sbienddrych at ei lygad dde a chraffu trwyddo am y degfed tro, yna ysgydwodd ei ben. O'i hangorfan ger Ynys Whiddle roedd y fflamau i'w gweld yn glir yn y gwyll; roedd rhyw dŷ go fawr yn llosgi ar grib y bryn ar ochr ddwyreiniol tref Bantry, tystiolaeth fod rhyw ffrwgwd, rhyw ymladd yn digwydd.

Oherwydd y storm anarferol o hir a chryf roedd y *Beaver* wedi cyrraedd y bae dridiau'n hwyrach na'r disgwyl ond nid yn rhy hwyr i weld llongau'r Ffrancod yn ymadael heb lanio. Pe bai angen egluro'i bresenoldeb yn y bae roedd ganddo'i stori'n barod, mai cysgodi rhag y storm yr oedd, gan obeithio na chwestiynid ef yn rhy galed gan yr awdurdodau pam y teimlai reidrwydd i fentro'r holl ffordd, dros ugain milltir, o geg y bae hyd at ychydig lathenni o lanfa Bantry. Fe fu'r *Beaver* mewn perygl o gael ei suddo pan ddaeth un o longau'r Ffrancod yn agos ond llwyddodd i'w ddarbwyllo mai llong niwtral oedd hi, llong Americanaidd, a'i bod yno i gadw llygad ar bethau ar ran yr Unol Daleithiau ac i helpu ffoaduriaid petai rhaid. Ac roedd yn bur debyg y byddai angen help ar y trueiniaid oedd yn ceisio ffoi rhag lluoedd Prydain y noson honno ar ôl y gyflafan ar y traeth. Eto i gyd, sut y gallai neb fentro mewn cwch rhwyfo dros y tonnau at y llong ar dywydd mor angharedig a'r rhwyfwyr mewn perygl o gael eu hyrddio i'r dŵr rhewllyd a marw o oerfel os nad o foddi?

Caeodd y capten ei sbienddrych a'i roi i lawr ar y ford. Roedd y *Beaver* wedi disgwyl am ddwy awr ac erbyn hyn roedd yn rhy dywyll i hwylio ar noson mor arw. Fore trannoeth fe fyddai'n bryd iddi gychwyn adref i Philadelphia gydag adroddiad i Thomas Jefferson am fethiant yr ymosodiad; ac efallai y byddai ambell ffoadur wedi llwyddo i gyrraedd erbyn hynny, a bwrw iddo lwyddo i ddianc o afael y milisia.

*   *   *

Roedd hi wedi tywyllu'n llwyr erbyn hyn ac roedd y glaw mân wedi ailgychwyn, gan oeri croen ei wyneb a chwythu drosto mewn pyliau bob hyn a hyn. Roedd hi'n amhosibl i Edward weld pen y ceffyl gwinau na hyd yn oed ei law o flaen ei lygaid ar noson mor ddudew ond o leiaf fe allai'r ceffyl synhwyro'i ffordd yn ara' deg gan fingamu heibio i byllau yn y llwybr. Doedd dim modd brysio yn y fath dywyllwch; ei unig gysur oedd na allai'r gelyn ei ddilyn, hyd yn oed petaen nhw'n gwybod pa ffordd i fynd, oblegid roedd wedi troi pen ei geffyl 'nôl ar hyd y llwybr deheuol, y ffordd gefn gwlad drwy Skibbereen. Ei fwriad oedd mynd ymlaen trwy Rosscarbery ac yna i gyfeiriad Kinsale gan gadw draw o Corc unwaith eto, ac wrth iddo bwyso'n flinedig yn y cyfrwy gallai deimlo dagrau'n cronni yn ei lygaid ac yntau'n gweld y llofruddio a'r treisio, a lladd ei gyfaill mwyn, Tony. Gwelodd unwaith eto'r cyrff noeth yng ngoleuni'r tân a'r corff main yn hongian yn ddifywyd o'r goeden. Clywodd ag arswyd y gri o boen o enau ei gyfaill wrth iddo gael ei saethu—Tony, y gŵr mwyaf unplyg ar wyneb y ddaear, yn arbed ei fywyd am y drydedd waith drwy danio ar y milwyr a'u cadw 'nôl a rhoi cyfle iddo nôl y ceffylau o'r stabl. Fu ganddo ddim dewis ond sbarduno'r ceffyl a charlamu o oleuni'r tân i'r cysgodion gan glywed bwledi'n chwibanu heibio i'w ben a'r march o dano'n llamu gyda phob ergyd. Dyna pryd y collodd afael ar ffrwyn ceffyl Tony, a'i weld yn gwyro 'nôl oddi wrtho wedi dychryn.

Pam na fyddai wedi gadael Tony gartref yn Kildare i ofalu am Pamela a'r plant? Nawr roedd yn gorff gwaedlyd wrth dalcen Tŷ'r Abaty yn destun dirmyg a chasineb milwyr y gelyn, ac arno ef yr oedd y bai am hynny. Arno ef yr oedd y bai hefyd fod y corff maluriedig mewn perygl o gael ei gam-drin a'i sarhau gan y giwed ddidostur a'i daflu i'r cŵn, digon tebyg, yn lle cael angladd Cristnogol yn ôl ei haeddiant.

Ac arno ef yr oedd y bai.

*   *   *

Rhaid ei fod wedi hepian sawl gwaith y noson honno gan bwyso ymlaen dros war y ceffyl, a theimlo gwres y corff yn treiddio drwy'r rhawn at ei foch. Nawr ac yn y man byddai'n cyffroi wrth weld wyneb gwaedlyd Tony'n gwenu arno ac yn gweddnewid wedyn a thyfu cudynnau nes troi'n wyneb Pamela, a'i llygaid yn chwyddedig gan ddagrau a chlywed ei llais yn crefu arno i ddod adref ati. Unwaith neu ddwy cododd yn wyllt ar y cyfrwy gan gredu iddo glywed lleisiau'n sibrwd yn fygythiol, ond y gwynt neu ei ddychymyg oedd yn gyfrifol bob tro.

O'r diwedd sylweddolodd fod ffurfiau annelwig yn dechrau ffurfio o'i flaen wrth i'r tywyllwch lwydo'n araf nes troi'n wawr ddiflas arall gyda chymylau bygythiol. Unwaith eto gallai weld y llwybr tyllog o'i flaen, a'r perthi di-ddail o bobtu'r ffordd ac ambell dusw o wlân bawlyd lle bu defaid yn ymwthio drwy'r drain. Ym môn y clawdd gwelodd rywbeth du'n gorwedd mewn ystum o anobaith, gweddillion brân oedd wedi diffygio ym mrath y rhewynt, fel y byddai yntau hefyd os na châi fwyd cyn hir.

Gyda'r wawr fe allai deithio'n gynt ac osgoi'r tyllau. Roedd y ffordd yn unig ac olion pobl yn brin er bod cyflwr y caeau'n awgrymu fod peth amaethu'n digwydd yma a thraw. Yna, wrth iddo droi congl yn y ffordd, gwelodd fwthyn annymunol ei olwg ac iddo furiau o bridd a tho mawn, fel cynifer o rai tebyg ar draws y wlad, a thrwy'r drws agored dôi aroglau anhyfryd. Gallai synhwyro fod parau o lygaid drwgdybus yn ei wylied o'r tywyllwch wrth iddo fynd heibio ond yr unig gyffro fu ymddangosiad sydyn ci melynwyn annifyr yr olwg yn sgyrnygu arno, gan ofalu cadw'n ddigon pell rhag cael cig gan y ceffyl. Tybed a gâi groeso petai'r trigolion yn gwybod pwy oedd ef, yn gwybod ei fod yn mentro'i fywyd a'i gyfoeth er mwyn dod â rhyddid iddyn nhw? Neu a oedden nhw'n meddwl ei fod yn un arall o'r giwed estron oedd yn tra-arglwydd-iaethu dros Iwerddon ac mai rheitiach peth fyddai plannu cyllell yn ei gefn yn hytrach na chynnig bwyd a diod iddo?

Bwyd a diod, fe rôi unrhyw beth am ddysglaid o uwd a chwlffyn o fara a chaws y funud honno. Efallai y câi rywbeth yn Skibbereen yn y man.

*   *   *

Fel y rhelyw o drefi cefn gwlad Iwerddon digon di-lun a thlodaidd yr olwg oedd Skibbereen â chlwstwr o dai rhwng yr Eglwys Wladol a'r felin a thafarndy An Spalpeen am y ffordd â'r fynwent a'r rheithordy. Nid oedd hwnnw fawr fwy na bwthyn ond roedd rhyw ymgais i addurno wedi bod ynglŷn â'r lle, ac roedd arwydd uwch-ben y porth a llun arno ond bod y tywydd wedi treulio'r darlun yn ddim mwy na chymysgwch o batrymau aneglur. O graffu arno fodd bynnag roedd modd olrhain pen dyn gwengar, y 'spalpeen' drygionus gwreiddiol.

Nid oedd y drws wedi'i gloi pan gurodd arno a'i agor er ei bod mor fore. Y tebygolrwydd oedd na fyddai byth yn cael ei gloi mewn rhan mor ddiarffordd o'r wlad. Yn sicr, doedd y wraig ganol oed a gwallt frith a ddaeth ato ddim yn disgwyl ymwelydd mor gynnar yn y dydd ganol gaeaf. Gwenodd yn siriol a sychu'i dwylo ar ei ffedog. Byddai bara a chaws ar y ford yn syth a gwydraid o gwrw du i'w olchi i lawr ond i'r bonheddwr eistedd; neu efallai yr hoffai gynhesu wrth y tân mawn.

Fu Edward ddim yn falchach erioed i weld tân a theimlo'i wres yn treiddio trwy'i ddillad ac yntau heb ei got fawr ac wedi gwlychu at y croen. Roedd lle i eistedd yn y lle tân agored o dan y trawst mawr pren oedd fel penconglfaen o dan y simnai lydan. Eisteddodd yno gan ymhyfrydu yn y gwres ac edrych o'i gwmpas. Er bod gwaliau'r dafarn yn foel roedd y plastr wedi'i wyngalchu'n ddiweddar. Yr unig addurn oedd llestr pridd o flodau wedi gwywo ar un ford a chroes bren a delw Iesu arni yn crogi ar y mur uwchben y lle tân. Gwelodd ford dderw isel a chasgen o gwrw'n sefyll arni, a llestri yfed pridd wrth ochr y gasgen. Roedd cwpwrdd cornel mewn congl arall, a'r llawr o gerrig yn anwastad a chaled o dan ei draed. Roedd gwe cor dros yr unig ffenestr yn chwanegu at y gwyll.

Fu'r wraig ddim yn hir cyn dod â'r bwyd ato. Ymddiheurodd na allai gynnig tamaid o gig iddo gan fod carfan o filwyr wedi bwyta'r cyfan oedd ganddi bron iawn ddeuddydd cyn hynny a nhwythau ar eu ffordd i Baltimore.

'I Baltimore?'

Nodiodd y wraig gan roi'i phwysau sylweddol ar ffwrwm gyferbyn, yn amlwg yn falch i gael rhywun i siarad ag ef.

'Dyna chi, syr, mynd yno i gadw llygad am y Ffrancod, medden nhw, ond rhyngoch chi a fi, wy'n meddwl mai esgus oedd y cyfan!'

'Esgus?'

'Ie! Rh'wbeth i godi ofan ar bobol a rhoi esgus i'r milisia 'ma fynd o gwmpas y lle gan fynd â beth fynnan nhw a hynny heb dalu dime goch, yn enw'r Brenin!'

'Heb dalu?'

'Yr un ddime, a phwy sy'n gwbod pryd y ca i'r arian, os ca i byth? Cymryd mantes o bobol gyffredin wy'n galw 'na!'

'Ie, wrth gwrs, mae rhai pobol mor barod i fanteisio, on'd oes?'

64

'Ffrancod, wir! Beth yn y byd fydde'r Ffrancod yn wneud fan yma, mewn gwlad mor dlawd, dwedwch?'

'Beth yn wir? Y cyfan alla i ddweud yw na welais i ddim un Ffrancwr rhwng fan yma a Bantry, a dydw i ddim yn debyg o weld un rhwng Skibbereen a Corc chwaith!'

Gallai fod wedi chwerthin wrth weld y syndod ar ei hwyneb rhadlon.

'Nefoedd wen! Dych chi erioed wedi dod ffordd hyn i fynd i Corc o Bantry? Mi ddylech chi fod wedi mynd drwy Dunmanway.'

'O? Ddylwn i, wir?'

'Dylech! Ond beth bynnag, mi ddewch chi 'nôl i gwrdd â'r ffordd arall yn Bandon.'

'O, 'sdim drwg mawr wedi'i wneud felly?'

'Nac oes, ond eich bod wedi mynd ddeng milltir o'ch ffordd.'

Pan oedd yn carlamu o Skibbereen i gyfeiriad Clonakilty roedd gwên ar ei wyneb. Drwy drugaredd doedd y dafarnwraig ddim wedi meddwl gofyn ble'r oedd e wedi treulio'r nos ond pe bai rhywun yn holi amdano, rhywun fel Evans a'i giwed felltigedig, fe fyddai hi'n gallu dweud ei fod ar ei ffordd i Corc heb sylweddoli mai'r dref brysur honno fyddai'r lle olaf y bwriadai fynd iddo. Byddai Corc yn pingad â chotiau cochion erbyn hyn, ac roedd ganddo ddau reswm da dros fynd i borthladd Kinsale rhyw dair awr o daith gyda cheffyl da. Yn y lle cyntaf roedd ganddo gysylltiadau yno, teulu Nicholas Madgett, un o aelodau blaenllaw'r Gwyddelod Unedig, dyn oedd wedi treulio'r haf yn helpu Wolfe Tone gyda threfniadau'r ymgyrch yn Ffrainc; teulu fyddai'n fwy na pharod i'w ymgeleddu a'i guddio pe bai rhaid. Yn ail, roedd Kinsale yn borthladd lle byddai llongau pysgota'n cartrefu, llongau fyddai'n hwylio i'r môr agored a draw mor bell â Chernyw a Chymru o bryd i'w gilydd.

Roedd wedi derbyn y ffaith nad oedd dim a allai wneud ar y foment yn Iwerddon; digon tebyg fod gwarant arno wedi'i chyhoeddi'n barod. Bellach doedd ganddo ddim dewis ond ymguddio gyda ffrindiau nes y byddai'r Ffrancod wedi glanio, neu ddianc dros y môr i Gymru, yn unol â chais Wolfe Tone, i gychwyn gwrthryfel yno. Beth bynnag a wnâi roedd gobaith am ymolchad a gwely clyd y noson honno, a chyfle i benderfynu beth a wnâi nesaf.

8

Petai'r naill neu'r llall wedi sylweddoli hynny, prin ddeng milltir oedd rhwng y prae a'r helwyr y diwrnod hwnnw, a'r naill yn nesáu at Kinsale a'r llall yn gyrru gyda'i fintai fach drwy dref fach Carrigaline i gyfeiriad Corc ar archiad Richard White gan obeithio'i oddiweddyd ar y ffordd.

Rhyfeddod arall oedd fod newid yn y tywydd a bod y gwynt a'r glaw wedi peidio, dros dro o leiaf, ac wrth farchogaeth drwy Courtmacsherry nes cyrraedd glan y gilfach am y dŵr â Kinsale gallai Fitzgerald fod wedi tyngu fod gwyrdd y caeau'n fwy ir yn yr heulwen, fel petai bywyd y gwanwyn yn dechrau cordeddu a gwingo yn y gwreiddiau gan ymateb i'r alwad i ddeffro ac ailddechrau byw ar ôl yr hirlwm.

Prin oedd yr amser i feddwl am bethau mor bleserus wrth iddo gyrraedd y lan, fodd bynnag. Rhythodd yn hurt ar y llain o ddŵr gwyrddlwyd oedd rhyngddo a'r dref gan ei felltithio'i hun am nad oedd wedi cofio am y rhwystr hwn; oblegid rhwystr oedd y llain, er ei chuled; doedd dim pont i'w chroesi, a dim ond ffŵl a geisiai nofio drosti ar hin mor oer, ac ni fyddai modd iddo fynd â'i farch dros y dŵr mewn cwch rhwyfo fel yr un oedd ar y lan. Y dewis oedd marchogaeth at y groesfan agosaf, cylch o ugain milltir hyd at Carrigaline, ac i lawr yr ochr arall, neu adael y ceffyl yno a chymryd y cwch ar ei ben ei hun.

Trodd ei ben a gwylied y ceffyl yn pori'n dawel ar y borfa brin o flaen bwthyn y rhwyfwr. Nid peth hawdd oedd ei adael heb wybod a welai ef byth eto ond peth peryglus i'r eithaf fyddai'i adael gyda theulu Madgett. Dim ond creu helbul iddyn nhw fyddai hynny— petai rhywun yn digwydd nabod y ceffyl neu'n amau sut y gallai'r teulu fforddio creadur mor ddrud ac yn dweud gair yng nghlust yr awdurdodau. Ymhen ychydig ddyddiau, pan sylweddolai'r rhwyfwr nad oedd perchennog y ceffyl yn bwriadu dod i'w nôl byddai'n canmol ei lwc ac yn ei werthu am fwy o arian nag a welodd erioed a phrynu digon o faco i'w gnoi am weddill ei ddyddiau. Gobeithio y câi'r ceffyl barch a gofal teilwng.

Dyn bach canol-oed oedd perchennog y geubal, gydag wyneb main pantiog a gwelw. Roedd yr olwg oedd ar ei ddillad yn dangos mai tamaid digon prin a enillai wrth ei alwedigaeth. Fel cynifer o dlodion eraill ei wlad roedd ei geg yn llawn dannedd melyn, tystiolaeth i effaith cnoi baco, ac roedd ei weld yn cnoi'n araf ac yn poeri sug brown i'r dŵr bob hyn a hyn yn ddigon i godi cyfog ar Edward. Ond wrth ei fod yn cnoi cadwai'r weithred honno ef rhag siarad, a dim ond nodio ac ebychu 'ie' neu 'nage' swrth mewn ateb i gwestiynau Edward a wnâi. Roedd hynny'n ddigon iddo wybod nad oedd fawr neb wedi pasio'r ffor'co ers dyddiau. Digon di-ddweud oedd y rhwyfwr wedyn pan grafodd blaen y cwch ar y graean ar y lan bellaf a phan estynnodd Edward sofren iddo, lledodd ei lygaid mewn syndod.

'Da bo ti, a gofala am 'y ngheffyl i!'

Roedd wedi camu ar hyd y rhimyn o draeth cul at y tir sych cyn i'r rhwyfwr carpiog ailgychwyn rhwyfo.

Wrth frasgamu i gyfeiriad y porthladd gallai weld Caer Siarl, caer o feini llwyd yn edrych i lawr dros y dŵr a gynnau du'n anelu'n fygythiol drwy fylchau yn y muriau. Roedd yn olygfa gyfarwydd ond sobreiddiol. Os oedd wedi meddwl cymryd llong o Kinsale byddai'n rhaid bodloni gwŷr y gaer a fyddai'n barod i danio pe baen nhw'n amau presenoldeb bradwyr ar y llong, ac roedd hi'n olygfa annisgwyl wrth feddwl fod Kinsale yn lle mor fach, dim ond dwy fraich o fôr tawel a dyrnaid o strydoedd o dai ac adeiladau'n closio at ei gilydd ar y ddwy lan. Eto i gyd roedd y porthladd wedi'i gyfri'n ddigon pwysig i gael carfan o filwyr sefydlog yno er ei bod ddengwaith yn llai na'r catrodau oedd yn cartrefu yn Corc.

Daeth gweld y gaer ag atgofion iddo am ddyddiau'r 'ymarferion' pan fyddai yntau a'i gyd-filwyr o Youghal yn dysgu tactegau rhyfel drwy 'ymosod' ar bentrefi'r fro a milwyr Caer Siarl yn eu hamddiffyn. Tref yn dibynnu ar gwstwm milwyr y gaer oedd

Kinsale i raddau helaeth, ac er bod y gaer ryw ddwy filltir o'r porthladd byddai'r milwyr yn cyrchu yno'n fynych yn eu horiau hamdden i chwilio am ddiod a menywod. Hynny oedd yn gyfrifol am gyflwr llewyrchus y tafarndai i raddau helaeth. Wrth gamu heibio i'r tafarndy cyntaf ar gyrion y dref gwyddai fod y siawns o gwrdd â milwyr hanner-meddw fyddai'n gyfarwydd â'i wyneb yn un real iawn ond roedd rhaid iddo'i chymryd a byddai hynny'n fwy diogel o dipyn na mentro'i fywyd ar strydoedd Corc.

Wrth gerdded o gwmpas y tro syllodd ar draws y llain a gweld y llethr bellaf yn esgyn yn gaeau gwyrdd a choedwig helaeth o goed cymysg ar y llaw dde, a'u canghennau noeth yn ddu yn erbyn gwyrdd y llethrau. Ar y chwith wedyn uwchben y tai safai eglwys y plwyf gyda'i muriau llwyd dros ddwy ganrif oed a rhes o fythynnod tlawd to gwellt yn disgyn i'r de y tu ôl i'r brif stryd. Dipyn ymhellach draw ar y dde wedyn roedd adeilad newydd ar waith, cartref a fyddai'n cynnal cwfaint o leianod gyda hyn, ac eglwys lawn ar y Sul yn gwatwar y dyrnaid Protestaniaid yn yr eglwys arall.

Arafodd ei gerddediad a syllu ar y dre'n ymagor o'i flaen. Gallai weld cwch neu ddau ar draethell a degau o elyrch gwynion yn nofio'n hamddenol ar wyneb y dŵr. Daeth y darlun yn fyw i'w gof, fel y byddai'r adar yn gorwedd ar wyneb y dŵr fin nos ac yn taro'u pennau i'w plu er mwyn cysgu ar fynwes y don. Roedd llong bysgota sylweddol wrth y tamaid cei a hanner dwsin o ddynion yn gweithio, a'u dwylo'n arw fel lledr. Craffodd ar y dynion. Tybed a fyddai un ohonyn nhw'n fodlon ei gario allan i'r môr o dan drwynau'r milwyr yn y gaer? Roedden nhw'n brysur iawn yn cario basgedeidiau o bysgod o'r cwch i'r troliau fyddai'n brysio i Corc. Byddai'n haws taro bargen â nhw yn nes ymlaen yn y dydd wedi i'w prysurdeb ddod i ben.

Tŷ gweddol newydd ar ymyl sgwâr y dref oedd tŷ Madgett, tŷ siopwr llewyrchus mewn tref fwy llewyrchus na'r rhelyw gyda'i thanerdy a'i phorthladd bach oedd fel petai'n ddigon doeth i wybod na allai gystadlu â thref fawr Corc. Wrth iddo agosáu ato camodd merch ifanc walltddu o ddrws tafarndy ac oedi am y stryd ag ef gan edrych arno'n wengar ac awgrymog, ond pylodd y wên wrth iddo gamu heibio iddi heb edrych arni eilwaith.

Oedodd ennyd ac edrych o'i amgylch cyn curo'n ysgafn ar y drws o bren derw golau, drws a agorai'n syth i sgwâr y dref, sgwâr o siopau a thafarndai a darn agored o dir glas.

Ni fu rhaid iddo aros yn hir; agorwyd y drws a chlywodd ebychiad sydyn o fraw yn gymysg â chroeso o enau'r masnachwr canol oed o'i flaen.

'Hylô, Mr Madgett—ga i ddod i mewn?'

Dyn byr, boldew oedd Mr Madgett a'i wyneb yn grwn gyda bochau cochion o dan lygaid glas a thalcen sgwâr gwyn o dan y gwallt brith tenau. Culhaodd y llygaid gan edrych i'r stryd yn ofidus.

'Arglwydd Fitzgerald! Dewch i mewn ar unwaith!'

Gwenodd Edward wrth weld gofid y llall.

'Peidiwch â gofidio, welodd neb fi.'

Ond ni fynnai'i westeiwr gymryd ei gysuro.

'Allwn ni ddim bod yn rhy ofalus y dyddie 'ma. Mae llygaid sbïwyr ym mhobman.'

Caeodd y drws ac amneidio iddo fynd i mewn i barlwr tywyll ar y dde a'i ddilyn â chamau bach, cyflym. Wrth ei ddilyn galwodd, 'Maeve! Maeve! Dewch i weld pwy sy 'ma!'

Prysurodd ar ôl Edward a'i annog i eistedd ond prin yr oedd wedi gwneud hynny pan glywodd lais a barodd iddo godi wrth i wraig ganol oed denau mewn gwisg lwyd laes ddod i'r stafell. Roedd yn dal o gorff a'i gwallt brith yn dynn am ei phen ac yn gorffen mewn pêl ar ei gwar. Roedd ei hwyneb yn welw a'i bochau'n bantiog, fel pe na bai wedi gwella'n llwyr ar ôl salwch, a'r pantiau hynny'n peri i'w thrwyn edrych fel pig rhwng ei dau lygad glas. Roedd y ddwy wefus yn gul a thynn fel petaen nhw'n anghymeradwyo pawb a phopeth a welai'u perchennog.

'Syr Edward! Croeso i'n haelwyd! Oes gennych chi unrhyw newyddion am Nicholas? Ymhle mae e wyddoch chi? Pryd mae e'n dod adref?'

'Mrs Madgett! Os ca i funud!' Gwenodd o dan bwn llifeiriant cwestiynau'r wraig, ac yna dirifolodd ei wyneb wrth feddwl nad mater ysgafn oedd tynged ei brawd-yng-nghyfraith.

'Hyd y gwn i mae Nicholas mewn iechyd da ac yn brysur yn Ffrainc—mae wedi bod yn help mawr gyda'r trefniadau rwy i'n deall.'

Gloywodd ei llygaid.

'Ydych chi'n dweud y gwir?'

Roedd nodyn balch yn ei llais, ond roedd brawd ei gŵr wedi bod gyda Wolfe Tone yn Ffrainc ers misoedd a heb fawr o gyfle i anfon newyddion atyn nhw, a nawr roedd pryder newydd wrth law.

'Ydi e ar y llong gyda Wolfe Tone, chi'n meddwl?'

Cododd Edward ei ysgwyddau mewn ystum o anwybodaeth.

'Alla i ddim â dweud. Mae'n ddigon posibl. Roedd yn gobeithio dod gyda Wolfe, ond wrth gwrs, fel y mae pethe nawr, falle mai 'nôl yn Ffrainc maen nhw erbyn hyn.'

''Nôl yn Ffrainc? Ond maen nhw wedi glanio glywes i, miloedd o Ffrancod yn dod i'n helpu i ennill rhyddid.'

Arafodd geiriau hyderus Madgett wrth weld yr olwg ar wyneb Edward. Camodd Mrs Madgett at ei gŵr a gafael yn ei fraich, ei gofid yn llenwi'i hwyneb main, di-liw.

'Beth ddigwyddodd, Syr Edward?'

Edrychodd Edward ar wynebau'r ddau. Byddai'n dda ganddo pe gallai ddweud fod Nicholas yn ddiogel ar dir sych.

'Mae'n stori hir, Mrs Madgett, ac os ca i awgrymu, fe fyddai cystal i chi eistedd i'w chlywed hi.'

*   *   *

Arweiniodd y Rhingyll Evans ei fintai ar garlam ac yn swnllyd drwy stryd fawr pentref Skibbereen â gwên ddieflig ar ei wyneb tywyll gan beri i gerddwyr edrych yn syn ac i gŵn gyfarth. Roedd rhyw chweched synnwyr wedi dweud wrtho am gymryd y ffordd hir i'r de yn hytrach na'r ffordd ogleddol drwy Inchigaleegach a Macroom i Corc, neu'r ffordd syth drwy Dunmanway a Bandon. Roedd

Fitzgerald fel cyn-swyddog milwrol Gwyddelig yn gyfarwydd â threfniadau'r fyddin ac yn gwybod am y minteioedd fu'n gwarchod prif bentrefi'r priffyrdd yn y rhan honno o'r wlad ers degawdau. A chan y byddai perygl iddo gwrdd â milwyr Ceri petai'n ceisio cylchynu'r wlad drwy Limerick doedd ganddo ddim dewis ond mynd y ffordd fwyaf deheuol. Yna pan soniodd y wraig yn yn dafarn yn Skibbereen am ŵr bonheddig ifanc ar geffyl gwinau'n cyrchu tuag at Corc roedd Evans yn argyhoeddedig fod ei ddyfaliad yn iawn. Cwta awr a hanner oedd y 'bonheddwr' o'u blaenau yn ôl y wraig. Cyffyrddodd ei ddwrn â charn ei sabr yn y wain wrth ei glun, gloywodd ei lygaid a sbardunodd ei farch yn ffyrnig eto a'i deimlo'n llamu ymlaen o dan ei lwynau cyhyrog.

'Dewch 'te'r diawled!' gwaeddodd ar y milwyr eraill—'Fe ddalwn ni'r cythrel eto!'

*   *   *

Roedd Evans yn chwys drosto pan gyrhaeddodd y pencadlys yn Youghal. Wrth ddod i olwg y gaer cyflymodd a charlamu'n falch drwy'r porth heibio i'r gwarchodwyr llonydd. Disgynnodd o flaen drws y prif adeilad a'i esgidiau praff yn clecian ar y llawr carreg.

'Ifan!'

Taflodd y ffrwyn i law marchog arall. Doedd dim angen dweud gair arall—gwyddai Ifan yn burion beth i'w wneud â'r march; roedd disgwyl iddo'i sychu a'i fwydo yn ogystal â'i farch ei hun cyn meddwl am ddiwallu'i anghenion ei hun. Trodd ben y ceffyl a'i arwain i ffwrdd gyda'i geffyl yntau ar ôl y lleill.

Syllodd Evans ar y drws o'i flaen a theimlodd y sgrepan ar draws ei ysgwydd. Camodd yn hyderus ymlaen; gobeithio na fyddai angen iddo ddisgwyl am yn hir. Roedd yn flinedig ac yn edrych ymlaen at bryd haeddiannol o fwyd y noson honno mewn tafarn yn y dref—a chroeso arbennig gan ei hoff butain.

Ymsythodd y ddau warchodwr o flaen y porth wrth iddo agosáu a chlecian eu sodlau. Nid oedd rhingyll yn haeddu saliwt gan nad oedd yn swyddog comisiwn ond rhaid oedd sefyll yn syth wrth iddo fynd heibio serch hynny. Cerddodd rhwng y ddau i mewn i'r cyntedd ac anelu'n syth at ddrws ym mhen pella'r cyntedd lle'r oedd dau filwr arall yn sefyll a'u gynnau'n pwyso ar y llawr.

'Sarjant?'

Y milwr ar yr ochr dde iddo a'i cyfarchodd. Yn yr eiliad o arafu a sefyll gwelodd Evans fod y milwr yn daclus ei wedd o'i gapan pigog i'w esgidiau duon oedd heb ôl na llwch na glaw arnyn nhw.

'Neges bwysig i'r cadfridog—o Fae Bantry!'

Nodiodd y milwr a throi ar ei sawdl ac agor y drws yn dawel gan sibrwd wrth rywun anweladwy y tu draw iddo. Yna caeodd y drws a throi at Evans.

'Fe fydd yr adjwtant yma mewn munud, Sarjant.'

Nodiodd Evans; nid oedd wedi disgwyl ymateb gwahanol. A barnu wrth y sŵn a ddaeth drwy'r drws roedd 'na gwnsela mawr yn mynd ymlaen yno a doedd dim disgwyl i swyddogion Ei Fawrhydi oedi er mwyn gwrando ar ringyll cyffredin, pa mor bwysig bynnag oedd ei neges. Trodd ar ei sawdl a chamu 'nôl ychydig i gyfeiriad y drws. Gallai fforddio aros ychydig—roedd ganddo dipyn o newyddion i'w rhoi i'r awdurdodau—falle hyd yn oed y câi siarad â'r Cadfridog Dalrymple ei hun cyn diwedd y prynhawn. Doedd dim sôn am Fitzgerald wrth iddo yntau a'i fintai garlamu drwy Corc ar eu ffordd yno—ond nid oedd wedi meddwl am funud yr arhosai'r ffoadur yn gyfleus ar ymyl y ffordd er mwyn cael ei ddal. Ble bynnag y byddai'n llechu'r noson honno fe fyddai rhywun yn siŵr o sylwi arno, ar ei geffyl drudfawr a'i foesau bonheddig—rhywun a ddodai air yng nghlust un o'r llu sbïwyr a gadwai wyliadwraeth am ddrwgweithredwyr a bradwyr. Hwyr neu hwyrach fe fyddai'r dyn yn siŵr o ddisgyn i'r fagl.

9

Bu'n rhaid i Evans ddisgwyl gryn hanner awr yn y cyntedd cyn cael ei alw i bresenoldeb Cadfridog Dalrymple ym Marics Youghal. Safodd a syllu drwy'r ffenestri at y caeau moel rhyngddo a'r môr. Ar ôl diwrnod heulog roedd y cymylau cyfarwydd wedi dod 'nôl eto a gwelai'r glaw di-baid yn tasgu oddi ar helmau gwarchodwyr y porth. Edrychodd ar y sgwâr gyda'i wyneb o gerrig a'i adeiladau llwyd eraill oedd yn ei amgylchynu. At ei gilydd, roedd yn teimlo'n hyderus mai geirda amdano oedd yn y llythyr, fel y bu iddo ddal nythaid o fradwyr yn Nhŷ'r Abaty a saethu un, y dyn du, a'i fod wedi tynnu enw Fitzgerald o enau un ohonyn nhw cyn iddo farw. Ar ben hynny fe fyddai'n gallu adrodd fod y dyn wedi'i weld y bore hwnnw'n carlamu i gyfeiriad Corc.

Ymsythodd wrth glywed traed yn agosáu. Agorodd y drws derw trwm ym mhen pella'r neuadd a chamodd yr adjwtant ato.

'Sarjant?'

'Syr!'

Camodd Evans ymlaen, a sodlau ei esgidiau tal yn clecian ar y llawr caled, a rhoi saliwt.

'Rwy'n deall fod gen ti neges i'r cadfridog.'

'Oes, syr!'

Diosgodd ei faneg a gwthio'i law i'r waled; estynnodd y llythyr i'r adjwtant.

Mwmianodd y swyddog rywbeth aneglur a allai fod yn ddiolch a throdd ar ei sawdl a diflannu heb edrych eilwaith arno.

Dyna ffordd swyddog, meddyliodd, yn anwybyddu ac yn dirmygu milwyr cyffredin hyd nes y byddai angen gweiddi gorchymyn, a'r gwaetha ohonyn nhw o ran bod yn drwynsur oedd y swyddogion isaf, yn lifftenants—ac adjwtants.

Ni fu rhaid iddo aros yn hir.

'Sarjant!'

Trwynsur oedd yr adjwtant yn ei lifrai gwyn a choch a'r ddwy epolet aur ar ysgwyddau'i siaced hir. Teimlodd y rhingyll adwaith o gasineb yn chwyddo y tu mewn iddo. Roedd yn fain o gorff a'i gerddediad yn fachgennaidd os nad yn fursennaidd; roedd yn amlwg nad oedd hwn ddim wedi codi o'r rhesi i fod yn swyddog; prin y byddai wedi goroesi wythnos yng nghanol bagad o filwyr cyffredin a garw. Digon tebyg ei fod yn fab i deulu bonheddig a bod ei dad wedi prynu comisiwn iddo'n un ar bymtheg oed, a nawr gallai gerdded o gwmpas fel llo heb ei lyfu a rhoi gorchmynion i filwyr profiadol ar waetha'i ddiffyg profiad, ac ar gefnau hwn a'i debyg yr oedd diogelwch y Deyrnas yn dibynnu!

Camodd y rhingyll heibio iddo a sefyll gan daro'r naill droed yn glep wrth ochr y llall a rhoi saliwt wrth wynebu stafellaid o uchel-swyddogion.

'A!—Sarjant Evans.'

'Syr!'

Dyn llydan ei gorff oedd y Cadfridog Dalrymple gyda mwstás gwyn tenau ar draws ei wefus uchaf, wyneb cochlyd a llygaid glas mawr—llygaid a roddai gamargraff o wyneb a chymeriad plentyn-naidd; ond hwn oedd y gŵr oedd yn gyfrifol am wrthsefyll y gelyn ac amddiffyn Iwerddon rhag ymosodiad y Ffrancod. Hwn hefyd oedd awdur y llawlyfr diweddaraf ar dactegau milwrol, llyfr oedd eisoes yn cael ei arfer gan y Fyddin Brydeinig yn gyffredinol. Roedd golwg flinedig arno a rhychau tyndra'n amlwg ar draws ei dalcen gan roi'r argraff gwbl gywir o ŵr oedd heb gael fawr ddim cwsg ers dyddiau. Roedd yn amlwg fod pwysau'r cyfrifoleb dros wrthsefyll ymosodiad un o luoedd ymladd enbytaf y byd yn dechrau mennu arno. Dim ond Dalrymple a wyddai'n hollol pa mor simsan oedd amddiffynfeydd yr ynys y dyddiau hynny a rhan helaethaf y lluoedd wedi'u gwasgar dros y wlad a heb obaith cyrraedd Bantry am wythnos o leiaf yn nhrymder gaeaf. Ac roedd yr adroddiadau diweddaraf am filwyr dibrofiad Cyrnol Hall yn Tralee a Killarney a'r dyrnaid o Brotestaniaid gyda Richard White yn Bantry yn ddigon i wangalonni'r gŵr mwyaf calonogol.

Ond roedd y llythyr oddi wrth White wedi dod ag ychydig o newyddion da ac fe'i darllenodd eilwaith cyn codi'i ben a syllu ar Evans.

Nodiodd Dalrymple. Roedd ôl glaw a llaid ar esgidiau duon y

milwr ond roedd ei safiad yn gadarn a'i olwg heb ddatgelu dim o'r lludded a deimlai ar ôl marchogaeth yn agos at gan milltir mewn diwrnod.

'Mi gawn ni'ch adroddiad chi felly, Evans.'

'Syr. Hyd yn hyn dyw'r gelyn ddim wedi glanio o achos y storom ac mae'u llynges yn cysgodi ar ochr bella Ynys Whiddle.'

Gwrandawodd Dalrymple yn astud; diolch byth fod y gatrawd o wŷr meirch wedi cyrraedd mewn pryd. Roedden nhw wedi dangos tipyn o fywyd ac wedi trechu'r gwrthyfelwyr yn ddiymdrech, ac eto, roedd cleddyfu carfan o daeogion di-glem anghyfiaith yn wahanol iawn i wynebu milwyr profiadol Hoche. Tase hwnnw'n glanio gyda phum mil o'i wŷr arfog, bychan o siawns fyddai gan Cyrnol Hall a Richard White a'r *Ancient Britons* i'w rwystro rhag sgubo drwy'r wlad rhwng Bantry a Corc. A wnâi Cyrnol Trench a milwyr Galway ddim llawer i'w dal 'nôl chwaith. Ar ben hynny, Pabyddion oedd mwyafrif y milisia lleol a go brin y gellid dibynnu arnyn nhw. Dyna pam yr oedd newydd sgrifennu llythyr brys arall eto i Lundain at Pelham, y Prif Ysgrifennydd dros Iwerddon, yn crefu am unedau o'r fyddin reolaidd ar fyrder, ond faint o wythnosau a âi heibio cyn i'r rheiny gyrraedd Iwerddon? Yn bell cyn hynny fe allai lluoedd Ffrainc fod wedi cyrraedd Dulyn.

Daeth adroddiad Evans i ben a rhoddodd saliwt wrth dewi. Nodiodd Dalrymple yn foddhaus.

'Adroddiad calonogol, foneddigion, am unwaith, yntê?'

Daeth corws o ebychiadau cytunus o aelodau eraill y cyfarfod.

'Y peth i'w wneud nawr yw cadw gwyliadwraeth ar y gelyn ac os digwydd iddyn nhw lanio dyna pryd y bydd yn rhaid inni'u hymlid a'u poenydio. Wnawn ni mo'u dal yn hir gyda'r ychydig luoedd sydd gennym ni ar hyn o bryd ond os gallwn eu cadw rhag ymosod am wythnos fe fydd hi'n stori wahanol; erbyn hynny fe fydd gen i wyth mil o wŷr arfog rhwng Corc a Dulyn, digon i waedu trwyn General Hoche, foneddigion.'

Nodiodd a gwenodd ei gydswyddogion.

'Y gobaith pennaf nawr yw y bydd ein lluoedd ar draeth Bantry'n gallu creu digon o argraff i beri i'r gelyn gredu eu bod yn llawer mwy niferus a chryfach nag ydyn nhw. Drwy lwc a bendith mae'r tywydd difrifol o wael wedi cadw'r Ffrancod ar eu llongau hyd yn hyn, ond dim ond i'r gwynt ostegu fe fyddan nhw'n glanio—a dyna pryd y gwelan nhw mor wan ydyn ni mewn gwirionedd.'

Oedodd y cadfridog a syllu ar wynebau ei wrandawyr astud. Yna trawodd ei ddwrn ar y bwrdd derw o'i flaen.

'Rhaid i hynny beidio â digwydd, foneddigion! Rhaid i Hall a Trench a'r lleill gyflawni ystrywiau i roi argraff o gryfder milwrol orau y medran nhw tra byddwn ni'n cryfhau ein hamddiffynfeydd yn Kilworth a Fermoy! Capten Gordon—'

Cododd yr adjwtant ar ei draed.

'Cadfridog?'

'Fe gewch chi fynd â neges i'r perwyl hwn rhag blaen, a dwedwch wrth Mr White y bydda i'n cyrraedd yfory gyda'r Brigadydd Coote i weld y sefyllfa drosof fi fy hun. Rwy i am i Cyrnol Hall a Chyrnol Trench ddeall 'mod i'n disgwyl iddyn nhw greu cymaint o dwrw ag y gallan nhw os glanith y Ffrancod!'

'Mi gychwynna i ar unwaith, syr.'

Nodiodd y cadfridog a chaniatáu i wên fflachio dros ei wyneb.

'Rown i'n meddwl y byddech chi'n falch i gael rhywbeth i'w wneud yn lle gori fan hyn yn y pencadlys.'

'Ga i f'esgusodi felly, Cadfridog?'

'Wrth gwrs, Capten, a pheidiwch â cholli'r ffordd, da chi!'

Os oedd yr adjwtant yn gwerthfawrogi hiwmor y cadfridog ni ddangosodd unrhyw ymateb i gydnabod hynny; rhoddodd saliwt, troi ar ei sodlau a brysio allan. Ymhen ychydig eiliadau gellid clywed ei lais tenoraidd yn galw am ei geffyl ar unwaith.

Yna cofiodd Dalrymple am Sarjant Evans oedd yn dal i sefyll fel delw o'i flaen.

'O—ym—Sarjant—mae'n siŵr eich bod wedi blino.'

'Ddim gormod, syr.'

'Dych chi ddim yn rhy flinedig i fynd ar neges arall felly, chi a'ch dynion?'

'Ddim o gwbwl, syr.'

'Da iawn.'

Oedodd Dalrymple am eiliad neu ddwy a syllu ar y llythyr yn ei law.

'Y llythyr 'ma,'

'Syr?'

'Mae'n sôn am Fitzgerald—gawsoch chi olwg arno fe?'

Ysgydwodd Evans ei ben.

'Naddo, syr, roedd hi'n rhy dywyll.'

'Wel, does dim gwahaniaeth, does dim llawer o amheuaeth pwy oedd e, foneddigion, yr unig fonheddwr yn Iwerddon gyda gwas croenddu! I feddwl iddo gael yr hyfrdra i'w alw'i hun yn Arglwydd Riverside! Fe fyddai'r Barwn o'i go'! Wrth gwrs, fe fydd llawer ohonoch chi'n cofio Edward Fitzgerald yn swyddog ifanc yn ein plith yn America 'nôl yn Wyth Deg Tri . . .'

Ysgydwodd ei ben.

'Peth trist yw meddwl 'i fod e wedi cael 'i hyfforddi yn 'i ddylet-swyddau milwrol yma yn Youghal! Pwy all ddweud beth ddaeth dros y dyn? Un o deulu mwyaf anrhydeddus Iwerddon, brawd Dug Leinster, dyn ifanc oedd eisoes wedi gwneud enw iddo'i hunan fel milwr dewr, yn taflu'r cyfan i fyny er mwyn ochri gyda bradwyr! Fe wyddai pawb fod Fitzgerald a'i gyfeillion yn llawn sŵn a siarad am annibyniaeth a chyfiawnder a rhyw lol felly ond sŵn oedd y cyfan, rhyw chwiw fonheddig, chwarae â gwleidyddiaeth am nad oedd ganddyn nhw ddim byd gwell i'w wneud â'u hamser! Ond nawr, mae wedi camu dros y terfyn i fod yn fradwr i'w wlad a'i Frenin!'

'Fe ddylai gael 'i restio, syr!'

Edrychodd y cadfridog ar y siaradwr.

'Rwy'n cytuno â chi—a gorau po gyntaf!—Sarjant Evans! Ydych chi'n barod i fynd i chwilio am Fitzgerald a'i restio?'

Gloywodd llygaid tywyll y rhingyll.

'Ar unwaith, syr!'

Edrychodd y cadfridog ar y rhingyll. Yn ei ffordd syml, roedd hwn hefyd wedi gwneud y fyddin yn yrfa. Roedd ei frwdfrydedd yn amlwg a'i barodrwydd i ufuddhau i unrhyw orchymyn yn esiampl i bawb. Ryw ddydd o bosibl, fe gâi ddyrchafiad, fel cynifer o'i debyg, i fod yn swyddog comisiwn, ar waetha'i gefndir cyffredin a'i acen ryfedd nad oedd yn Seisnig nac yn Wyddelig. Ond roedd yn sicr ei fod yn flinedig ar ôl ei daith hir; fe wnâi noson dda o gwsg les iddo ef a'i fintai fach; byddai digon o amser i ymlid Fitzgerald fore trannoeth.

'Sarjant.'

'Syr?'

Crychodd corneli llygaid Dalrymple.

'Gwell i chi gael noson o gwsg yn gyntaf.'

'Syr!'

Saliwtiodd Evans, a throi ar ei sodlau a cherdded o'r stafell gan ddiolch yn dawel fach am gadfridog a thipyn o ddychymyg ganddo.

*   *   *

Arafodd y fintai wrth groesi'r Curragh a throi yn hamddenol i'r chwith i mewn i bentref Kildare. Disgynnodd y gwŷr meirch oddi ar eu ceffylau o flaen y dafarn a chlymu'r ffrwynau wrth y pyst cyn camu'n swnllyd drwy'r porth. Roedd yn stafell helaeth gyda chyntedd hir ar hyd un mur a chlystyrau o gadeiriau o gwmpas byrddau isel. Wrth un o'r clystyrau hyn y safodd y rhingyll a syllu'n awgrymog ar y dyrnaid o ddynion o'i flaen. Ni fu angen iddo ddweud gair; cododd y dynion yn frysiog a symud i ffwrdd. Amneidiodd Evans â'i ben ac eisteddodd y lleill.

Dyn bach chwimwth a thaeogaidd oedd y gwesteiwr canol oed, gyda rhimyn o wallt brith yn amgylchynu moelni'i iad a thrwyn llydan cochlyd rhwng dwy foch welw o dan dau lygad mochyn du. Ond roedd gwên siriol, rhy siriol i fod yn ddilys, ar draws ei wyneb wrth iddo frysio at y milwyr i gynnig bwyd a llyn, yn fara a chaws a chigoedd oer, a digon o gwrw du i olchi'r cyfan i lawr, ac afalau i roi blas melys.

Gwenodd y gwesteiwr yn foddhaus wrth eu gweld yn mwynhau'r pryd. Roedd yn bleser i gynnig bwyd i fwytawyr mor braff er na allai'r bwyd fod yn deilwng o swyddogion y Goron fel y rhai oedd wedi anrhydeddu'i westy syml y prynhawn hwnnw. Petai ganddyn nhw'r amser i aros neu alw 'nôl yn hwyrach gallai ofalu fod cig rhost a llysiau'n eu disgwyl, a digon i'w yfed—gwin hyd yn oed—ar waetha'r rhyfel.

Nodiodd y rhingyll gan gytuno fod rhyfel yn erchyll, a'r rhyfel hwnnw oedd wedi dod ag ef yno gyda neges bwysig oddi wrth y Cadfridog Dalrymple i'r Arglwydd Fitzgerald. Roedd yn deall eu bod yn hen gyfeillion. Nawr petai'r gwesteiwr mor garedig â dangos tŷ'r Arglwydd Fitzgerald iddo . . .

Roedd y gwesty'n cysgodi yn ymyl adfeilion y castell. Y tu draw i'r hen fur roedd llwybr yn rhedeg yn syth i dŷ'r Arglwydd Kildare; roedd yn annisgwyl o fach i uchelwr mor bwysig, ond un fel'na oedd yr Arglwydd Edward, meddai'r gwesteiwr, mor ddiymhongar a chyfeillgar i bawb, ac roedd yn well ganddo fyw mewn tŷ cymharol fach a syml yn hytrach na phlasty moethus fel cartref ei frawd, y Dug. Nid bod hynny'n feirniadaeth o unrhyw fath, chwanegodd yn frysiog.

Ond roedd y rhingyll mewn hwyl dda am unwaith a ffarweliodd â'r gwesteiwr gan ei siarsio i baratoi pryd gwerth galw 'chi' arno erbyn eu dychweliad yn hwyrach yn y dydd. Yn y cyfamser roedd yn bryd iddo fynd â'r neges i dŷ'r Arglwydd Fitzgerald.

*   *   *

Roedd yn brynhawn clir gydag wybren las, ddigwmwl a golau a'r lliwiau'n nodweddiadol o dywydd rhewllyd y gaeaf yn unig. Rywdro arall fe fyddai'n ddiwrnod i lonni calon dyn, a'r llwydrew'n dal yn drwch gwyn, patrymog a chywrain ar gangau'r coed ar waethaf yr heulwen. Ryw dro arall fe fyddai Edward a Pamela wedi mynd i garlamu dros y ddaear galed i'r Curragh, eu gwalltiau'n llifo yn y gwynt, yn llawen o deimlo pelydrau gwan yr haul yn eu hwynebau. Ond y prynhawn hwn, meirch garwach eu magwraeth a'u hamodau byw oedd yn tuthio ar hyd y lôn i gyfeiriad y tŷ a'r unig lawenydd ym mynwes y marchogion oedd y gobaith o gyflawni gorchymyn a chael pleser wrth wneud hynny a heb boeni a fyddai rhywun yn cael ei frifo wrth wneud hynny neu beidio.

Wrth agosáu at y tŷ difrifolodd wyneb Evans. Cyffyrddodd ei law chwith â charn y pistol o dan ei got fawr. Roedd i gleddyf ei briod

79

le yn yr awyr agored ond o dan do roedd dagr, neu wn llaw, yn arf fwy hwylus, ac os oedd Fitzgerald yn gynfilwr roedd yn bur debyg y byddai ganddo yntau bistol a chyda dyn mor beryglus rhaid bod yn orofalus. Dyna pam yr oedd dau farchog eisoes wedi carlamu drwy'r caeau i ochr bella'r tŷ, rhag ofn i'r dyn geisio dianc fel yr oedd wedi gwneud unwaith o'r blaen.

Roedd y glwyd fawr ar agor a gallodd farchogaeth at ddrws y tŷ. Pwysodd ymlaen yn ei gyfrwy a churo'r drws â charn ei chwip, ac fe'i hagorwyd bron yn syth mewn ateb i'r ergydion nerthol. Gwelodd wraig ganol oed ifanc mewn dillad di-siâp morwyn tŷ'n syllu'n syn arno; yna moesymgrymodd y wraig yn gwrtais. Syllodd Evans i lawr arni.

'Mae gen i neges i'r Arglwydd Fitzgerald!'

Lledodd llygaid y wraig a daeth golwg ofidus dros ei hwyneb.

'Dyw e ddim gartref, syr.'

'Nag yw?'

Mi fyddai wedi synnu'n fawr petai wedi cael ateb cadarnhaol. Disgynnodd o gefn ei geffyl a gwnaeth y dynion eraill yr un modd.

'Ond mae'r Arglwyddes gartref, mae'n siŵr.'

Roedd gwên ar ei wyneb wrth iddo glymu'r march a chamu at y drws. Estynnodd ei law a phwyso arno gan orfodi'r wraig i adael iddo agor. Camodd i'r cyntedd gan afael ym mraich y wraig a'i symud gydag ef.

Cynyddodd gofid honno.

'Mi ga i weld yr Arglwyddes, 'te—nawr!'

A chyda'r gair olaf diflannodd y wên a rhoddodd wthiad bach iddi gan beri iddi ebychu mewn braw.

'Ond . . .'

'Dim "ond", os wyt ti'n gwbod beth sy dda iti! Dos i'w nôl hi y munud 'ma, neu oes rhaid imi chwilio'r tŷ amdani?'

'Fydd dim angen hynny, *msieu*! Pwy ydych chi a beth yw'ch neges?'

Gwelodd wraig ifanc yn disgyn y grisiau gyda nyrs a dau o blant bach y tu ôl iddi. Roedd hi mewn gwisg laes o liw hufen o'i bron hyd at ei thraed; roedd hi'n lluniaidd ac yn fer ac roedd ei hosgo'n foneddigaidd. Doedd dim modd peidio â'i hadnabod. Cododd ei law rydd a rhoi saliwt iddi.

'Madam! Ydi'ch gŵr gartref?'

'Rydych chi wedi cael yr ateb i'r cwestiwn hwn'na unwaith, *msieu*. Ac mi ofynna i eto—pwy ydych chi a beth yw'ch neges?'

Doedd y rhingyll ddim wedi arfer â chael ei herio fel hyn, yn enwedig gan ferched ifainc; roedd yn fwy cyfarwydd â merched yn crefu am gael eu harbed a'u llygaid yn llawn arswyd, neu â phuteiniaid yn cynnig cwstwm.

'Sarjant Evans, Madam, gyda neges i'r Arglwydd Edward Fitzgerald oddi wrth y Cadfridog Dalrymple. Mae rhaid i fi gael gair ag o ar unwaith!'

'Mae arna i ofn y cewch eich siomi, Sarjant. Mae fy ngŵr oddi cartref ar fusnes. Yn Belfast.'

'Belfast? Ydych chi'n siŵr nad Bantry 'dach chi'n feddwl?'

Os oedd geiriau'r rhingyll yn sioc iddi ni ddangosodd hynny. Crychodd ei thalcen mewn syndod.

'Bantry? Dydw i ddim yn eich deall. Mae gan Edward fusnes yn Belfast, fel y dwedes i.'

'Ac yn Bantry, Madam! Gyda'r Llynges Ffrengig! A'r tro dwetha y gwelwyd eich gŵr roedd o'n ffoi am 'i fywyd ar gefn 'i geffyl gan adael ei gyfaill du lle cafodd 'i saethu'n farw gan fy milwyr i!'

Y tro hwn roedd y sioc yn ddigamsyniol yn ei llygaid ac yn yr ebychiad sydyn o ing a'r enw 'Tony!' o enau Hannah'r wraig ganol oed, ond aeth Evans ymlaen heb oedi.

'Felly, Madam, gawn ni anghofio unrhyw stori fach ddel am fusnes yn Belfast? Mi ofynna i eto—ble mae'ch gŵr?'

Caledodd llygaid Pamela Fitzgerald ac roedd her yn ei llais wrth iddi ateb.

'Ddim yma, *msieu*; chwiliwch y tŷ os nad ydych yn fy nghredu!'

Amneidiodd Evans â'i ben a brysiodd y milwyr eraill i wahanol gyfeiriadau, gan hyrddio drysau ar agor a cherdded yn drystfawr drwy'r stafelloedd. Dechreuodd y plentyn hynaf grio ond tawelodd Colette ef.

81

'Mi fydda i'n eich dal yn gyfrifol am unrhyw ddifrod, Sarjant! Hannah! Sychwch eich dagrau a dewch gyda fi! Dewch chithe â'r plant, Colette!'

A cherddodd Pamela Fitzgerald drwy ddrws ar y dde i'r parlwr a Hannah ddagreuol a Colette a'r plant wrth ei chynffon. Safodd wrth y ffenest a'i hosgo balch yn ei herio. Tywyllodd gwedd y rhingyll mewn dicter; camodd at ddrws y parlwr ac edrych arni. Roedd hon yn haeddu'i cheryddu am ei heofndra; y peth hawsa yn y byd fyddai gafael ynddi'r funud honno, rhwygo'i gwisg denau oddi amdani, a'i threisio o flaen ei phlant a mwynhau clywed ei sgrechiadau. Byddai wrth ei fodd yn dysgu gwers iddi nad oedd dyn o waed coch cyfan fel yntau'n sylwi dim ar ôl tamaid o groten debyg iddi hi.

Ond yn sydyn roedd sodlau'n clecian ar risiau a lloriau a'r milwyr yn dychwelyd yn waglaw.

'Wel?'

Ond ysgwyd ei ben a wnaeth un o'r milwyr.

Tywyllodd wyneb Evans eto. Ble bynnag yr oedd Fitzgerald nid yno yn Kildare yr oedd ef.

'Ydych chi'n fodlon fy nghredu i nawr, Sarjant?'

Peth anhyfryd ac anghyfarwydd iddo oedd gweld yr edrychiad buddugoliaethus yn llygaid y foneddiges. O rywle y tu mewn iddo dechreuodd sŵn aneglur gorddi a thyfu nes troi'n ebychiad o rwystredigaeth a dicter.

'Dowch!'

Troes ar ei sawdl, a cherdded o'r tŷ a'r lleill yn ei ddilyn. Ymhen ychydig eiliadau gallai Pamela glywed carnau'r meirch yn pystylad ar draws y buarth ac i lawr y lôn gul tuag at sgwâr y pentref ac ymlaen i gyfeiriad y Curragh, a'r pryd yn y tafarndy wedi mynd yn angof.

Prin y gallai Pamela gredu'u bod nhw wedi mynd, serch hynny, a dim ond wedi i Hannah frysio'n ofnus at y drws ac edrych allan y gallodd hi ymollwng mewn rhyddhad. Ond rhyddhad byr oedd ef, rhyddhad a droes yn ofid am ei gŵr a hiraeth am Tony, a chronnodd ei llygaid â dagrau.

'*Madame? Qu'est-ce qu'il y a?*'

'Colette! Pryd ca i weld Edward eto, dwed? *Mon pauvre Edward!*'

10

Daeth curo ysgafn ar ddrws y tŷ yn y gwyll ond petai rhywun yn edrych prin y byddai wedi gallu tyngu iddo weld y drws yn agor mymryn ac yn cau'n gyflym a bod y cysgod o'i flaen yn llai tywyll wedyn.

'Sean! *Chaoi bhuil tu?* Sut wyt ti? Dere drwodd.' Llais Madgett yn arwain ei ymwelydd mewn dillad pysgotwr drwodd i'r parlwr drwy'r cysgodion a achosid gan y gannwyll yn ei law.

Cododd ffurf dywyll yn y parlwr ac ysgwyd ei law.

'*Dia's Muire dhuit.*'

'Sean, ydi'r dillad gen ti?'

'Ydyn, 'ma chi, ym . . .'

'Does dim angen iti wybod enw'n cyfaill fan yma.'

'Galwch fi'n Finn.'

'Finn—wrth gwrs—gobeithio y bydd y dillad 'ma'n taro.'

'Mae'n siŵr y byddan nhw, Capten. Ymhen faint gallwn ni gychwyn?'

'Gyda'r wawr. Byddwch wrth y lan erbyn hanner awr wedi chwech. Iawn, Finn?'

'Iawn, Capten!'

*   *   *

Roedd ar ddi-hun cyn i law Madgett gyffwrdd â'i ysgwydd.

'Chwech o'r gloch, Arglwydd Edward.'

'Diolch.'

Roedd y crys morwr garw'n cosi'i groen wrth iddo'i wisgo; am ennyd ofnodd y byddai'r enynfa'n ormod iddo ac yntau wedi arfer â dillad meddal, boneddigaidd. Ond daeth yn llai coslyd yn raddol wrth iddo ddod i arfer. Gwenodd ar ei olwg yn y drych yng ngolau'r gannwyll a adawodd Madgett iddo, ar ôl tynnu'r cap gwlanen i lawr dros ei ben a gwasgu'r cudyn dros ei dalcen o'r golwg. A'i farf ddu bellach dros wythnos oed ac yn dechrau tewychu byddai'n edrych fel morwr petai neb yn ei weld nawr. Mewn golau clir, fe ellid bod wedi sylwi ar feddalwch ei ddwylo, a bod ei esgidiau marchogaeth yn dangos drwy'r trowsus o frethyn garw, ond erbyn iddi oleuo fe fyddai ar fwrdd y llong lle na allai neb graffu arno. Yn enwedig y gwylwyr ar dyrau Caer Siarl. Nhw oedd y rheswm am y dillad benthyg a'r twyll. Roedd gweld llong fasnach neu longau pysgota yn hwylio i'r môr yn ddigwyddiad dyddiol na fyddai'n deffro diddordeb neb, ond fe fyddai'r sbienddrych yn craffu ar y llong a phe bai rhywun arni oedd heb fod mewn dillad morwr fe fyddai angen gwneud ymholiadau'n syth.

Roedd bara a chaws a menyn gwyrdd a chwrw'n ei ddisgwyl yn y gegin. Bwytaodd gydag arddeliad o flaen llygaid bodlon Madgett. Ychydig oedd ar ôl i'w ddweud bellach wedi i'r ddeuddyn drafod y sefyllfa'r noson gynt. Roedd y ddau'n gytûn yn eu siom ynghylch Bae Bantry ond roedd gobaith o hyd am lwyddiant i'r achos yn y pen draw ac roedd Madgett yn deall bellach mai mynd i Gymru ynghylch y gwrthryfel yr oedd Fitzgerald yn hytrach na ffoi.

'Dydw i ddim am eich hastu ond . . .'

'Mae'n bryd imi fynd.'

Arweiniodd Madgett yr ychydig gamau at y drws a'i agor yn ochelgar. Yng ngolau llwyd y wawr gynnar roedd y llong i'w gweld fel cysgod tywyll ar y dŵr llonydd yng nghanol yr elyrch.'

'Cymerwch ofal!'

'Un peth cyn imi fynd, wnewch chi anfon neges at Pamela a dweud y bydda i 'nôl gyda hi cyn bo hir?'

'Wrth gwrs.'

Cofleidiad sydyn rhwng cyfeillion, yna roedd Fitzgerald yn brasgamu ar draws yr hanner canllath rhyngddo a'r llong, gan gario'i ddillad mewn cwdyn. Doedd neb i'w weld o gwmpas y lan a go brin y sylwai neb ar forwr yn ymuno â'i long yn foreol er mwyn hwylio gyda'r llanw. Taflodd ei becyn dros ochr y llong a dringo drosti. Nodiodd y capten arno a phwyntio at geudwll.

'Lawr fan'na!'

'Ond . . .'

'Gwell i chi, Finn, rhag ofn.'

'O'r gore, Capten.'

Roedd y capten yn iawn, wrth gwrs. Er iddo wisgo dillad morwr doedd fawr o raen morwr arno ac yntau heb unrhyw syniad sut i godi hwyl neu glymu rhaff. Byddai yn y ffordd ar fwrdd llong mor fach a gallai ei letchwithdod ddeffro chwilfrydedd.

Roedd ysgol yn disgyn i'r tywyllwch drycsawrus a chrychodd Edward ei drwyn wrth ddringo i lawr. Safodd ar astell seimllyd a'i theimlo'n ildio o dan ei bwysau a daliodd afael yn ffrâm yr ysgol sefydlog rhag cwympo. Wrth i'w lygaid ddod i arfer â'r gwyll gwelodd fod sacheidiau o wellt wedi'u taflu i lawr ar bentwr o olosg oedd wedi'i wasgar yn wastad ar draws y ceudwll; byddai modd iddo orwedd o leiaf hyd nes y byddai'r llong wedi mynd o olwg llygaid busneslyd Caer Siarl. Bwriodd y sachau at ei gilydd a llunio man gweddol esmwyth i orwedd arno gan wrando ar y synau o'i gwmpas ac uwch ei ben, y dŵr yn taro'n ysgafn yn erbyn y llong, rhaffau'n ochneidio wrth grafu yn erbyn gwal y cei, llais y capten yn gweiddi gorchmynion, traed yn rhedeg uwch ei ben a synau newydd wrth i'r rhaffau gael eu rhyddhau o'r cei. Clywodd gri gwylanod yn cynhyrfu wrth i'r hwyl godi'n stwrllyd a dechreuodd y llong symud a suo yng ngafael y gwynt.

Eisteddodd yn ddiolchgar ar y pentwr o sachau a gorwedd 'nôl wedyn, gan obeithio na ddôi llygod mawr ar hynt chwilfrydig ar ei draws. Syllodd lan at y twll ac at yr awyr laslwyd uwch ei ben; roedd yn fore oer, clir a heulog a'r gwynt yn ysgafnach nag yr oedd wedi bod ers dyddiau ond eto'n ddigon cryf i lenwi'r hwyl. Pam na fyddai'r gwynt wedi gostegu wythnos 'nôl pan oedd angen hynny? Byddai pethau wedi bod yn wahanol iawn ym Mae Bantry ac Iwerddon benbaladr wedyn.

Roedd yn oer yn y ceudwll a chododd ei ddwylo i rwbio'i freichiau er mwyn cynhesu a theimlodd drwch y llythyr ym mhoced ei grys, y llythyr at Edward Williams yng Nghymru a ddaeth ato oddi wrth Wolfe Tone. Rhaid bod Wolfe yn ffyddiog y byddai'r

Cymry'n gefnogol i'w hachos. Wolfe druan, oedd wedi edrych ymlaen gymaint at y glaniad ym Mae Bantry gyda deunaw mil o filwyr arfog ac arfau ar gyfer y Gwyddelod a godai gyda nhw, yn Brotestaniaid ac yn Babyddion. Ble'r oedd Wolfe, druan erbyn hyn? 'Nôl yn Llydaw yn torri'i galon mewn siomedigaeth, neu wedi boddi, hyd yn oed?

Roedd y llong yn symud yn hwyliog erbyn hyn ac yn ei suo'n ysgafn. Tybed oedden nhw wedi pasio Caer Siarl eto? Fe ddylai godi a mynd i edrych, ond roedd yn gysurus yno ar y sacheidiau o wellt ar waetha'r oerfel ac roedd yn bleserus i orffwys yno am ychydig a meddwl am ddigwyddiadau'r dyddiau diwethaf, ac am Pamela a'i blant. Trwy'r tywyllwch gwelai'i hwyneb yn syllu arno'r funud honno, yn ei geryddu am eu gadael er mwyn dilyn rhith. Pa bryd y câi eu gweld eto tybed?

Yna ystyriodd ei lwc ryfeddol yn cael hyd i long oedd ar fin cychwyn ar un o'i theithiau cyson, i Abergwaun o bobman, gyda llwyth o olosg ar gyfer odynnau Sir Benfro i wneud gwrtaith ar gyfer ffermydd y fro; ac roedd capten y llong yn gyfaill i deulu Madgett ac yn bleidiol i'r achos.

Ymhen chwarter awr edrychodd y capten dros ymyl y ceudwll er mwyn dweud wrtho y gallai ddod o'i guddfan yn ddiogel bellach a'r llong wedi troi'r penrhyn i'r môr agored, ond caeodd ei ben wrth weld y ffigur llonydd yn cysgu'n dynn. Gwell gadael iddo gysgu tra câi gyfle.

*   *   *

L'Indomptable,
Ar Fôr Iwerydd,
Dydd Calan, 1797.

Annwyl Edward,

Cyfarchion y flwyddyn newydd atat! Er na wn i a gei di'r llythyr hwn byth ac er nad oes arna i awydd i ddathlu wrth weld yr ymosodiad yn troi'n drychineb, a hynny heb danio gymaint ag un fwled mewn brwydr.

Edward! Pwy fyddai wedi meddwl erioed y gallai Ffawd ein trin mor angharedig a chreulon? Dyma fi yn fy nghaban ar fy ffordd 'nôl i Brest ar ôl pythefnos o rwystredigaeth anfesuradwy. Mae'r rhan hon o'r ymgyrch ar ben am y tro a bellach mae'r cyfan yn dibynnu ar lwyddiant y Cadfridog Tate yng Nghymru, a dy lwyddiant dithau i baratoi'r Cymry i godi! Meddylia pa effaith a gâi hynny ar ein hymdrechion! Ar waetha'r methiant a fu fe ddôi'r hanes am wrthryfel yng Nghymru â brwdfrydedd newydd i'n dynion a fflam gobaith am fuddugoliaeth i'w llygaid! Ac ni fyddai'n hir cyn inni gychwyn eilwaith i ddifa gormes yr Unben ac ysgubo'i luoedd o'n gwlad!

Ganwaith y bûm yn gweddïo ar i'r gwynt dieflig ostegu digon i'n galluogi i lanio ym Mae Bantry! Mor galonnog oeddem ni pan gychwynnodd y llynges fawr o ddeugain a thair o longau ar ddiwrnod oedd mor gynnes â diwrnod o Fai! Ac mor hawdd oedd cymryd ein twyllo gan awel deg a heulwen garedig, gan anghofio'r pwerau nerthol sy'n corddi yn nirgelion y nos ac yn ymgrynhoi i neidio'n annisgwyl oherwydd; daeth tymestl sydyn a difa dwy long bron cyn inni hwylio allan o'r harbwr! Roedd fel arwydd yn ein rhybuddio i droi 'nôl cyn cael colledion gwaeth; ac roedd gwaeth i ddod! Rhwng gwyntoedd a niwl ac ymchwydd yr eigion fe ddiflannodd y *Fraternité* a Hoche arni i niwloedd yr Iweryddd o fewn dyddiau ac ni welwyd ef oddi ar hynny. Wn i ddim hyd yn oed a yw'n fyw neu'n farw. Ond mi barhais yn galonnog gyda'r daith serch hynny.

Elli di ddychmygu fy nheimladau wrth inni hwylio i mewn i gulfor Bae Bantry a gweld y dref fach yn disgwyl amdanom? Erbyn Rhagfyr 21 roedd ein llynges wedi angori ger Ynys yr Arth ac roeddwn yn hyderus y byddem yn glanio drannoeth. Ond dychmyga fy siom y bore wedyn wrth weld fod ugain o'n llongau wedi'u hysgubo allan i'r môr gan y gwynt gan adael prin bedair ar ddeg ar ôl a'r rheiny ar wasgar yn y bae! Serch hynny, erbyn Dydd Nadolig roeddwn i wrthi'n gwneud y paratoadau olaf i lanio gyda dros bum mil o wŷr a chychwyn y crwsâd mawr. Fe dreuliais y noson yn cynllunio'r ymosodiad: o Bantry ar garlam i gyfeiriad Corc ac ymlaen i Ddulyn. Dychmygwn fanllefau'r werin yn tyrru i'n hochr nes ein bod fel ton fawr anorchfygol yn boddi'r gelyn!

Doeddwn i ddim wedi dychmygu y gallai Natur osod ei hwyneb mor gadarn a didostur yn ein herbyn. Mae rhyw ffawd ryfedd wedi ein herlid er pan gychwynnodd y llynges o Brest. Treuliais wythnos mor agos at y lan fel y gallwn fod wedi taflu bisgïen i'r tir pe dymunwn, ac eto'n methu cyrraedd y lan oherwydd y dymestl. Erbyn y seithfed ar hugain roedd cynifer o'n llongau wedi cael difrod nes inni ofni cael ein difetha'n llwyr o aros yno rhagor ac felly dyma godi'r naill angor a thorri'r llall â chalon drom a gadael i'r gwynt ein chwythu allan i'r môr. Roeddwn i mor ddigalon, wrth weld tir

Iwerddon yn diflannu yn y pellter, yn wir, doeddwn i'n synnu dim at hanes Xerxes gynt yn chwipio'r môr. Ond na ddigalonnwn! Fe ddown 'nôl eto cyn bo hir a'r tro hwn fe fyddwn yn siŵr o lanio!

Bellach mae'r ymosodiad ar Gymru ar fin digwydd a Tate yn ffyddiog o godi gwerin y wlad honno yn erbyn yr Unben. Gobeithio y cei di rwydd hynt i'w plith a chroeso gan ein cyd-Geltiaid! Roedd y pregethwr o Gymro, Morgan Rheese, yn ffyddiog ynghylch llwyddiant yr achos yno pan welais ef yn Philadelphia yn 1795.

Edward, wn i ddim pa bryd y cawn ni gwrdd eto, ai yn Iwerddon rydd neu yn alltud yn Ffrainc neu America o bosibl, neu yng Nghymru hyd yn oed. Gyda lwc mi fyddaf yn gallu ymuno â'r Cadfridog Tate ymhen wythnos neu ddwy er mwyn mynd gydag ef ar ail ran y cynllun a glanio yng Nghymru! Oni fyddai'n braf pe gallem ni'n dau gwrdd yn Abergwaun? Gobeithio y gwnaiff Ffawd edrych yn fwy caredig ar dy ymdrechion yno nag a wnaeth arna i yn Iwerddon. Edrychaf ymlaen at y dydd y cawn ni gwrdd eto. Byddai'n hyfryd cael hwylio adref i Iwerddon gyda'n gilydd ar ôl y fuddugoliaeth fawr!

Er mwyn Iwerddon,

Wolfe Theobald Tone, Cadfridog.

Gorffennodd Wolfe ei lythyr, a'i blygu a'i roi mewn amlen o dan ei sêl ymhlith y llythyrau eraill a fyddai i'w postio yn y man. Cododd ac estyn ei freichiau'n flinedig a chamu at ddrws ei gaban a dringo i'r dec. Syllodd ar ymchwydd y tonnau glaslwyd a'r ewyn gwyn yn torri am ychydig cyn diflannu eto, ac arfordir Llydaw'n nesáu. Roedd cymylau gwyn uchel a rhychiog yn ymestyn yn denau tua'r gogledd. Tybed sut hwyl yr oedd Edward yn ei gael yng Nghymru?

Llithrodd y llong fasnach yn llyfn drwy'r môr tawel a'i bwa tuag at Benfro a phorthladd bychan Abergwaun. Petai hanner can milltir yn bellach i'r de, digon tebyg y byddai Fitzgerald wedi cwrdd â gweddill y llynges ar ei ffordd 'nôl i Lydaw. Syllodd ar y gorwel deheuol fel petai'n ewyllysio gweld hwylbrennau'r llongau tal yn dod i'r golwg, ac Wolfe, y gŵr cymen â'i drem balch, yn ddiogel ar fwrdd un ohonyn nhw. Tybed a gâi ei weld byth eto?

11

Atseiniodd gwaedd y capten i dynnu'r hwyl i lawr yng nghlustiau
Edward wrth i'r llong symud yn araf tuag at y cei yng nghysgod y
bryn. Ar ryw olwg roedd y bryniau a'u hochrau serth yn cau am yr
aber mewn modd digon tebyg i'r bryniau o gwmpas Kinsale ond bod
y culfor yno'n hir a throellog tra oedd aber afon Gwaun yn fyr ac
agored. Gwahaniaeth arall oedd y cwrlid o redyn a orchuddiai'r
bryniau o bobtu'r porthladd, bryniau oedd yn rhy serth i gynnal
gwartheg. Roedd yn olygfa i lonni'r artist ynddo wrth i'r llong
gylchynu'r penrhyn a dangos traethell wag Wdig ar y dde ac aber cul
y dref ar y chwith yn cysgodi o dan y gaer.

Roedd honno eto'n ei atgoffa am y gaer ger Kinsale ond ei bod
dipyn yn llai ac yn newydd yr olwg gyda rhes o ynnau nerthol yn
gwarchod yr aber. Difrifolodd wyneb Edward wrth eu gweld; petai
llynges Tate yn mentro'n agos gallai'r gynnau hynny chwythu'r
llongau'n yfflon! Tybed a wyddai Tate neu'r Ffrancod am y gaer? A
fyddai ganddo gyfle i'w rhybuddio mewn pryd? Neu tybed a fyddai
modd iddo ymosod ar y gaer a difa'r drylliau cyn yr ymosodiad? Heb
hynny ni fyddai gan y llynges obaith i gyrraedd y lan.

Teithiodd y llong i ddiogelwch yr harbwr yn ddidramgwydd ar ôl
taith oedd wedi bod yn annisgwyl o bleserus. Er na allai Edward
anghofio'i ofidiau na'r gorchwyl oedd o'i flaen roedd ymchwydd y
don a symudiad esmwyth y llong o ochr i ochr a sŵn yr hwyl yn
chwipio yn y gwynt yn cynnig esmwythdra a theimlad y gallai bywyd
fod unwaith eto'n ddibryder a di-boen ryw ddydd. Wrth syllu ar
ddistrych y tonnau bron na allai eu clywed yn sibrwd arno i
anghofio'i ofidiau a mwynhau hyfrydwch y foment yng nghyfeillach
preswylwyr y môr. Nid oedd disgwyl iddo gyflawni unrhyw
ddyletswyddau ar y llong ac roedd Sean wedi gwrthod tâl, gan ei
chyfri'n fraint hebrwng un o arweinwyr Iwerddon Rydd o afael ei
elynion. Cafodd hamdden i bwyso'n ddioglyd ar ganllaw'r llong a
syllu ar y gorwel gan ddyfalu tynged llynges Hoche ac Wolfe Tone
ac edrych ymlaen at laniad yr ail lynges yn Nyfed dan arweiniad
William Tate.

Roedd wedi clywed amdano ers ei gyfnod yng Ngogledd America. Yn wir, roedd Tate yn aderyn brith a fu'n arwr ac yn droseddwr am yn ail fwy nag unwaith, yn garcharor rhyfel ac yn ymladdwr brwd dros annibyniaeth. Ond ei hynodrwydd mwyaf fu ceisio sefydlu byddin breifat i ymosod ar luoedd Prydain. Rhaid bod rhyw gasineb angerddol yn corddi'i enaid i'w yrru i wneud hynny. Erbyn hyn roedd yn gyfaill i Wolfe, ac os oedd gan hwnnw bob ffydd ynddo roedd yn fodlon. Wedi'r cyfan roedd y dyn yn filwr profiadol dros ben. Byddai'n ddiddorol cael cwrdd â'r Cadfridog Tate.

Pan laniai yng Nghymru byddai'n rhaid iddo baratoi'r ffordd ar gyfer dyfodiad Tate a'i luoedd a chysylltu â'r radicaliaid Cymreig. Byddai hynny'n orchwyl digon anodd o dan yr amgylchiadau ac yntau heb gyswllt â neb ac eithrio Edward Williams. Ond ar y llaw arall gallai sbïo'r tir o gwmpas Abergwaun a chael golwg ar amddiffynfeydd y Prydeinwyr yn weddol ddidrafferth; gallai bonheddwr gerddetach ar draethau'r fro i fwynhau'r golygfeydd heb achosi amheuaeth, gallai gario papur arlunio dan esgus ei fod yn artist oedd â'i fryd ar wneud lluniau o ogoniannau natur a bywyd gwyllt y glannau. Un o'r pethau cyntaf a wnâi ar ôl cyrraedd Abergwaun fyddai pwrcasu defnyddiau darlunio.

Wrth feddwl am hyn diolchodd unwaith eto fod ei fam wedi dewis tiwtor mor rhyfeddol o oleuedig â William Ogilvie i'w theulu, gan eu haddysgu yn ôl egwyddorion Rousseau i sylwi ar natur o'u cwmpas a dysgu ganddi yn hytrach na llafarganu rhyw druth o ffeithiau moel a diystyr oedd yn arferol yn yr ysgolion. Gallai glywed llais y tiwtor yn llefaru yn ei frwdfrydedd ag acen Albanaidd o hyd:

'Natur, 'y mhlant i—parchwch Natur a byddwch yn ofalus ohoni! Oherwydd fe wnaiff Natur ddangos popeth sy'n werth ei ddysgu i chi mewn bywyd! Dysgwch oddi wrth flodau'r maes a dail y coed, a bywydau'r anifail gwyllt, am gylch y tymhorau, a chylch bywyd, am gyfrinachau Natur a'i threfn, boed yn fathemateg, neu'n wyddoniaeth, neu'n athroniaeth bywyd! Yn nhrefn ryfeddol Natur fe welwch waith llaw'r Sawl a greodd y byd cymhleth o'n cwmpas ac a'n cynysgaeddodd â rheswm a'r ddawn i'w ddadansoddi ac i chwalu ofergoelion dynion a chredoau twyllodrus yr Eglwys!

'Astudiwch Natur dyn a gwelwch ei urddas cynhenid a'i ddoniau, a'i hawl i fyw heb ormes, a'r hawl i dorri'r cadwyni a osodwyd amdano gan gymdeithas lygredig dynion! Ymdynghedwch i greu cymdeithas anllygredig a gwâr lle mae Natur yn teyrnasu, ac nid trachwant a chenfigen a balchder, a lle bydd swyddogion a brenhinoedd yn weision i'r bobl ac nid yn eu gormesu!'

Gallai gofio fel y byddai ei chwaer, Louisa, ac yntau'n dwlu ar grwydro'r caeau ac yn gwrando ar eu hathro hynaws, a ddaeth wedyn yn dad-yng-nghyfraith iddyn nhw, yn enwi pob blodyn a phlanhigyn a chreadur byw a welen nhw. Fe gaen nhw dreulio prynhawniau'n darlunio rhyfeddodau byd natur ar bapur a hynny gyda gofal a thrylwyredd gan fod papur mor ddrud nes bod ei wastraffu'n bechod anfaddeuol.

Gwenodd eto. Roedd yn ddigon hen i gofio'r syndod yn Nulyn pan briododd ei fam, y Dduges, William Ogilvie, tiwtor cyffredin, ar ôl bod yn briod â Dug Leinster. Roedd y peth yn warthus, ac yn tanseilio trefn cymdeithas: gwas cyflog yn priodi i deulu pwysicaf Iwerddon! Ond beth arall oedd i'w ddisgwyl gan un o ddilynwyr yr Anffyddiwr o Ffrainc, Rousseau, a'i frawd ysbrydol, Voltaire! Ai dyna pam y symudodd ei fam a'i gŵr newydd a'i phlant niferus i Ffrainc i fyw am y chwe blynedd nesaf, lawr yn Aubigny, er mwyn cael magu'i phlant yng ngwlad yr addysgwr a'r meddyliwr mawr ac yn sŵn ei hiaith odidog? Neu ai er mwyn troi cefn ar y tafodau maleisus, gan adael ei mab hynaf i ymgynefino â'i stad newydd ar ôl marwolaeth ei dad? Diolch byth ei bod wedi gwneud hynny a rhoi cyfle iddo yntau a Louisa ddysgu siarad Ffrangeg a dod yn gyfarwydd â bywyd Paris, a dod i sylweddoli nad Lloegr oedd canolbwynt y Ddaear!

Teimlodd syndod wrth weld tirwedd Penfro'n agosáu heb ddim golwg o fynyddoedd fel y rhai a welai o'r goetsh fawr o Gaergybi i Lundain. Roedd bryniau isel i'w gweld ar y gorwel, rhyw ymchwydd tir, fel pothelli ar gefn llaw, heb ddim o arucheledd Eryri nac urddas mynyddoedd Wicklow ynglŷn â nhw. Eto i gyd, roedd i'r moelydd gwyrddion hyn eu swyn a'u harddwch cyntefig hefyd.

Roedd wedi newid i'w ddillad ei hun cyn glanio ac roedd ei olwg yn dra gwahanol gyda'r crafát a'r got hir ddu dros y trowsus llwyd a'r esgidiau marchogaeth gloywddu. Roedd yn uchelwr eto, yn gyfoethog ei olwg a heb ofid yn y byd ac yn rhodio fel un a arferai gael ei ffordd ymhlith gwerinwyr cyffredin.

Syllodd ar y llong dal oedd newydd gyrraedd o'u blaenau. Hon oedd y llong o Corc, y llong a fyddai wedi'i gario mewn amgylchiadau mwy ffafriol. Drwy'r awyr glir dôi lleisiau pobl i'w glustiau, meistri'n galw gorchmynion i'w gweision gario nwyddau i'r tir o geudwll y llong, teithwyr wedi cynhyrfu â llawenydd wrth gyrraedd tir sych unwaith eto ac yn clebran a chwerthin am yn ail. Clywodd wichiadau cenfaint o foch yn rhuthro ar draws y cei o flaen bloeddiadau'r meichiaid, a thramp cyson mintai o filwyr yn eu gwyn a choch.

Daeth golwg ddifrifol dros wyneb Fitzgerald wrth weld y rhai olaf hyn. Oedd ei erlidwyr wedi achub y blaen arno ac wedi hwylio i Abergwaun i chwilio amdano? Yna gostyngodd y tyndra yn ei feddwl a'r pryder o dan ei fron pan welodd mai cerdded tuag at y llong yr oedd y milwyr, ac nid dod ohoni. Ar ben hynny roedd golwg ddigon anhrefnus a di-glem ar y garfan—fel dynion dibrofiad yn chwarae soldiwrs—wrth fartsio'n drwsgl y tu ôl i swyddog anghredadwy o ifanc yr olwg gyda'i wyneb gwelw a'i wallt du, hir at ei ysgwyddau. Ni allai fod yn fwy na saith neu wyth ar hugain oed er ei fod yn dal swydd cyrnol. Ond er bod eu dillad unffurf, trowsusau gwyn, cotiau coch a hetiau duon tal, yn debyg i wisgoedd milwyr y Fyddin Reolaidd roedd osgo'r dynion yn cyhoeddi mai ychydig o hyfforddiant a disgyblaeth a gawsai'r gwirfoddolwyr gwlatgar hyn. Yn sicr, nid ymarweddiad milwyr oedd wedi cael hyfforddiant hir a phrofiad ar faes y gad mo'r rhain, ac am y swyddog, rhaid fod ganddo ryw ddylanwad, fel cynifer o dirfeddianwyr oedd wedi ymateb i alwad y Brenin yn 1793. Digon tebyg fod hwn eto'n dirfeddiannwr, neu'n fab i dirfeddiannwr, ac wedi'i wneud yn bennaeth ar y garfan er mwyn cael rhywbeth i'w wneud â'i amser.

Serch hynny, roedd pawb yn gorfod pasio heibio i'w lygaid gwyliadwrus, fel petai'n chwilio am rywun arbennig, drwgweithredwyr, rhywun wedi dianc o'r fyddin, neu wrthryfelwyr o Iwerddon, efallai.

Erbyn iddo ddringo dros ochr y llong a sefyll ar y cei gwelai fod y milwyr wedi cario bwrdd bach yno a bod y swyddog yn eistedd wrtho. Roedd disgwyl i bawb ddweud eu hanes cyn cael mynd heibio. Tynhaodd ei wefusau a chyffyrddodd ei law â charn y dryll o dan ei got hir wrth iddo weld swyddog yn camu tuag ato.

'Syr, cyfarchion y cyrnol, syr, ond ga i ofyn pwy ydych chi a beth yw'ch busnes yma yn Abergwaun?'

Edrychodd yn ffroenuchel ar y swyddog.

'Cewch ofyn, wrth reswm, llfftenant; mae'n debyg bod gennych chi reswm da dros wneud hynny.' Roedd ei eiriau a'i dôn yn dangos ei gynefindra â'r fyddin ac nad oedd yn ofni siarad i lawr ei drwyn gyda swyddog mor ganolig ei safle. Cochodd y swyddog.

'Ordors y cyrnol, syr, Cyrnol Knox, oherwydd y rhyfel.'

'Cyrnol Knox?'

'Pennaeth y Gwirfoddolwyr, syr—'

'A, ie, Knox, rwy i wedi clywed yr enw. Mae'n gwneud ei ddyletswydd, rwy'n gweld. Da iawn. O'r gore, Llfftenant, mi fydd yn bleser gen i gael gair â Cyrnol Knox.'

'Syr—ym—pwy ga i ddweud?'

'Yr Arglwydd Kilrush.'

Ymsythodd y cyrnol yn ei sedd pan sibrydodd y swyddog arall yn ei glust a chododd ei olygon at Edward. Yna cododd ar ei draed a brysio tuag ato'n wengar. Roedd ganddo got fawr ysgarlad amdano dros wasgod wen, clos pen-glin, ac esgidiau tal at y ddau ben-glin. Tynnodd ei het dri-chornel ac iddi addurn o blu neu les, ac ymgrymu'n foesgar.

'Arglwydd Kilrush! Dyma beth yw pleser annisgwyl. Croeso i Abergwaun!'

Roedd yr acen yn ddigamsyniol i glust Gwyddel er ei bod yn ymgolli i raddau mewn acen Gymreig. Gwenodd Edward ac estyn ei law.

'Cyrnol Knox! Mae'n dda gen i gwrdd â chi; rwy'n gweld eich bod yn brysur iawn, chi a'ch milwyr.'

'Gwirfoddolwyr, Arglwydd, Gwirfoddolwyr Abergwaun a Thref-draeth—yn gwneud eu dyletswydd.'

Lledodd llygaid Edward mewn syndod ffug.

'Nid milwyr rheolaidd, Cyrnol? Rych chi'n fy synnu! Maen nhw'n symud fel milwyr profiadol. Nhw sy'n cadw'r gaer 'co, mae'n siŵr?'

Roedd yr anwiredd yn plesio a barnu wrth yr olwg fodlon ar wyneb y dyn ifanc.

'Ie, Arglwydd, gyda help tri o filwyr rheolaidd, ar 'u pensiwn, chi'n deall, ond mae'n rhaid gofalu am yr hen filwyr, on'd oes?'

'Oes, wrth gwrs, Cyrnol, chware teg i chi am wneud.'

Roedd yn hen arfer i ddefnyddio milwyr oedrannus mewn mannau diarffordd er mwyn rhyddhau dynion ifainc ar gyfer dyletswyddau pwysicach. Roedd hyn yn newyddion da. Byddai'r Gwirfoddolwyr yn mynd adref at eu teuluoedd gyda'r nos, ac ni ddylai fod yn anodd trechu dau neu dri o hen ddynion mewn cyrch sydyn pan ddôi'n adeg i wneud hynny.

'Ym, Cyrnol Knox, maddeuwch imi am ofyn, ond ydw i'n iawn i feddwl fod eich cyndadau wedi dod o Iwerddon?'

'Yn hollol iawn, Arglwydd, ond sut gwyddech chi? Does gen i ddim acen Wyddelig, does bosibl?'

'O, mae hi yno'n rhywle, Cyrnol, fel yn fy achos i, ac mae'n rhywbeth i ymfalchïo ynddo, on'd yw?'

'Wrth gwrs, Arglwydd.'

'Mi fydda i'n meddwl fod yr acen Wyddelig yn rhoi lliw arbennig, rhyw dinc cyfoethog i'r iaith Saesneg. Rywsut mae rhyw, sut y galla i ddweud, mae rhyw *je ne sais quoi*, rhyw ffordd o siarad gennym ni Wyddelod nad yw gan y Sais druan. Mae angen Gwyddel i ddangos i'r Sais sut mae siarad Saesneg, ydych chi ddim yn cytuno?'

Roedd y wên yn gwahodd Knox yntau i siarad yn nawddogol am y Sais.

'Cytuno i'r dim, Arglwydd Kilrush, cytuno i'r dim!'

*   *   *

Roedd yn filltir o ddringo serth lan hyd at ran uchaf y dref ac erbyn i Edward gyrraedd y tro bu rhaid iddo arafu o dan bwysau'i becyn.

Oedodd am ennyd a phwyso'r pecyn hwnnw ar ymyl y wal gerrig isel oedd yn cydredeg ag ymyl y ffordd. Edrychodd i lawr at y cei o dano. Roedd wedi llongyfarch Knox ar ei 'waith da' yn gwarchod y porthladd cyn cerdded i ffwrdd yn hamddenol i gyfeiriad y dref uchaf lle câi lety da yn y Royal Oak, yn ôl y cyrnol. Roedd Knox a'i garfan wedi dringo ochr y llethr uwchben y cei ac wedi cyrraedd y gaer cyn iddo sylweddoli nad oedd yr Arglwydd Kilrush wedi esbonio'r rheswm dros ddod i Abergwaun, petai hynny o bwys mewn bonheddwr o Wyddel.

Wrth iddo syllu draw ar draws yr harbwr at y trum uwch ei ben gwelai Edward y dynion yn brysio at y drylliau yn y gaer, yn llenwi un a'i danio. Ar yr un pryd cododd Jac yr Undeb yn urddasol ar ei bolyn a daeth fflach o adlewyrchiad heulwen wrth i Knox dynnu'i gleddyf a'i ddal tuag i fyny'n seremonïol. Lledodd gwên dros wyneb Edward. Roedd Knox wrth ei fodd yn chwarae sowldiwrs; tybed faint o stumog at frwydr fyddai ganddo gyda'i Wirfoddolwyr dibrofiad pan laniai'r Ffrancod? Ac yntau'n Wyddel o dras, a fyddai ganddo gydymdeimlad â'r achos, tybed? Roedd yn peth i'w ystyried yn ofalus.

12

Teimlai drueni dros unrhyw geffylau a gâi eu gorfodi i dynnu coetsh i ben tyle mor serth i'r dref uchaf ac roedd yn ddiolchgar pan welodd y pentwr o dai bach gwyngalchog yn agosáu. Roedd hen eglwys ar ochr dde'r ffordd a golwg oedrannus ar ei meini llwyd, a thŷ cwrdd ymneilltuol dipyn yn fwy newydd o ran ei olwg am y ffordd â hi. Prin hanner canllath wedyn roedd sgwâr y dref, er mai prin yr oedd y dyrnaid bythynnod, dwy dafarn ac efail yn haeddu'r fath ddisgrifiad mawreddog. Golwg go ddiaddurn oedd ar y Farmers Arms ar y chwith gyda muriau plastr o liw hufen o gwmpas ffenestri culion, cwarelog, a darlun hollol aneglur, oedd wedi hen dduo o dan ergydion gwynt a glaw, heulwen a rhew, yn crogi'n wichlyd wrth fachau uwchlaw'r drws. Roedd ei golwg yn awgrymu mai haenau isaf cymdeithas a arferai alw yno, ond codwyd ei galon o weld ceffyl yn sefyll wrth y canllaw o flaen y Royal Oak am y ffordd â'r Farmers Arms. Gallai'i lygad cyfarwydd weld fod hwn yn un pedigri, ac y dôi â phris da i'w berchennog pe câi'i werthu fyth. Craffodd arno gan nodi'r llygaid bywiog a'r sglein coch ar y rhawn gwinau. Roedd ei olwg, a hyd yn oed y blew gwyn oedd fel hosanau uwchben y carnau, yn ei atgoffa o'r ceffyl a adawsai yn Kinsale dridiau ynghynt. Daeth eiliad o dristwch ac o hiraeth drosto. Gobeithio fod hwnnw'n cael gofal da gan ei berchennog newydd. Gwelodd y byclau pres ar y cyfrwy a'r addurn ar y ffrwyn; digon hawdd gweld fod ganddo berchennog balch a chyfoethog. Gwyddai hwnnw sut i ofalu am anifail o fri.

Syllodd i lygaid y ceffyl a sibrwd 'Pwy sy piau ti, 'march i?' cyn troi i gyfeiriad y porth. Pwy bynnag oedd y perchennog roedd ganddo fwy o amser i'w dreulio ar roi gofal i'r ceffyl nag a fyddai gan ffermwr cyffredin.

Roedd tipyn gwell llewyrch ar y Royal Oak gyda'i thrawstiau derw, du o dan y cafnau a'i muriau gwyngalchog. Roedd tu mewn y dafarn yn dywyll a myglyd gyda lle tân agored ar y llaw chwith a distiau duon yn torri ar hufen y muriau plastr. Roedd yno ddyrnaid o fyrddau a stolau a ffwrymau syml yn erbyn y muriau a bwrdd hir a phraff yng nghefn y stafell â chasgen arno. Yn y cefndir gallai glywed prysurdeb mynd a dod y tu hwnt i ddrws derw arall; yna agorodd hwnnw a brysiodd dyn canol oed i mewn â hambyrddaid o fara a chaws a chigoedd oer yn ei ddwylo. Roedd eisoes wedi camu hanner y ffordd ar draws y stafell at ddrws arall ar y dde pan welodd Edward a chyffroi mewn syndod.

'O, esgusodwch fi, syr, wyddwn i ddim fod neb 'ma. Fe fydda i'n ôl nawr.' Diflannodd trwy'r drws cyn i Edward gael cyfle i ddweud gair.

Trodd ar ei sawdl a cherdded at y lle tân a thwymo'i ddwylo. Pesychodd ychydig wrth arogli'r mwg. Tân coed oedd hwn a'i arogl heb fod mor surfelys ag arogl tân mawn, ond yn fwy peryglus, meddyliodd, wrth i golsyn coch dasgu i'r aelwyd garreg. Syllodd ar y pentewyn yn llwydo'n fyglyd ac yna trodd wrth i berchennog y dafarn frysio 'nôl ato, yn ffrwst i gyd ac yn llawn ymddiheuriadau am ei gadw.

'Ma'n flin iawn 'da fi, syr, ond so fe'n lico ca'l 'i gadw a ma' hast arno fe i ga'l brecwast cyn mynd tua thre i Stackpole ar ôl aros nos. Beth galla i wneud i chi? Tamed o frecwast ife? Bara a chaws a chigo'dd o'r a chwrw'n gneud y tro i chi?'

Roedd y dyn yn siarad fel pwll tro yn ei nerfusrwydd—dyn canol oed tal gydag ysgwyddau llydain ac wyneb cochlyd hirfain, trwyn bachog mawr, llygaid glas a gwallt brown oedd yn britho'n gyflym ac yn teneuo ar yr iad. Fel cynifer o ddynion o'i oed roedd ei ganol wedi llenwi a chwyddo braidd. Roedd ganddo grys gwlanen streipiog a'r ddwy lawes wedi'u torchi at y penelinoedd gan ddangos dwy fraich gochlyd a chyhyrog.

'Fe fydd hynny'n ardderchog ac rwy'n edrych ymlaen at gael gwely cysurus ar ôl y daith ar y llong. Mae gennych chi stafell imi gobeithio?'

'Y stafell ore un, syr.'

'Da iawn, achos os bydda i'n 'i hoffi hi falle yr arhosa i yma am dipyn.'

Roedd y tafarnwr yn ffyddiog y byddai'r stafell wrth ei fodd ond tybed a hoffai gael ei frecwast gynta tra bydden nhw'n ei glanhau a dodi dillad glân ar y gwely plu?—Mr?

Gloywodd ei lygaid wrth iddo glywed enw'r ymwelydd.

'Arglwydd Kilrush? A newydd groesi o Iwerddon ych chi, eich anrhydedd?'

'Ie.'

'Mae hyn yn gyd-ddigwyddiad lwcus, os ca i weud, syr. Dou arglw'dd o dan 'y nho i yr un pryd!'

Oedodd wrth weld y cwestiwn yn edrychiad Edward ac aeth ymlaen.

'Chi, a'r Arglwydd Cawdor; fe sy'n ca'l brecwast mewn fan'na'r funed 'ma. Ma'n siŵr y bydd 'da chi lot o newyddion o Iwerddon am y Ffrancod; fe fydd e wrth 'i fodd i gwrdd â chi a cha'l yr hanes, os nad ych chi'n malio.'

Doedd cwrdd ag uchelwr lleol ddim yn beth i'w ddymuno ond ni allai'n hawdd wrthod heb beri syndod.

'Wel, dydw i ddim am ymyrryd â'i frecwast, yn enwedig os yw e mewn brys i fynd.'

'Wna i jyst gofyn iddo fe, os ca i, syr.'

Diflannodd drwy'r drws gan adael Edward yn ceisio galw i gof a oedd wedi cwrdd â'r dyn erioed, ond doedd yr enw ddim yn gyfarwydd. Gobeithio na fyddai'i wyneb yn gyfarwydd i'r Arglwydd Cawdor.

Byddai hwnnw wrth ei fodd yn cwrdd ag ef ac yn gobeithio y byddai'n fodlon rhannu'r un bwrdd brecwast ag ef.

Camodd heibio i wyneb croesawgar y tafarnwr i'r stafell fwyta i wynebu Cawdor. Cododd hwnnw'n syth a moesymgrymu'n gwrtais ac ymatebodd Edward yr un modd. Gwelodd ddyn tua deugain oed, â gwallt golau'n disgyn at ei ysgwyddau, llygaid glaswyrdd treiddgar mewn wyneb hir a gên gadarn a phwyntiog. Roedd ei ddillad yn ffasiynol, crys gwyn a ffrilen yn disgyn i lawr o gwmpas y botymau, crafát gwyn, gwasgod liwgar, clos pen-glin, hosanau gwynion ac esgidiau tal gyda botymau euraid. Roedd pâr o fenig croen gafr meddal wedi'u gosod yn daclus ar ymyl y ford. Cododd hances ffrilog at ei wefusau a'u sychu cyn siarad.

'Arglwydd Kilrush! Mae'n bleser gen i gwrdd â chi, syr!'

'Fi piau'r anrhydedd, Arglwydd Cawdor; diolch ichi am eich gwahoddiad. Rwy'n hyderu nad ydw i'n amharu ar eich pryd boreol.'

'Ddim o gwbwl, mae'n hyfrydwch cael cwmni deallus mewn lle mor—ym—anial, os ydych chi'n 'y neall i!'

Roedd y wên ar ei wyneb yn awgrymu llawer; yn sicr, ychydig o uchelwyr a alwai heibio i'w weld mewn rhan mor bellennig o'r deyrnas. Eisteddodd Cawdor a chyfeirio at gadair arall am y ford ag ef mewn arwydd o wahoddiad. Gwenodd yn gyfeillgar, a'i wyneb yn amlygu chwilfrydedd.

'Kilrush. Mae arna i ofn nad ydw i wedi cael y pleser o gwrdd â neb o'ch teulu chi o'r blaen; ydi'ch cartre rywle'n agos i Ddulyn?'

'Ydi, rhwng y ddinas a mynyddoedd Wicklow.'

Nodiodd Cawdor.

'Ac felly fe fyddwch yn fwy tebyg o groesi o Ddulyn i Gaergybi fel arfer pan fyddwch yn mynd i Lundain.'

Roedd yn ormod o fonheddwr i ofyn y cwestiwn yn uniongyrchol ond roedd hwnnw'n amlwg yn ei eiriau a chystal iddo yntau borthi ei chwilfrydedd yn ddiymdroi cyn iddo droi'n amheuaeth.

'Dyna fydda i'n wneud fel arfer pan fydda i'n mynd i Lundain, rhyw ddwywaith neu dair bob blwyddyn, ond roedd gen i dipyn o fusnes yn Corc fel mae'n digwydd ac felly mi ddes y ffordd yma am newid, ac er mwyn cael gweld golygfeydd newydd.'

'Wrth reswm, ond fe fydd y rheiny dipyn yn wahanol i fynyddoedd Eryri.'

Oedodd Cawdor fel petai'n galw rhywbeth i'w gof ac yna aeth ymlaen, 'Dyna'n union beth ddwedodd Riverside wrthyf fi ychydig ddyddiau 'nôl pan alwodd heibio yn Stackpole.'

Roedd y dyn yn adnabod Riverside! Llwyddodd i guddio'i syndod gan ddiolch yn ddistadl i ryw synnwyr rhyfedd oedd wedi'i rybuddio i'w alw'i hun yn Kilrush. Ond wrth gwrs, erbyn meddwl, fe fyddai Riverside yn pasio drwy Abergwaun ar ei ffordd i Lundain ac yn debyg o adnabod teulu Cawdor.

'Riverside? A sut mae'r Farwnes yn cadw? Mi glywes iddi fod yn sâl ychydig 'nôl.'

'Yn well o lawer, diolch i'r drefn, ac yn cymryd y dyfroedd yng Nghaerfaddon.'

Torrwyd ar draws y sgwrs gan ymddangosiad y tafarnwr â hambyrddaid o fwyd i Edward ac yn llawn ymddiheuriadau am fod mor hir ac yn gobeithio fod popeth wrth eu bodd. Gallai Edward ganmol ei lwc ei fod wedi llwyddo i awgrymu cyswllt cymdeithasol â'r Barwn Riverside ac roedd y cyfeiriad at y Farwnes a'i salwch tybiedig yn cryfhau'r argraff. Petai Cawdor wedi mynegi syndod mater hawdd fyddai dweud iddo gael camargraff neu ei fod wedi cymysgu rhyngddi hi a rhywun arall. Wrth sicrhau'r tafarnwr fod popeth yn plesio gwelodd Edward gyfle i droi'r sgwrs i gyfeiriad arall. Gafaelodd yn y llestr yfed a'i godi.

'Wel—iechyd da!'

Yfodd yn helaeth a sychu'i wefusau â chefn ei law mewn boddhad.

'Cwrw da yng Nghymru 'ma, os ca i ddweud, Arglwydd Cawdor!'

'Cewch ar bob cyfrif, a llai o'r 'Arglwydd', Kilrush!'

'O'r gore—Cawdor!'

Bwytaodd y ddau mewn distawrwydd am funud. Roedd Cawdor yn ddigon o fonheddwr i adael i'r llall dorri min ei wylder cyn ei holi eto ac roedd Edward yn falch o'r distawrwydd er mwyn cael meddwl beth i'w ddweud nesaf. Os oedd acen Wyddelig Cyrnol Knox wedi codi cwestiwn yn ei feddwl ynghylch teyrngarwch y dyn, tybed a ellid amau teyrngarwch ei gyd-arglwydd? Albanwr oedd hwnnw wrth ei acen, a phwy a wyddai nad ar ochr James Stuart a Siarl Edward y bu'i gyndadau'n ymladd yn gynt yn y ganrif? Byddai angen cael hyd i ffordd o swmpo'r dyn heb godi amheuon amdano ef ei hun. Yn y man cliriodd ei wddw dan lyncu,

'Os ca i fod mor hy â gofyn—Cawdor—nid un o ffor'ma ydych chi wrth eich acen.'

Ysgydwodd Cawdor ei ben dan wenu.

'Chewch chi ddim gwobr am ddyfalu hynny, Kilrush. Yn Nairn y ces i fy ngeni, yn yr Alban, a 'medyddio'n John Campbell, ac er imi fod yn aelod seneddol dros Geredigion am ddeunaw mlynedd tan y llynedd mi alla i ymfalchïo nad ydw i erioed wedi colli f'acen!'

'Tan y llynedd?'

Daeth golwg foddhaus dros wyneb y llall.

'Cael fy ngwneud yn farwn llynedd gan Mr Pitt, Kilrush, am 'y mod i wedi cefnogi'i bolisi rhyfel mor daer yn y Tŷ!'

''I bolisi rhyfel yn erbyn Ffrainc.'

'Ie, Ffrainc a'r Iseldiroedd, a'r gwrthryfelwyr yn eich gwlad chi, Kilrush.' Tywyllodd wyneb Cawdor. 'Beth maen nhw'n 'u galw'u hunain? Y Gwyddelod Unedig! Ha! Unedig mewn brad!'

Roedd gan Edward ddigon o hunanddisgyblaeth i beidio ag ymateb yn fyrbwyll. Manteisiodd ar yr esgus i lyncu'r bwyd yn ei ben yn hytrach na siarad â'i geg yn llawn.

'A dweud y gwir, rwy'n dyheu am wybod beth sy'n digwydd yn Iwerddon ar hyn o bryd; ydi hi'n wir fod y Ffrancod wedi glanio, neu un arall o'r storïe hynny sy'n tyfu fel grawn unnos yw'r sibrydion, ie?'

'Mwy na sibrydion, Cawdor.'

'Wir?' Roedd y syndod yn ddiamheuol ar ei wyneb, syndod a drodd yn ofid.

'Beth yw'r sefyllfa, felly?'

'Does dim angen i chi ofidio. Pan adawes i Iwerddon roedd y Ffrancod wedi troi am adref a'u llynges yn yfflon.'

'Fe fuodd 'na frwydr, felly?'

Ysgydwodd Edward ei ben.

'Naddo. Y tywydd oedd yn gyfrifol, y dymestl yn hytrach. Pwy fydde wedi dychmygu y gallai tymestl barhau am ragor nag wythnos a chwythu'u llonge ar y creigie ac ar draws ac ar led y cefnfor? Cofiwch, yn ôl rhai dynion, oni bai am y dymestl fe fydden nhw wedi glanio ac wedi sgubo drwy'r wlad, ond dydw i ddim yn credu hynny. Pymtheng mil o filwyr, meddai rhai pobol, ond pwy all ddweud faint o'r rheiny fyddai wedi glanio a sut gyflwr fyddai arnyn nhw? Yr unig beth sicr yw iddyn nhw 'madael a gadael y bobol ar drugaredd y milisia.'

'Pa bobol? Y gwrthryfelwyr, chi'n feddwl?'

'Dyrnaid ohonyn nhw oedd yno, rwy'n deall, ac fe gawson 'u saethu yn y fan a'r lle.'

'Doedd hynny ddim mwy na'u haeddiant! Felly chafodd neb 'i grogi?'

'Braidd neb.'

'Trueni. Mi fydda i'n teimlo fod dihiryn neu ddau ar y crocbren yn rhybudd effeithiol!'

Cafodd Edward y gras i ymatal rhag gweiddi nad dihirod mo Healy a'r lleill a lofruddiwyd. Beth wyddai Cawdor am drueni'r Gwyddelod ac am greulondeb y milisia?

'A pham yn hollol rydych chi wedi dewis gadael Iwerddon yr adeg yma o'r flwyddyn, Kilrush?'

Gallai synhwyro'r amheuaeth a'r cyhuddiad yn y cwestiwn, a'r caledwch sydyn yn y llygaid glas.

'Wel, fel mae'n digwydd, mae gen i ddiddordeb mewn peintio.'

Bywiogodd llygaid y llall.

'Oes, wir? Dyna beth rhyfedd, mae gen i lun wedi'i dynnu gan Joshua Reynolds 'i hun! Efallai yr hoffech chi'i weld?'

Roedd y syndod yn llais Edward yn real.

'Reynolds? O, mi hoffwn i hynny'n fawr! Rwy'n edmygydd mawr ohono! Wrth gwrs, prin yw fy nhalent fach i o'i chymharu â Reynolds.'

'Peidiwch â'ch bychanu'ch hun.'

'Na, wir i chi, Cawdor, amatur ydw i, a dydw i ddim wedi gwneud llawer o bortreadau, tirluniau'n benna a'r bywyd gwledig. Fel mae'n digwydd ...'

Oedodd.

'Ie, Kilrush?'

'Dydw i ddim am eich diflasu chi gyda fy niddordebe dibwys.'

'Ddim o gwbwl, mi fyddwn yn falch i glywed.'

'Wel, yn ddiweddar rwy i wedi bod yn cymryd diddordeb ym mywyde'r bobol gyffredin yn Iwerddon, 'u ffordd o fyw ac yn y blaen.'

Roedd syndod Cawdor yn ormod iddo allu'i guddio.

'Rhaid i fi gyfaddef, alla i ddim dychmygu sut mae'n bosibl cymryd diddordeb ym mywyde tlodion anwybodus, ond dyna fe, anianawd yr artist ynoch chi sy'n gyfrifol, mae'n siŵr!'

'Wel, sut bynnag, mi feddylies un dydd, tybed ydi'r werin yn debyg ym mhobman ac felly mi feddylies, pam na chroesa i'r môr i Gymru, a gweld a yw'r gwerinwr Cymreig yr un mor gwrs â'r gwerinwr o Wyddel!'

Roedd y nodyn o ddirmyg yn un a ddylai fod wrth fodd yr uchelwr o Albanwr, yn enwedig os hwn oedd y cyntaf o'i linach. Byddai'n debyg o fod yn awyddus i anwybyddu unrhyw awgrym o gefndir o dras isel yn ei fywyd ei hun. Trwy lwc a bendith gwelodd fod ei ddyfaliad yn gywir wrth i Cawdor wenu eto a drachtio'i gwrw cyn ateb,

'Pob un at y peth y bo, wrth gwrs. Ond dyna fe, mae'n ddigon posibl y byddai 'niddordebau innau'n ddibwys gennych chi!'

Gwenodd fel petai'n ceisio ymddiheuro am ei agwedd amheus funud 'nôl.

'Mae'n siŵr fod gennym ni ddiddordebau cyffredin hefyd, ceffylau, er enghraifft. Allwn i ddim peidio ag edmygu'r march wrth y drws, yn f'atgoffa i o'r ceffylau ar y Curragh.'

'Y Curragh?'

'Rhimyn o dir filltiroedd o hyd wrth gefn Dulyn gyda'r stablau magu ceffylau rasio gorau yn Iwerddon, os nad yn y byd! Mi fydd pawb sy'n unrhyw un yn Nulyn yn marchogaeth yno. Mi fyddech wrth eich bodd yno, Cawdor. Rhaid i chi ddod draw rywbryd. Byddai'n bleser gen i ddangos sut y byddwn ni'n magu ceffylau yn Iwerddon!'

'Rhywbryd—rhywbryd, Kilrush, ond dwedwch wrthyf fi, sut yn hollol yr ydych chi'n bwriadu astudio'r werin Gymreig? Tynnu llunie ohonyn nhw?'

'Yn hollol, Cawdor, fel artist mi hoffwn i grwydro o gwmpas y wlad yn edrych ar eu cartrefi a'u hamodau gwaith, yn y farchnad a'r ffair, ac mewn lle o addoliad, o bosibl. Rwy'n deall fod Anghyd-ffurfiaeth yn tyfu'n gyflym yng Nghymru'r dyddiau 'ma.'

'Rhy gyflym o lawer, gwaetha'r modd, Kilrush! Maen nhw'n fwy o bla na'r Pabyddion yn Iwerddon gyda'u diwygiadau a'u Calfiniaeth frwd.'

'Ydw i i gasglu felly nad ydych chi'n un o ddilynwyr eich cyd-wladwr, John Knox?'

'Knox? Ha! Mi ddes i i lawr o'r Alban i osgoi culni'r Presbyteriaid ac i fwynhau rhesymoldeb Eglwys Loegr, a beth wela i o 'nghwmpas i? Wynebau hirion yr Anghydffurfwyr a'u hemynau diflas! Rwy'n dweud wrthych chi, Kilrush, mae'r Anghydffurfwyr 'ma'n berygl i gymdeithas wâr, a'r Bedyddwyr yw'r gwaetha ohonyn nhw i gyd gyda'u pwyslais ar y Beibl ac ar drochiad mewn dŵr oer. Mae'n wyrth nad yw'r trueiniaid yn marw o'r cryd! Na, rhowch imi Eglwys Loegr, Kilrush, Eglwys heb ofergoeledd y Pabyddion ar y naill law nac eithafrwydd yr Anghydffurfwyr ar y llaw arall! Ydych chi ddim yn cytuno?'

Cytunodd Edward ar frys, gan deimlo'n falch nad oedd rhaid iddo ddweud celwydd am unwaith, ac yntau fel Cawdor yn aelod o'r Eglwys Sefydledig. Roedd Cawdor yn amlwg yn ddyn o argyhoeddiadau, neu ragfarnau, cryf; prin fod angen gofyn a fyddai wedi cefnogi Pabydd o Frenin fel James Stuart neu'i fab ar Orseddau Lloegr a'r Alban, wedi'r cyfan.

Synhwyrodd ei bod yn bryd iddo dynnu'r gyfathrach i ben cyn iddo ddweud rhywbeth anffodus. Drachtiodd weddill ei gwrw yn awchus a rhoi'r llestr i lawr gydag osgo o foddhad.

'Wel, rwy i'n teimlo 'mod i wedi aflonyddu'n ormodol ar eich preifatrwydd yn barod, Cawdor. Rwy'n meddwl y dylwn i adael llonydd i chi.'

'Peidiwch â sôn, Kilrush, rwy i wedi mwynhau ein sgwrs yn iawn. Ymhle'r oeddech chi'n meddwl dechrau gwneud eich llunie?'

'Meddwl cerdded o gwmpas y dref a'r fro i ddechrau, taro heibio i fferm neu ddwy o bosibl. Rwy'n cael yr argraff fod safon cartrefi'r bobol gyffredin dipyn yn uwch na hofelau'r Gwyddel.'

'Dwy i ddim yn synnu wrth feddwl am yr Eglwys Babyddol yn 'u gormesu.'

'Ond a dweud y gwir, mae 'na un peth yn arbennig yr hoffwn i astudio.'

'Beth?'

'Mi welais anifeiliaid yn disgyn o'r llong o Iwerddon y bore 'ma. Rwy'n deall fod allforio anifeiliaid i Loegr yn beth mawr yng Nghymru.'

'Mae hynny'n wir.'

'Mi hoffwn i wneud astudiaeth arbennig o'r porthmon a'i fywyd, petai hynny'n bosibl.'

'Rydych chi'n gofyn i'r dyn iawn, os ca i ddweud, Kilrush.'

'O?'

'Fel mae'n digwydd, rwy'n defnyddio porthmyn i wneud negeseuau ar fy rhan nawr ac yn y man yn Llundain. Dyna un peth a ddweda i am borthmon da, Kilrush, mae mor ddiogel â'r banc. Mi all dyn ymddiried arian i'w ofal yn hollol hyderus. Yn wir, wyddech chi fod dynion yn ymddiried 'u teuluoedd, i'w hebrwng yn ddiogel i ben 'u taith?'

Mynegodd Edward ei anwybodaeth, ond roedd yr hyn a glywai'n fwy diddorol nag y gallai Cawdor sylweddoli. Os oedd pobl yn arfer cyd-deithio â phorthmon, pa ffordd well fyddai ganddo yntau i deithio'r wlad heb dynnu sylw?

'Mi fyddwn i wrth fy modd yn cwrdd â phorthmon a'i weld wrth ei waith.'

Cododd Cawdor ar ei draed.

'Ac fe gewch chi wneud hynny, Kilrush. Mi drefna i'r cyfan.'

'Does arna i ddim eisiau peri trafferth i chi.'

'Dim trafferth o gwbwl, mi wn i am yr union ddyn i chi, porthmon parchus ac Eglwyswr defosiynol; alla i ddim meddwl am neb gwell. Gwrandewch, mi anfona i e atoch chi; rwy'n disgwyl 'i weld yn Hwlffordd yfory. Yma byddwch chi'n aros?'

'O—ie, wrth gwrs.'

'Ardderchog! Disgwyliwch ymweliad ganddo drennydd. Jenkins yw 'i enw, porthmon o ardal Cas-mael.'

Roedd cot deithio Cawdor yn gorwedd ar ffrwrm ac fe'i cododd a'i gwisgo. Cododd Edward hefyd wrth i Cawdor estyn ei law iddo. Gwenodd y llygaid treiddgar.

'Gwell i finnau'i throi hi hefyd neu fe fydd y Farwnes wedi colli 'nabod arna i. Gyda llaw, pan ddowch chi hyd at Hwlffordd yn eich crwydrade rhaid i chi daro i lawr i Stackpole i roi tro amdanon ni. Mi fydd y Farwnes yn falch i gwrdd â chi, ac mi gewch weld fy Reynolds i. Rhywdro'r wythnos nesaf, o bosibl, Kilrush?'

'Mi fyddwn i wrth fy modd, Cawdor, wedi imi brynu ceffyl.'

'Ceffyl? Wrth gwrs, newydd groesi'r môr ydych chi.'

Oedodd Cawdor am ennyd. Yna, wedi meddwl, aeth ymlaen, 'Sut un leiciech chi gael?'

'Rhywbeth tebyg i'ch ceffyl chi pe bai modd yn y byd, Cawdor!' meddai Edward yn ysgafn.

'Beth am chwaer i hwnnw, caseg ddwyflwydd? Deg gini, ddwedwn ni?'

Lledodd llygaid Edward mewn syndod.

'Ond mi fyddai'n werth llawer mwy na hynny.'

'Na phoenwch am hynny, Kilrush, chymera i ddim dime'n fwy. Mi'i hanfona i hi draw yma erbyn canol dydd yfory. Sut bydd hynny'n taro?'

'Beth alla i ddweud ond can mil diolch!'

'Os bydd hi'n gyfleus fe gewch chi dalu'r ostler wedi i chi gael y ceffyl. Iawn?'

'Wel—iawn—os ych chi'n siŵr, neu mi alla i'ch talu chi'r funud 'ma.'

'Mi wnaiff 'fory'r tro'n iawn, Kilrush. A nawr gwell i mi fynd.'

Estynnodd Edward ei law.

'Mae 'di bod yn bleser cwrdd â chi, Cawdor, ac mi edrycha i ymlaen at eich gweld yr wythnos nesa.'

'Mi edrycha i ymlaen at hynny, Kilrush!'

13

Fe gadwodd Cawdor at ei air a phan gerddodd Edward at ddrws y Royal Oak ganol dydd trannoeth o'r pentref a phlygell o bapur o dan ei gesail roedd caseg winau'n sefyll yn llonydd wrth y postyn o flaen y tafarndy yn ymyl caseg gymysgliw, a gwas mewn lifrai gwyrdd tywyll yn eistedd ar ei arrau yn erbyn y wal. Ni allai fod rhagor nag ugain oed, gyda llond pen o wallt melyn cyrliog ac wyneb gwelw a thrwyn llydan, pwt.

'Arglwydd Kilrush?'

Nodiodd Edward. 'Ie.'

'Oddi wrth Arglwydd Cawdor, syr, gyda'i gyfarchion.'

Pan graffodd ar y gaseg teimlodd gyffro mewnol. Gallai hon fod yn ferch i'r ceffyl gwinau a adawsai yn Kinsale, yr un lliw cot a rhawn a'r un llygaid bywiog yn y pen uchel, balch. Cyffrôdd hithau pan ososododd ei law yn dyner ar ei chefn gan droi'i phen a syllu arno fel petai'n amau'i hawl i ddod yn agos ati. Cododd ei throed dde mewn cam dychmygol.

'Dere di, 'mechan i . . .'

Anwesodd ei chefn a'i gwddw â'i law a'i theimlo'n ymlonyddu. Rhyfeddodd at y tebygrwydd rhyngddi a'r march yn Kinsale. Rhoddodd dda bach o anwyldeb iddi a throi at y llanc.

'Deg gini, ydw i'n iawn?'

'Ydych, syr'.

Ymbalfalodd Edward yn ei boced a thynnu cwdyn bach ohoni a'i roi i'r llanc.

'Rho hwn heibio ar unwaith. Fe alli di gymryd 'y ngair fod deg gini ynddo. Gwell iti frysio 'nôl i Stackpole cyn i neb ddod ar dy ôl di.'

'Mi wna i, syr'.

Roedd y cwdyn o'r golwg o dan grys tywyll y llanc o fewn eiliadau.

'Rhywbeth iti am dy siwrnai.' Estynnodd ddarn hanner coron i'r llanc. 'A dwed diolch yn fawr wrth Arglwydd Cawdor ar fy rhan. Rwy'n edrych 'mlaen at 'i weld eto.'

Gloywodd llygaid y llanc a neidiodd yn afieithus ar gefn ei geffyl a throi'i ben yn barod i gychwyn.

'Mi wna i, syr, a diolch yn fawr!'

Roedd gwên ar wyneb Edward wrth i'r llanc sbarduno'i geffyl a throes y wên yn edrychiad o foddhad pur wrth iddo syllu eto ar y gaseg. Datododd y ffrwyn a'i harwain i gefn y tafarndy gan alw am yr ostler. Daeth sŵn traed yn rhedeg a brysiodd dyn ifanc ato tua'r deg ar hugain oed, mewn clos pen-glin a gwasgod o frethyn llwyd a chrys gwlanen melyn a chyda llond pen o wallt coch a bochau yr un mor goch a'i wallt. Gorchymyn neu ddau i drefnu bwydo a golchi a sychu'r gaseg ar ôl ei thaith a'i rhoi heibio yn y stabl am orig, ac yna roedd Edward ar ei ffordd i'r gwesty ac i'w stafell.

Fel gweddill y tafarndy stafell ddigon digysur oedd honno ond roedd yn gwneud y tro'n iawn iddo o dan yr amgylchiadau—llawr pren noeth, gwely dwbl pedwar postyn, cwpwrdd drôrs o bren ffawydd a drych a chawg ymolch a chanhwyllbren pres, a chadair uchel o flaen y lle tân di-dân a phocer ar draws y ffender du. Eisteddodd ar ymyl y gwely caled ac agor y blygell ledr. Nid oedd wedi disgwyl gallu prynu defnyddiau arlunio mewn lle mor ddiarffordd ond cafodd ei synnu wrth weld siop am y ffordd â'r tafarndy oedd yn gwerthu tipyn o bopeth, gan gynnwys papur glân a chasyn lledr a allai wneud plygell hylaw gyda charrai i'w chlymu ar ôl ei rholio'n diwben. Gyda darn o olosg wedyn byddai'n barod i actio rhan yr artist o fonheddwr gydag arddeliad. Byddai wedi hoffi defnyddio dyfrliwiau ond braidd yn anymarferol fyddai hynny yn ymyl gyr o wartheg a'r rheiny'n symud, ac o bosibl yn baglu tuag ato o bryd i'w gilydd. Roedd angen amser i osod lliwiau ar balet a pheintio yn araf daclus. Yn hytrach, sgetsio brysiog fyddai rhaid cyn i'r darlun a'r ddelwedd ddiflannu a newid o foment i foment.

Y cam cyntaf, o bosibl, fyddai sefydlogi'i gymeriad a dod yn ffigur cyfarwydd yn y gymdogaeth fel sgetsiwr cyfoethog ag amser i'w wastraffu ar arlunio yn hytrach na gwneud diwrnod o waith. Nid oedd yn gyfoethog fel ei frawd hynaf, y Dug, ond nid oedd yn dynn arno chwaith, a'r foment honno roedd ganddo rai dwsinau o sofrenni melyn yn guddiedig o gwmpas ei gorff, digon i gwrdd â phob angen y gellid eu rhag-weld am rai misoedd, ac nid dyn tlawd a allai ffordd prynu un o geffylau'r Arglwydd Cawdor ar amrantiad. Ar yr un pryd, rhag ofn i'r swae ar led demtio dihiryn i fentro'i lwc ac ymosod arno er mwyn dwyn ei arian fe ofalai fod carn ei wn yn amlwg yn ei felt wrth iddo eistedd yn y tafarndy a chymryd gwydraid boneddigaidd o glaret o flaen llygaid chwilfrydig y cyhoedd lleol. Gofalai hefyd fod ei yrfa fel milwr profiadol yn dod yn hysbys gyda hyn drwy gyfrwng y gwesteiwr a'i wraig dafotrydd.

Roedd yn brynhawn oer ond clir pan aeth i'r cefn i nôl y gaseg ar ôl tamaid o ginio. Roedd wedi bod yn ysu am wneud hynny ers dwy awr, ond roedd wedi ymatal er mwyn iddi gael gorffwys ar ôl ei thaith o Stackpole. Nawr, roedd gwefr yn cwrso drwy'i gluniau wrth gyffwrdd ag ochrau cynnes y gaseg a'i symudiad wrth gerdded yn ei suo ac yn ei hudo. Oedd 'na deimlad arall yn union yr un peth â marchogaeth ar gefn creadur mor nerthol ac mor barod i ymateb i'r cyffyrddiad lleiaf ar y ffrwyn neu'r sbardun?

Roedd wedi cael pâr o'r rheiny gan yr ostler ond gwrthododd gymryd chwip; mewn dwylo medrus ni ddylai fod angen chwipio ceffyl synhwyrus, nwyfus. Cerddodd y gaseg allan drwy borth y buarth a throi i'r chwith gan gerdded heibio yn hamddenol i'r eglwys a'r dyrnaid bythynnod ar gopa'r bryn. Yna dechreuodd gyflymu a throtian wrth i'r heol wyro tuag i lawr a throi i'r dde a disgyn yn gyflym at y tro sydyn ar y gwaelod. Arafu wedyn wrth droi i'r chwith rhwng tai a gweithdai'r porthladd a symud i gyfeiriad y cei. Cyn cyrraedd y cei roedd yr heol yn gwyro i'r dde ac yn dringo'n serth, a throdd Edward ben y gaseg i'w dilyn. Dyrnaid o dai oedd yno, yn wyngalchog a chyda thoeau o wellt a simneiau'n mygu'n wyn neu'n llwyd-ddu a heb arogl melys tanau mawn Iwerddon. Yn wahanol i fythynnod Iwerddon hefyd fe roddai'r ffenestri bychain ddigon o olau i'r tu mewn i alluogi'r trigolion i gau'r drysau a gwneud y bythynnod yn fwy clyd. Gwahaniaeth amlwg arall oedd nad oedd tomenni o ddail drycsawrus yn ymyl y bythynnod, a bod golwg iach ar y plant a welai'n ciledrych arno drwy'r ffenestri neu wrth gorneli'r tai er eu bod yn ddigon tlodaidd eu gwisgoedd.

Wedi iddo basio'r bythynnod olaf roedd yr heol yn serth a'r cloddiau'n uchel, gyda gwrychoedd o berthi duon marw'r olwg yn disgwyl yr alwad i ddihuno. Lle'r oedd y tir wedi'i gau ar gyfer ei amaethu roedd y borfa mor wyrdd â phorfeydd Iwerddon. Yma a thraw roedd haenau o redyn brown-goch yn lleddfu gwyrddlesni'r meysydd a düwch y perthi. Ar y dde wedyn roedd clwstwr o goed praff, rhai'n gul o ran eu tyfiant a rhai'n ymledu'n afieithus gan ymostwng dros y cloddiau a chysgodi'r ffordd. Ac er syndod iddo roedd cynffonnau ŵyn bach ar y coed cyll yn y perthi eisoes yn chwifio yn yr awel ysgafn ac yn addo fod y gwanwyn ar fin cyrraedd. Yna clywodd aderyn yn pyncio, a stopiodd duth y gaseg i wrando am ychydig; caeodd ei lygaid a gwrando gan deimlo fod y byd yn llawn mwynder a chyfeillgarwch a heddwch.

Agorodd ei lygaid a gwelodd y gaer ar ben draw'r penrhyn yn ei atgoffa fod y byd yn llawn dioddefaint a gormes ac annhegwch; cofiodd am ddawn dynion i gam-drin ei gilydd, ac am y dagrau ar wyneb Pamela pan ymadawodd â hi.

Roedd llwybr cul yn disgyn o ochr y ffordd am ryw ganllath i gyfeiriad y gaer ac fe drodd ben y gaseg tuag ati. Wrth agosáu ati gallai weld ei bod yn newydd gyda muriau oedd yn gymysgaeth o friciau a cherrig lleol, gloywlas, to haearn a rhes o ynnau'n gwyro o'i chwmpas mewn hanner cylch a'u safnau'n anelu at y môr agored ar y dde ac at draeth Wdig a cheg harbwr Abergwaun ar y chwith. Y tu cefn iddi roedd rhimyn cul o dir a gwal ddeuddeg troedfedd o uchder ar ei draws yn amgylchynu'r gaer. Gwelodd mai pompren oedd yr unig ffordd i gael mynediad iddi. Yn bell cyn cyrraedd y gaer a deffro chwilfrydedd y gwarchodwr wrth y porth gallai weld ei bod mewn safle amddiffynnol a manteisiol. Prin y gallai unrhyw long elyniaethus fentro'n agos neu geisio brysio heibio heb i rai o belenni haearn y gaer chwyrnellu tuag ati. Culhaodd ei lygaid. Cyn i Willam Yates a'i lynges gyrraedd byddai rhaid eu distewi. Roedd hynny'n un gymwynas y gallai'i gwneud pan ddôi'r amser, ac i wneud hynny byddai angen cael gwybod i sicrwydd faint o ddynion oedd yn y gaer.

Wrth iddo drotian yn hamddenol yn nes ati gallai weld y gwarchodwr yn cyffroi fel petai'n ansicr beth i'w wneud. Digon tebyg nad oedd yn gyfarwydd â gweld dieithriaid ar wahân i filwyr yn dod i'r gaer. Arafodd a pheri i'r gaseg sefyll pan oedd tua phymtheg llath i ffwrdd.

'Bore da! A fyddai modd imi gael dod i'r gaer, chi'n meddwl?'

Cynyddodd anghysur y gwarchodwr.

'Fyddai hi'n bosibl imi gael gair â'r swyddog, 'te?'

Sbardunodd y gair 'swyddog' y milwr i symud. Gosodd ei wn i lawr a churo ar borth y tu ôl iddo a galw, yn falch i gael trosglwyddo'r cyfrifoldeb o wneud penderfyniad i rywun arall.

'Ymwelydd wrth y drws, Corporal!'

Clywodd gerddediad cyflym a phrysurodd y corporal allan gan fotymu'i diwnig gwyn o dan ei siaced sgarled yn frysiog. Safodd yn syn wrth weld dyn mewn dillad cyffredin ac nid milwr. Synnodd Edward hefyd wrth weld dyn penwyn dros drigain oed mewn dillad milwr, ond cofiodd fod llawer o hen filwyr yn cael eu cyflogi i hyfforddi gwirfoddolwyr ar ôl mynd yn rhy hen i ymladd. Ni ddylai fod yn anodd trechu dyrnaid o hen filwyr er mwyn distrywio'r gynnau.

'Syr—Beth galla i wneud i chi?'

'Ym—ydi'r Cyrnol Knox o gwmpas?'

'Cyrnol Knox, syr? Nag yw, mae arna i ofn.'

'Trueni; rown i wedi gobeithio cael tynnu llun o'r harbwr oddi yma.'

Edrychodd y corporal arno'n ansicr.

'Ydych chi'n nabod y Cyrnol, syr?'

'Ydw. Mi ges i sgwrs ag e ddoe. Rown i'n meddwl y bydde fe yma heddiw.'

Disgynnodd ac arwain y gaseg yn nes at y gaer ac wynebu'r corporal. Go brin y câi fynediad heb ganiatâd swyddog. Roedd yn werth rhoi cynnig arni, serch hynny.

'Rown i'n gwybod yn syth y bydde hi'n olygfa ardderchog o'r fan hon!'

'Syr?'

Pwyntiodd Edward heibio i'r gaer at yr harbwr.

'O'r harbwr! Chi'n deall, artist ydw i, ac mi fydda i'n tynnu llunie o fanne pert!'

Nodiodd y corporal.

'Os ych chi'n gweud, syr.'

'A mi feddylies, gan 'i bod hi'n brynhawn mor braf, y byddwn i'n dwlu gwneud llun o'r harbwr o'r fan yma. Ond nawr—' llanwodd ei wyneb â siomedigaeth, 'gan nad yw'r cyrnol yma, gwell i fi ddod 'nôl eto, a bwrw y cawn ni ddiwrnod braf arall cyn hir. Mae'r rheiny'n ddigon prin ganol gaea, on'd ŷn nhw?'

Roedd y corporal yn meddwl yn rhy galed i'w ateb. Nid oedd yn ddyn angharedig ac os oedd y dieithryn yn gyfaill i'r cyrnol fe allai gael cerydd am ei ddiffyg croeso. Carthodd ei wddw.

'Tynnu llun o'r harbwr wetsoch chi.'

'Ie.'

'Fydde dim eisie mynd miwn i'r gaer 'i hunan arnoch chi—'

'Na fydde. Petawn i'n gallu eistedd ar y wal isel o flaen y gaer fe fyddai hynny'n berffaith.'

Carthodd y corporal ei wddw eto a phoeri'n swnllyd.

'Wel, gan eich bod chi'n nabod y Cyrnol, wela i ddim drwg i chi wneud eich llun o'r tu fas, sbo.'

'Wel, rwy'n hynod o ddiolchgar, Corporal—ym?'

'Benson, syr, William Benson.'

'Mae'n dda gen i gwrdd â chi, Corporal Benson. Liciech chi ddangos y ffordd i fi?'

'Wrth gwrs, syr. Dewch ffordd hyn, os gwelwch yn dda.'

Prin ugain cam fu angen eu cymryd cyn i'r ddau gyrraedd gwal allanol y gaer. Dododd Edward ei blygell arni a syllu'n edmygus ar yr olygfa o'i flaen.

'Golygfa fendigedig. Mae'n siŵr eich bod chi i gyd wrth eich bodde yma, Corporal.'

Nodiodd y corporal, 'Ydyn, syr. Mae'n ddigon sych a chynnes miwn yn y gaer, yr unig beth sy'n bod ar y lle yw—'sdim dŵr yfed 'ma.'

'A mae'r Ship Inn yn bell, Corporal!'

Ymlaciodd y milwr ychydig a gwenu.

'Ydi, syr!'

'Wel, mi weda i beth wna i—gan eich bod chi wedi bod mor garedig â gadel i fi dynnu llun oddi yma, mi liciwn i brynu cwrw i chi a'ch dynion.'

Estynnodd swllt i Benson.

'O na, syr, 'sdim eisie i chi damed.'

'Dewch wir, i 'mhlesio i; fydd swllt yn ddigon i chi i gyd?'

'Bydd, syr, dim ond Mitchell a Rhodes a fi sy 'ma drwy'r amser.'

'Da iawn. Wel, gwell i fi ddechre arni, debyg.'

*　　　*　　　*

Roedd golwg hapus ar wyneb Edward wrth i amlinelliad yr harbwr a'r bryniau a'r pentref dyfu ar ei bapur. Unwaith eto teimlai'n ddiolchgar fod ei lystad wedi rhoi'r fath hyfforddiant iddo mewn arlunio. Ac wrth i'r amlinelliad dyfu'n ddarlun cyfoethog a llawn o fanylion roedd ei feddwl prysur yn rasio dros y ffeithiau a glywsai: dim ond tri o ddynion oedd yn y gaer, a dau ohonyn nhw'n ddigon

112

musgrell. O'i eisteddfan gallai weld y gynnau, wyth ohonyn nhw i gyd â gorchudd ar bob un i'w gadw'n sych. Wedi trechu'r dynion, gwaith hawdd fyddai difetha'r gynnau â phowdwr a phrennau blaenllym wedi'u gwthio i'r tyllau tanio. Doedd y gaer ei hun a'i gynnau ddim yn y darlun wrth reswm gan y gallai hynny godi amheuon, ond prin bod angen hynny arno ar gyfer ei fwriad.

Roedd 'na broblem yn ei wynebu serch hynny. Roedd angen iddo fynd i'r Bont-faen mor fuan ag y gallai a chysylltu ag Edward Williams ac arweinwyr y gwrthryfelwyr radical fel y bydden nhw'n barod i godi'n syth ar ôl y glaniad. Ei broblem oedd y byddai rhaid iddo wastraffu amser—dyddiau—yn teithio gyda'r gwartheg. Fe olygai hynny tua deg diwrnod o deithio gyda gyr araf o wartheg hamddenol a bwrw eu bod yn cerdded rhwng deg a deuddeng milltir y dydd, a deuddydd o garlamu gwyllt 'nôl i Abergwaun wedyn. Ni allai ddweud pryd y cyrhaeddai'r Ffrancod—rywbryd yn ystod mis Chwefror. Serch hynny, fe ddylai gyrraedd 'nôl mewn pryd i dawelu'r gynnau yn y gaer er mwyn i'r llongau gael glanio'n ddiogel . . .

14

Roedd dyn canol oed yn disgwyl amdano pan gyrhaeddodd 'nôl i'r Royal Oak yn hwyr y prynhawn hwnnw. Wrth iddo gamu drwy'r drws cefn o'r stabl cyfarchodd y gwesteiwr ef.

'Arglwydd Kilrush!'

Roedd y wên ar ei wyneb yn lleddfu unrhyw eiliad o ofn a allai fod yn llechu yng nghalon Edward wrth gael ei gyfarch o flaen y ffermwyr lleol, dynion ag ôl tywydd ar eu hwynebau ac ambell was fferm digon carpiog yn cadw cwmni i'w feistr a phawb yn pwyso dros eu cwrw wrth y byrddau neu'n sefyll o amgylch y tân.

'Mr Mathias—beth sy?'

Gwenodd Mathias eto a'i lygaid glas yn pefrio bob ochr i'w drwyn.

'Ymwelydd i chi, syr!' Cododd ei lais a galw, 'Peter Jenkins! Peter Jenkins! Dewch yma, ddyn!'

Trodd un o'r ffermwyr, fel y tybiai Edward, o'r hanner cylch o gwmpas y tân a dod ymlaen ato gan wenu'n gwrtais ond heb fod yn ewn. Gwelodd ddyn canol oed, gyda barf a gwallt brown golau oedd bellach yn frith. Roedd ei wyneb cochlyd ag ôl tywydd arno a'i gorff yn drwchus ond heb fod yn flonegog, a rhoddai ei freichiau cyhyrog awgrym o gryfder mwy na'r cyffredin. Roedd yr edrychiad a roddodd i Edward yn awgrymu dyn hyderus oedd wedi arfer wynebu a threchu pob math o anawsterau a pheryglon yn ei ddydd; bron nad oedd y llygaid tywyll yn craffu ar y dyn mewnol ynddo fel petai'n chwilio am gyflwr ei enaid a gonestrwydd ei gymeriad.

Cadarnhawyd yr argraff o gryfder wrth iddo wasgu llaw Edward wrth ei hysgwyd. Byddai dyn mwy taeogaidd wedi tynnu locsyn a chrymu'i ysgwyddau o flaen ei well.

'Arglwydd Kilrush? Peter Jenkins; fe ofynnodd Arglwydd Cawdor i fi ddod i'ch gweld. Beth alla i wneud drosoch chi?'

Roedd Cawdor wedi cadw'i air eto felly. Dyma'r porthmon yr oedd wedi sôn amdano.

'Mae'n dda gen i gwrdd â chi, Mr Jenkins, ond cyn inni sgwrsio, beth gymerwch chi?'

'Os esgusodwch chi fi, wy i wedi cael digon i ddiwallu fy syched yn barod a byddai'n well gen i ymatal cyn edifarhau.'

'Fel y leiciwch chi, Mr Jenkins, wna i ddim gorfodi dyn i yfed yn erbyn ei ewyllys.'

Roedd hyn eto'n ei blesio, nad oedd y dyn yn rhy wasaidd i wrthod gwahoddiad rhag digio nac yn drachwantus i gael diod am ddim.

'Rwy'n tybied fod Cawdor wedi esbonio'r sefyllfa i chi?'

Gwenodd Jenkins. 'Wy'n dyall eich bod chi'n awyddus i ddysgu crefft porthmon!'

Ni allai Edward ymatal rhag ymateb â gwên i'r fath ffraethineb.

'Wel, mi hoffwn i astudio dipyn ar eich ffordd o fyw, a chael cyd-deithio gyda chi am dipyn. Fyddai hynny'n bosibl?'

'Wela i ddim pam lai, Arglwydd Kilrush. Mi fydda i'n amal yn cael cwmni cyd-deithwyr; po fwya yw'r nifer mwya diogel y bydd pawb yn teimlo. Mae 'na ddigon o ladron pen-ffordd rhwng Abergwaun a Llunden a'r teithiwr ar 'i ben 'i hun sy'n 'i chael hi waetha.'

'Roedd 'na un peth arall.'

'Ie?'

'Fyddech chi'n mynd yn agos at le o'r enw Y Bont-faen ar y ffordd?'

Roedd y syndod yn ddiamheuol ar wyneb y porthmon. Sut yn y byd y gwyddai'r Gwyddel hwn am dref mor ddi-nod â'r Bont-faen?

'Wel, fel mae'n digwydd, mi allen ni fynd drwyddi, tase galw; mae 'na lawer o lwybre'n arwain tuag at Lunden, chi'n gwbod. A weithie pan fydd brys arna i, mi fydda i'n cymryd llong ar draws Môr Hafren i Weston. Fe allwn ni fynd ffor'co os dymunwch chi.'

'Mi fyddwn i wrth 'y modd, Mr Jenkins. Mae 'na hen gydnabod imi'n byw yno ac mi hoffwn i roi tro amdano. Edward Williams yw 'i enw, ac mi fyddwn yn gweld tipyn ohono yn Llundain rai blynyddoedd 'nôl. Dych chi ddim yn digwydd 'i nabod e?'

Ysgydwodd Peter Jenkins ei ben.

'Ychydig o wŷr bonheddig fydda i'n nabod, ar wahân i ambell un fel chi—ac Iarll Cawdor, wrth gwrs.'

Gwenodd Edward.

'Prin y byddai Edward yn derbyn ei alw'n wr bonheddig, Mr Jenkins, er ei fod mor falch o'i dras ag unrhyw arglwydd ac yn meddwl y byd o farddoniaeth ei genedl.'

'Shwd ych chi'n gweud nawr 'te—bardd, ife?'

Synhwyrodd Edward nad oedd gan y porthmon lawer o feddwl o farddoniaeth.

'Ydi, mae'n dipyn o fardd, ac yn ysgolhaig hefyd.'

'Gwedwch chi. Yn bersonol, dim ond y Gair fydda i'n ddarllen, ar wahân i ambell almanac wrth gwrs. Ond os ych chi'n moyn galw i'w weld e, fe awn ni trwy'r Bont-fa'n â chroeso.'

'Ydych chi'n siŵr? Dwy' i ddim am beri anhawster i chi.'

'Ddim o gwbwl, Arglwydd—pleser o'r mwya, a gweud y gwir.'

Oedodd Peter Jenkins a bwrw golwg frysiog dros Edward.

'Ie?'

'Mae golwg milwr arnoch chi, os ca i fod mor hy â gweud.'

'Fe gewch ddweud hynny â chroeso, Mr Jenkins, ac rych chi yn llygad eich lle, ac mae gen i wn wrth fy nghanol.'

Os oedd yn meddwl y byddai hynny'n gysur i'r porthmon roedd yn anghywir.

'Fel un o ddilynwyr Tywysog Tangnefedd wy'n mawr obeithio na fydd angen defnyddio hwnnw, Arglwydd Kilrush. Beth rown i'n trio gweud yw fod gweld dyn ifanc, cyhyrog, tebyg i chi, yn debyg o roi teimlad o ddiogelwch i'r merched fydd gyda ni.'

'Merched?'

'Fel mae'n digwydd fe fydd fy mhlentyn hyna, Elinor, yn dod gyda fi i Lunden, ac fe fydd yn gysur gwybod y bydd rhywun tebyg i chi wrth law. Fe fydd 'y nynon i'n rhy brysur yn gofalu am yr anifeilied.'

'Mi fyddwn i'n ystyried hynny'n fraint, Mr Jenkins. Ymhen faint oeddech chi'n bwriadu cychwyn?'

Crafodd y porthmon ei farf wrth ystyried.

'Mae llawer yn dibynnu ar y tywydd. Fel arfer, fydda i ddim yn meddwl am deithio cyn canol Mis Bach ond mae'r tywydd wedi newid ac mae olion gwanw'n yn gynnar eleni. Gan fod y borfa'n dechre tiddu fe fyddwn ni'n galler cychwyn ymhen tri neu bedwar dwrnod, wedwn i.'

'Tri neu bedwar diwrnod?'

'Pam? Odi hynny'n rhy hwyr i chi?'

Prysurodd Edward i'w sicrhau y byddai hynny'n hollol gyfleus.

'Wy'n dyall eich bod chi'n moyn tynnu llunie o'r anifeilied.'

'Dyna'r bwriad, Mr Jenkins.'

'Wel, fe gewch chi ddigon o gyfle i wneud 'ny yn ystod y dyddie nesa. Ma' lot o waith paratoi wrth borthmona, chi'n gwbod.'

'Oes wir?'

'Wes. Mae dyddie digon prysur o'n blaene ni yn pedoli'r da.'

Gwelodd syndod ar wyneb Edward.

'Dych chi erio'd yn meddwl fod tra'd y da'n ddigon caled i gerdded tri chan milltir i Lunden?'

Prysurodd Edward i ymddiheuro am ei anghrediniaeth—doedd e erioed wedi meddwl.

'Wel pam na ddewch chi draw i Gas-ma'l bore Llun i'n gweld ni wrthi? A falle cewch chi gyfle i wneud llun ne ddou cyn inni gychwyn.'

'Mi fydda i wrth 'y modd, Mr Jenkins!'

Mi fyddai wrth ei fodd yn gweld y paratoadau ac yn falchach fyth wrth weld y gyr yn ei chychwyn hi gan ei hebrwng at y dyn oedd â'i enw ar glawr y llythyr yn ei boced.

*   *   *

Roedd fferm Cwm-glas yn ymguddio yng nghesail y mynydd gyda golygfeydd i gyfeiriad Abergwaun i'r gorllewin a Moel Eryr i'r gogledd, a Maenclochog i'r dwyrain. Oni bai am y trum gellid gweld Hwlffordd ar ddiwrnod teg. Roedd ffordd fynydd yn disgyn rhwng gwaliau isel o gerrig i lawr i gyfeiriad sgwâr Cas-mael, darn o dir agored rhwng rhesi o fythynnod oedd gan amla'n ddigon digyffro, ac eithrio pan fyddai Peter Jenkins yn paratoi i borthmona, fel y byddai'n gwneud fore trennydd. Ar hyn o bryd roedd yn tuthio'n ara' deg tuag adref ar hyd y ffordd dyrpeg o Abergwaun i gyfeiriad Aberteifi cyn troi oddi arni i Gas-mael, a'i feddwl yn llawn o'r gwahanol gyfrifoldebau oedd arno, a berw a chyffro'r dyddiau nesaf; oblegid fe fyddai'r tridiau nesa'n helbulus tu hwnt wrth iddo gasglu'r holl wartheg a'u paratoi ar gyfer y siwrnai faith. Drwy drugaredd ni fyddai defaid na gwyddau ganddo'r tro hwn, dim ond gyr o wartheg Castell Martin. Roedd hi bob amser yn well cadw'r anifeiliaid ar wahân, oblegid roedd angen cŵn gwahanol iawn i hebrwng defaid a gwartheg; doedd cŵn defaid fawr o werth i gadw trefn ar greaduriaid araf a chlunhercus fel gwartheg, ond gallai corgi hysio buwch ymlaen drwy figitian ei choesau ôl yn ewn heb ofni derbyn cic gan ei fod yn ddigon bach a chwimwth i'w hosgoi. Testun syndod oedd corgwn y porthmyn i'r Saeson yn ystod y daith.

*   *   *

Yn y farchnad yn Abergwaun y cwrddodd Elinor â Gruffydd Llwyd am y tro cyntaf. Roedd hi a'i chyfnither, Siân, yn sefyll wrth ymyl cart ei thad ar y pryd gyda'i lond o gaws a menyn ar ochr y ffordd

117

yn y sgwâr, yn un o res o geirt tebyg. Roedd cryn chwe mis wedi mynd oddi ar y diwrnod hwnnw, y diwrnod y daeth ati yn y farchnad gan holi pris y menyn.

Gwyddai'n syth mai esgus i gael siarad â hi oedd yr ymholiad tra oedd ei thad yn prysur drafod anifeiliaid ar ochr bella'r sgwâr. Edrychodd yn hy ar y dyn golygus o'i blaen, gyda gwallt hir du hyd at ei war a'i llygaid glas yn llawn chwerthin wrth iddo syllu arni. Ond nid dillad ffermwr cefnog oedd amdano na golwg dyn â chrefft lanwaith, ond dyn tlodaidd oedd tuag wyth ar hugain oed. Roedd yn gyhyrog o gorff a'i ddwylo'n arw—dwylo dyn oedd yn gyfarwydd â diwrnod caled o waith â chaib a rhaw. Roedd ganddo grys brethyn melynwyn a streipen goch drwyddo, gwasgod o frethyn llwyd, clos pen-glin llwyd-ddu a hosanau llwyd ac esgidiau duon. Teimlodd Elinor y gwrid o ddicter yn codi dros ei gwddw a'i bochau wrth feddwl fod labrwr neu was ffarm yn ddigon ewn i'w chyfarch a hithau'n ferch i ffermwr a phorthmon pwysig.

'Wyt ti'n gofyn o ddifri?'

Gwenodd y dyn arni ac wrth weld y swildod yn ei lygaid teimlodd ei dicter yn diflannu. Doedd hwn ddim yn edrych arni fel y rhelyw o weision cwrs y fro, yn ei llygadu drosti gan ddychmygu'i noethni. Roedd hwn yn swil—yn rhy swil i gyffroi—sut yn y byd roedd e wedi magu digon o ddewrder i ddod ati i siarad â hi, ni allai ddirnad. Un peth o'i blaid oedd nad oedd oglau cwrw ar ei anadl. Ni allai oddef gweld dyn oedd wedi'i dal hi yn ymddwyn yn anweddus. Er na châi hi ddim trafferth gan neb tra byddai'i thad o gwmpas, byddai digon o edrychiadau chwantus a heriol yn dod i'w chyfeiriad yn y farchnad.

Roedd yn sbort ei weld yn cochi o'i blaen.

'Wel—y—wên i'n holi rhag ofn y bydde Mam yn mofyn peth.'

'All hi ddim gofyn 'i hunan 'te?'

'Na all—fydd hi ddim yn dod o gartre'n amal.'

'A ble mae gartre, os ca i ofyn?'

'In Eglwyswrw—ma' 'nhad a mam yn ffarmo lawr tua'r ochor isha 'co ar y ffordd i Aberteifi. O ble ych chi'n dod 'te?'

'Cas-ma'l. Grondwch, os nad ych chi'n moyn menyn wes eisie caws arnoch chi?'

'Na wes—ŷn ni'n gwneud caws gartre.'

Roedd y cyfaddefiad wedi llithro o'i geg cyn iddo sylweddoli. Edrychodd Elinor arno'n fuddugoliaethus. I beth oedd hwn yn holi pris menyn os oedd ei deulu'n gwneud caws? Os oedden nhw'n gwneud caws fe fydden nhw'n gwneud menyn hefyd, wrth reswm.

'O, wel, os esgusodwch chi fi, 'sda fi ddim amser i gloncan trwy'r dydd,' gan droi'i chefn arno a chymryd arni fod yn brysur gyda'r twmpathau o gaws a'r menyn ar y bwrdd yng nghefn y stondin.

Ac roedd e wedi troi a mynd fel un wedi cael cerydd gan deimlo'i llygaid tywyll yn craffu ar ei ôl ac yn chwerthin am ei ben yn ddistaw bach.

Ond nid cyn i Siân sylwi arno'n mynd a dod ati'n llawn chwilfrydedd i gael gwybod ei hanes. Ond syrthiodd ei hwyneb mewn siomedigaeth wrth i Elinor ateb yn ddigon wfftiog.

'Rhywbeth o Eglwyswrw, mynte fe.'

'Gwas ffarm, weden i, 'no, digon da nad yw dy dad obeutu'r lle neu fe gele fe'i hala o'ma'n 'itha siapus!'

Fe fu'n ddigon prysur yn gwerthu menyn a chaws drwy'r prynhawn ac roedd wedi anghofio am y dyn yn llwyr pan ddaeth yn amser i'r ddwy gasglu'u pethau ynghyd ar gyfer y daith adre.

Dyna pryd y daeth Dewi James i aflonyddu ar y ddwy yn ei feddwdod. Roedd wedi treulio rhan helaeth o'r prynhawn yn llymeita mewn tafarndy ac roedd yn lled ansad ei gerddediad pan gamodd gogyfer â'r ddwy a sefyll i edrych arnyn nhw. Lledodd gwên hurt ar draws ei wyneb wrth iddo hercian draw at y cart.

'Hei, cariad! A wes tipyn o la'th enwyn 'da ti i ddyn sychedig, gwed?'

Syllodd Elinor yn ffroenuchel a dirmygus arno wrth ei weld yn simsanu o'i blaen a'r olion cwrw ar ei siaced hir o frethyn a chrafát bawlyd a'i farf aflêr. Roedd ei olwg yn awgrymu mai ychydig o ofal a gymerai ohono'i hunan—dyn oedd wedi magu bola cwrw gyda threigl y blynyddoedd ac wedi mynd yn gwrs wrth gyrraedd canol oed. Un nodwedd amlwg ar ei wyneb oedd trwyn cam, atgof am ergyd â phastwn a gafodd mewn ymladdfa un nos Sadwrn ar sgwâr y dref. Fe'i gadawyd yn anymwybodol yn y gwter, yn gwaedu fel mochyn o'i drwyn.

'Wel 'te, 'nghariad i, beth am la'th enwyn?'

Llanwyd ei chalon ag ofn wrth weld yr hylltod yn nesu ati. Pwy wyddai beth allai dyn yn y cyflwr hwn ei wneud? Trodd ei phen i sibrwd 'Dat! Glou!' wrth Siân cyn ei wynebu.

'Beth we' 'na, lla'th enwyn? Ma'n flin 'da fi, ma'r cifan wedi'i werthu. Gwell i chi fynd i rywle arall.'

Estynnodd Dewi James ei law chwith er mwyn gafael yn ymyl y cart i'w sadio'i hunan. Cododd y llaw fawlyd arall i sychu'i geg â'i chefn ac edrych yn drachwantus arni.

'Dim un diferyn bach?'

'Na wes, ond os ewch chi tua thre nawr falle cewch chi la'th enwyn 'da'ch gwraig.'

Roedd Siân wedi diflannu i gyfeiriad pen pella'r sgwâr, i nôl tad Elinor, a'i sgert wedi'i chodi uwch ei hesgidiau gan ddangos dau figwrn wrth iddi redeg. Tase hi ond yn gallu cymell y dyn i fynd ymlaen ar ei ffordd fe fyddai popeth yn iawn.

Ond doedd Dewi James ddim yn chwannog i fynd nac yn sylwi dim ar yr edrychiadau o gerydd a ddôi o'r stondinau eraill na gwrando ar y menywod yn grwgnach amdano. Edrychodd ar y ferch ifanc o'i flaen. Roedd hi'n hynod o bert yn ei phais a betgwn a'i ffedog fach wen a'i gwasg yn ddigon main i ddyn allu 'i chylchynu â'i ddwylo bron iawn. Â'i hwyneb crwn, rhosynnog a'r gwefusau llawn, byddai'n goeled fach hyfryd i ddyn o waed coch cyfan! Pwysodd ar y ford a gwyro ymlaen.

'Wel, os na wes lla'th enwyn, gymera i gusan fach yn lle 'ny 'te, 'nghariad i.'

'Dych chi ddim yn gariad i fi, ddyn! Gwell i chi fynd o'ma cyn i 'nhad gyrra'dd, gwlei!'

'Heb gusan 'da roces mor bert? Dere 'ma, los!'

Ac roedd ei law dde'n crafu gafael yn ei ffedog ac yn ei thynnu tuag ato ar draws y ford wrth iddi roi sgrech a thynnu 'nôl.

''Na ddigon, Dewi James! Gollwng hi ar unwaith!'

Nid oedd Elinor na Dewi wedi gweld y dyn ifanc yn llamu atyn nhw'n sydyn a'i fraich chwith yn gafael am wddw'r dyn a'i lusgo 'nôl a pheri iddo ollwng ei afael yn ei syndod. Yna teimlodd ei hun yn cael ei wthio ymlaen nes y bu bron iddo gwympo i'r ffordd leidiog.

'Pwy ddiawl?'

Tawodd y rheg yn ei wddw wrth iddo weld y dyn ifanc yn ei herio; yna llanwodd ei lygaid â dicter gorffwyll a rhuodd ac anelu ergyd nerthol at yr wyneb o'i flaen.

'Ti sy 'na'r corgi bach!'

Ond doedd yr wyneb ddim yn y fan a ddisgwyliai a rhwng nerth yr ergyd a'i gyflwr meddw fe'i teimlodd ei hun yn ymhyrddio mewn cylch cyn i ddwy law gadarn afael ynddo a'i wthio a'i orfodi i redeg â'i ben i lawr nes iddo faglu dros garreg a syrthio i bwdel o laid. Pan gododd ar ei draed, yn wlyb sopen, roedd chwerthin gwawdlyd y menywod yn ei glustiau'n ddigon i'w hebrwng i ffwrdd fel ci â'i gynffon rhwng ei goesau.

'Cer adre i sobri, Dewi James!'

Camodd Elinor at y dyn ifanc.

'Ych chi'n iawn?'

'Wdw, diolch, wna'th e ddim byd i fi, wedd e'n feddw dwll!'

Wrth sylweddoli ei bod hi'n syllu arno disgynnodd y swildod dros ei wyneb fel mwgwd; gwenodd yn lletchwith a throi i fynd. Ei thro hi oedd cyffwrdd â'i fraich.

'Ga i wbod eich enw chi, o leia?'

'Gruff—Gruffydd Llwyd'.

'Diolch, Gruff Llwyd, am beth wnethoch chi.'

Ac roedd y dyn yn gwrido eto wrth fwmian rhywbeth i'r perwyl y byddai unrhyw ddyn wedi gwneud yr un peth.

'Elinor—wyt ti'n iawn?'

Llais Siân yn brysio'n ôl a thad Elinor wrth ei sodlau, a'i wyneb yn ddu gan ddicter.

'Ydw, diolch i'r gŵr bonheddig fan hyn.'

Ond roedd ei hachubwr wedi diflannu i'r dorf mor sydyn ag y daeth.

*   *   *

121

Fe fu rhaid iddi ddweud yr hanes wrth ei mam ar ôl cyrraedd adref, am yr arwr swil a ddaeth o rywle i'w hachub a diflannu cyn i'w thad gael cyfle i ddiolch iddo. Roedd ei mam yn tylino toes ar ford y gegin a'r blawd yn drwch dros ei breichiau a'i brat. Safodd yn llonydd am eiliad a chodi cefn ei llaw at y striflyn o wallt oedd wedi disgyn dros ei thalcen a'i wthio o'r neilltu. Llanwodd ei llygaid â phryder. Beth allai fod wedi digwydd pe na bai'r dyn dierth wedi dod i'r adwy? I feddwl nad oedd merched parchus yn ddiogel ar ben heol ganol dydd! I beth roedd y byd yn dod? Byddai pethe'n haws tase Elinor yn briod â dyn a allai ei hebrwng i'r farchnad a 'nôl.

Ochneidiodd Elinor yn dawel wrth ddiosg ei siôl amryliw oddi am ei hysgwyddau. Roedd ei mam ar fin dechrau ar ei phregeth gyfarwydd unwaith eto.

'Dyw hi ddim yn beth reit dy fod ti'n dal gartre ac yn ddibriod. 'Sdat ti ddim ffair i golli, los, a thithe'n ugen o'd. Fe fydd dynon yn dechre meddwl fod rhwbeth mowr yn bod arnat ti os na phriodi di cyn bo hir.'

Y drafferth oedd nad oedd arni damaid o awydd priodi, symud cartref a magu llond tŷ o blant; roedd mwy i fywyd na hynny, siŵr o fod, profiadau i'w cael a bywyd i'w fyw cyn setlo i lawr i ddilyn y patrwm.

Ac roedd misoedd i fynd cyn Ffair Crymych lle gallai gwrdd â dyn ifanc o fferm lewyrchus a chael ei hebrwng adref ganddo i gwrdd â'i rhieni. Ond â Morus ei brawd yn ysu am briodi Anna Gwndwn, gwyddai Elinor y byddai angen iddi hi symud allan i roi lle i'r pâr ifanc cyn hir.

Dyna pam yr oedd sôn amdani'n mynd i fyw i Lundain y gwanwyn dilynol i fyw at ei modryb Gwen oedd â busnes gwerthu llaeth yno—'wac la'th'—gyda Harri'r gŵr. Byddai honno'n falch o gwmni'i nith a Chymraes arall yn y tŷ ac yn y busnes, ac yn ôl yr hanes, roedd digon o ddynion smart yn Llundain!

Wrth fynd i'r gwely'r noson honno ar ôl dweud ei phader wrth erchwyn y gwely, a diffodd y gannwyll, ni allai feddwl am Lundain bellach, gan fod wyneb gwelw'i hachubwr, Gruff Llwyd, yn mynnu ciledrych arni'n swil drwy gwarrau'r ffenest.

Roedd yn braf a sych eto'r wythnos ddilynol ond er iddi graffu ar y dorf, doedd dim sôn amdano, a golwg ddigon siomedig oedd ar ei hwyneb pan ddaeth yn bryd rhoi'r nwyddau oedd heb eu gwerthu'n daclus ar gyfer y daith adref.

'Dishgwl rhywun?' Llais Siân yn ei chlust. Gwridodd.

'Sa i'n gwbod am be ti'n siarad!' atebodd braidd yn llym a 'difaru wedyn wrth weld yr olwg ddireidus yn llygaid ei chyfeilles.

'Falle daw e wthnos nesa, los!'

Beiodd ei hun am fod mor ffôl â gobeithio gweld Gruffydd y diwrnod hwnnw. Doedd dim synnwyr yn y peth—prin wedi torri hanner dwsin o frawddegau gyda'r dyn oedd hi; ac eto roedd ei wyneb yn llenwi'i meddwl drwy'r dydd. Heblaw hynny, ni allai dim da ddod o'r adnabyddiaeth ac ystyried eu sefyllfaoedd gwahanol. Roddai hi ddim diolch am fywyd gwraig gwas ffarm! Ac erbyn meddwl, roedd digon o bysgod yn y môr . . .

Roedd Gruff yno'r wythnos ganlynol, yn sefyllian wrth stondin arall nes i'w thad fynd i gyfeiriad yr anifeiliaid. Rhoes Siân bwniad iddi yn ei hochr a sibrwd, 'Dishgwl pwy sy 'ma!' Teimlodd y gwrid yn codi er ei gwaethaf.

'Hylô.'

'Hylô—ym—dych chi ddim gwa'th 'te?'

'Beth?'

'Ar ôl wmladd â'r dyn 'na.'

'Nag w. Wên i 'di anghofio obeutu fe, a gweud y gwir.'

'O! Gyda llaw, fe lice 'nhad gwrdd â chi.'

Teimlodd fel chwerthin wrth weld yr olwg o anghysur yn gymysg â braw ar ei wyneb.

'I ddiolch i chi am eich help.'

'O! Wedd hi'n bleser ca'l gwneud.'

'Wedd e'n beth dewr i wneud 'fyd.'

'Wy 'di cwrdd â'i wa'th e ar nos Sadwrn lawer gwaith.'

Dweud ffaith yr oedd Gruff, meddyliodd, yn hytrach na chanmol ei hunan.

15

Roedd y farchnad wythnosol yn fan cyfarfod cyfleus i'r ddau drefnu oed heb i neb sylwi. Caru digon distadl a fu rhyngddyn nhw drwy'r haf a'r hydref gyda chymorth hanner cenfigennus Siân a helpai Elinor i gadw oed â Gruff heb i'w rhieni na'r cymdogion busneslyd ddod i wybod. Nid bod honno'n garwriaeth lamsachus o ystyried y cyfyngiadau; cwrdd yn y dirgel a rhaffu hanner celwyddau am dreulio orig un prynhawn o haf ar draeth Wdig heb sôn o gwbl ei bod hi a Siân wedi 'digwydd' cwrdd ag ef yno a bod Siân wedi mynd am dro hir ar hyd y traeth yng nghwmni Elis, brawd Gruff, ar ei phen ei hun wedyn. Gallai gofio'r tro cyntaf iddo'i chusanu, yn y goedwig islaw'r fferm un min nos pan oedd hi'n chwilio am wyau ieir yn y cloddiau. Y fath sioc a gafodd wrth ei glywed yn sisial ei henw y tu draw i'r berth a phan aeth heibio i lwyn yn llawn chwilfrydedd a syndod camodd ati'n sydyn a'i chymryd yn ei freichiau a'i chusanu. Profiad go ryfedd oedd y gusan honno hefyd wrth iddi deimlo'i geg gynnes yn gwasgu ar ei gwefusau a theimlo blew ei farf a'i fwstás yn goglais ei hwyneb a'i gest yn pwyso yn erbyn ei bronnau. Ac yna roedd hi'n ei gusanu yntau yr un mor frwd nes i'r tri wy ym mhoced ei brat fynd yn angof dros dro. Yna fe'u teimlodd yn crensian a thynnodd 'nôl oddi wrtho mewn braw ac anghysur, gan ebychu, 'O! Na!' Ac yna roedd Gruff yn wrid i gyd a golwg euog ar ei wyneb.

'Ma'n flin 'da fi, ond allwn i byth â help, wy 'di bod yn moyn gwneud 'na ers y tro cynta i fi dy weld ti.'

Tawodd ei ymddiheuriad wrth ei gweld yn edrych arno'n syn cyn i'w gwên droi'n chwerthin.

'Yr wye, w, ym mhoced 'y mrat i; 'na pam tynnes i 'nôl. 'Co!'

Ac roedd rhaid iddo yntau wenu wrth weld yr wyau stecslyd yn staenio'r boced.

'Ma'n flin 'da fi,' dechreuodd eto, 'mi wasges i di'n rhy galed. Gei di stŵr, ti'n meddwl?'

'Weda i fod 'y nhro'd i wedi llithro wrth i fi ddringo'r gamfa!'

Arllwysodd y stecs o'r boced i'r berth a thynnu'r frat rhag i'r wy staenio'i gwisg o dani. Wrth wneud hynny holodd Elinor,

'Beth yn byd wyt ti'n wneud fan hyn mor bell o dre, gwed?'

'Dod i dy weld ti, wrth gwrs.'

'Ond beth 'se rhywun yn dy weld ti?'

Ei ymateb i'r pryder yn ei llygaid oedd gwenu a meddai'n foddhaus,

'Ond all neb 'y ngweld i, na allan, a nhwythe i gyd yn y farchnad!'

'Shwd wyt ti'n gwbod 'ny?'

Roedd y wên yn un fuddugoliaethus erbyn hyn.

'Achos 'y mod i wedi gweld nhw'll dou in Abergweun, los—ac yn edrych fel 'sen nhw'n mynd i fod ino trw'r dydd.'

Edrychodd i'w lygaid direidus.

'A theimlo'n ddigon dewr i fentro i Gas-ma'l er mwyn gweud shw-mae?'

'Wyt ti'n gweld bai arna i am hynny?'

Ysgydwodd Elinor ei phen, ac roedd ei llygaid yn fwyn pan gododd ei hwyneb ato.

Roedd hi wedi gwenu wedyn wrth gofio'r digwyddiad a'r cyffro yn ei mynwes, a rhyfeddu fod y dyn swil wedi troi'n garwr mentrus yn sydyn, a rhyfeddu hefyd fod y profiad o gael ei chusanu'n un eitha dymunol.

Wrth garthu'r beudy y prynhawn hwnnw roedd llawer o bethau ar feddwl Elinor, digon i leddfu'r diflastod o rofio'r tail i ferfa a gweld ac ogleuo'r tarth yn anweddu ohono, a'i gario i'r domen. Roedd yn waith digon annifyr a drewllyd, yn enwedig i ferch, ond roedd disgwyl iddi wneud gan fod Morus ei brawd a Glan y gwas yn brysur yn plygu gwrych yn y cae pellaf tra bo hi'n hindda ac roedd ei mam wedi mynd gyda'i thad i'r dref am dipyn o newid gan ymddiried ei gorchwylion i'w merch. Roedd myfyrio am ei phryderon yn fodd i ysgafnhau baich y gwaith fodd bynnag.

Roedd y garwriaeth rhyngddi a Gruff wedi blodeuo a dyfnhau yn ystod y misoedd diwethaf, a'r elfen o ddirgelwch ynglŷn â hi wedi rhoi gwefr chwanegol iddi. Bellach roedd ei theimladau'n ddwfn a diysgog, a gwyddai nad oedd neb arall i'w gymharu â Gruff o'i chwmpas a'i bod yn dymuno rhannu gweddill ei bywyd gydag ef. Roedd yn ffyddiog ei fod yntau'n teimlo'r un peth tuag ati hi.

Ond roedd cymylau bygythiol ar y gorwel.

Y bygythiad mwyaf annisgwyl oedd ei theimladau ei hun a'r dyheadau a deimlai ym mreichiau Gruff, y dyheadau hynny oedd yn sail i berthynas barhaol rhwng dau, y dyheadau oedd yn waharddedig cyn clymu cwlwm priodas. Fe âi dal 'nôl yn fwy anodd bob tro ac un noson, pan oedd llaw Gruff yn anwesu'i braich, ac yna'i bron, fe gafodd yr egni i wthio'i law i ffwrdd.

'Paid.'

'Ond pam?'

'Rwyt ti'n gwbod pam. Dwy' i ddim yn moyn i bethe fynd yn rhy bell.'

'Ond wy'n dy garu di, los.'

'Ma' hynny'n gwneud pethe'n fwy anodd.'

Roedd y siom mor amlwg yn ei lygaid. Pam oedd rhaid iddo deimlo fel'ny? Allen nhw ddim bod fel ffrindie—ffrindie da—heb gorddi teimlade a chwante; beth oedd y gair yn y Beibl? Chwantau'r cnawd?

Roedd chwantau'r cnawd yn destun y byddai'n ymdrechu i'w anwybyddu, nid yn gymaint oherwydd ei theimladau at Gruff ond oherwydd ei chynefindra â synau'r nos am y pared â hi o stafell ei rhieni. Doedd hi ddim yn hoffi meddwl am ei rhieni'n rhannu'r profiadau hynny na ellid eu hanwybyddu ymhlith anfeiliaid y fferm. Tybed a fyddai disgwyl iddi hi ymostwng i Gruff yn yr un modd? Faint o serch a welai rhwng tarw a buwch, rhwng hwrdd a dafad, rhwng ci a gast? Ac eto, pan oedd breichiau Gruff amdani roedd rhywbeth mwy na chnawdoldeb yn ei lygaid, rhyw dynerwch, addoliad hyd yn oed, na allai ddychmygu ei weld ym mwystfilod y maes. Ai'r tynerwch hwnnw oedd y gwahaniaeth rhwng dyn ac anifail, yr anwyldeb rhwng ei thad a'i mam, teimladau oedd yn tyfu ac yn troi'n rhywbeth parhaol a fyddai'n goroesi amser? A fyddai Gruff mor arw â'i thad yn y gwely? Heblaw hynny, doedd hi ddim yn moyn cael llond tŷ o blant a'r holl ofal a olygai hynny. Roedd ei mam yn lwcus gan mai dim ond dau o blant gafodd hi.

'Bydde pethe'n wahanol tasen ni'n briod.'

Ond doedden nhw ddim yn briod a doedd dim gobaith am briodi fel yr oedd pethau.

Problem arall oedd fod Morus bellach yn briod ers Calan Gaeaf ac yn byw gyda'i deulu-yng-nghyfraith dros dro gan farchogaeth o Lanychaer i Gas-mael bob dydd at ei waith. Y disgwyliad erbyn hyn oedd y byddai Elinor yn mynd at ei modryb yn Llundain gyda'r gwanwyn er mwyn i Morus a'i wraig gael ei stafell. Ond yn lle edrych ymlaen at fynd at fodryb Gwen yn Cheapside roedd ei greddf yn dweud mai aros yma yng Nghas-mael oedd y peth iawn i'w wneud, aros a phriodi Gruff, petai ei rhieni'n cytuno.

Ond gwyddai na fydden nhw fyth yn cytuno iddi briodi dyn tlawd fel Gruff, dyn heb ddim i'w gynnig i ferch ond ei llethu â thyaid o blant a bywyd o gyni a thlodi mewn bwthyn gwas ffarm.

Ar ben hynny, roedd bellach yn fater o frys; dyna pam yr oedd hi wedi bod mor siomedig fod ei mam wedi mynnu mynd i'r dre'r diwrnod hwnnw a'i chadw gartref. Roedd ganddi rywbeth pwysig i'w ddweud wrth Gruff. Tybed a ddôi e draw i'r fferm wedi gweld fod ei mam yn y dref?

Nid oedd Gruff Llwyd yn ymwelydd cyson â Chwm Glas a phe bai Mrs Jenkins wedi'i weld yn llercian o gwmpas ychydig o groeso a fyddai wedi'i gael. Y foment honno, a'r haul yn machlud uwchben y Garn Fawr roedd Gruff yn symud yn llechwraidd heibio i'r tai ma's i gyfeiriad y sgubor. Roedd rhes o adeiladau yno, beudy a llaethdy, sgubor, twlc a thŷ pair lle byddai'r merched yn berwi dŵr i olchi dillad. A hithau'n nosi roedd brys ar Elinor i orffen â'r gwartheg.

Roedd y fuwch olaf wedi'i godro a'i dwy glocsen wedi clip-clopian ar draws y buarth gyda'r llaeth i'r llaethdy ac roedd padellaid o ddŵr wrth dalcen y beudy a darn o sach wrth hoelen yn disgwyl amdani. Cydiodd yn y sebon melyn a golchi ei breichiau, yn falch i gael gwared o'r oglau tail. Arllwysodd y dŵr brwnt i'r llawr a dodi'r badell 'nôl ar y stondin.

Dyna pryd y clywodd y sibrydiad o gyfeiriad y sgubor. Llamodd ei chalon a chrychodd corneli'i llygaid â gwên. Roedd e wedi dod, felly! Clecianodd ei chlocsiau wrth iddi gerdded i mewn i'r sgubor yn hamddenol.

'Ble'r wyt ti?' gofynnodd yn dawel, gan ddyfalu'r ateb cyn gofyn amdano.

'Lan fan hyn.'

Daeth gwên i'w hwyneb wrth iddi droi at yr ysgol yn erbyn y das a'i weld yn clemo arni. Camodd at yr ysgol a dechrau dringo. Estynnodd ei llaw.

'Helpa fi.'

Gafaelodd yntau yn ei llaw i'w chodi. Yr eiliad nesaf roedd y ddau wedi suddo i gynhesrwydd y gwair a'i wefusau'n boeth ar ei cheg. Ymhen ychydig gwahanodd y ddau a syllu i lygaid ei gilydd. Wrth ei gweld yn ei dillad gwaith, a'r sach arw wedi'i chlymu am ei hysgwyddau ymdeimlodd Gruff unwaith yn rhagor â'i swyn, ac fe wyddai na allai dorri'n rhydd o'i gafael arno mwyach. Fe allai synhwyro hefyd fod rhywbeth mawr yn ei gofidio. Pylodd yr olwg chwaraeus ar ei wyneb.

'Beth sy'n bod?'

Daeth golwg o syndod i'w hwyneb.

'Ydi e mor glir â hynny?'

'Ma' rhywbeth yn dy fecso di, weden i.'

Nodiodd hithau.

'Wes a gweud y gwir.'

'Beth?'

'Gruff, maen nhw'n moyn i fi fynd i Lunden ar unweth.'

'I Lunden?'

'Ie. Wet ti'n gwbod 'mod i fod i fynd at modryb Gwen rywdro.'

'Rywdro, wên. Pam?'

'Mae 'nhad am i fi fynd 'dag e ar y daith nesa—a fe alle hynny fod yr wthnos nesa.'

Ac yn sydyn roedd dagrau yn ei llygaid, a'r tristwch sydyn ar wyneb ei chariad yn bygwth peri iddyn nhw orlifo.

'Wên i'n meddwl na fyddet ti'n mynd tan y gwanw'n.'

'Ma' 'di bod yn hindda fwyn a ma'r borfa'n dechre tiddu—a ma' 'nhad wedi penderfynu cychwyn yn gynnar—a allan nhw ddim aros i gael gwared ohono i!'

'Wy'n siŵr nad ŷn nhw ddim yn moyn iti fynd.'

Sychodd y dagrau â'i bysedd.

'Ond ma' rhaid cael lle i Morus ac Anna Gwndwn nawr maen nhw'n briod.'

'Wy'n gwbod shwd ma' pethe. Nesa at y drws ŷn ni'n dou, roces! 'Da dim mi ddelen i 'dat i Lunden tasen i'n galler!'

'Wnelet ti wir?'

Roedd cryfder annisgwyl yn ei llais, fel petai'n gweld synnwyr yn y syniad, ac erbyn meddwl, doedd dim i'w gadw yntau gartref ar fferm oedd yn rhy fach i'w rhannu rhwng ei frawd ac yntau. Petai'n llwyddo i fynd fe fyddai gwell byd ar ei frawd, ac fe fydden nhw'n dal i weld ei gilydd yn ystod y daith; a phwy a wyddai na welen nhw dipyn o'i gilydd yn Llundain wedi i'w thad fynd 'nôl adref?

'Elin—wy 'di ca'l syniad.'

'Beth?

'Ti'n gwbod taw Elis 'y mrawd fydd in etifeddu'r fferm.'

'Beth am 'ny?'

'A bod 'nhad am i fi roi'r gore i witho ar y fferm a mynd in grydd.'

'Wel?'

'Meddila—fi'n grydd! Ishte ar 'y nghwrcwd drwy'r dydd a gwitho sgidie!'

'Mae wastod eisie sgidie, tra bydd tra'd i ga'l!'

Roedd hi'n ei boeni'n dawel fach ond hon oedd ei ffordd o awgrymu fod un grefft gystal â'r llall. Ond roedd ei eiriau nesa'n syndod iddi.

'Sena i'n moyn bod yn grydd. Wyt ti'n meddwl y cymere dy dad fi i ddysgu bod yn borthmon?'

'Ti'n borthmon?'

'Ie! Wy wedi bod yn meddwl am y peth ers wythnose! Wyt ti'n mynd i Lunden i wneud lle i dy frawd a'i wraig—mi a' inne i Lunden yn borthmon a gadael i Elis ga'l fferm 'y nhad! Wyt ti'n meddwl y cymere dy dad fi?'

Roedd yn bosibilrwydd mor annisgwyl, ac mor gyffrous. Syllodd Elinor i fyw ei lygaid a'i llygaid hithau'n disgleirio.

'Wela i ddim pam lai. Ma' wastod digon o eisie dynon da arno fe. Rhaid iti ofyn iddo fe—a gore po gynta!'

'Fe a' i gwrdd ag e ar yr hewl. Meddyla! Gyda thipyn bach o lwc fe allen ni fod yn mynd i Lunden 'da'n gily' wthnos nesa!'

Fe fu'r gusan yn danbaid ac roedd ei wyneb yn llawn gobaith ac angerdd wrth iddo gilio o'r sgubor ac i gysgod y clawdd cyn mynd i lawr y llwybr i Gas-mael i ddisgwyl am rieni Elinor. Ar ôl taflu cipolwg gofidus dros iet y parc wrth gefn y sgubor rhag ofn fod Morus neu un o'r gweision yn agosáu at y tŷ, edrychodd Elinor yn edmygus ar ei ôl a'i weld yn ddyn cyhyrog a golygus. Os oedd yn gallu bod yn frau ei dymer ar brydiau roedd ei fwynder tuag ati'n ddiamheuol. Ac roedd eu sgwrs fer y prynhawn hwnnw wedi cynnau gobaith yn ei mynwes ac wedi lleddfu peth o'r iselder ysbryd fu'n ei phoeni ers wythnosau. Byth oddi ar pan ddwedodd ei thad wrthi fod y trefniadau wedi'u gwneud iddi fynd i Lundain at ei modryb roedd hi wedi bod yn y falen wrth feddwl y câi ei gwahanu oddi wrth Gruff ymhen ychydig fisoedd. Ac wrth i'r misoedd droi'n wythnosau'n unig roedd ei phryder wedi tyfu'n llethol.

A nawr roedd pryder arall wedi dod arni; fe allai'i thad wrthod cyflogi Gruff ac fe fyddai hynny'n ben ar bethau dros dro. Ond ymhen blwyddyn fe fyddai'n ddigon hen yn ôl y gyfraith i'w phlesio'i hun a phetai'r ddau ohonyn nhw o'r un meddwl fe allai briodi Gruff wedyn heb boeni am ganiatâd ei thad. Fe fyddai'r gobaith hwnnw'n fodd i gynnal ei hysbryd drwy'r misoedd hir yn Cheapside. A bellach roedd gobaith y câi Gruff ddod gyda hi i Lundain, ac wedi cyrraedd yno pwy allai ddweud beth allai ddigwydd?

16

Ni fu rhaid i Gruff aros yn hir cyn gweld poni a thrap Peter Jenkins a'i wraig yn teithio tuag ato. Wrth i'r trap ddod ato cafodd wên gwrtais gan Mrs Jenkins a gostyngodd Peter Jenkins ei ben mewn arwydd o gyfarch.

'Mr Jenkins, Cwm Glas?'

Arafodd y merlyn.

'Ie?'

'Ma'n flin 'da fi'ch poeni chi ar eich ffordd adre, Mr Jenkins —Mrs Jenkins—Gruffydd Llwyd yw'r enw.'

Syllodd y ddau arno'n amyneddgar.

'Wedi dod o Eglwyswrw ydw i i ga'l gair â chi, os ca i.'

Roedd llygaid Mrs Jenkins yn craffu arno.

'Wy 'di clywed yr enw 'na o'r bla'n, wy'n siŵr.'

'O?'

Ei gŵr oedd yn mynegi'r syndod.

'Odyn ni 'di cwrdd erio'd, 'machgen i?'

'Wy i 'di'ch gweld chi droeon in Abergweun, Mr Jenkins; in y farchnad ond sena i 'di siarad â chi erio'd.'

'Wy'n gweld. Wel, ga i ofyn beth yw dy neges i ddod â thi dros Foel Eryr mor hwyr yn y dydd?'

'Wel, a gweud y gwir, whilo am waith ydw i fel porthmon.'

'Porthmon? Wyt ti 'di porthmona o'r bla'n 'te?'

'Nag w, Mr Jenkins, ond wy'n galler marchogeth ceffyl ac wy'n gyfarw'dd ag anifeilied ffarm, ac ma' eisie gweld tipyn bach o'r byd arna i.'

'O.'

'A gweud y gwir yn onest i chi, ma' rhaid i fi ga'l gwaith arall achos dyw fferm 'y nhad ddim yn ddigon mowr i'w rhannu ac fe gaiff Elis y cifan os cymera i alwedigeth arall.'

'A wet ti'n meddwl y bidde bywyd porthmon yn dy siwto, gwlei!'

'Wel, wên, gobitho 'ny 'no, Mr Jenkins.'

'Wyt ti'n folon cer'ed 'da'r da drwy bob tywy' a chisgu ym mola'r claw' pan fydd hi'n rhewi ne'n bwrw eira?'

'Wy'n folon rhoi cynnig da arni, Mr Jenkins.'

'Wyt ti'n meddwl y bydd dy gynnig di'n ddigon da, er nad wyt ti ddim wedi porthmona erio'd o'r bla'n?'

'Alla i ddim gwneud mwy nag addo 'ngore i chi.'

'Hm. Faint o gyflog fyddet ti'n ddishgwl?'

'Wy'n folon dechre ar y gwaelod, 'run peth ag unrhyw un arall yn fy sefyllfa i, gwlei.'

'Hm.'

Nodiodd Peter Jenkins a thewi fel petai'n ystyried y mater ac yn y seibiant gwelodd Mrs Jenkins ei chyfle.

'Ym, Mr Llwyd, ydw i'n iawn i feddwl eich bod chi wedi cwrdd â'n merch ni rywdro?'

Cochodd Gruff.

'Ydych, Mrs Jenkins.'

'Shwd wyt ti'n nabod, Elinor?'

Roedd yn ymwybodol o drem amheus Peter Jenkins arno.

'Mi gwrddes i â hi in y farchnad rywdro.'

'Pan dda'th rhyw feddwyn ar 'i thraws?'

'Wel, ie, fel mae'n digw'dd, Mrs Jenkins'.

'A! Y bachan gas wared o'r trempyn a diflannu cyn i fi ga'l cyfle i ddiolch iddo fe!'

'Ma 'da ni destun diolch i chi, Mr Llwyd, on' wes e, Peter?'

'Hm? O, wes wir! Fe wnest di dro da iawn â hi'r tro hwnnw.'

'A falle dylet ti ddangos dy werthfawrogiad 'nôl, Peter.'

'Esgusodwch fi'n gweud, Mrs Jenkins, ond nid dod i ofyn ffafar wnesum i.'

'Wel, taset ti'n dishgwl hynny fe gelet dy siomi, 'na' hynny'n siŵr! Ar y llaw arall . . .'

Craffodd Peter Jenkins â diddordeb newydd ar y dyn arall.

'Wyt ti'n galler marchogeth, wedest i.'

'Wdw.'

'Ac yn gyfarw'dd ag anifeilied.'

'Wdw.'

'Wyt ti 'di tynnu llo erio'd?'

'Fwy nag unweth.'

'Ac yn barod i gisgu ma's ym mhob tywy' er mwyn gwarchod y da rhag lladron?'

'Wdw, wrth gwrs, beth bynnag sy eisie i ddod yn borthmon.'

'Ac wyt ti'n rhydd i gychwyn ar unwaith?'

'Wdw!'

'O'r gore 'te, bydd o fla'n y Drovers' Arms yng Nghas-ma'l fore dydd Mawrth nesa am wyth o'r gloch, gyda phâr o sgidie mowr ar dy dra'd a chot fowr amdanat ti. Bydd 'da ti bum can milltir o gerdded o dy fla'n cyn gweli di dy fam eto!'

'Fe fydda i ino, Mr Jenkins, a diolch yn fowr!'

'O ie, fe fydd eisie pastwn go braff arnat ti h'ed, rhag ofan cwrddi di â rhywbeth peryclach nag ych wedi'i sbaddu!'

*   *   *

Roedd e wedi treulio'r bore yn arlunio'r traeth yn Wdig o'i sedd o flaen y gaer. Wrth syllu ar y rhimyn gwastad eang filltir o hyd o'i flaen roedd yn amlwg yn fan delfrydol i lanio, a'r dŵr yn ddigon bas i'r llongau gyrraedd y traeth ochr yn ochr â'i gilydd, petaen nhw ond yn gallu pasio'r gaer a'i magnelau duon, bygythiol. Crensiodd ei ddannedd wrth feddwl am y peth. Ni fyddai trechu'r tri hen filwr yn anodd i ddyn penderfynol ac arfog; gallai daro'n annisgwyl cyn iddyn nhw gael cyfle i ymarfogi, eu cloi mewn stafell o bosibl neu beri i'r naill rwymo'r lleill o dan orfodaeth ei ddryll. Gorau oll pe digwyddai hynny, doedd arno ddim awydd lladd neb. Roedd wedi cael derbyniad digon cwrtais gan Benson, Mitchell a Rhodes a chroeso i wneud ei waith fel artist heb amau dim.

Hoeliodd ei lygaid ar y llain melyn islaw. Roedd y porthmon Jenkins yn debyg o gychwyn o fewn ychydig ddyddiau, felly byddai rhaid iddo arfer amynedd tan hynny, a rhinwedd anghyffredin braidd oedd hwnnw ymhlith meibion llwyth y Fitzgerald. Ond i liniaru poen y segurdod gallai grwydro rhagor o'r fro—i ben pella'r pentir, er enghraifft, yn y gobaith o weld hwyliau'r Ffrancod yn agosáu. Gyda lwc, byddai amser ganddo wedyn i garlamu i Abergwaun ac ymosod yn sydyn ar y gaer cyn i neb wybod beth oedd yn digwydd. Ar ôl cipio'r gaer gallai dyn penderfynol gadw

133

torf o filwyr yn ôl ag ergydion o ddryll nes y byddai'r Ffrancwyr wedi glanio, a phetai'n torri'r bompren simsan dros y dibyn rhwng y gaer a'r tir mawr byddai'n amhosibl i neb ei drechu. A sut bynnag, wedi iddo ddifa'r gynnau mawr ni fyddai'r gaer fawr o werth i'r milisia lleol wedyn.

Cyffrôdd wrth glywed sŵn crensian graean ar y llwybr garw y tu ôl iddo; trodd ei ben yn siarp.

'A! Corporal Benson! Yr union ddyn!'

'Syr?'

'Mae gen i gynnig i'w roi i chi.'

'Syr?'

'Hoffech chi i mi dynnu llun o'r tri ohonoch chi gyda'ch gilydd?'

Syllodd y milwr arno'n syn gan lyfnhau'i fwstás yn feddylgar. Crychodd corneli'i lygaid mewn gwên o falchder.

'Llun ohonon ni, syr?'

'Yn hollol. Rhywbeth i chi gadw ar fur y gaer i ddifyrru'r gaeaf.'

'Wel, wn i ddim, syr. Beth ddwede'r cyrnol, 'sgwn i?'

'Mi fydde'r cyrnol wrth 'i fodd, Corporal, fod 'i ddynion mwya profiadol yn cael teyrnged haeddiannol!'

'Wel os ych chi'n gweud, syr . . .'

Cyn pen dim roedd y corporal a'r ddau filwr yn sefyll yn eu sgarlad a gwyn milwrol. Roedd y tri wedi arfer â sefyll yn llonydd wrth warchod ac fe fu hyn yn fantais i Edward a llwyddodd i orffen y darlun mewn amser byr. Pan ddangosodd y llun siercol roedd y tri wrth eu boddau, Benson yn y canol, yn dal a chyda mwstás hir, a'r ddau arall bob ochr iddo a'r naill yn fyr a thew a'r llall yn dalach a meinach. Oni bai na feiddiai wneud y fath gynnig haerllug i ŵr bonheddig fe fyddai Benson wedi dymuno cynnig prynu diod i'r artist yn y Ship y noson honno.

Roedd y tri mor ddiolchgar am y llun ar fur eu stafell fyw pan ymadawodd Edward â nhw nes bod y gobaith na fyddai angen iddo'u cam-drin yn gryfach nag erioed yn ei galon.

Roedd ganddo lun arall i'w ddangos i'r tafarnwr y prynhawn hwnnw, a lledodd gwên o syndod ar draws wyneb John Mathias pan adnabu'r hen wreigan yn y llun, sopen dew, droednoeth mewn pais a betgwn a siôl lwyd am ei hysgwyddau a het o frethyn llwyd yn lledguddio'i gwallt brith. Ar un o'i breichiau trwchus roedd ganddi fasged a phennau dau geiliog marw'n pwyso dros yr ymyl. Roedd y wên ar yr wyneb rhychiog yn datgelu un dant a'r direidi yn y llygaid yn awgrymu iddi fod yn dipyn o haden flynyddoedd 'nôl.

'Wel i jiw jiw, yr hen Miriam!'

'Chi wedi'i nabod hi, Mr Mathias.'

'Allwn i ddim peido, syr. Ych chi wedi'i dala hi i'r dim!'

Cyn pen dim roedd llun yr hen wraig yn sefyll mewn man amlwg ger y bar, yn destun syndod ac edmygedd i bawb, ac yn brawf o ddawn ddiamheuol y bonheddwr o artist yn eu plith.

Roedd hi'n gymylog fore trannoeth a'r lleithder cyfarwydd yn gafael ym mêr esgyrn dynion. Brecwasta ar fara a chaws a chwrw a chael ei demtio wedyn i rostio'i grimogau o flaen tanllwyth o dân ond nid bore i segura oedd e mewn byd mor helbulus ac anturus. Fe allai'r llynges fod ar ei ffordd yno'r funud honno ac yntau heb wneud unrhyw gyswllt â'r radicaliaid gwrthryfelgar. Ond roedd y gobaith am gychwyn ymhen tridiau'n ei gyffroi ac yn dweud na fyddai hi ddim yn hir wedyn cyn i fyddin o Ffrancod lanio a chodi dychryn ar elynion Cymru ac Iwerddon.

Roedd y gaseg winau'n fywiog o dan ei lwynau wrth iddo duthio o fuarth y tafarndy fel petai hithau'n llawenhau o gael ei gollwng yn rhydd o garchar y stabl ac yn taflu ei phen mewn balchder wrth fynd ar hyd y briffordd i gyfeiriad y gorllewin. Dyna pryd y cofiodd ei bod yn fore Sul wrth weld pobl ar eu ffordd i addoldai'r dref, ond roedd hi'n rhy hwyr i droi 'nôl i eglwys y plwyf heb siomi'r gaseg oedd yn amlwg wrth ei bodd yn canmol ei thraed. Ar un olwg byddai wedi bod yn beth doeth i fynd i'r gwasanaeth boreol er mwyn creu argraff dda ond gan na fyddai yn yr ardal am amser hir prin yr oedd yn werth poeni am hynny nawr.

Dechreuodd y ffordd ddisgyn ac yna'n sydyn roedd hi'n gwyro'n ddramatig i'r chwith ac i'r dde cyn croesi'r traeth i bentref Wdig, os gellir galw dau dŷ tafarn a dyrnaid o dai'n bentref.

Oedodd wrth y Rose and Crown ac yna trodd i'r chwith gan fwriadu dringo i'r pentir lle gallai gael golwg dros y môr, ond dysgodd cyn hir fod y ffordd yn hirach ac yn fwy troellog na'r disgwyl a hynny rhwng gwrychoedd uchel. Dyna un o gyfraniadau'r Saeson i ddiwylliant y cenhedloedd, meddyliodd, codi gwrychoedd o amgylch pob darn o dir a rhwng caeau â'i gilydd fel petai preifatrwydd yn un o angenrheidiau pwysicaf bywyd. Mor wahanol oedd hynny i diroedd agored y Cyfandir ac yn fwy gwahanol byth i lawntiau agored trefi Lloegr Newydd a Vermont a Pennsylvania a Québec lle byddai ffens o goed yn sarhad ar gymdogion ac yn difetha'r ymdeimlad o gymdogaeth dda.

Gyda hyn daeth y ffordd yn fwy gwastad a gallai edrych dros ymyl y gwrychoedd ar y caeau. Roedd y tir yn fwy gwastad erbyn hyn â darnau o greigiau'n ymwthio i'r lan yn awr ac yn y man gyda godreuon o eithin a rhedyn crin o'u cwmpas. Roedd 'na ffermydd hefyd wedi'u gwasgaru yma a thraw ac yn cysgodi tu ôl i amddiffynfeydd o goed noethlwm, a gwartheg duon yn tywyllu'r borfa. Roedd yn syndod eu gweld allan ganol gaeaf ac nid yn llechu yn y beudai, ond erbyn meddwl, a'r porthmon ar fin ei chychwyn hi i Lundain, roedd yn amlwg fod y gwartheg Cymreig yn ddigon gwydn i wrthsefyll gerwinder y tywydd. Tybed a welai rai o'r rhain yn cael eu pedoli yn ystod y dyddiau nesaf?

Daeth eglwys Llanwnda i'r golwg yn y man, adeilad llai na'r arfer a golwg traul canrifoedd ar y meini oedd yn frith gan gen a mwsogl ac iorwg. Ond cyflymodd curiad ei galon pan welodd rimyn o fôr yn y pellter rhyw filltir a hanner y tu draw iddi.

Llwyd oedd y môr hefyd, llwyd ac oer yr olwg a'r lliw'n awgrymu na fyddai dyn byw'n hir ar ôl syrthio i'w afael. Pan oedd yng Ngogledd America ddegawd yn ôl clywsai sôn am ddynion yn syrthio i'r môr ganol gaeaf ger Labrador ac yn rhewi i farwolaeth cyn cael amser i foddi. Roedd y tir rhyngddo a'r môr yn rhyfedd o wastad wrth iddo deithio tuag at y lan a gallai'r gaseg symud yn gyflym. Ond bu rhaid iddo arafu wrth weld llwybr serth o'i flaen yn disgyn obry at nant cyn dringo'n uchel yr ochr draw at ddarn gwastad arall. Ond roedd y gaseg yn gadarn ei throed ac ni fu'n hir yn cyrraedd y pentir pellaf.

Disgynnodd ac arwain y gaseg ymlaen nes y gallai weld i lawr at y dŵr o dano. Safodd hithau o dan gyffyrddiad ei law a'i hanadl yn codi'n anwedd o'i ffroenau ar ôl ei hymdrechion. Doedd yr arfordir ddim yn olygfa gyffrous, y môr yn estyn yn llwyd a llonydd nes toddi yn y cymylau yn y pellter, a rhyw damaid o fae cul a charegog ar y llaw dde, wedi'i amgylchynu â chlogwyni llwyd-ddu. Hwn fyddai'r man diwethaf a ddewisai i lanio cwch heb sôn am geisio dod â byddin yno i oresgyn gwlad.

Dyna pryd y synhwyrodd fod rhywun yn ei wylied.

'Hylô 'na!'

Doedd hi ddim yn anodd adnabod y ffigur bachgennaidd oedd yn marchogaeth tuag ato gyda'i wallt du hir a'i wyneb bochgoch, ffigur a ffrwynodd ei farch yn ddeheuig cyn codi'i law dde mewn saliwt.

'A! Cyrnol Knox! Mae'n dda gen i gwrdd â chi eto!'

'Arglwydd Kilrush! Beth sy'n dod â chi'r ffordd yma, os ca i fod mor hy?'

'Cewch â chroeso, Cyrnol. Dod am dro i weld tipyn o'r wlad a meddwl tybed a welwn i Iwerddon dros y môr?'

'Welwch chi mo Iwerddon o'r fan yma; fe fydd rhaid i chi ddringo i ben un o foelydd y Preselau, Moel Eryr draw fan'co, er enghraifft, i weld Iwerddon, ond fe fydd rhaid iddi fod yn ddiwrnod arbennig o glir, neu mi allech fynd i ben y Garn Fawr draw ffor'co, a chyda lwc, weld mynyddoedd Wicklow yn y pellter. Ond os oes hiraeth am Iwerddon arnoch chi, mae arna i ofn y cewch eich siomi heddiw, Arglwydd!'

'Hiraeth? Nid mor fuan â hyn, Cyrnol. A heblaw hynny, mae'ch gwlad chi'n llawer rhy ddiddorol imi feddwl am ei gadael cyn gweld llawer mwy ohoni!'

'A thynnu rhagor o lunie ohoni?'

Gwenodd Edward, yna difrifolodd ei wyneb.

'Y llunie. Roeddwn i wedi meddwl gofyn am eich caniatâd yn gynta cyn tynnu llunie yn y gaer. Gobeithio nad ydw i ddim wedi tramgwyddo.'

'Ddim mewn unrhyw fodd, Arglwydd Kilrush. Welais i ddim tri cheiliog balchach erioed na'r tri 'co yn y gaer!'

Trodd ben y gaseg a rhoi'i droed yn y warthol a dringo ag un naid. Yna gwenodd ar Knox.

'Dwedwch wrtho i, Cyrnol, oes 'na well golygfa o'r pentir pella 'co?'

Dilynodd Knox gyfeiriad y llaw.

'O Ben Caer, chi'n feddwl?'

'Ie, os dyna'r enw.'

'Wel, fe welech yn bellach i'r de, wrth gwrs, i gyfeiriad Tyddewi, a'r llonge'n croesi i Abergwaun o Iwerddon.'

Ysgydwodd y gaseg ei phen fel petai'n awyddus i symud a thawelu wedyn wrth i Edward anwesu'i gwâr.

'Mae'n siŵr fod gyda chi rywun yn cadw gwyliadwraeth o Ben Caer felly?'

'Pam y dylwn i wneud hynny, Arglwydd?'

Craffodd Edward ar y llall; ai trio bod yn dwp oedd y dyn neu beidio?

'O achos y Ffrancod, wrth gwrs.'

'Y Ffrancod?'

'Wyddech chi ddim fod llynges o Ffrainc wedi ceisio ymosod ar Iwerddon ychydig 'nôl?'

'O, y rheiny.'

Roedd dirmyg yn llais Knox.

'Mi glywes i 'u bod nhw wedi ffoi 'nôl tua thre heb danio gwn, y cachgwn!'

'Falle 'ny, ond y stormydd anghyffredin oedd yn gyfrifol am hynny, medden nhw.'

'Beth bynnag yw'r rheswm, dwy' i ddim yn credu fod angen inni ofni llawer, Arglwydd Kilrush, ac os dôn nhw mi fydd Gwirfodd-olwyr Abergwaun yn barod amdanyn nhw!'

'Rwy'n casglu felly na fyddai gyda chi lawer o gydymdeimlad ag awydd y Gwyddelod am ryddid?'

'Rwy'n deyrngar i'r Brenin, Arglwydd Kilrush, fel chi gobeithio.'

'Wrth gwrs, Cyrnol. Ond rwy'n gallu cydymdeimlo â'r awydd am chware teg ymhlith y Gwyddelod oddi wrth y Goron.'

'Chware teg, Arglwydd? Faint o chware teg gafodd fy nhad ar ôl oes o wasanaeth i'r Goron?'

'Gwasanaeth i'r Goron?'

Roedd balchder yn llygaid Knox wrth siarad.

'Ie! Fe oedd Is-ysgrifennydd Gwladol y Trefedigaethe yn America, yr un ola cyn i'r diawched dorri'n rhydd!'

'Nid mab William Knox, ydych chi, does bosib?'

Gloywodd llygaid y cyrnol â balchder.

'Rych chi'n gwybod am 'nhad, Arglwydd?'

'Ydw, wrth gwrs, Cyrnol. Roedd eich tad yn ddyn enwog a phwysig yn 'i ddydd, yn enwedig ar adeg y trafferthion yn America. Mae pawb yn gwybod amdano a'r holl bamffledi a gyhoeddodd. Mae'ch tad wedi gwneud diwrnod caled o waith yng ngwasanaeth y Llywodraeth, Cyrnol.'

'Ydi, a wyddoch chi beth wnaeth y Llywodraeth i ddiolch iddo? Cynnig ei wneud yn farchog, 'na i gyd, am 'i holl wasanaeth! Meddyliwch!'

'Doedd dim llawer o degwch yn fan'na, Cyrnol Knox.'

'Nac oedd, ond mi ddangosodd i'r tacle! Prynu dwy stad yma yng Nghymru, sefydlu Cymdeithas Amaethyddol, a chodi mintai o Wirfoddolwyr! Faint rhagor all dyn wneud i brofi'i deyrngarwch i'r Goron? Hm?'

Bron yn ddiarwybod i'r ddau, roedd y ddau geffyl wedi dechrau tuthio yn eu blaenau i gyfeiriad Wdig. Teimlodd Edward bwl o siomedigaeth. Roedd wedi meddwl y gallai hwn fod â chyd-ymdeimlad ag achos rhyddid Iwerddon ac yntau'n Wyddel; roedd hyd yn oed wedi dychmygu y byddai'r fintai o filwyr o dan ei reolaeth yn barod i ochri gyda'r Ffrancod ac arwain y gwrthryfel ymhlith eu cyd-Gymry yn erbyn y Brenin, neu yn erbyn y Senedd anniolchgar o leiaf. Ac eto, wrth ystyried, doedd y syniad ddim yn amhosibl. Onid oedd yr Americaniaid wedi proffesu teyrngarwch i'r Brenin hyd yn oed yng nghanol eu gwrthryfel yn erbyn *Senedd* Lloegr? Onid oedd ganddo dystiolaeth yn y llythyr yn ei boced fod llawer o Gymry'n dyheu am godi yn erbyn gormes y Sais?

Ond roedd Knox yn siarad fel Sais, neu fel Gwyddel oedd wedi troi'n fwy o Sais na'r Saeson, fel cynifer o'i gydwladwyr, gan gynnwys ei dylwyth ei hun. Ac erbyn hyn roedd wedi lleoli'r dyn ymhlith ei dylwyth. Roedd llwyth y Knoxiaid yn hen deulu Seisnig-Gwyddelig oedd wedi bod yn flaenllaw yn Iwerddon ers canrifoedd fel llwyth y Fitzgeraldiaid a'r Laceys a'r Courcys a'r Cavanaghs. Ac roedd un yn arbennig, William Knox, tad y cyrnol ifanc wrth ei ochr, wedi bod yn swyddog o bwys o dan y Llywodraeth yn ystod rhyfel Annibyniaeth America ac wedi cyhoeddi pamffledi ar bynciau llosg y dydd. Un o'r rheiny oedd llythyr at bobl Iwerddon yn galw am roi'r bleidlais i'r Pabyddion yn Senedd Prydain Fawr gan ddadlau eu bod nhw, fel y Saeson a'r Cymry a'r Albanwyr, yn rhan annatod o'r Deyrnas Gyfunol. Ac er iddo gynghori'r Prif Weinidog, yr Arglwydd North, i gyfaddawdu â'r Americanwyr, dim ond ildio i'r anochel oedd hynny er mwyn cadw cyswllt rhwng y trefedigaethau a'r Goron. Knox oedd wedi cynghori Arglwydd North i osod treth ar y te a fewnforid i America, a chanlyniad uniongyrchol hynny fu'r te parti enwog yn Boston, ond peth anniplomataidd fyddai sôn am hynny wrth y mab. Un peth oedd yn sicr ganddo, na fyddai gan y tad ddim cydymdeimlad ag achos rhyddid Iwerddon. A dyna fyddai agwedd y mab, debyg iawn.

Doedd ganddo ddim cof iddo gwrdd â'r dyn erioed yn Leinster House yn Nulyn ond roedd tylwyth iddo'n ymwelwyr cyson yno yn ystod ei blentyndod. Ond a William Knox yn un o uchel swyddogion y Llywodraeth fe fyddai wedi treulio blynyddoedd ei yrfa yn Llundain. Beth yn y byd oedd ei gyswllt â'r gornel anghysbell hon o Gymru, tybed? Prynu stad yno i'w fab am fod tir yn rhad yn y gongl bellennig honno o'r wlad? Neu, ac yntau wedi gwneud ei yrfa yn agos i goridorau pŵer yn San Steffan, tybed a oedd yn awyddus i gael sedd yn y Senedd ac wedi dewis lle diarffordd fel Sir Benfro gan feddwl ennill sedd yn hawdd?

'Arglwydd Kilrush!'

Cyffrôdd llais ysgafn y cyrnol ef.

'Maddeuwch i fi; roeddwn i'n delwi. Roeddech chi am ddweud rhywbeth?'

'Dim ond meddwl tybed a gawn i'r anrhydedd o'ch cwmni dros ginio heno yn y gwesty?'

'Mi fyddai'n bleser o'r mwya, Cyrnol.'

Taflodd gip i gyfeiriad y Garn Fawr cyn mynd o'i golwg; tybed a gâi gyfle i wylied llynges Ffrainc yn hwylio heibio oddi yno? A thybed a lwyddai i swmpo ychydig ar y Gwyddel ifanc i weld pa mor bell yr estynnai'i Brydeindod mewn gwirionedd?

17

Dwndwr gynnau mawr y gaer a ddeffrôdd Edward ar y bore Llun gan beri i'w galon rasio mewn cynnwrf. Neidiodd o'r gwely a brysio i dynnu'i ddillad amdano, a'i feddwl ar dân. Ai tanio at lynges Ffrainc oedd y gynnau? Os felly roedd honno wedi cyrraedd cyn iddo gael cyfle i'w distewi! Faint o siawns fyddai gan y llongau yn erbyn y drylliau? Ond doedd hi ddim yn rhy hwyr, hyd yn oed nawr. Petai'n marchogaeth i'r gaer gallai gipio'r milwyr yn garcharorion a thawelu'r gynnau nerthol.

Cipiodd ei glogyn a'i het a'u gwisgo cyn cythru am ddrws ei stafell a brasgamu i lawr y grisiau.

'Arglwydd! Arglwydd Kilrush!'

Suddodd ei galon; doedd hi ddim yn anodd adnabod llais uchel Cyrnol Knox. Os oedd hwnnw yno, digon tebyg fod ei ddilynwyr o gwmpas y lle hefyd ac yn paratoi i fynd i'r porthladd, neu i'r gaer. Brasgamodd at y milwr ifanc oedd â diod o'i flaen wrth fwrdd isel ac yn amneidio arno.

'Cyrnol Knox! Beth sy'n digwydd? Pam mae'r gynnau'n tanio? Wyddoch chi?'

'Arglwydd Kilrush, ga i'r hyfrydwch o brynu diod i chi i ddathlu'r achlysur?'

'Achlysur, Cyrnol? Mae arna i ofn nad wy'n deall.'

Roedd y gobaith o weld llynges Ffrainc yn yr aber yn pylu'n gyflym; go brin y byddai Knox, pa mor ddibrofiad bynnag oedd hwnnw, yn hamddena mewn tafarndy petai llongau'r gelyn yn nesáu. Gwenodd Knox a dangos sedd iddo. Eisteddodd gan deimlo ton o siomedigaeth yn dod drosto.

'Mae 'na long newydd gyrraedd o Corc, Arglwydd Kilrush.'

'O, felly wir?'

'Llong ryfel, a chwmni o filisia arni, wedi bod yn gwasanaethu yn Iwerddon a nawr ar 'u ffordd i Ddinbych-y-pysgod am sbelen o orffwys.'

Roedd y newyddion yn syfrdanol; milisia o Corc. Tybed ai'r un rhai fu'n ei erlid o Bantry? A thybed a fydden nhw'n ei adnabod pe gwelen nhw ef? Ond gallai deimlo'n weddol hyderus nad oedd yr un ohonyn nhw wedi dod yn ddigon agos ato i weld ei wyneb yn Bantry ac roedd hi'n nos bygddu pan ddihangodd o'r plasty a losgwyd. Ond fe dalai iddo fod yn ofalus a chadw o olwg y taclau cyhyd ag y gallai, rhag ofn. Ymhen diwrnod neu ddau fe fyddai wedi ymadael â'r ardal. Cadw'n dawel fyddai orau tan hynny.

'Whisgi'n iawn i chi?'

'M? O, ydi, diolch. Hyfryd.'

Cleciad bysedd ac roedd y bwten dew o forwyn y gwesty'n brysio draw â gwydr. Porthodd Knox ei lygaid ar ymchwydd ei mynwes wrth iddi wyro ymlaen i arllwys y ddiod.

'Diolch.'

'Croeso, syr.'

Trodd y ferch i ffwrdd gan wybod ei bod yn ddeniadol i lygaid dynion. Dilynodd Knox ei cherddediad â llygaid barus. Roedd gwên ddeallus yng nghorneli llygaid Fitzgerald pan edrychodd y cyrnol arno'n awgrymog.

'Merched deniadol yma yng Nghymru, Cyrnol.'

Nodiodd Knox.

'Oes wir, ac fe fydd 'na dipyn go lew ohonyn nhw yn Abergwaun heno, os wy i'n deall rhywbeth.'

Oedodd a phan welodd yr edrychiad o annealltwriaeth ar wyneb Fitzgerald aeth ati i egluro.

'Y milisia! Mae'r lifrau'n 'u tynnu nhw, fel cilion i afal pwdwr. Fe fyddan nhw yma yn 'u dwsine heno, gewch chi weld.'

'Rown i wedi anghofio—wrth gwrs—y milisia!'

Gallai fod wedi dweud llawer stori am ferched a milwyr trach-wantus dros gyfnod ei wasanaeth yn America yn ogystal â'r hanesion am greulonderau at y brodorion a'r dynion duon. Roedd Tony, druan, wedi sôn wrtho droeon am ddioddefaint ei bobl yn y taleithiau deheuol, yn cael eu prynu a'u gwerthu fel gwartheg ac roedd yntau wedi clywed a gweld drosto'i hun fel y bu'r gwynion yn gormesu'r Indiaid. Uchafbwynt ei gysylltiad â nhw fu cael ei dderbyn yn aelod o lwyth, ac fe fu'r derbyn hwnnw'n drobwynt yn ei agwedd tuag at ei genedl ei hun a thuag at Loegr. Wrth weld a chlywed am ddioddefaint y brodorion yn America a Canada daeth i deimlo trueni dros ei gydwladwyr Pabyddol a'u dioddefaint yn Iwerddon a nhwythau o dan ormes oherwydd gwahaniaeth iaith a chrefydd yn hytrach na lliw croen. Dyna pryd y ganwyd y pender-fyniad i unioni cam ei gyd-wladwyr rywfodd neu'i gilydd, boed fel aelod seneddol a gwladweinydd neu drwy rym arfau.

Doedd arno ddim awydd sôn am ei brofiadau yn America ar y foment, fodd bynnag, na chwaith am y creulonderau a welodd yn Bantry. A nawr, fe allai'r rhai fu'n gyfrifol am dreisio a lladd ei gyfeillion fod yn Abergwaun! Tynhaodd ei afael am y gwydryn fel petai'n ceisio'i dorri yn ei afael. Yna ymlaciodd.

'Iechyd da, Cyrnol!'

"Na i gyd sy eisie, Arglwydd!'

Bwriodd y ddiod i lawr ei gorn gwddw gan obeithio fod ei weithred yn awgrymu mwynhad ac nid nerfusrwydd.

'Ga i'r fraint o brynu diod i chi, Cyrnol?'

'Wrth gwrs, Arglwydd. Rŷn ni'r Gwyddelod yn gwybod sut i yfed, on'd ŷn ni?'

Amneidiodd Edward ar y forwyn a'i feddwl yn corddi. Roedd Knox yn ddigon parod i arddel ei Wyddeldod, felly, ond pa mor bell yr estynnai'r teyrngarwch hynnw petai'r Ffrancod yn glanio? Ni fyddai'n debyg o arddel y fath ymlyniad a milisia'r Brenin ar fin cyrraedd, ond wedi cael eu cefnau nhw a drôi'i got ym mhresen-oldeb milwyr Ffrainc yn gymysg â Gwyddelod gwlatgar?

'Diolch, Arglwydd, er na alla i aros yma'n hir chwaith.'

Ffugiodd Edward siomedigaeth.

'O.'

'Ond does dim rhaid imi'ch gadael chwaith, Arglwydd. Falle yr hoffech chi ddod gyda fi i estyn croeso i'r milisia?'

Rhoi croeso i'r milisia oedd y peth olaf yr oedd yn ei ddymuno, ond rhaid oedd ufuddhau i'r gwahoddiad.

'Wel ie, pam lai, Cyrnol?'

'A falle gallech chi gael defnydd ar gyfer un o'ch darlunie.'

Roedd llygaid Knox yn pefrio wrth iddo wneud y sylw ac fe wyddai Edward y byddai gwrthod y gwahoddiad yn debyg o beri syndod ac amheuaeth ym meddwl y llall. Roedd i'w ddisgwyl y byddai'r Cyrnol, pennaeth y Fencibles, yn rhoi croeso swyddogol i'r milisia. Byddai'n disgwyl darlun o'r seremoni ganddo cyn diwedd y dydd.

Am yr ail waith o fewn deng munud drachtiodd ei wydr yn wag; yna sychodd ei geg â chefn ei law.

'Wel, 'te, Cyrnol, mi a' i 'nôl papur a phethe ac fe fydda i gyda chi o fewn dwy funud!'

*   *   *

Roedd y milisia wedi ymrestru mewn tair rhes daclus ar y sgwâr pan gerddodd Cyrnol Knox allan o'r gwesty a chamu draw atyn nhw, gydag Edward Fitzgerald wrth ei ochr. Wrth nesu at y milwyr ymesgusododd Edward a sefyll o'r neilltu rhag amharu ar y gweithrediadau. Roedd hefyd yn awyddus i dynnu cyn lleied o sylw ato'i hun ag oedd modd. Aeth o'r neilltu am gryn hanner canllath a sefyll yn agos i dwr o wŷr a gwragedd a phlant oedd wedi ymgasglu yno. Roedd dwy ferch ifanc yn eu plith a gwenodd yn gyfeillgar ar y ddwy cyn troi'i sylw at yr olygfa a dechrau paratoi i olrhain amlinelliad ohoni.

Rhoes Siân bwniad i fraich Elinor.

'Pishyn!'

'Bydd dawel, 'es, fe alle fe dy glywed di!'

Ond gwenu wnaeth Siân a syllu'n chwilfrydig ar y dieithryn prysur.

Roedd hi a Siân wedi dod i Abergwaun y bore hwnnw i werthu

menyn a chaws fel arfer heb ddisgwyl gweld dim anarferol yno. Roedd meddyliau'n rhedeg drwy ben Elinor serch hynny, y daith i Lundain yn cychwyn ymhen deuddydd neu dri, fan bellaf, a'r llawenydd o wybod fod Gruff yn cael cyd-deithio â hi a'r gobaith am gael ei gwmni yn Llundain ar ôl cyrraedd! Roedd y pacio ar gyfer y daith wedi'i wneud yn barod a'r gist yn llawn ac yn barod i'w dodi yn y drol drennydd neu dradwy. A nawr dyma hi'n mynd i'r farchnad, am y tro olaf am fisoedd, digon tebyg. Syllodd o'i chwmpas ar fythynnod tlawd y pentref a cheisio dyfalu sut le fyddai Llundain. Yn ôl yr hanes roedd y lle'n llawn sŵn, gyda cheffylau a cheirt yn symud ddydd a nos, dynion a merched yn gweiddi wrth werthu blodau a bwydydd ar ochr y ffordd, ffatrïoedd yn llenwi'r awyr â mwg. Tybed a fyddai hi'n hiraethu am dawelwch y wlad, a chân adar gwyllt a sŵn dafad yn brefu am ei hoen ac yn hiraethu ar ôl ei mam a'i thad?

Roedd Gruff yn hwyr yn dod i'r dref, meddyliodd, ond rhaid bod ganddo yntau ei baratoadau i'w gwneud ar gyfer y siwrnai. Mor wahanol oedd ei olwg i'r creaduriaid garw ar ganol y sgwâr, gyda'i wyneb glân a'i gadernid naturiol! Roedd Gruff yn gadarn ond yn garedig, yn gryf heb fod yn arw ei ffordd, ac yn anhunanol. Ni allai ei ddychmygu'n gwneud tro gwael â neb, ac yn sicr, ni allai feddwl amdano'n ymddwyn yn greulon, fel y milisia o'i blaen. Fe wyddai pawb fod creulonder a gerwindra'n rhan feunyddiol o fywyd milwyr. Os oedd y sibrydion a glywai'n gywir, roedd y milwyr arbennig hyn yn fwy cynefin â cham-drin a phoenydio'u gelynion na'r rhelyw; yr hanes oedd fod y dynion arbennig hyn eisoes wedi ennill 'enwogrwydd' am dreisio merched.

Nid bod hynny'n lleihau eu hatyniad i'r merched ifainc penwag oedd eisoes yn dechrau ymgasglu ar gyrion y sgwâr â'u llygaid yn fflachio'n edmygus tuag at y milwyr. Teimlodd gryndod o arswyd. Sut y gallai merch barchus ei rhoi ei hun i'r fath fwystfilod?

*   *   *

Wrth osod y papur yn daclus ar ddarn o bren gwastad a dechrau amlinellu'r olygfa ni allai Edward beidio â chrynu â dicter wrth weld y milisia o'i flaen a chofio'r amgylchiadau pan welodd nhw y tro o'r blaen. Roedd sgrechfeydd y merched wrth gael eu treisio a bloeddiadau'r dynion wrth gael eu llindagu'n dal i adleisio yn ei ben. Syllodd yn galed ar yr wynebau heb fod yn siŵr a oedd yn eu hadnabod. Roedden nhw'n rhy aneglur i'w galw i gof yn iawn.

Fflachiodd ei law dros y papur a daeth gwefr o foddhad iddo wrth weld y ffurfiau du a gwyn yn ymffurfio o'i flaen. Drwy ymarfer dros y blynyddoedd roedd wedi dod i weithio'n gyflym a gallai fraslunio golygfa'n rhyfeddol o rwydd. Mater o greu darlun ag awgrym oedd hi yn hytrach na darlunio'n fanwl fel y gwnâi wrth beintio ag olew. Ni fyddai'r olygfa hon yn debyg o aros yno'n hir ac felly siercol ar bapur gwyn oedd y cyfrwng gorau a'r cyflymaf i ddal golygfa mor fyrhoedlog.

Yna gwelodd y rhingyll a llamodd ei galon. Doedd dim modd anghofio'r cochyn barfog a'r pleser dieflig fu'n disgleirio yn ei lygaid yng ngolau'r fflamau oedd yn difa Tŷ'r Abaty yn Bantry. Gallai gofio'r milwr arall hefyd, yr un â phen sgwâr, y bu'n bleser ganddo blannu bwled o dan ei ên a'i fwrw i'r llawr o flaen olion ei anfadwaith mochaidd. Yng ngolau'r dydd gwelodd am y tro cyntaf fod gan y cochyn drwyn fflat, fel petai wedi derbyn ergyd go eger arno, a dwy glust fawr; sylwodd hefyd ar y breichiau cyhyrog, nerthol. Wrth ailafael yn ei waith gallai deimlo llygaid y rhingyll yn craffu arno'r funud honno fel petai'n ei amau. Ni wyddai, fodd bynnag, mai chwilfrydedd oedd yn gyfrifol am yr edrychiad yn gymysg â'r dirmyg a deimlai Evans tuag at ddyn oedd yn dilyn arfer mor fursennaidd â thynnu lluniau. Oni wyddai pawb fod artistiaid yn rhy fenywaidd i ddim? Byddai ychydig ddiwrnodau yng nghwmni dynion o waed coch cyfan fel ei filwyr ef yn ddigon i wneud dyn o'r llipryn gwelw â'i wyneb meddal a'i gnawd gwyn fel cnawd merch!

'*Attention!*'

Ymsythodd y milwyr a thawelu o dan orchymyn eu swyddog wrth i Knox gamu at esgynfan a sefyll arni.

'Catrawd Yeomanri Dinbych a Meirion, syr!'

Rhoes Knox saliwt i'r swyddog—capten wrth ei olwg.

'Diolch, Capten.'

Oedodd ennyd a chlirio'i wddw cyn siarad.

'Ym, ar ran Iarll Cawdor mae'n bleser gen i estyn croeso i Gatrawd milisia Dinbych a Meirion 'nôl i Brydain ar ôl eich gwaith pwysig yn Iwerddon! Rwy'n deall eich bod wedi cael cyfnod llwyddiannus iawn yno, yn gwarchod y wlad rhag gelynion y Brenin! Ac ar ôl eich gwrhydri'n gyrru'r Ffrancod 'nôl o Bantry rwy'n siŵr eich bod yn haeddu tipyn o orffwys a mwynhad, ac mae'n dda gen i ddweud fod pobol dda Abergwaun wedi trefnu croeso arbennig ar eich cyfer, y merched yn enwedig!'

Cododd ton o furmur gwerthfawrogol, isel.

'Felly, fe fydd rhostio ych cyfan yma ar y sgwâr heno a than hynny, wel, mae'r tafarndai ar agor!'

Camodd o'r esgynfan yn sŵn banllefau eiddgar a cherddodd yn hamddenol draw at Edward tra bu'r capten yn gollwng ei filwyr. Gwasgarodd y rheiny'n afieithus i sawl cyfeiriad ac amryw'n llygadu'r merched. Cyn pen dim roedd y tafarndai'n fwrlwm o chwerthin a siarad bras a rhialtwch cyfeddach gyda chymysgedd o leisiau dwfn ac uchel.

Cododd Fitzgerald ei ben wrth i Knox agosáu a rhoi gwên gyfeillgar, gan roi'r gorau i'w waith arlunio.

'Peidiwch â stopio o'm hachos i,' protestiodd y swyddog.

'Rwy i wedi gorffen fwy neu lai, Cyrnol. Hoffech chi gael golwg?' cynigiodd gan droi'r bwrdd i'w wynebu. Lledodd llygaid Knox mewn edmygedd wrth weld y rhesi o filwyr mewn du a gwyn ar y papur, y rhingyll barfog ar un ochr ac yntau'n urddasol amlwg o'u blaen ar yr esgynfan a golwg feinach arno na'r gwirionedd.

'Wel, wir, weles i erioed y fath beth, a hynny wedi'i wneud mewn ychydig funudau hefyd, os ca i ddweud!'

Troellodd Fitzgerald y papur yn rholyn a'i gynnig i Knox.

'I chi, Cyrnol, os leiciech ei gael.'

Roedd y swyddog yn amlwg wrth ei fodd ond cofiodd ei foesau da.

'Na, wir, Arglwydd, eich gwaith chi yw e.'

'Mi fyddwch yn rhoi pleser imi wrth ei dderbyn, Cyrnol. Fe allech ei roi ar fur y gaer uwchlaw'r llun arall os ydych chi'n barnu ei fod yn haeddu hynny.'

'Wel, os ydych chi'n siŵr . . .'

Derbyniodd Knox y darlun gyda diolch ac ymesgusodi gan ddiflannu i gyfeiriad y dafarn ar ôl dweud y dôi heibio eto gyda hyn. Trodd Fitzgerald ei sylw at y digwyddiadau ar y sgwâr. Roedd yn gyfarwydd â gweld ffeiriau yn Iwerddon, gan gynnwys ffeiriau ceffylau ar y Curragh, a doedd dim byd anghyffredin ynglŷn â'r ffair hon ac eithrio bod llawer o filwyr yn crwydro o stondin i stondin i geisio ennill sylw'r merched a chael addewidion i gadw oed yn hwyrach yn y dydd. Ar ben hynny roedd prysurdeb anarferol yng nghanol y sgwâr lle'r roedd ych du cyfan yn cael ei drin gan ddwylo medrus cogyddion milwrol a'i baratoi ar gyfer ei goginio. Eisoes roedd tân o goed yn tasgu o dan gawgaid o ddŵr oedd yn tynnu at y berw i'r cogyddion gael golchi'r ych ar ôl ei flingo a'i ddiberfeddu. Ychydig yn nes draw wedyn roedd offer rhostio wedi'u gosod ar gyfer y ddefod a thanllwyth o goed o dan y groesddarn haearn yn barod ar gyfer ei gynnau. Roedd pen yr ych eisoes wedi'i dorri a'i daflu i ddwylo diolchgar tlotyn ac roedd hen wreigan ddiddanedd wedi derbyn y gwaed mewn cawg i wneud pwdin ohono. Fflach-iodd bysedd Edward at ei offer eto a chyn hir roedd y paratoadau ar gof a chadw ganddo.

Roedd y gyfeddach yn y tafarndai'n tyfu'n fwy swnllyd bob munud a'r chwerthin a'r gwichian yn codi'n uwch. Gallai gofio adegau yn ei fywyd pan fyddai'n gyfarwydd iawn â'r fath olygfeydd, gyda'i gatrawd o wŷr traed yng Ngogledd America yn agos i ddeng mlynedd 'nôl, er na fyddai'n cydyfed gyda'r dynion ac yntau'n swyddog. Roedd wedi hen flino ar y fath olygfeydd, ar foesau llac y merched ac iaith fawdlyd ac anllad y milwyr. Gallai weld milwr boldew a'i fraich am ganol croten ifanc y funud honno, a'i gwefusau a'i bochau'n rhy goch a'i gwisg yn rhy dynn amdani i fod yn weddus. Roedd y ddau'n crechwenu ac yn ymgiprys am gael llond pen o ddiod o botel yng ngafael y milwr a'u chwerthin yn tyfu wrth iddo'i hanner llusgo o'r sgwâr i chwilio am fan mwy preifat a hithau'n protestio'n wannaidd. Cilwenodd ychydig; fe fyddai'r ddau'n rhan o'i gynfas maes o law.

18

Erbyn tri o'r gloch roedd corff yr ych wedi bod yn troelli'n araf uwchlaw'r fflamau ers oriau, a'r rhialtwch yn y tafarndai'n fwy nag erioed. Roedd rhai milwyr wedi bod yn yfed yn ddyfal, yn rhy ddyfal er eu lles, ac erbyn hyn roedd un neu ddau ohonyn nhw'n gorwedd ym mola'r clawdd yn rhochian am y gorau neu'n hercian o gwmpas a'u llygaid yn bŵl ar ôl chwydu'u perfedd i fôn clawdd.

Doedd yr olygfa ddim wrth fodd Elinor; roedd yn gas ganddi weld dynion meddw'n hercian rhwng y stondinau ac yn ymyrryd â'r gwerthu gyda'u sŵn a'u gerwinder ac roedd ofn arni gael sylw o'r math a gafodd y prynhawn hwnnw pan gwrddodd â Gruff am y tro cyntaf. Am un tro yn ei bywyd roedd hi a Siân wedi dod i'r dref ar eu pennau'u hunain, gan fod tad Elinor yn rhy brysur yn paratoi ar gyfer y daith i Lundain. Byddai'i bresenoldeb sylweddol gyda nhw wedi bod yn rhybudd i filwr meddw gadw draw; yn sicr, petai'n sylweddoli fod y milisia wedi dod i'r dref ni fyddai wedi caniatáu i'r ddwy fynd yno.

Y peth arall oedd yn ei phoeni oedd nad oedd Gruff wedi dod ar ôl addo. Ble gallai fod? Byddai wedi bod yn gysur sylweddol i'r ddwy. Penderfynodd roi'r gorau iddi a mynd adre'n gynnar er bod nwyddau yn dal heb eu gwerthu. Byddai'i rhieni'n siŵr o ddeall pan eglurai'r rheswm pam.

Dyna pryd y daeth y meddwyn barfog ar ei thraws a hithau'n clirio. Milwr aflêr a hanner meddw oedd y meddwyn gyda llygaid mochyn a dannedd pwdr mewn ceg fawlyd, barf ddu seimllyd ac arogl baco arno. Pan welodd y ddwy o'i flaen safodd yn simsan ger y stondin gan ymdrechu i ymgrymu'n fonheddig ond yn ansicr. Pan wahoddodd y ddwy i'r dafarn cafodd ateb tawel yn gwrthod ei gynnig a phan wahoddodd eto, gan lafoerio wrth wneud, atebodd Siân yn hysterig gan ddeisyf arno roi llonydd iddyn nhw.

149

'Be ddiawl ti'n ddeud, hogan? Ddim eisio diod?' igianodd.

'Dim diolch, rŷn ni ar fin mynd tua thre, diolch yn fowr i chi am y cynnig.'

'Mynd adra? Mi ddo i hefo chdi, cofn iti gael drwg gin rywun!'

'Na, dim diolch, mi allwn ni edrych ar ôl ein hunen yn iawn.'

Crychodd talcen y milwr ac agorodd ei lygaid mewn syndod. Yna cuchiodd ar y ddwy.

'Be ti'n ddeud? Ma' eisio dyn i edrach ar ôl dwy hogan ddel fel chi'ch dwy! Mi dw i am ddod hefo chi!'

'Popeth yn iawn, gyfaill, mae 'da nhw ddyn i edrych ar 'u hole, diolch yn fowr i chi am eich cynnig.'

'Gruff! Fues i erio'd yn falchach i dy weld ti!'

Duodd wyneb y meddwyn.

'Gruff, ia? Isio dwy hogan, ia? Neu, fydd un yn ddigon iti, hm?'

Gwthiodd y meddwyn ei wyneb yn nes at wyneb gwelw'r dyn ifanc oedd wedi dod i'r golwg wrth ochr Elinor a sgyrnygu orau y gallai.

'Un i chdi ac un i minna, iawn? A mi fydd pawb yn hapus!'

'Well i chi fynd 'nôl at eich ffrindie yn y dafarn.'

Lledodd gwawr goch dros wyneb y milwr a ffromodd.

'Hei! Pwy wyt ti i ddeud wrtha i beth i wneud, hm? Os ydw i eisio hebrwng un o'r genod 'ma adra, 'y musnas i 'di hynny!'

'Nage, wir, fy ffrindie i ŷn nhw.'

'A mi fyddan nhw'n ffrindia i minna ar ôl heddiw, yn enwedig honna hefo'r llygid glas a'r bronna ll . . .'

''Na ddigon, ddyn! Cau dy geg cyn i fi 'i chau hi drosot ti!'

Roedd dwrn Gruffydd yn hofran o dan drwyn y milwr wrth iddo hyrddio'r geiriau ato. Adweithiodd Elinor.

'Gruff! Bydd yn ofalus be ti'n weud, er mwyn popeth!'

'Popeth yn iawn, Elinor, gwell i chi'ch dwy gychwyn eich ffordd. Fe ddo i ar eich ôl mewn muned.'

'Wnei di, wir? Fe gawn ni weld!'

Yr eiliad nesaf roedd bidog wedi'i thynnu o'i gwain yng ngafael y milwr a'i lygaid bach yn craffu ar Gruffydd. Sgrechiodd y ddwy.

'Gruff! Bydd yn ofalus!'

Erbyn hyn roedd torf wedi dechrau ymgasglu yn ymyl y ddau a chododd lleisiau mewn braw wrth weld y fidog. Safodd Gruff ei dir a'i ddyrnau wedi codi.

'Wyt ti'n ddigon dewr a hon'na in dy law! Wyt ti'n ormod o gachgi i wmladd â dwrne, gwlei!'

'Pwy wyt ti'n alw'n gachgi? Wyt ti'n meddwl fod dy ofn di arna i?'

Yr eiliad nesa roedd y fidog 'nôl yn ei gwain ac aeth ochenaid o ryddhad drwy'r dorf. Ond yn yr un symudiad bron roedd y milwr wedi llamu ar y dyn ifanc a'i ddyrnau'n chwifio. Roedd yn ymosodiad mor sydyn nes dal Gruff cyn iddo sylweddoli a pharodd y glec ar ei drwyn iddo waedu. Dyblwyd ef yn ei hanner gan ddwrn caled yn ei ganol. Crechwenodd y milwr a thynnu'i ddwrn 'nôl yn hamddenol ond wrth ystyried ble i roi'r farwol i'r ffŵl oedd wedi herio milwr profiadol teimlodd yntau bwniad ar ei wyneb a ergydiodd ei ben 'nôl nes iddo wegian ar ei sodlau. Duodd ei wyneb mewn cynddaredd.

'Y diawl bach!'

Yna roedd y ddau'n wynebu ei gilydd ac yn taflu dyrnau at ei gilydd yn anhrugarog. Wrth weld Gruff yn rhoi cystal os nad gwell nag yr oedd yn ei dderbyn dechreuodd lleisiau yn y dorf weiddi cymeradwyaeth ac anogaeth.

''Na ti, Gruff bach! Rho di un i'r cythrel!'

'Dysga wers iddo fe, Gruff!'

Ond chafodd Gruff ddim amser i ddysgu gwers i'r milwr wrth i filwr arall gamu heibio a sefyll yn syn.

'Beth uffach sy'n digwydd fan hyn?'

Gwenodd y milwr.

'Sarjant! Mae hwn wedi insyltio'r iwnifform!'

'Beth?'

Culhaodd llygaid y rhingyll a syllodd ar y dyn ifanc, gan nodi'r olwg nerthol yn ei gorff a'i ysgwyddau cyhyrog.

'Insyltio'r iwnifform, ie?'

'Naddo. Dim ond gweud wrtho fe am ad'el llony' i ddwy roces.'

'Dw i ddim eisio clywad!' Gwaeddodd y rhingyll ar ei draws. 'Ma' lot o ddynion dewr wedi aberthu'u bywyda er mwyn yr iwnifform 'na!'

'Dyw hynna ddim yn rhoi hawl iddo fe boeni dwy foneddiges, hyd yn o'd os yw e wedi meddwi!'

'Y corgi bach! Ma' gin ti ddigon i ddeud drosot dy hunan, on'd oes e? Sut leicet ti wisgo'r iwnifform 'ma, m? Ia, sut bydd hynny? Ma' digon o eisio dynion ifanc cryf, tebyg i ti, ar y Brenin!'

Lledodd crechwen dros wyneb y milwr arall.

'Oes wir, Sarjant! Pam na wasgwch chi arno fo i joino?'

'Syniad ardderchog!' Ymbalfalodd y rhingyll mewn poced yn ei got am ennyd. 'Reit 'te'r corgi bach! Dyna swllt y Brenin iti i joino'r armi! Dere, cymer hi!'

Teimlodd Gruff ei wyneb yn gwelwi. Gallai ddychmygu'r driniaeth a gâi petai'n ymuno.

'Dim diolch. Sa i'n dyall dim am wmladd.'

'Fe ddysgwn ni di! Tyd, cymer y swllt 'ma heb wastraffu chwanag o amser.'

'Na wnaf! Porthmon ydw i nid milwr.'

'Fe gawn ni weld ynglŷn â hynny, myn diawl i! Daliwch o, hogia!'

Cyn y gallai Gruff symud roedd tri phâr o freichiau cyhyrog wedi gafael ynddo, ac er iddo wingo cafodd ei orfodi ar ei liniau o flaen y rhingyll.

'Nawr 'te, boi bach, fe gei di'r fraint o joino milisia'r Brenin yn y fan a'r lle. 'Ma ti swllt, ac edrych, ma' pen y Brenin arno fo iti!'

'Na! Gad lonydd iddo fe!'

Trodd y rhingyll ei ben ychydig wrth glywed galwad y ferch ifanc ar ymyl y dorf oedd eisoes wedi dechrau casglu, torf o bobl leol gan mwyaf, yn weision fferm a morynion, ac ambell filwr hanner meddw yn gwasgu croten.

'Pwy yw honna, dy gariad di? Meddylia mor falch fydd hi ohonot ti pan fyddi di'n gwisgo iwnifform y Brenin! 'Ma ti!'

'Na, stopwch e rywun!'

Roedd dagrau yn llygaid Elin wrth iddi weld Gruff yn cael ei wasgu i lawr o flaen y rhingyll ac mi fyddai wedi llamu ar y milwyr oni bai i Siân afael yn ei braich a'i dal 'nôl. Yna gwelodd ddyn bonheddig ei olwg yn sefyll wrth ei hymyl, wedi'i ddenu yno gan y sŵn, y dyn ifanc roedd hi wedi'i alw'n bishyn ychydig oriau yn gynt.

Craffodd Fitzgerald arni'n syn a theimlodd drueni drosti.

'Beth sy'n digwydd yma?'

'Syr, os gallwch chi wneud rhywbeth i'w stopo nhw, maen nhw'n mynd i wasgu ar Gruff i joino'r fyddin yn erbyn 'i ewyllys! Stopwch nhw, plîs, syr!'

Y peth diwethaf yr oedd am ei wneud oedd tynnu sylw'r milwyr ato'i hun ond roedd y ferch yn ymbil mor daer a'i ffrind wrth ei hochr yn porthi a'r dyn ifanc yn amlwg mewn perygl. Gallai ddychmygu'r driniaeth a gâi ganddyn nhw wedi iddyn nhw fynd o olwg y cyhoedd.

'Sarjant! Gwrandewch ar y ferch ifanc, gollyngwch y dyn, wnewch chi?'

Roedd y swllt eisoes wedi'i wasgu i gledr llaw Gruff a'r sarjant yn cau'r bysedd drosto. Syllodd y rhingyll ar y bonheddwr, a gwelodd yr artist fu'n tynnu lluniau'n gynharach. Clemiodd arno'n ddirmygus. Pwy oedd y tipyn pansi hwn yn meddwl oedd e?

'Rhy hwyr, mae e wedi cymryd swllt y Brenin.'

'Yn erbyn 'i ewyllys, Sarjant! Gollyngwch ef, rwy'n crefu arnoch chi.'

Craffodd y rhingyll arno'n fyr ei amynedd.

'Ricriwto dynion i'r milisia ydw i, syr.'

'Os mater o arian yw e mi dala i'n dda i chi.'

'Talu? Glywsoch chi 'na? Trio 'mhrynu i, ia? Mae hyn'na'n drosedd, wyddoch chi 'ny?'

'Sarjant! Mi wn i cystal â chi beth sy'n drosedd yn y fyddin ar ôl pymtheng mlynedd fel swyddog! Mae'r dyn hwn wedi'i wasgu yn erbyn ei ewyllys ac mae hynny'n anghyfreithlon! Nawr, rhyddhewch e neu mi a' i'n syth at Cyrnol Knox!'

Roedd yn ymwybodol o edrychiadau bygythiol y milwr o'i flaen a'r rhai oedd yn gafael yn y dyn ifanc, ac yn ymwybodol hefyd fod rhagor o filwyr wedi cyrraedd ac wedi gwthio'u ffordd drwy'r dorf. Roedd y sefyllfa'n gwaethygu; roedd y gwn yn ddiogel o dan ei got ond byddai'i ddangos yn gamsyniad mawr, yn weithred y gellid ei dehongli fel gweithred o frad yn amser rhyfel. Gallai synhwyro trwy brofiad na phetrusai'r taclau geirwon o'i flaen cyn ei saethu neu'i grogi ar yr esgus lleiaf.

Yna teimlodd newid yn yr awyr a chlywodd sŵn pedolau ceffyl yn nesáu. Ymsythodd y rhingyll a rhoi saliwt wrth i Cyrnol Knox farchogaeth i'r golwg fel ateb i weddi.

'Cyrnol Knox! Mae'n dda gen i'ch gweld!'

Syllodd Knox ar yr olygfa a gweld y dynion benben â'i gilydd, y dyn ifanc yng ngafael y milwyr, a'r gwyliwr ofnus, pryderus o'u hamgylch. Nid oedd angen meddwl yn galed i amgyffred y sefyllfa.

'Arglwydd Kilrush? Oes rhywbeth o'i le?'

'Tipyn bach o gamddealltwriaeth, dyna i gyd, Cyrnol, yntê, Sarjant?'

Meinhaodd llygaid y rhingyll, ac am eiliad cafodd y teimlad nad oedd y bonheddwr bachgennaidd o'i flaen yn gwbl ddierth iddo. Roedd wedi honni ei fod wedi treulio pymtheng mlynedd fel swyddog yn y fyddin a gallai fod wedi cwrdd ag ef yn Iwerddon neu hyd yn oed yn America adeg y gwrthryfel yno. Ond doedd dim amser i ystyried hynny'n awr a'r Cyrnol Knox yn craffu arno, ac os oedd y dieithryn, Arglwydd Kilrush, yn ffrind i'r cyrnol . . .

'Sarjant?'

Cuchiodd Evans a nodiodd yn anfoddog.

'Fel ma'r gŵr bonheddig yn ddeud, syr, tipyn bach o gamddeall-twrieth.'

Amneidiodd â'i ben a gollyngwyd Gruff. Camodd hwnnw ymlaen gan rwbio'i freichiau. Estynnodd ei law at Evans.

'Eich swllt chi, wy'n meddwl, Sarjant.'

Gafaelodd Evans yn y darn arian, ei lygaid yn gynddeiriog â chasineb wrth iddo'i wthio i'w boced. Trodd Gruff ei gefn arno a syllodd i lygaid y cyrnol. Gostyngodd ei ben mewn ymgais i foesymgrymu.

'Diolch yn fowr i chi, syr, sena i fowr o filwr, a gweud y gwir.'

'Nag wyt? Beth wyt ti, felly?' holodd Knox.

'Porthmon, syr, o leia, porthmon fydda i o 'fory mla'n.'

'Porthmon? Hm, mae ysgwydde milwr 'da ti hefyd, tase ti'n lico newid dy feddwl.' Ond gwyddai na fyddai'r dyn ifanc yn debyg o dderbyn y gwahoddiad.

'Ga i ddiolch i chi hefyd, syr, am gymryd fy ochor i?'

'Pleser o'r mwyaf,' atebodd Edward ac aeth ymlaen, 'Porthmon ddwedsoch chi? Falle ca i'ch gweld chi o gwmpas felly gan fy mod i'n bwriadu gwneud llunie o waith y porthmon dros y dyddie nesa 'ma.'

'A llunie da fyddan nhw hefyd, os byddan nhw'n debyg i'r llun ges i gennych chi, Arglwydd!'

'Rych chi'n rhy garedig, Cyrnol.'

'Wel 'te, Arglwydd, beth am wydraid gyda'n gilydd?'

'Byddai hynny'n bleser o'r mwyaf, Cyrnol.'

Arweiniodd y cyrnol ei geffyl wrth ei ffrwyn wrth gydgerdded â Fitzgerald i gyfeiriad y dafarn. Roedd y dyn ifanc—beth oedd ei enw, Gruff—wedi mynd at y ddwy lodes ac roedd Fitzgerald yn ymwybodol o'r edrychiad o ddiolch a llawenydd a roes un o'r ddwy iddo. Roedd hi dipyn yn wahanol i'r merched eraill hynny oedd yn rhodio ymysg y milwyr hanner meddw, ac roedd hud yn ei llygaid, yr un hud ag a welsai yn llygaid Pamela.

*   *   *

Roedd Gruff a'r ddwy ferch wedi diflannu pan ddaeth Fitzgerald a Knox o'r tafarndy. Roedd y rhostio bellach yn cyrraedd ei anterth ac roedd yn bryd iddo ddarlunio'r digwyddiad ar bapur cyn iddi dywyllu gormod.

Ar ôl ffarwelio â'r cyrnol trodd Fitzgerald ei sylw at yr olygfa o'i flaen. Gwelodd y byrddau a'u llwythi o dorthau o fara wedi'u rhwygo'n gylffau garw, yn disgwyl am y golwython o gig ac roedd casgenni o gwrw'n prysur ddisychedu'r milwyr a'u menywod chwarddgar ar eu colau. Ac yna o'r diwedd roedd y cogydd yn trychu tafelli trwchus o'r cig coch a'r rheiny'n diferu saim a gwaed wrth gael eu gosod rhwng y tociau bara a'u cynnig i afael drachwantus y bwytawyr. A thrwy'r cyfan roedd arogl a mwg y tân yn llenwi'r ffroenau ac yn rhoi min ar archwaeth nes bod hyd yn oed Fitzgerald yn awchu am gyfranogi. Ond gwledd i'r milwyr oedd hon, yn dâl am eu gwasanaeth clodwiw yn Iwerddon, ym Mae Bantry ac mewn llawer parth arall, ble bynnag yr oedd merched wrth law i'w treisio a dynion i'w llindagu ar ben draw rhaff. A dyma fe fan hyn yn awr yn gwylied y cyfan ac yn gwrando ar eu bostio ac yn gorfod gwenu drwy'i ddannedd er bod pob greddf ynddo'n gweiddi ar iddo neidio ar ei draed a phlannu bwledi yn safnau'r treiswyr meddw.

A'r uchaf ei gloch oedd Evans y rhingyll cochfarfog, yn bodio bronnau'r ferch o'r dafarn, yn fawr ei sŵn am y llwfrgwn o Ffrancod ym Mae Bantry a giliodd heb roi cyfle iddyn nhw roi crasfa i'r taclau a'r hwyl a gawson nhw wrth gwrso bagad truenus o wrthryfelwyr a'u difa. Ei unig ofid oedd bod un o'r arweinwyr wedi dianc yn nhywyllwch y nos ac na fu'n ddigon agos ato i adnabod ei wyneb.

'A beth nelet ti ag e set ti'n 'i weld e, 'te?' chwarddodd y ferch ar ei lin gan redeg ei llaw drwy'i wallt a chwerthin eto wedyn wrth i Evans dynnu'i fys ar draws ei farf mewn arwydd ddigamsyniol. Roedd erbyn hyn yn rhy feddw i sylwi ar yr artist yn syllu arno â chasineb llwyr yn ei lygaid, artist oedd yn dyfalu a ddôi cyfle byth iddo blannu bwled yn ei wddw yntau.

19

Roedd gwartheg duon Penfro yn enwog am fod yn gerddwyr da, yn wahanol i'r rhelyw o anifeiliaid a fyddai'n cyrraedd pen draw eu taith yn denau a gwanllyd yr olwg. Roedd sôn hyd yn oed fod gwartheg Penfro'n prifio wrth deithio ac yn cyrraedd â golwg raenus ar eu cotiau. Gallai Peter Jenkins gofio gwerthu ych du am ddecpunt yn Barnet yn 1794, digon i fwydo curad am flwyddyn!

Roedd yn fore oer a sych a'r hin yn argoeli'n dda am y dyddiau nesaf. Roedd hynny'n bwysig gan ei fod yn cychwyn yn gynharach eleni nag arfer. A'r gaeaf wedi bod mor fwyn, roedd y borfa wedi dechrau tyfu gryn fis yn gynt na'r arfer, dyna a'i perswadiodd i fynd mor gynnar yn y flwyddyn, oherwydd, heb borfa ar ochr y ffordd i'r gwartheg ei phori ni fyddai gobaith eu bwydo yn ystod y daith. Roedd yn falch i allu cychwyn yn gynnar oherwydd y sefyllfa gartref a'r angen i Elinor symud i fyw at ei modryb yn Llundain i wneud lle i Morus ac Anna. Roedd wedi ofni trafferth gydag Elinor ond roedd hi wedi cytuno'n syndod o ddi-gŵyn. Rhyfedd meddwl fod dinas fawlyd, afiach fel Llundain yn atynfa i bobl ifainc!

Roedd e wedi derbyn neges oddi wrth yr Arglwydd Cawdor y Sadwrn blaenorol yn gofyn iddo gwrdd ag e y dydd Mawrth canlynol yn Hwlffordd gydag addewid am gwdyn o sofrenni a bil neu ddau i'w talu ar ei ran yn Llundain. Roedd yn fater o falchder personol iddo fod gan Cawdor gymaint o ffydd ynddo, ond roedd enw da gan borthmyn Cymru, ac er bod ambell ddafad ddu yn eu plith fe wyddai'r byddigion eu bod yn bobl onest a chyfrifol, yn ddynion o fodd a safle mewn cymdeithas. Wedi'r cyfan nid ar chwarae bach y byddai dyn yn mynd yn borthmon; byddai rhaid iddo dreulio blynyddoedd yn dysgu'r alwedigaeth a boddhau ynad heddwch cyn cael trwydded, ac ni châi neb drwydded i fod yn borthmon cyn cyrraedd ei ddeg ar hugain. Roedd bod yn borthmon yn golygu perthyn i frawdoliaeth ac iddi ei rheolau a'i safonau o ran gonestrwydd a theyrngarwch a glendid ymarweddiad. Fe wyddai'r dynion oedd wedi bod gydag ef o'r blaen nad oedd croeso i feddwdod nac iaith anweddus pan fydden nhw'n gweithio iddo fe. A'r tro hwn, wrth gwrs, fe fyddai llai o groeso i iaith anweddus nag erioed ag Elinor yn teithio gydag ef.

Erbyn meddwl roedd y dynion bron i gyd wedi bod gydag ef o'r blaen, Twm, Ifan, Ianto a Glyn, ar wahân i'r dyn newydd o Eglwyswrw, hwnnw a achubodd gam Elinor yn y ffair 'slawer dydd. Fe fyddai angen ei gyfarwyddo ynglŷn â'i waith. Ond, a barnu wrth ymarweddiad y dyn hyd yn hyn, roedd yn grwtyn digon ffein a chwrtais er ei fod o gefndir tlawd.

Roedd pethau'n mynd i fod ychydig yn wahanol y tro hwn hefyd oherwydd presenoldeb y bonheddwr o artist. Gallai fod yn hyderus na ddôi iaith fras na rheg o'i enau yntau pan fyddai Elinor o gwmpas.

Roedd y syniad o gael dyn yn gwneud lluniau o'r daith yn un digon rhyfedd, doniol a dweud y gwir, ond roedd y cyfoethogion yn gallu fforddio gwneud pethau gwahanol i bobl gyffredin, fel teithio'r cyfandir am fisoedd bwy'i gilydd, diota a hapchwarae tan oriau mân y bore, mynychu theatrau Llundain a Bryste a Chaerfaddon, ac roedd hwn, fel cymaint tebyg iddo, yn ddigon cyfoethog i allu treulio'i ddyddiau'n dilyn ei hobi heb angen ennill ei fara beunyddiol drwy lafur caled a chwys ei dalcen.

Nid bod y daith hon yn mynd i fod yn bleser i gyd yr adeg hon o'r flwyddyn, ond roedd golwg ddigon cryf a chyhyrog ar y bonheddwr a'i osgo filwrol yn awgrymu blynyddoedd o ymgaledu a chynefindra â gerwinder gaeafau Prydain.

Gobeithio y byddai'r gweithiwr newydd yn gallu ymdopi â'r oerfel. Gallai'r tywydd newid yn ddirfawr yn ystod y chwe wythnos a gymerai i gerdded y gwartheg i Lundain a phetai eira trwm yn disgyn fe fyddai ganddo ddigon o amser i edifarhau am gychwyn mor gynnar yn y flwyddyn. Ond fe fyddai croeso mawr i yrr o wartheg duon Penfro yn Llundain ac arian mawr i'w ennill er y byddai nifer y gwartheg dipyn yn llai nag arfer, tua chant a hanner i gyd, ond byddai hynny'n hen ddigon pe trôi'r hin yn arw. Roedd wedi treulio'r diwrnod blaenorol yn casglu gwartheg ac ychen o'r ffermydd cyfagos a'u cadw dros nos mewn cae go fawr y tu ôl i'r Drover's Arms, bwthyn unllawr â tho gwellt a muriau gwyngalchog a thyllau bach o ffenestri. Ac roedd y pedolwyr wedi bod wrthi'n brysur trwy'r dydd yn arfer eu crefft. Heddiw fe fyddai rhagor o wartheg yn cyrraedd a rhagor o waith pedoli i'w gyflawni. Fe ddylai'r gwaith orffen cyn nos a chyda lwc fe fydden nhw'n gallu cychwyn yn gynnar fore trannoeth.

Yr unig beth oedd yn ei boeni oedd fod y dyn newydd heb fod yn agos i'r lle ddoe o gwbl. Os oedd hwnnw wedi newid ei feddwl, ond heb roi gwybod iddo, fe fyddai'i anghwrteisi'n peri anhwylustod mawr. Roedd yn ei mentro hi wrth fynd gyda chyn lleied o ddynion a go brin y câi afael ar neb arall ar rybudd mor fyr. Eisoes roedd y pedolwyr wedi dechrau paratoi ar gyfer gwaith y dydd, tra oedd

dynion eraill yn cario gwair i'r gwartheg ac yn hebrwng y rhai oedd
i'w pedoli i gae cyfagos.

Pan gamodd Gruff Llwyd yn dalog i olwg sgwâr Cas-mael y bore
hwnnw, prin y gallai fod wedi disgwyl gweld cynifer o wartheg ac
ychen yn brefu ac yn anadlu'n swnllyd a'u hanadl yn codi'n
anwedd gwyn yn oerni'r bore, a chorgwn yn cyfarth wrth eu sodlau.
Ar amcangyfrif brysiog gwelai dros gant o wartheg yno o leiaf,
gwartheg a bustych duon yn bennaf ac ambell fuwch fyrgorn â chot
o rawn cochlyd yn eu plith. Safodd yn syn am foment wrth glywed
y cyfarth a'r brefu a'r lleisiau'n galw; yna gwelodd y porthmon a
brysio draw ato.

'Bore da, Mr Jenkins. Gobitho nad ydw i ddim in hwyr.'

Trodd y porthmon ei lygaid tywyll arno heb wên i ateb gwên y
llall.

'Ble wet ti dwe, gwed?'

'Dwe? Gartre in paratoi.' Daeth syndod dros wyneb Gruff. 'Nid
dwe wedoch chi, does bosib?'

''Na beth feddiles i 'mod i 'di gweud, 'no.'

'A finne'n meddwl in siŵr ta' bore heddi wedoch chi. Ma'n flin
iawn 'da fi, Mr Jenkins.'

'Wel, gan dy fod ti 'ma, cistal iti ddechre helpu, gwlei. Cer di draw
at Twm fan'co a gwed pwy wyt ti a'i helpu i fwydo'r gwartheg yn
y ca' pella 'co.'

Ni ddaeth gair o faddeuant nac o amheuaeth o eglurhad y dyn
newydd. Roedd Peter Jenkins wedi arfer ystyried fod y dyn nesa yr
un mor onest ag yntau, hyd nes y câi brawf i'r gwrthwyneb. Os oedd
y dyn wedi gwneud camsyniad neu os bu camddealltwriaeth, boed
felly. Ac wrth weld Gruff yn camu draw at Twm, yn eiddgar am
waith, roedd yn fodlonach nag yr oedd wedi bod ers cryn awr a
hanner.

'Peter Jenkins! Ŷn ni'n barod i ddechre nawr os licwch chi.'

Nodiodd y porthmon ei ben a meddai'n swrth.

'Gore po gynta, 'te, Wil.'

Roedd yn falch fod y dynion i gyd yno a'i fod yn gallu ymddiried
y gwaith i'r pedolwyr a'r dynion eraill gan fod ganddo gant a mil o

bethau i'w gwneud cyn cychwyn fore trannoeth. Yn un peth, roedd rhagor o wartheg i'w casglu o fferm neu ddwy yn ystod y bore er mwyn eu pedoli yn ystod y prynhawn. Ar ben hynny roedd angen iddo farchogaeth i Hwlffordd erbyn dau o'r gloch i gael yr arian oddi wrth yr Arglwydd Cawdor. Byddai'n nosi erbyn iddo gyrraedd adref. Cododd ei law mewn arwydd o ffarwél, arwydd oedd yn dynodi ei ymddiriedaeth yn ei ddynion, a chamodd i gyfeiriad ei geffyl oedd yn sefyll wrth bostyn o flaen y tafarndy.

Dyn canol oed, tew oedd Twm, gyda phen oedd bron yn foel, dwy glust enfawr, yn llawn blewiach, a llygaid llwyd. Roedd croen ei wyneb fel lledr a'i farf yn denau a brith, a'i ddwylo'n arw oherwydd gwaith caled. Roedd ei ddillad fel dillad y rhelyw o weision fferm—cot fawr yn cuddio crys brethyn—a gwisgai grafát am ei wddw a phâr o legins brown am ei goesau.

'Ym, esgusodwch fi, chi yw Twm, ife?'

Safodd Twm â llwyth o wair ar ei bicwarch wrth glywed y cyfarchiad. Syllodd ar Gruff am eiliad ac yna aeth ymlaen i wasgar y gwair o flaen twr o wartheg cyn ateb.

'Pwy wyt ti, 'te?'

'Gruff Llwyd, wy'n dechre gyda Mr Jenkins heddi i fynd yn borthmon, a mi wedodd wrtho i am ddod draw atoch chi i roi help llaw.'

Trawodd Twm ei bicwarch i sypyn arall o wair a'i godi.

'Eisie bod yn borthmon, ife?'

'Ie.'

'O ble ti'n dod?'

'O Eglwyswrw.'

'O! Wên i'n meddwl nad un o ffor' hyn oet ti. A wes picwarch 'da ti?'

'Na wes.'

'Cer draw at y drol 'na, falle ffindi di un yno.'

*   *   *

Fe fu'n bwydo'r gwartheg am gryn hanner awr ac roedd wedi ennill ei wres erbyn y diwedd. Wrth gario'r gwair edrychodd o'i gwmpas gan gofio digwyddiadau'r diwrnod blaenorol. Diolch byth, doedd y milwyr ddim yn debyg o ddod i Gas-mael; roedden nhw naill ai'n dal i gysgu yn eu meddwdod neu'n martsio i gyfeiriad Hwlffordd a Dinbych-y-pysgod erbyn hyn. Hawdd y gallai yntau fod yn eu plith oni bai am y dieithryn a ymbiliodd ar ei ran wrth y cyrnol ac roedd wedi gorwedd ar ei wely gwellt yn arswydo rhag y dynged honno am amser hir y noson gynt. Hynny, a chofio am Elinor a'r arswyd yn ei llygaid wrth ei weld yng ngafael y milwyr a'r llawenydd ar ei gwedd pan gafodd ei ryddhau.

Roedd wedi hebrwng y ddwy adref i Gas-mael cyn ei bwrw hi 'nôl dros y Foel i Eglwyswrw er mwyn treulio'r noson gyda'i deulu. Cyn iddo ymadael â'r ddwy, fodd bynnag, fe gafwyd dealltwriaeth na fyddid yn sôn am y digwyddiad rhyngddo a'r milwyr rhag ofn i rieni Elinor ddyfalu fod ei bresenoldeb yn y dref yn fwy na chyd-ddigwyddiad. Petai ei thad yn dod i wybod am eu carwriaeth fe fyddai'n ddiwedd ar ei yrfa borthmonaidd cyn iddi ddechrau. Yr unig ofid nawr oedd y digwyddai i rywun sôn amdano a'r milwyr yn ystod y dydd; ar y llaw arall, digon tebyg y byddai Peter Jenkins yn rhy brysur i wrando ar glecs yr ardal. Nid oedd yn disgwyl gweld Elinor y diwrnod hwnnw gan ei bod yn bwriadu treulio'r dydd gyda'i mam, gan wybod yr âi talm o amser heibio cyn y gwelen nhw'i gilydd eto.

Trawodd Twm bigau'i bicwarch i'r dywarchen feddal o'i flaen.

'Reit 'te, Gruff Llwyd, cystal inni fynd i helpu 'da'r pedoli, gwlei. Gwed wrtho i, wyt ti 'di cwmpo buwch erio'd?'

'Naddo, ond wy 'di weld e'n ca'l 'i wneud, droeon.'

'Wel, dyma dy gyfle i weld crefftwr wrthi!'

Roedd Gruff wedi gweld pedoli o'r blaen ond roedd yn dal i ryfeddu at ddeheurwydd a medr y cwympwyr a'r pedolwyr bob tro. Ond hwn oedd y tro cyntaf iddo gael cymryd rhan yn y gwaith.

Roedd y gwartheg oedd i'w pedoli wedi'u cadw mewn cae â chloddiau o gerrig o'i amgylch. Y cam cyntaf oedd arwain un o'r anifeiliaid o'r cae draw at y pedolwyr prysur. Estynnodd Twm ddarn o raff tua phymtheg troed o hyd o'r drol a gwneud cylch wrth un pen iddi. Syllodd ar y gwartheg, yna pwyntiodd at y glwyd.

'Reit 'te, Gruff Llwyd, agor di'r iet ddigon i adael un fuwch drwodd i fi gael ei rhaffu.'

Os oedd y dreisiad yn gyndyn i adael ei chymheiriaid, chafodd hi fawr o gyfle i ddangos hynny wrth i raff Twm ddisgyn dros ei chyrn a'i thynnu ymlaen i gyfeiriaid y llawr pedoli wrth gefn y dafarn i ddisgwyl ei thro.

Roedd treisiad arall yn cael ei phedoli o'u blaen, yn gorwedd yn llonydd yn y llaid, a'i chyrn pigog wedi suddo i'r ddaear a choes ôl a choes flaen wedi'u clymu at ei gilydd ac wedi'u bachu wrth ddwy fforch haearn ryw dair troedfedd o hyd. Roedd y gof wrthi'n hoelio'r carn olaf.

'Reit, ewch â hi 'te.'

Trodd ei gefn ar y dreisiad a chamu i ffwrdd wrth i ddau gynorthwywr gamu ati. Datododd y ddau'r rhaffau a thynnu'r ddwy fforch i ffwrdd gan gamu 'nôl yn gyflym. Pan sylweddolodd y dreisiad fod ei choesau'n rhydd chwipiodd yr awyr gan gicio'n wyllt, yna troes ar ei hochr a chodi mewn symudiadau cyflym. Byddai wedi carlamu'n wyllt 'nôl i'r cae oni bai am y rhaff am ei chyrn a'i gorfododd i ddilyn y rhaffwr i gorlan arall lle cafodd ei rhyddid o'r diwedd.

Yna tro'r dreisiad dan reolaeth Twm oedd hi. Amneidiodd ar Gruff,

'Reit, dal di'r rhaff 'ma'n dynn.'

Gafaelodd Gruff yn y rhaff yn eiddgar yn ei awch i wneud ei ran. Camodd tuag at y dreisiad wrth dynnu'r rhaff tuag ato. Yn rhy hwyr sylweddolodd, wrth i'w droed lithro odano, ei fod wedi sangu mewn pentwr bach crwm o dom da ac aeth ar ei hyd yn y llaca. Yr un pryd tynnodd y fuwch ei phen 'nôl a chipio'r rhaff o'i afael gan beri i'r cwmpwyr neidio i'r ochr wrth i'r cyrn blaenllym anelu'n beryglus o agos at ei wyneb.

'Y diawl twp! Bydd yn fwy gofalus! Fuodd hon'na jyst ag agor 'y moch i!'

Peth tra diflas oedd gorwedd yn y llaca oer a theimlo'r lleithder

162

yn treiddio drwy'i drowsus; ac yn ogystal â rhegfeydd y cwympwr roedd chwerthiniad uchel Twm yn ei glustiau.

Erbyn iddo godi ar ei draed a'i wyneb yn goch, a cheisio sychu peth o'r baw oddi ar ei ddillad roedd Twm wedi gafael yn y rhaff a llonyddu'r dreisiad. Arweinodd hi 'nôl ato a'i lygaid yn pefrio.

'Mae'n sobor o flin 'da fi,' dechreuodd Gruff gan deimlo'n lletchwith ac yn ddibrofiad, 'Mi fydda i'n fwy gofalus y tro nesa.'

'Byddi, gobitho!' Roedd cerydd yn llais Twm, ond lliniarwyd hwnnw wrth i oslef ei lais droi'n fwynach. 'Paid â becso am dipyn bach o dom da, ddyn, fe gei di sawl codwm arall cyn diwedd y daith. Heblaw 'ny, alli di ddim cyfri d'hunan yn borthmon iawn nes dy fod ti 'di ca'l tipyn o dail gwartheg drosot ti!'

Roedd Gruff yn benderfynol nad âi dim o chwith y tro hwn a throdd ben y rhaff ddwywaith am ei arddwrn chwith cyn rhoi plwc sydyn arni a thynnu'r dreisiad ymlaen. Pan oedd pen y dreisiad yn hollol lonydd camodd y ddau bedolwr ati ac estyn y ddwy fforch i Twm eu dal. Yna, gan ei annog i ddal y dreisiad yn hollol lonydd y tro hwn, penliniodd y naill gwympwr o flaen y fuwch a chodi un goes gan ei phlygu yn ei glin. Rhoes nod ar y cwympwr arall. Gafaelodd hwnnw yng nghyrn y dreisiad, ac ag un symudiad nerthol rhoes blwc a thro i'r cyrn nes tynnu'r anifail i lawr a'i droi ar wastad ei gefn gan wasgu'r cyrn i mewn i'r llawr. Yr eiliad nesaf roedd y llall wedi estyn rhaff arall a thynnu coes ôl a choes flaen chwith y creadur at ei gilydd a'u clymu'n dynn. Camodd Twm ato a phlannu pigyn y fforch wrth ymyl y dreisiad a chael y ddwy droed i bwyso yn y fforch. Brysiodd y ddau wedyn i'r ochr arall a gwneud yr un peth â'r droed ôl a blaen ar y dde. Yna gollyngodd y dyn oedd ar ei benliniau ei afael a chodi o'r ffordd. Gorweddodd y dreisiad yno'n ddiymadferth yn disgwyl ei thynged, fel petai'n gwybod mai ofer oedd gwingo a thrio dianc.

Fe fu'r munudau nesa'n ddigon digyffro a'r gof yn naddu'r carnau'n wastad ac yna'n hoelio'r pedolau deuddarn arnyn nhw. Pan ryddhawyd y dreisiad, prin bum munud oedd wedi mynd heibio a'r tri phedolwr heb yngan un gair.

Dal pennau gwartheg fu Gruff yn bennaf drwy'r bore ond cafodd glymu coesau hefyd a dal y fforch cyn i'r gwaith orffen ar derfyn y dydd, ond ni chafodd roi cynnig ar gwympo buwch; roedd honno'n grefft arbennig na ellid ei hymddiried i rywun dibrofiad.

Daeth yn ymwybodol yn ystod y prynhawn fod ganddo gynulleidfa. Ac yntau'n gwthio fforch i'r ddaear ar gyfer y pedoli sylwodd ar y bonheddwr yn sefyll nid nepell oddi wrtho a'i lygaid wedi'u hoelio ar y gweithrediadau. Roedd ganddo fwrdd bach mewn un llaw ac roedd yn gwneud llun o'r pedoli. Gwenodd hwnnw arno a gostwng ei ben mewn cyfarchiad wrth weld ei fod wedi sylwi arno. Roedd Cyrnol Knox wedi'i alw'n 'Arglwydd' rhywbeth neu'i gilydd ac wedi dangos parch ato, a diolch am hynny neu roedd yn ddigon posibl y byddai erbyn hyn yn cael ei labyddio i gyfeiriad Hwlffordd gan y creadur dieflig hwnnw fu'n pwyso arno i ymuno â'r milisia. Roedd digon o straeon o gwmpas am greulonderau'r milwyr galwedigaethol ar hyd a lled Ewrop ac wrth weld yr oerni yn llygaid y milwyr yn Abergwaun gallai gredu popeth a glywsai amdanyn nhw. Doedd dim angen bod yn Babydd i deimlo tosturi at bobl gyffredin Iwerddon pan oedd dynion bwystfilaidd fel y rhain o gwmpas, ac roedd yr wybodaeth mai Cymry oedd y rhingyll a'i ddilynwyr yn fater o gywilydd i Gristion o Gymro. Oblegid roedd Gruff yn Gristion o arfer ac o argyhoeddiad ac yn aelod gyda'r Annibynwyr yn Abergwaun ers rhai blynyddoedd, fel ei dad a'i fam o'i flaen. Hynny oedd yn cyfrif am ei fod yn gallu darllen Cymraeg, a Saesneg i raddau llai, am iddo fynychu'r ysgol Sul yn ei blentyndod yn festri'r capel. Ar ben hynny, roedd ei dad wedi cadw dyletswydd deuluol ar yr aelwyd ers blynyddoedd gan feithrin ffydd seml a digwestiwn yn egwyddorion yr efengyl. Ond petai yn y milisia, faint o amser fyddai ei angen i danseilio'i ffydd gan wawd a cham-driniaeth y rhingyll a'i debyg?

'Hei! Paid â delwi fan'na, ddyn!'

Cyffrôdd wrth glywed Twm yn ei gyfarch. Roedd y gof wedi gorffen pedoli ac roedd yn bryd rhyddhau'r fuwch olaf o'i chaethiwed. Gwenodd wrth ei gweld yn hercian i ffwrdd, yn falch i gael ei thraed yn rhydd. Yna cododd y ddwy fforch a'u cario draw at y gof. Dyn prin ei eiriau oedd hwnnw a'r cyfan wnaeth oedd nodio'n swta cyn troi i gyfeiriad yr efail gyfagos.

Trodd Gruff ei ben a gwelodd y bonheddwr eto a hwnnw bellach wedi rhoi'r gorau i'w waith ac yn rholio'r papur a'i roi o dan ei gesail. Roedd ei weld yn ei atgoffa nad oedd wedi diolch yn ddigonol iddo am ei gymwynas ddoe.

'Esgusodwch fi, Arglwydd.'

'O, hylô. Dyma ni'n cwrdd unwaith eto, mewn amgylchiadau gwell y tro hwn.'

Roedd ei lais yn gyfeillgar a'i wên yn garedig.

'Esgusodwch fi'n poeni chi, ond wên i jyst in moyn diolch i chi unwaith 'to am beth wneloch chi drosto i dwe.'

'Popeth yn iawn, rown i'n falch i allu gwneud rhywbeth i helpu.' Oedodd Fitzgerald ac yna aeth ymlaen yn gellweirus, 'Rown i'n gallu gweld nad oedd llawer o awydd bod yn filwr arnoch chi.'

'Na wedd, syr, sena i'n credu mewn wmladd.'

'Felly? Ond mi glywes i eich bod chi wedi codi'ch dyrne at filwr.'

'Wedd hinny'n wahanol, syr; ma' wmladd â dwrne'n iawn, dych chi ddim yn gwneud fowr ddim niwed fel'ny, dim ond dysgu gwers i'r cithrel wnes i.'

'Ond peth gwahanol yw cymryd cleddyf neu bistol a lladd rhywun ar faes y gad?'

'Yn gwmws, syr, fel y dysgodd yr Arglwydd Iesu ni pan wedodd e wrth Pedr am ddodi'r cleddyf heibo.'

'Ie, ie, wrth gwrs.'

Roedd yn rhy hwyr yn y dydd i ddechrau trafodaeth ddiwinyddol hyd yn oed petai ganddo'r awydd i wneud hynny. Ac roedd rhyw elfen o siomedigaeth yn ei galon wrth iddo sylweddoli na fyddai'r dyn ifanc hwn, beth bynnag, yn debyg o gymryd rhan yn y gwrthryfel na helpu'r Ffrancwyr pan ddôi'r alwad. Roedd yn ei atgoffa o'r Crynwyr hynny yn Philadelphia, yn ystod ei flynyddoedd yng Ngogledd America, oedd yn gryf yn erbyn rhyfela. Syllodd eto ar y dyn ifanc oedd wedi byw bywyd mor gyfyng yn y cwr hwn o'r byd. Tybed sut y gwnâi hwn yng nghanol yr 'anwariaid' yng nghoedwigoedd Pennsylvania er enghraifft?

Roedd y prynhawn yn dechrau cilio ac roedd eisiau pryd o fwyd a chynhesad arno cyn noswylio'n gynnar. Roedd wedi gobeithio cael gair gyda'r porthmon cyn trannoeth i drafod y daith ond doedd dim sôn am hwnnw o gwmpas y lle. Rhaid bod ganddo ddigon o orchwylion munud olaf i'w gwneud cyn cychwyn fore trannoeth. Ac roedd ganddo yntau gryn bedair milltir i'w tramwyo cyn cyrraedd clydwch y gwesty yn Abergwaun. Gwnaeth osgo i symud.

'Wel, gwell i fi fynd cyn iddi nosi. Mae 'di bod yn braf sgwrsio â chi.'

'Ac yn fraint i fi, syr. Ga i jyst weud "diolch" unwaith 'to.'

'Croeso. Wel 'te, wela i chi fory, mae'n siŵr!'

'Prynhawn da, 'te, syr.'

Cododd Gruff ei law a chyffwrdd â phig dychmygol ei gap mewn ystum digon gwasaidd; fe fyddai wedi'i gyfarch wrth ei enw petai'n ei gofio.

Syllodd ar ôl y bonheddwr yn ei ddillad drud yn camu draw at ei gaseg wrth bostyn y tafarndy. Gallai bywyd fod yn annheg iawn ar brydiau, yn ei wneud yntau'n blentyn difreintiedig ac yn ail fab tlawd i dyddynnwr o grydd, a'r dyn acw a'i harbedodd o afael y milwyr wedi'i eni mewn moethusrwydd na fyddai ef ddim hyd yn oed yn gallu breuddwydio amdano. A nawr roedd hwnnw'n tuthio mewn cysur ar gefn ei gaseg i dafarn glyd yn y dref, ac yntau'n gorfod cerdded dros y Foel i Eglwyswrw i dreulio'i noson olaf am wythnosau lawer ar aelwyd ei rieni, neu am fisoedd, pe câi'i ffordd. Heno o leiaf mi gâi wellt glân a chynnes i orwedd arno a maldod gan ei fam; ni allai ddweud pryd y câi'r naill foeth na'r llall eto.

20

Hanner awr dda a gymerodd Edward i duthio 'nôl i'r tafarndy yn Abergwaun a'i feddwl yn llawn o ddarluniau'r dydd. Roedd yr artist ynddo eisoes wedi'i foddhau gan y golygfeydd dramatig o waith y pedolwyr a'u cynorthwywyr. Digon tebyg y byddai golygfeydd diddorol i ddod eto wrth i'r gyr ymlwybro tua'r dwyrain, ond dim byd mor gyffrous â gweld cwympwr wrth ei grefft. Roedd yn bosibl y byddai wedi alaru ar y daith a'r cwmni'n bell cyn cyrraedd pen draw ei daith bersonol yntau—at ei hen gyfaill, Ned Williams, oedd yn mynd i roi Cymru ar dân, gobeithio. Ond heno fe gâi noson arall yng nghwmni difyr perchennog y tafarndy a'i deulu; ac efallai y digwyddai daro ar draws Knox unwaith yn rhagor.

Cyrnol Knox, y dyn ifanc hwnnw, heb ddim byd gwell i'w wneud â'i amser na chwarae sowldiwrs. Roedd Knox wedi bod ar ei feddwl ers dyddiau, byth oddi ar iddyn nhw gwrdd ar y pentir. Erbyn hyn roedd wedi clywed mwy nag un stori ddiddorol am Knox a'i gwmni o filwyr rhan-amser. Yn ôl y tafarnwr fe fu'r milwyr cynddrwg â neb yn dwyn bwydydd a diodydd o howld llong yn yr harbwr flwyddyn 'nôl oherwydd y cyni cyffredinol drwy'r wlad. Ni allai daeru fod gan Knox ei hun fys yn y cawl ond roedd yn arwyddocaol nad oedd yr un ohonyn nhw wedi'i ddal na'i gosbi am ladrata gwerth cannoedd o bunnoedd o fwyd. Roedd hynny'n awgrymu diffyg parch at gyfraith a threfn, cyfraith Lloegr o leiaf. Roedd Knox o dras Gwyddelig, a phetai'n dal i fyw ryw drigain milltir i'r gorllewin yr ochr draw i'r môr ym mhle y gorweddai'i deyrngarwch—i'r Brenin neu i Iwerddon? A oedd hwn yn un o'r Cymry oedd yn dirgel ddyheu am chwyldro a chwalu gafael y Brenin ar Gymru? Pwy'n well na Knox i ddifa'r gynnau mawr yn y gaer pan gyrhaeddai'r Ffrancod petai'n dymuno gwneud hynny? A sut y gallai yntau blannu'r syniad hwnnw yn ei feddwl heb wybod ei dwym na'i oer, heb godi amheuon? Ddoe yn sŵn y rhostio a'r holl rialtwch fe fu'n dyheu am droi'r sgwrsio i'r cyfeiriad hwnnw ond roedd gormod o gyfeddach ac o chwerthin ac o glustfeinwyr o gwmpas. Ac yfory roedd ei daith yn cychwyn; go brin y câi'r cyfle i blannu'r hedyn hwnnw bellach, gwaetha'r modd.

*   *   *

Cafodd ei siomi o'r ochr orau; roedd y cyrnol yn disgwyl amdano pan gyrhaeddodd y gwesty. Clywodd y llais cyfarwydd yn ei gyfarch o'r bar a chyffrôdd yn ei syndod. Brysiodd draw ato â gwên ar ei wyneb.

'Cyrnol Knox! Dyma beth yw pleser annisgwyl, ond nid yn llai oherwydd hynny!'

'Arglwydd Kilrush! Roedd yn rhaid imi'ch gweld cyn i chi fynd, imi gael dymuno'n dda i chi ar eich taith.'

Am ennyd rhythodd arno'n syn; sut y gwyddai ei fod ar fin cychwyn o Abergwaun? Yna cofiodd am y porthmon. Byddai pawb yn y fro'n gwybod am daith anarferol o gynnar Peter Jenkins a'i gydymaith, yr artist o fonheddwr. Gwenodd.

'Rych chi'n hynod o garedig, Cyrnol, ac rwy'n gobeithio y ca i'r fraint o brynu diod i chi.'

'Wedi i fi brynu un i chi gynta, Arglwydd.'

* * *

Arhosodd Knox y noson honno i giniawa gydag Edward; yna eisteddodd y ddau o amgylch tanllwyth o dân coed i rannu potel o whisgi Iwerddon (doedd hi ddim yn beth gwlatgar i yfed gwinoedd Ffrainc a Sbaen oherwydd y Rhyfel). Roedd hefyd yn gyfle i Knox gynnau pib hir o glai. Wrth i'r botel ymwacáu rhyddhawyd llyffetheiriau'i dafod a dechreuodd Knox siarad yn dafotrydd am ei fywyd, a'r olwg bwdlyd ar ei wyneb yn cryfhau fel yr oedd y cochni'n dyfnhau ar ei fochau o dan ddylanwad y ddiod.

Roedd yn amlwg fod ei dad, William, yn uchel ei barch ganddo oherwydd ei yrfa ddisglair o dan y Llywodraeth, a'r cyfan a gafodd gan y Brenin anniolchgar oedd cynnig ei wneud yn farchog, pan oedd y Sgotyn, Cambell, wedi'i wneud yn Arglwydd! Roedd fel petai Siôr y Trydydd yn ei feio'n bersonol am wrthryfel yr Americaniaid! Doedd dim diolch i hwnnw fod ei dad wedi'i wneud yn Uchel Siryf dros Sir Benfro. A hyd yn oed wedi i'w dad sefydlu'r Gatrawd o Wirfoddolwyr, a hynny ar ei gost ei hun, chafodd e fawr o ddiolch am hynny. Erbyn hyn, ar ôl clywed am dwpdra'r llywodraeth yn America roedd yn llawn cydymdeimlad â'r Americanwyr am fynnu'u rhyddid.

'A beth am Iwerddon, Cyrnol? Wnaech chi rywbeth i helpu'i rhyddid hi petai'r alwad yn dod?'

Roedd y geiriau wedi llithro o'i geg cyn iddo sylweddoli. Cyffrôdd Knox ac edrych yn syn arno.

'Dydw i ddim yn eich deall, Arglwydd.'

'Peidiwch â 'nghamddeall, Cyrnol; nid sôn am deyrnfradwriaeth ydw i ond helpu'r achos, hawl Iwerddon i fod yn gyfrifol am ei thynged ei hun drwy ei senedd ei hun.'

'Ond mae gan Iwerddon ei senedd.'

'Senedd heb allu, Cyrnol, senedd o dan fawd San Steffan! Beth mae dynion fel Grattan a fi'n galw amdano yw trosglwyddo grym o Lundain i Ddulyn, dwy wlad a dwy senedd o dan yr un brenin! Does dim teyrnfradwriaeth yn hynny, nac oes?'

Sugnodd Knox yn hir ar ei getyn a chwythu cwmwl o fwg glas cyn ateb.

'Does gan 'y nhad ddim teimlade cariadus iawn tuag at Ei Fawrhydi, a chyfadde'r gwir, ac rwy'n teimlo weithie fod yr Americanwyr wedi meddwl am well system o reoli gwlad, system lle mae'r rheolwr yn cael ei newid bob pedair blynedd. Ond fe allai rhai dynion feddwl fod dweud geiriau o'r fath yn deyrnfradwriaeth yn ystod amser rhyfel, Arglwydd.'

'Mae'ch geirie'n ddiogel gen i, Cyrnol.'

'Wrth gwrs, fe fyddai'n sefyllfa wahanol petai'r gelyn yn ymosod.'

'Y gelyn, Cyrnol?'

'Y Ffrancod. Fe wyddon ni 'u bod nhw wedi methu glanio yn Iwerddon. Beth petaen nhw'n dod yma?'

'Ond pa reswm fyddai ganddyn nhw dros wneud hynny?'

'Yn Iwerddon, y bwriad oedd codi'r Gwyddelod yn erbyn Lloegr, mae'n siŵr.'

'Mae'n siŵr, ond ydych chi'n meddwl y codai'r Cymry yn erbyn y Saeson yn yr un modd?'

'Pwy all ddweud? Mae 'na ddigon o anghyfiawnder o gwmpas rhwng gormes y meistri tir a'r Eglwys Wladol i danio gwrthryfel.'

'Ond oes 'na dystiolaeth y byddai'r bobol yn croesawu glaniad?'

Tynnodd Knox ar ei getyn eto cyn ateb.

'Mae 'na dipyn o derfysg wedi bod drwy'r wlad yn ddiweddar: Abertawe, Conwy, Aberystwyth, Arberth, Pen-y-bont, Dinbych,

Caerfyrddin, Hwlffordd, ym mhob tre drwy Gymru bron iawn. Dim ond bum mis 'nôl fe gawson ni brotest fawr yn Abergwaun pan fu'r ffermwyr yn protestio yn erbyn pris gwenith, a mae 'na ddigon o radicaliaid Cymreig yn galw am newid trefn cymdeithas, Arglwydd, a pha ryfedd? Maen nhw'n dweud wrtho i fod llyfrau Tom Paine yn boblogaidd tu hwnt ymhlith y werin bobol.'

'Tom Paine! *Hawliau Dyn*, un o'r llyfrau rhyfeddaf a sgrifennwyd erioed, Cyrnol, gan athrylith mwya'r ganrif, ddwedwn i, mwy hyd yn oed na Voltaire, er na fydde Tom yn hoffi i chi ddweud hynny, chwaith!'

'Rych chi'n siarad fel sech chi'n 'i nabod e, Arglwydd.'

Gwenodd Edward yn foddhaus.

'Eitha gwir, Cyrnol, mi ges i'r fraint o dreulio rhai misoedd yn 'i gwmni yn Llundain ac yn Ffrainc ryw bum mlynedd 'nôl. Roedd hynny cyn y rhyfel wrth gwrs. Mi wnaeth argraff ddofn arna i.'

'Yn ddigon dwfn i'ch arwain i'w ffordd o feddwl—am y Brenin ac yn y blaen?'

Oedodd Edward cyn ateb; roedd y syniad wedi dod i'w feddwl y gallai Knox fod yn chwilio am dystiolaeth o deyrnfradwriaeth.

'Ga i ddweud na chollwn i ddim dagrau petai Gweriniaeth Cromwell wedi goroesi gyda'i egwyddorion o gydraddoldeb a rhyddid cydwybod.'

'A rhyddid, cydraddoldeb a brawdgarwch y Chwyldro Ffrengig?'

'Wrth gwrs—hynny yw—cyn i'r rhyddid hwnnw droi'n benrhyddid a gormes, dros dro o leiaf.'

'Dros gyfnod yr Arswyd?'

'Yn hollol, pan fu Tom Paine hyd yn oed mewn perygl o golli'i ben.'

'A beth am y Pabyddion? Ydych chi o blaid rhoi cydraddoldeb iddyn nhw?'

'Pam? Ydi hynny'n bwysig i chi?'

'Ddim yn arbennig, Arglwydd, er bod rhai dynion yn cymryd yn ganiataol mai Pabyddion ydyn ni gan ein bod yn dod o Iwerddon. Y rheswm pam y soniais i amdanyn nhw yw fod rhyddid cydwybod yn cynnwys yr hawl i addoli yn ôl eich cydwybod.'

'Ac mi gytuna i â chi yn hyn o beth, Cyrnol. Mi fyddwn i'n bendant yn estyn yr hawl i addoli i'r Pabyddion, nid fel goddefiad fel ar hyn o bryd ond fel un o hawliau sylfaenol y dinesydd—a'r hawl i bleidleisio hefyd.'

Eisteddodd y ddau mewn tawelwch am ychydig. Roedd Knox yn synnu Edward Fitzgerald fwyfwy. Fe'i gwelodd gyntaf fel tipyn o gyw-filwr yn chwarae sowldiwrs—fel yr oedd wedi gwneud yn ei blentyndod, siŵr o fod. Ond yn raddol fe ddaeth i deimlo fod mwy o ruddin i'r dyn. Roedd wedi tewi'r rhingyll Evans mewn modd digon meistraidd y dydd o'r blaen a nawr roedd ei sgwrs yn dangos yn glir ei fod yn ddyn meddylgar oedd yn agored i syniadau ac yn barod i'w trafod. Roedd y sgwrs wedi dangos hefyd nad oedd teimladau o deyrngarwch dwfn rhwng ei deulu a'r Frenhiniaeth. Ar ben hynny roedd wedi dangos ei fod yn effro i'r posibilrwydd y byddai glaniad yng Nghymru ar ôl methiant Bae Bantry. Ai dyna pam y daeth ar ei draws ar ben y pentir y tro hwnnw? A oedd yntau'n ystyried ym mhle y byddai'r Ffrancod yn glanio? *A beth a wnâi ef ynglŷn â hynny?* Roedd yn teimlo'n ddigon hyderus erbyn hyn i drafod y peth yn fwy agored.

'Cyrnol?'

'Ie, Arglwydd?'

'Roech chi'n sôn gynne fach am laniad y gelyn; ble'n hollol oedd gyda chi mewn golwg, yn Abergwaun?'

'Ie, mae'n siŵr, yn fy nhiriogaeth i a'r milwyr o dana i.'

'Fe fydde glanio yn Abergwaun yn amhosibl, wrth gwrs.'

'O?'

'O achos y gaer a'r gynnau mawr. Fyddai'r rheiny fawr o dro'n suddo unrhyw longau a geisiai hwylio i mewn i'r harbwr.'

Gallai deimlo llygaid Knox yn craffu arno'n amheus yn sydyn.

'Rych chi wedi rhoi ystyriaeth i'r mater, Arglwydd.'

'Wel, allwn i ddim peidio. Os cofiwch chi, mi fues i'n arlunio'r olygfa oddi yno, ac fel cyn-swyddog yn y fyddin roedd y sefyllfa filwrol yn amlwg i mi. Bydd Abergwaun yn ddiogel tra bydd y gaer yn ei hamddiffyn.'

'Yr unig ffordd y gallai'r Ffrancod lanio yn Abergwaun fyddai anfon rhywun i sbragio'r gynne yn y gaer yn gyntaf, Arglwydd, ac mae gen i filwyr glew'n 'i gwarchod, fel y gwyddoch chi.'

'Ar y llaw arall, petai'r Ffrancod wedi glanio yn rhywle arall fe fyddai'r gynnau mawr yn y gaer yn ddiwerth gan na allech eu troi heb sôn am eu symud.'

'O wel, fe fyddai rhaid i ni sbragio'r gynnau wedyn rhag iddyn nhw gwympo i ddwylo'r gelyn.'

Milwyr glew! Dyna oedd disgrifiad Knox o'r tri phensiynwr yn y gaer ac os oedd mor anghyfrifol â meddwl y gallai ddibynnu ar y tri hynny i warchod y porthladd roedd bron yn ei herio i brofi iddo mor hawdd y gellid ymosod ar y gaer a'i distewi, petai cyfle'n dod.

21

Doedd hi ddim wedi gwawrio'n iawn pan gychwynnodd Gruff o'r tyddyn yn Eglwyswrw i gerdded i Gas-mael ac roedd y llwydrew'n drwch a'r borfa'n crensian o dan ei draed. Roedd yr oerni'n gafael yn ei goesau drwy'i glos pen-glin a'i hosanau llwyd a'i anadl yn codi'n darth gwyn o'i ffroenau. Clymodd y cadach yn dynnach am ei wddw a gwthio'r ddeuben rhydd o dan labed ei got laes o frethyn garw a tharo cledrau'i ddwylo yn eu menig gwlanen yn erbyn ei gilydd i'w twymo.

Fe fu'n ffarwelio tawel a digyffro; un felly fu ei fam erioed—o leiaf allai Gruff ddim cofio adeg pan welsai hi'n cyffroi—ddim hyd yn oed i golli'i thymer a dwrdio'i frawd ac yntau am ryw gamwedd. Ac nid oedd wedi codi'i llais erioed yn erbyn ei gŵr, gan ystyried bod ufudd-dod iddo'n ddyletswydd Gristnogol ar ei rhan ac yntau'n ŵr iddi. Dyn swrth oedd Ifan Llwyd, dyn bychan o gorffolaeth a chanddo gefn crwca a llygaid gwan, dyfrllyd, ar ôl blynyddoedd o gyrcydu dros ei last a chraffu ar y lledr yn ei ddwylo. Ers deng mlynedd a rhagor roedd wedi gadael gwaith y ffarm i'w feibion a hynny'n ddiolchgar gan ei fod cyn lleied o gorffolaeth. Wrth heneiddio roedd wedi magu bola ac fe'i câi'n waith digon poenus ac anodd i balu yn y cae tato neu drafod y ceffyl gwedd trwm wrth aredig. Roedd yn ddyn o feddylfryd difrifol ac yn meddu ar argyhoeddiad crefyddol dwfn a phan godai i weddïo yn y capel roedd yn annisgwyl o huawdl a'i leferydd yn tystiolaethu i flynyddoedd o bori yn llyfrau'r Beibl. Roedd wedi dod o dan ddylanwad pregethwr Methodistaidd yn ei ieuenctid a bu'r dylanwad hwnnw'n drwm arno ar hyd ei oes er mai ymuno ag eglwys Annibynnol a wnaeth 'nôl yn y saith-degau gan gredu nad oedd digon o frwdfrydedd yn perthyn i'r Eglwys Wladol. Ac roedd ei wraig ufudd wedi'i ddilyn yn ddigwestiwn i blith y saint a'i feibion yn eu tro heb deimlo angen mynd drwy fwlch argyhoeddiad ond tyfu'n raddol yn eu ffydd.

Bellach roedd clywed pwy nos fod Gruff am fynd i ddysgu crefft porthmon gyda Peter Jenkins wedi bod yn gysur annisgwyl iddo. Roedd yn yrfa fawr ei pharch yn y gymdogaeth, ac yn yrfa a gynigiai fywoliaeth lewyrchus yn y byd oedd ohoni. Gwyddai hefyd y câi Gruff arweiniad ac esiampl o'r math gorau ym muchedd gonest a chrefyddol y porthmon oedd hefyd yn ŵr o argyhoeddiad ac yn bregethwr achlysurol. Ar ben hynny, roedd yn falch na fyddai angen iddo feddwl am rannu'i eiddo rhwng y meibion. Prin naw erw o dir oedd ganddo a hanner hwnnw'n dir ar ochr bryn lle câi diadell fach o ddefaid borfa denau. Oni bai am ei grefft fel crydd byddai wedi bod yn feinach hyd yn oed nag a fu arno. Nawr roedd gobaith y câi Elis ei ddilyn yn ei grefft ac yn ei ddyddyn yn ogystal ryw ddydd. Ac wrth ddymuno bendith nef ar Gruff yn yr hanner gwyll roedd yn falch na allai'r dyn ifanc weld y dagrau'n cronni yn ei lygaid.

Fe fu deigryn yn llygad ei fam hefyd a hithau'n fawr ei hofn ei fod yn mynd i blith lladron ac ysbeilwyr yn y ddinas ddihenydd. Roedd hi'n wraig dal a thenau a'i hwyneb pantiog yn dal yn hardd ar waetha traul y blynyddoedd, a'i gwallt du bellach yn dechrau britho. Roedd ei llygaid mor las ag erioed a'i haeliau'n feinion ond roedd rhychau mân yn cronni o gwmpas corneli'i llygaid a rhai dyfnach ar draws ei thalcen, a'i gwar eisoes yn dechrau crymu a hithau brin newydd gyrraedd ei hanner cant oed. Serch hynny roedd hi'n urddasol ac mor ysgafndroed ei cherddediad â merch ugain mlynedd yn ifancach na hi.

Doedd hi ddim yn poeni rhyw lawer am benderfyniad Gruff i fynd yn was i borthmon; fel Ifan, roedd yn ysgafnder iddi ei fod yn ymgymryd â gyrfa a fyddai'n gadael y fferm i'w frawd, ac yn teimlo na allai dyn praff o gorffolaeth fel Gruff fyth ddygymod â chrymu dros esgid a last fel ei dad. Roedd Gruff, yn wahanol i Elis ei frawd, yn tynnu ar ei hôl hi o ran taldra ac yn ymdebygu hefyd i'w thad hithau gynt o ran cadernid ei gorff a chryfder ei aelodau. Pan wenai byddai'i fam weithiau'n dal ei hanadl mewn ias o syndod wrth weld gwên ei thad ar ei wyneb neu wrth ei weld yn gwneud yr un ystumiau'n union ag ef, gan wthio'i wefus isaf ymlaen pan fyddai'n gwneud rhywbeth â'i ddwylo, er enghraifft. Er na wyddai'r gair amdano fe wyddai ystyr etifeddeg yn burion wrth syllu ar ei meibion. Prawf pellach o hynny oedd fod Elis, y brawd hyna, yn fyr fel ei dad.

Fe fu'r teulu ar eu traed yn hwyr y noson honno ac yn eu dyletswydd deuluol fe ofynnodd Ifan Llwyd i Gruff weddïo. Teimlad rhyfedd oedd mynd ar ei liniau o flaen ei ddylwyth ac erfyn am nawdd y Goruchaf arnyn nhw i gyd a chyfle i gwrdd ynghyd eto heb fod yn hir. Roedd yn ymwybodol o ddefosiwn dwfn ei dad a'i fam a bod Elis yn aflonydd wrth ei ochr; ai am nad oedd ganddo fawr ddim argyhoeddiad crefyddol?

'. . . yr Hwn a'n dysgodd i weddïo gan ddywedyd—Ein Tad . . .

Agorodd ei lygaid ar yr 'amen' a gweld llaw ei fam yn brwsio deigryn o gornel ei llygad. Yn sydyn teimlodd awydd i'w chusanu ac fe wnaeth hynny ar ei boch gan beri syndod iddi.

'Fe fyddi di'n grwt da, on' byddi di, Gruff?'

'Crwt, wir, fenyw! Mae Gruff yn ddyn yn 'i o'd a'i amser!' meddai'i gŵr.

'Wy'n gwbod 'ny'n burion, Ifan.'

''Sdim eisie i chi fecso amdana i, Mam, wir, fe fydda i mewn cwmni da.'

'Mi edrychiff Peter Jenkins ar 'i ôl e os wy i'n 'i nabod e.'

'G'neiff, wrth gwrs,' meddai hi'n fwy bodlon.

Eto i gyd roedd gofid yn dal i'w phoeni a gorweddodd ar ddi-hun yn hwyr y noson honno yn meddwl am Gruff.

Roedd hi'n meddwl fod ganddo gariad yn rhywle, rhyw groten o Abergwaun, gallai feddwl, a barnu wrth fel yr oedd wedi bod yn mynd yno ar yr esgus lleiaf yn ystod y misoedd diwethaf, yn enwedig ar ddiwrnod marchnad, a hynny ar ôl taclu, fel y byddai dynion ifainc a dibriod oedd yn chwilio am gariad. Byddai'n lle hwylus a chyfleus iddyn nhw gwrdd heb dynnu gormod o sylw. Roedd hi'n rhy ofnus i ofyn iddo'n uniongyrchol a phan fentrodd holi Elis a oedd gan Gruff gariad dim ond gwenu wnaeth hwnnw ac ateb 'Pwy eisie gweud sy?' Os oedd e'n caru, fodd bynnag, ni fyddai'n bosibl cuddio hynny'n hir wrth feddwl fod llygaid yn gwylied y tu ôl i bob coeden a chlawdd yng nghefn gwlad. A nawr roedd yn mynd ar daith bell a byddai'n gweld wynebau newydd. Tybed a gâi gariad yn Llundain, o blith y Cymraësau fyddai'n heidio yno i wasanaethu? Neu beth petai'n priodi Saesnes ac yn dod â hi adre i Eglwyswrw? Digon prin oedd Saesneg y teulu, ond digon tebyg y dysgai hithau Gymraeg yn gyflym iawn yno. Ar y llaw arall, hawdd y gallai briodi Saesnes a phenderfynu ymgartrefu gyda hi a cholli cyswllt â'i deulu'n raddol, a magu plant fyddai'n Saeson ac yn estroniaid i'w mam-gu!

Prin yr oedd hi wedi cau'i llygaid pan glywodd Ifan yn codi o'r gwely ac yn taro callestr i wreichioni cynnud mewn bocs callestr i gynnau cannwyll frwyn, ac yna'n gwisgo'i ddillad yn frysiog, a'i symudiadau wrth wisgo'n peri i'r gwely siglo. Taflai'r gannwyll gysgodion hir â'i golau gwelw ond roedd hwnnw'n ddigon i alluogi'r ddau i symud o gwmpas y stafell heb faglu.

'Hanner awr wedi pump,' meddai Ifan pan synhwyrodd ei bod hithau ar ddi-hun.

Roedd yr oerfel yn treiddio i fêr ei hesgyrn wrth iddi wisgo'i dillad gwaith amdani—ei ffrog hir ddu uwchben dillad isaf o wlanen arw. Brysiodd drwodd i'r gegin a'i chlocsiau'n clecian dros y llawr cerrig ar ei ffordd i fywiogi'r tân mawn oedd yn budrlosgi yn y lle tân agored yng ngolau'r gannwyll ar y ford. Tyllodd i'r tân yn ofalus a'i fegino'n ysgafn nes gweld y cochni'n ymledu a'r mwg yn codi. Yna rhoddodd droad i'r crochan uwd ar y pentan â llwy bren. Trodd ei phen wrth glywed sŵn ei meibion. Roedd Gruff ac Elis wedi codi ar eu heistedd erbyn hyn ar y gwely gwellt yn erbyn y wal bellaf, gan rwgnach am yr oerfel a'u dannedd yn clecian.

'Wêr? Hy! Diolchwch fod to sych uwch eich penne!'

Roedd yn edifar ganddi ei bod wedi dweud y geiriau, gan fod hynny'n eu hatgoffa y gallai hon fod yn noson olaf i Gruff gysgu o dan do am rai wythnosau. Brysiodd i newid y testun.

'Uwd in barod!'

Gwthiodd Gruff ei draed i'w glocsiau, a cherdded at y ford ac eistedd, wrth i'w fam godi'r uwd twym i gawg pren ar ei gyfer.

'Gadwith hwn di'n gynnes ar fore wêr, gwlei!'

Gwenodd Gruff heb ddweud dim. Roedd y teulu'n lwcus, gan fod dwy fuwch odro'n cynnig cyflenwad digonol o laeth ar eu cyfer. A'r bore hwn eto roedd ganddo ddysglaid o laeth enwyn oddi ar odrad neithiwr i'w yfed yn gwmni i'w uwd a'i ddilyn wedyn â chaws a menyn a bara ceirch. Ac erbyn iddo fod yn barod i gychwyn roedd ei fam wedi pecynnu cwlffyn o gaws a bara ar gyfer y daith.

Roedd yn frecwast maethlon a chynhesol, tipyn gwell brecwast nag a gâi am rai wythnosau, meddyliodd, yn ystod y daith i Lundain.

A beth wedyn, ar ôl cyrraedd y ddinas honno? Pan gafodd y syniad o fynd i Lundain yn y lle cyntaf ei brif gymhelliad oedd cael bod gydag Elinor a chwilio am waith i'w gadw'n agos ati. Yna ymhen blwyddyn fe fyddai hi'n ddigon hen i'w briodi heb orfod gofyn am ganiatâd neb. Ond roedd deubeth yn ei boeni.

Yn gyntaf, roedd eu bwriadau ill dau'n ymylu ar dwyll; twyllo tad Elinor nad oedd diddordeb gan y naill na'r llall yn ei gilydd, ac roedd twyll yn bechod ac felly'n annerbyniol mewn Cristion. Fyddai hi ddim yn fwy gonest petai'n wynebu Peter Jenkins a dweud wrtho eu bod wedi bod yn cwrdd yn ddirgel ers misoedd a'u bod â'u bryd ar briodi? Fyddai hynny ddim yn debyg o ennill ffafr iddo yn llygaid ei thad a'r ofn pennaf oedd y byddai'n ddiwedd ar ei yrfa fel porthmon cyn dechrau oherwydd ei anonestrwydd.

Yn ail, pan fyddai'r daith ar ben ei fwriad gwreiddiol oedd gadael ei waith gyda'r porthmon ac aros yn Llundain. Onid oedd hwn hefyd yn fath o dwyll, yn defnyddio ewyllys da'r porthmon er ei fantais ei hun? Byddai'n dangos nad oedd o ddifrif ynglŷn â phorthmona wedi'r cyfan. Byddai'n ffordd annheilwng o drin Peter Jenkins ar ôl i hwnnw'i dderbyn fel gwas cyflog.

Roedd 'na ddewis arall, wrth gwrs; gallai aros yn was cyflog iddo am y tymor a bwrw ati i ddysgu'i grefft o ddifrif dros y misoedd nesaf. Dyma'r peth anrhydeddus i'w wneud; petai'n gwneud yn dda pwy a wyddai na chymerai Peter Jenkins ato'n ddigon da i roi sêl ei fendith ar eu carwriaeth ymhen dwy neu dair blynedd pan fyddai'n ddigon hen i gael trwydded porthmon? Byddai gwahanu oddi wrth Elinor yn haws petai'n gwybod y câi ei gweld eto bob tro y dôi i Lundain. Rywfodd, rywsut, byddai rhaid iddo gael cyfle i siarad ag Elinor cyn cyrraedd Llundain.

Yna roedd yn bryd iddo gychwyn a phawb yn swil a lletchwith heb wybod beth i'w ddweud, dim ond gwasgad a chusan gan ei fam a'i dad yn ysgwyd llaw ag ef gan wasgu swllt i'w law a'i rybuddio i gymryd gofal, ac Elis yn camu darn o'r ffordd gydag ef dan esgus ei hebrwng.

Roedd y bore eisoes yn dechrau goleuo pan ffarweliodd â'i frawd ar ben y ffordd.

'Cofia fi at dy Elinor!'

'Gofala dithe am Siân!'

Roedd yn rhy dywyll i Gruff weld y direidi yn llygaid ei frawd.

'Mewn ffordd wy'n eitha cenfigennus.'

'Am 'y mod i'n mynd i gysgu'r chwe wythnos nesa ma's in yr awyr agored? Ma' eisie clymu dy ben!'

Roedd elfen o wir yn y genfigen, yn gymysg â diolchgarwch distadl i Gruff am fynd o'i ffordd.

'Cymer ofal!'

'Tithe 'ed. Wela i di.'

Cyffyrddiad ysgafn â'i fraich ac yna roedd Gruff wedi mynd, gan adael i Elis syllu ar ei ôl, yn falch ac yn hiraethus yr un pryd.

*   *   *

Roedd hi wedi gwawrio pan alwodd ei mam ar Elinor i symud, rhag ofn i'w thad gychwyn hebddi, rhybuddiodd. Gorweddodd yn llonydd am ychydig eiliadau gan syllu ar y wal blastr arw a noeth wrth ei hymyl; yna cyffrôdd a thaflu'r dillad gwely 'nôl. Heddiw mi fyddai'n cychwyn i Lundain, a heddiw byddai Gruff yn dod gyda hi. Gyda lwc, fe ddôi'n borthmon ac fe gaen nhw briodi'n barchus wedyn ymhen dwy neu dair blynedd; mi fyddai hi wedi cynilo dipyn erbyn hynny ac mi fyddai'i thad a'i mam yn siŵr o roi sêl eu bendith—ac fe fyddai'n ddigon hen i briodi heb eu caniatâd, beth bynnag, a . . .

'Elinor, los, gwell iti 'i siapo hi!'

'Wy'n dod y funed 'ma!'

Hosanau llwydion am ei choesau, pais wlanen a sgert frethyn hir a blows wen a bathodyn yn ei chau o dan ei gwddw a siaced wau amdani a phâr o glocsiau â bwclau pres am ei thraed (a phâr arall â bwclau aur yn ei chist), a thynnu crib drwy'i gwallt cyrliog, du, wrth ddisgyn y grisiau pren i'r gegin ac i frecwast.

Roedd ei mam yn gwenu arni o'r pentan ac yn codi darnau o gig moch a thato o grochan i blât.

'Rhaid iti gael pryd iawn y bore 'ma, fel dy dad!'

'Mam! Alla i byth â byta cig moch heddi!'

'Paid â siarad dwli, los! Do's wbod pryd cei di fwyd nesa, os nad in Maenclochog falle ne' Efail-wen os cyrhaeddwch chi cyn nos!'

'Ond . . .'

'Ishte lawr, los, a gad dy sŵn, byt a bydd dawel!'

Eisteddodd Elinor gan wybod fod y cerydd a'r dwrdio yn llais ei mam yn rhan o'i gofal amdani. Bwriodd ati i fwyta'n helaeth gan sawru'r cig coch tywyll a'r tato, a diod o laeth i olchi'r cyfan i lawr. Ac roedd golwg foddhaus yn llygaid ei mam wrth ei gweld yn clirio'i phlât.

''Na roces dda'n cliro dy blât; fe gei di ddodi dou enllyn ar doc o fara am 'ny!'

Dau enllyn ar fara—dyna beth oedd byw'n fras, meddyliodd wrth daenu trwch o fenyn a mêl wedyn ar ben y menyn a chladdu'i dannedd yn y moethyn.

Gwenodd ar ei mam wrth weld y mwynhad a gâi honno wrth ei maldodi hi fel petai'n blentyn unwaith eto. Trodd y wên yn chwerw-felys gan na fyddai cyfle iddi wneud hynny eto am dalm o amser. Gobeithio y byddai Morus ac Anna'n dechrau teulu cyn bo hir, er mwyn i'w mam gael plentyn arall i'w faldodi.

Ac yna roedd llais garw'i thad yn ei galw o'r drws a breichiau'i mam amdani a'r ddwy'n cusanu bochau'i gilydd ac yn chwerthin a chrio yr un pryd a hithau'n ymdrechu i wisgo cot fawr o frethyn llwyd a sgarff am ei phen a menig gwlanen am ei dwylo. Rhedeg allan wedyn i'r buarth at y drol lle roedd ei chist dderw trwm eisoes yn disgwyl amdani a dringo i'r drol a'i mam yn dilyn ac yn gofalu fod carthen drwchus yn dynn am ei choesau cyn caniatáu i'w thad gyffwrdd â'r ddau ych â blaen ei chwip. A chodi llaw a'i chwifio at ei mam nes mynd o'r golwg o gwmpas y tro—o olwg y dagrau ar ei gruddiau. Ac yna daeth bloedd wrth i Morus, ei brawd, garlamu atyn nhw, yn fersiwn ifanc o'i dad ac eisoes yn magu bloneg am ei ganol.

'Hwre—rhywbeth bach oddi wrth Anna a fi at y siwrne,' meddai gan wthio basgedaid o fwyd i'w harffed.

'Wedd dim angen i chi; dere 'ma, grwt!'

Ac roedd cofleidio i fod a'u tad yn wfftiog, cyn i'r drol gael symud ymlaen.

Roedd hi a Morus wedi bod yn agos, fel y bydd brawd a chwaer heb blant eraill yn agos, yn diddanu'i gilydd â chwmni'i gilydd. Wedi iddyn nhw dyfu roedd yn naturiol fod yr agosrwydd hwnnw'n lleihau, yn enwedig pan ddechreuodd Morus fynd i garu, a phan briododd yntau roedd hi'n falch fod Gruff wedi dod i'w bywyd hithau a llenwi'r bwlch fel petai. A nawr wrth ffarwelio â'i brawd roedd hynny'n hawdd gan fod pob o gariad ganddyn nhw. Heblaw hynny, fe fyddai Morus yn dilyn ei dad yn y fusnes fel porthmon ryw ddydd a gallai ddisgwyl ei weld yn gyson pan ddôi i Lundain ar ei deithiau.

Cael byw yn Llundain yng nghanol y prysurdeb a'r adeiladau hardd a boneddigion yn llenwi'r strydoedd yn eu dillad smart a'u boneddigesau'n edrych mor brydferth yn eu dillad ffasiynol ar eu ffordd i ddawnsfeydd a'r theatr; roedd fel breuddwyd yn dod yn fyw, yn enwedig gan y byddai Gruff yno gyda hi'n gwmni iddi, yn gariad iddi, yn bopeth oedd angen arni!

O ran hynny fe fyddai wedi bod yn ddigon parod i aros yng Nghasmael neu yn Egwyswrw neu yn Abergwaun neu ble bynnag ond iddi gael bod gyda Gruff—neu'i ddilyn i ben draw'r byd pe bai angen fel cymaint o ferched eraill. Byddai dynion yn ysu am newid cymdeithas a chael mynd, mynd i grwydro'r byd, gweld rhyfeddodau, ennill brwydrau, prynu, gwerthu, dadlau, gorchfygu, cyflawni campau. Ond i ferch, teulu a chartref a charu a magu plant oedd yn bwysig, a phryderu amdanyn nhw, llawenhau yn eu prifiant a mynd trwy uffern pan fydden nhw'n dost a thorri'i chalon wrth eu colli. Oblegid gallai bron pob mam ddisgwyl claddu dau neu dri o blant yn nhrefn pethau yn ystod ei bywyd, fel petai Natur afradlon yn mynnu symud y gweiniaid o'r ffordd i roi tragwyddol heol i'r cryfion.

Roedd ei mam yn eithriad yn hyn o beth am mai tri o blant yn unig a gafodd ac un o'r rheiny'n farw-anedig. Ar waetha'r siomedigaeth a'r holl fisoedd blinderus roedd hynny'n well na magu plentyn byw ac ymserchu ynddo a'i golli. Pwy allai fesur hiraeth a thorcalon mam a gladdodd ran ohoni'i hun? Pan fyddai'n briod i Gruff fe fyddai'n gweddïo na ddigwyddai hynny fyth iddi hi!

Edrychodd 'nôl dros y cloddiau a theimlo'i llygaid yn llenwi wrth weld to'r ffermdy a mwg yn codi o'r simnai yn y pellter. Roedd gadael cartref yn rhagflas o golli mam neu dad, siŵr o fod.

Ffarwél, Cwm-glas—am y tro o leiaf.

*   *   *

Pan arweiniodd Edward Fitzgerald ei gaseg o'r stablau roedd hi wedi dechrau bwrw glaw mân ac fe droes goler ei got lan hyd at ymyl ei het driphyg yn y cefn gan wneud ystum o ddiflastod wrth deimlo'r lleithder. Roedd wedi cael llond bola ar deithio drwy law yn Iwerddon—gobeithio nad oedd glaw mân, treiddgar, yr Ynys Werdd wedi penderfynu'i ddilyn ar ei siwrnai drwy Gymru.

Cymaint brafiach oedd marchogaeth ceffyl ar dywydd sych, yn enwedig pan fyddai pelydrau'r haul yn gwenu. Roedd hi wedi barugo yn ystod y nos oblegid roedd ôl y llwydrew yn dal ar lawr lle nad oedd y glaw wedi cyrraedd a'i ddileu. Cododd ei olwg lan at y cymylau ac roedd yn falch i weld eu bod yn denau ac afreolaidd a chydag ambell fripsyn o las yn mynnu dod i'r golwg mewn mannau —digon i wneud trowsus i forwr, ys dywedai'i fam 'slawer dydd. Roedd gobaith felly mai glaw ysbeidiol a ddisgynnai'r diwrnod hwnnw ac y gallai beidio'n llwyr yn y man.

A dyna'n union beth a ddigwyddodd; erbyn i'r gaseg gyrraedd pen y bryn uwchlaw Abergwaun roedd y glaw wedi peidio a'r haul wedi torri drwodd ddigon i fwrw lliw dros wyrddlesni'r meysydd a llwyd y creigiau a düwch y coed di-ddail, difywyd. Ac roedd fel petai'r gaseg yn falch o hynny ac yn symud yn rhwyddach ac yn fwy diymdrech nag arfer.

Roedd y gwesteiwr wedi ei hebrwng at y stablau, wrth gwrs, ac wedi diolch hanner dwsin o weithiau iddo am y fraint o gael ei lochesu cyhyd ac yn hyderu y câi'r fraint unwaith eto. Roedd yn sicr ganddo y câi Arglwydd Kilrush amser difyr yng nghwmni'r porthmyn a digon o gyfle i arlunio'r gwartheg a'r dynion wrth eu gwaith.

'Da boch, a chan diolch!'

'Da bo i chithe, Arglwydd! Brysiwch heibio eto!'

Roedd yn hyfrydwch i ymwahanu oddi wrth y dyn gan gymaint ei daeogrwydd ac roedd tawelwch y wlad yn falm i'r galon. Roedd sŵn adar hyd yn oed yn y gwrychoedd, adar mân wedi deffro'n gynnar ac eisoes yn dechrau meddwl am baru a nythu. Yna, wrth groesi darn agored, fe welai lond cae o ddefaid ac ŵyn bach o'u cwmpas—a'r brain bygythiol o gwmpas y rheiny. Pa gast creulon ar ran natur a barai i'r brain bigo llygaid ŵyn, y pethau bach diniwed a diamddiffyn? Ond creulon oedd natur Natur lle roedd y naill rywogaeth yn gorfod llarpio'r llall er mwyn byw, a dyn ar ben y cwbl, nid yn unig yn lladd er mwyn byw ond yn lladd er mwyn pleser, yn enwedig ei rywogaeth ei hun, cyn amled â pheidio. Daeth golwg galed i'w lygaid wrth gofio'r erchyllterau a welodd yn Bantry. A nawr roedd y bwystfil hwnnw, y rhingyll, yma yng Nghymru drwy gyd-ddigwyddiad; tybed a ddôi cyfle iddo blannu bwled yng ngwddw'r diawl hwnnw hefyd ryw ddydd? Rhincianodd ei ddannedd a sbarduno'r gaseg yn ysgafn a'i theimlo'n ymateb yn reddfol. Yn sydyn roedd arno awydd rhoi daear rhyngddo a'r cythraul fel petai'r awyr yn iachach lle nad oedd hwnnw.

*   *   *

Roedd sgwâr Cas-mael o dan ei sang â gwartheg pan gyrhaeddodd Gruff a'u brefiadau a chyfarth uchel y corgwn yn fyddarol. Gwelodd Twm yn syth yn hysio twr o wartheg duon drwy glwyd y cae nos a brysiodd ato.

'Bore da!'

Nodiodd Twm.

'Ti wedi dod 'te—ma' mishtir draw fan'na—gwell iti ga'l gair 'dag e, gwlei.'

Dilynodd Gruff gyfeiriad llaw Twm a neidiodd ei galon wrth weld trol y porthmon yn sefyll ar ochr y sgwâr—ac Elinor yn eistedd ynddi a'i chefn ato. Gallai deimlo'r cochni'n llifo dros ei wyneb.

'Reit.'

Trodd gan obeithio nad oedd Twm wedi sylwi ar ei wrid ond roedd hwnnw wedi troi'i gefn arno er mwyn rhoi ffonnod i fuwch arafach na'r gweddill.

Cerddodd draw at y drol a'i galon yn curo ac wrth iddo agosáu ati trodd Elinor ei phen ac edrych arno.

'Ym—bore da.'

'Bore da—eisie siarad â 'nhad ych chi, ife?'

Roedd ei llais yn uchel—yn uchel er mwyn i bawb o gwmpas glywed y cyfarchiad, fel petai'n cyfarch dieithryn. Syllodd Gruff unwaith yn rhagor ar ei hwyneb crwn a'r ddau bant bach yn ei dwyfoch, a'i gwallt browngoch gan wybod mai iddo ef yn unig yr oedd y mwynder a'r croeso dirgel yn y llygaid tywyll.

'Wel—ym—ie—meddwl beth mae e'n moyn i fi wneud gynta.'

'Wel, falle licech chi ddodi'ch pac yn y drol gynta.'

Roedd hi'n chwerthin am ei ben, neu'n ei boeni a'i llygaid yn ddisglair.

182

'A! Gruff Llwyd! Wyt ti'n gynt heddi na wet ti ddo'!'

Cyffrôdd wrth glywed ei enw; nid oedd wedi gweld Peter Jenkins yn agosáu oherwydd yr holl sŵn.

'Wdw, gwlei, mishtir.'

'Mi wedes i y galle fe ad'el 'i bac yn y drol, Dat.'

Craffodd Peter Jenkins ar wyneb ei ferch a gweld y sirioldeb a golwg ar wyneb y dyn ifanc fel petai wedi'i ddal yn gwneud drygioni.

'Iawn.'

Ystyriodd y sefyllfa. Heb y pac ar ei gefn fe fyddai'r dyn yn gallu gweithio'n fwy effeithiol. Heblaw hynny, roedd yr edrychiad a welodd rhwng y ddau ifanc wrth iddo ddod at y drol yn awgrymu diddordeb o fath arbennig. Ond wrth feddwl am y peth, roedden nhw wedi cwrdd o'r blaen fisoedd 'nôl, ond doedd y gymwynas a wnaeth Gruff ag Elinor y diwrnod hwnnw ddim yn rhoi hawl iddo gael unrhyw ystyriaeth arbennig rhagor na'r gweision eraill heddiw nac yn ystod y daith hir i Lundain. Ffroenodd yr awyr yn gwta.

'Wel 'te—nid gofalu am rocesi ifanc yw dy waith di heddi nac yn ystod yr wythnose nesa 'ma—ti'n dyall?'

Doedd dim modd camddeall ergyd ei eiriau. Roedd tinc o gerydd yn ei lais, cerydd oedd hefyd yn rhybudd i Gruff gadw draw oddi wrth Elinor.

'Yn burion, mishtir.'

'Reit—cer draw at Twm i helpu 'da'r da—ma' rhaid inni 'u ca'l nhw i gyd ar y sgwâr mor glou ag y gallwn ni. Wy'n golygu cyrra'dd Maenclochog cyn nos!'

Rhoddodd Gruff wên gwrtais ar Elinor cyn troi a dilyn ei thad.

Syllodd hithau ar ei ôl, gan ryfeddu at graffter ei thad. Roedd fel petai wedi synhwyro fod rhywbeth rhyngddyn nhw—neu efallai mai pryder amdani oedd yn gyfrifol am y cerydd diangen. Roedd un peth yn sicr, na fyddai llawer o gyswllt rhyngddi hi a Gruff yn ystod y daith, gwaetha'r modd.

Diolch byth, roedd y cymylau wedi cilio i raddau helaeth erbyn i Edward duthio i sgwâr Cas-mael a gallai feddwl fod y porthmyn yn weddol agos at gychwyn gan fod y gwartheg bellach yn dyrrau gweddol drefnus a'r dynion i'w gweld yn sefyll yn ddisgwylgar gyda'u corgwn yma a thraw. Cyffrôdd y gaseg yng nghanol yr holl sŵn a bu rhaid iddo blygu ymlaen ac anwesu'i phen er mwyn ei thawelu. Yna trodd ben y gaseg a'i gyrru heibio i'r gwartheg gan gadw'n agos at y bythynnod gwyngalchog isel gyda'u trigolion yn gwylied yr olygfa ac yn siarad â'i gilydd neu'n cyfarch y dynion i'w hebrwng ar eu ffordd. Sylwodd ar ddyn tlawd yr olwg gyda fflyd o blant yr un boerad ag ef yn sefyll wrth ddrws tywyll un o'r bythynnod gyda gwraig dew, anniben oedd â phlentyn bach arall yn ei breichiau. Roedd gwerin pob gwlad yn ymdebygu i'w gilydd, meddyliodd, yn epilio'n ddi-ben-draw ac yn llwyddo i fagu llond tŷ o blant o dan amgylchiadau anodd cyn i'r fam, druan, ddiffygio o ormod planta a thorcalon. Pa ryfedd fod harddwch ieuenctid yn pylu ac yn cilio mor gyflym ym mywydau'r merched ifainc? A rhyfedd hefyd fel y bydden nhw'n rhuthro i briodi gan wybod fod bywyd o lafur caled a blinder a thlodi yn eu disgwyl, fel petai bywyd hen ferch yn rhywbeth i arswydo rhagddo ar bob cyfrif. Yn Iwerddon roedd mynd yn lleian yn ffordd barchus, anrhydeddus, yn wir, o ddianc o hualau tlodi a pheryglon genedigaethau a gorepilio a bywyd o slafdod i feistr o ŵr. Ond roedd lleianaeth yn rhywbeth dirgel, peryglus mewn gwlad lle'r oedd Pabyddiaeth bron yn gyfystyr â theyrnfradwriaeth ac addoli'r Diawl. Pa ddewis oedd gan ferched Cymru rhwng priodi a bod yn hen ferch yn gofalu am rieni oedrannus a gorffen ei rhawd mewn unigrwydd ac ar y plwyf?

Pan gyrhaeddodd ben draw'r haid gwelai'r porthmon ar gefn march yn galw gorchmynion. Wrth ei ymyl roedd trol a merch ifanc yn eistedd ynddi a chwip yn ei llaw a dau ych dioglyd yr olwg rhwng y siafftiau. Pan ddaeth yn agos edrychodd y ferch arno a gwenu a chofiodd iddo'i gweld gyda'r dyn ifanc yn Abergwaun. Cofiodd ei harswyd a'i phryder y diwrnod hwnnw a'r llawenydd yn ei llygaid pan gafodd y dyn ifanc—ei chariad—ei ryddhau o afael y milwyr didostur.

'Arglwydd Kilrush! Croeso! Rown i'n dechre ofni nad oech chi ddim yn mynd i ddod! Dewch i gwrdd â 'merch i! Elinor—dyma Arglwydd Kilrush.'

Roedd balchder yn llais Peter Jenkins wrth gyflwyno Elinor iddo ond dim ond Edward a sylwodd ar y fflach o bryder ac o ymbil yn ei llygaid hithau wrth iddi'i gyfarch yn frysiog.

'Mae'n dda 'da fi gwrdd â chi, syr.'

Roedd y neges yn glir—nad oedd sôn i fod am eu cyfarfyddiad blaenorol; gwenodd yn ddeallus wrth grymu'i ben yn foesgar.

'Fy mhleser i, foneddiges.'

Ac yna roedd y foment o bryder heibio a'r diolchgarwch yn ei llygaid unwaith yn rhagor, nid yn gymaint am iddo'i galw'n 'foneddiges' ond am iddo gadw'r gyfrinach.

Efallai iddo ddal ei llaw fymryn yn rhy hir cyn ei rhyddhau gan synhwyro anniddigrwydd y lodes, ond roedd yn ymwybodol o'r swyn yn ei llygaid. Hawdd y gallai ddeall fod y dyn ifanc mewn cariad â'r fath brydferthwch. Trodd at y porthmon a'i weld yn gwenu. Os oedd wedi sylwi ar anniddigrwydd Elinor ni ddangosodd hynny. Petai wedi sylwi ac wedi dal ei dafod, digon tebyg mai mater o gwrteisi yn hytrach na thaeogrwydd fyddai hynny; neu roedd yn ddigon posibl y byddai'n croesawu iddo gadw cwmni i'w ferch yn ystod y daith a'i gwarchod, fel petai, rhag gormod o sylw'r gweision. Wedi'r cyfan, roedd hi'n brydferth—calon llygad ei thad—a byddai aml i lwmpyn trachwantus a garw ei ffordd yn barod iawn i'w bwrw i bentwr o wair pan na fyddai'i thad o gwmpas. Tybed a fyddai'r lodes yn y drol yn priodi'r dyn ifanc, a byw'n hapus a bodlon wrth fagu tyaid o blant iddo? Fel y bu ei fam yntau'n fodlon ei byd wrth eni teulu tra niferus. Ond roedd byd o wahaniaeth rhwng Duges, a chanddi forynion i warchod y plant ddydd a nos a gwraig faeth i roi sugn i'r baban diweddaraf, a gwraig i weithiwr cyffredin mewn bwthyn tlawd.

Torrwyd ar draws ei feddyliau gan leisiau'n gweiddi a chŵn yn cyfarth mewn ton o sŵn byddarol a gwelodd y dynion yn ergydio

185

cefnau'r gwartheg a'r cŵn bach yn gafael yn eu coesau â'u dannedd miniog. Roedd y daith yn cychwyn, a'r drol yn dechrau symud yn araf dros wyneb garw'r heol dan gyffyrddiad y chwip yng ngafael y ferch, a bloeddiadau uchel y dynion yn ego o furiau'r bythynnod, 'Hai iwp! Hai-iwp! Hai-iw-w-w-p! Dere—dere—dere! Prow! Prow!'

Gallai weld yn syth fod y teithio'n annifyr i'r ferch wrth i ddwy olwyn y drol dreiglo dros y cerrig a disgyn i'r tyllau o ddŵr. Er ei bod yn ffordd gydnabyddedig roedd hi'n dal yn yr un cyflwr ag yr oedd wedi bod ers canrifoedd. A throl gyffredin oedd hon, gyda seddau pren a lle yn y cefn i gario nwyddau, na fu sbring yn agos ati erioed i leddfu'r ergydion i gorff y gyrrwr. Doedd gwelliannau'r ffordd dyrpeg ddim wedi cyrraedd y rhan hon o'r deyrnas er bod sôn am ddechrau gwella'r ffordd rhwng Abergwaun a Hwlffordd y dyddiau hynny, yn ôl y gwesteiwr yn Abergwaun. Heblaw am ffordd dyrpeg a redai o'r gogledd i'r de i gyfeiriad Aberteifi—a dim ond croesi honno fyddai rhaid—doedd dim gobaith am heol dda nes cyrraedd y ffordd fawr i Gaerfyrddin yn ymyl Sanclêr.

Wrth weld y ferch yn gwingo gyda phob ysgytwad teimlodd awydd i gynnig iddi eistedd y tu cefn iddo ar y gaseg neu, petai hynny'n anweddus, tybed a allai farchogaeth merlen yn lle dioddef yn y drol? Ond nid ei le fe oedd awgrymu hynny. A beth bynnag, roedd yn bosibl nad oedd yn arfer gan ferched y parthau hyn farchogaeth ceffylau, ac eistedd yn fonheddig ar gyfrwy-ochr.

Cofiodd am ei swyddogaeth arluniol a phenderfynodd farchogaeth ymlaen er mwyn cael cyfle i ddarlunio'r drol yn symud tuag ato a'r gwartheg yn dilyn y tu ôl iddi.

Gwenodd ar y ferch wrth fynd heibio a gwyro'i ben ond ychydig o sylw a roddodd iddo gan fod ei llygaid wedi'u hoelio ar rywbeth—rhywun yn hytrach—o'i blaen. Wrth graffu gallai weld pam yr oedd hi mor anystyriol o bawb a phopeth arall y foment honno—onid y dyn ifanc hwnnw, yr un a achubodd echdoe rhag ei lusgo i'r milisia, oedd yno? Roedd ef a dyn arall, un hŷn nag ef yn brasgamu i lawr yr heol ac yn archwilio'r cloddiau wrth fynd. Y foment nesaf rhoes y dyn arall arwydd a gorchymyn ac ymunodd y ddau â'i gilydd i gario canghennau o goed a'u gosod i gau bwlch. Wrth gwrs—rhag i'r gwartheg ddianc!

Cododd ei law ar y dyn ifanc wrth agosáu ato.

'Bore da! Dyma ni'n cwrdd eto!'

Gwenodd y llall.

'Odyn, syr.'

'Mae golwg brysur arnoch chi'ch dau.'

'Arhoswch sbo hi'n amser sefyll dros nos, 'na pan fydd hi'n fishi arnon ni!'

Y llall, y dyn canol oed, oedd yn siarad nawr, heb fod yn ewn ond eto i gyd yn dangos ei fod dipyn yn fwy cyfarwydd â digwyddiadau'r daith na'r dyn ifanc.

Roedd yn bryd iddo arlunio ychydig. Ni thybiodd fod angen iddo roi eglurhad gan fod pawb wedi'i weld wrthi ddoe ac yn gwybod ei reswm dros fod yno.

Araf oedd symudiad y gwartheg ar waethaf sylw'r cŵn a'r dynion ac roedd digon o amser iddo wneud amlinelliad o'r olygfa. Llwyddodd i gynnwys y drol a gwên y ferch yn y drol, gyda'i sgarff am ei phen. Doedd y wên ddim yn swil erbyn hyn, yn wir, roedd chwilfrydedd yn ei hedrychiad a derbyniodd gyda diolch pan gynigiodd ddangos y darlun iddi.

'Mae e'n dda!' meddai hi ac yna cododd ei llaw i guddio'i cheg fel petai wedi gwneud camwedd. Roedd rhyw ddiniweidrwydd ynddi oedd yn ei atgoffa o blentyn heb soffistigeiddrwydd a moesau'r cylchoedd y byddai'i chwiorydd, a Pamela, yn gyfarwydd â nhw. Roedd hi'n wahanol iawn i'w wraig yn ei phrofiad o fywyd er na allai fod cymaint â hynny o flynyddoedd rhwng y ddwy. Roedd y naill wedi byw mewn tair gwlad ac wedi teithio'r cyfandir ac wedi rhoi dau o blant iddo eisoes yn eu bywyd byr—a'r llall heb symud cam y tu allan i'w milltir sgwâr, digon tebyg, tan y diwrnod hwnnw. Tybed faint o'r byd a welai hi yn ystod ei hoes?

'Na! Cadwch eich llaw fan'na!' gorchmynnodd wrth iddi ddechrau'i symud. Roedd yr ystum yn rhoi cymeriad i'w hwyneb ac ystyr ddyfnach i'r darlun. Bellach nid taith y porthmon fyddai testun y llun ond diniweidrwydd merch yn cychwyn allan i'r byd mawr, rhyfeddol ac ofnadwy.

'Edrychwch!'

Daeth gwich o fwynhad a syndod o'i genau.

'Ga i weld, syr?'

Cyfarchiad oddi wrth y dyn ifanc a'i lais bloesg yn hanner cuddio'i genfigen wrth weld y dieithryn a'i gariad yn chwerthin gyda'i gilydd.

'Gruff, w—'drych beth ma'r gŵr bonheddig wedi'i wneud!'

Wrth gwrs, Gruff oedd ei enw ac roedd golwg ar ei wyneb barfog tywyll fel petai'n ofni iddo ddwyn Elinor oddi arno, fel y bu yntau'n teimlo yn ei lencyndod pan oedd yn caru Elizabeth Sheridan ac yn ofni y byddai'n mynd 'nôl at ei gŵr. Fe fyddai'r ofn hwnnw'n arfer cnoi yn ei stumog a'i yrru i'r falen. Ac yn y falen y bu am fisoedd ar ôl ei marw nes iddo gwrdd â Pamela a syrthio dros ei ben a'i glustiau mewn cariad. Ac am y ddau hyn o'i flaen—beth oedd yr hen ddywediad? Cariad cyntaf—cariad poenus? Gwenodd. Gwell iddo esmwytho dipyn ar ofnau'r carwr ifanc. Mynnodd iddo gerdded yn ymyl y drol nesaf ati a'u darlunio ill dau gyda'i gilydd.

'Gobeithio y caiff hwn le yn eich cartref chi'ch dau ryw ddydd.'

'Ein cartref ni'n dou, ond . . .'

Roedd y ferch yn wrid i gyd dros ei gwddw a'i hwyneb.

'Ma'ch tad yn dod, Elinor!'

Sibrydiad o rybudd oedd geiriau Twm yn fwy na dim wrth i Peter Jenkins duthio atyn nhw a'i wyneb yn syn wrth weld yr olygfa.

'O's 'da ti ddim gwaith i wneud, Gruff Llwyd?' meddai'n sarrug.

'Maddeuwch iddo, Mr Jenkins.' Prysurodd Edward i'w amddiffyn. 'Fi fynnodd iddo gerdded yn ymyl y drol—ar gyfer y darlun. Edrychwch, mae'n fwy cymesur fel hyn.'

'Hm,' pesychodd y porthmon heb wybod beth i'w ddweud na'i feddwl ond ni allai ddal dig wrth ei was os oedd y bonheddwr wedi mynnu. Eto i gyd, doedd ef ddim yn hoffi gweld gwas yn rhy ewn ar Elinor.

'Neis iawn—gwell iti fynd mlaen 'te, Gruff. Mae digon o waith 'dat i dy gadw'n fishi drwy'r dydd.'

Cyfarch Gruff a wnaeth y porthmon ond roedd ei eiriau'n gerydd anuniongyrchol i'r bonheddwr am wastraffu amser ei was. Sylwodd Edward nad edrychodd Gruff ar Elinor wrth frysio ymlaen gyda Twm i chwilio am ragor o fylchau i'w cau.

*   *   *

Roedd cyflymdra'r daith yn dibynnu ar awch y gwartheg am flewyn glas ar ymyl y ffordd ac effeithiolrwydd y gweision a'u cŵn i'w hysio ymlaen. Ond roedd yr anifeiliaid mewn cyflwr da a'u cotiau'n raenus a heb ddechrau teneuo fel y bydden nhw ymhen dwy neu dair wythnos. Roedd y daith yn serth ac araf i gychwyn ond roedd yn haws symud wedyn ar dir mwy gwastad nes cyrraedd Maen-clochog. Yno cafodd Peter Jenkins a'i gyd-deithwyr groeso mewn tafarndy a chyfle i gnoi bara a chaws a thorri syched â chwrw neu ddiod fain. Dim ond Jenkins ac Elinor a Fitzgerald a gafodd eistedd mewn cysur yn nhu mewn y tafarndy—rhaid oedd i'r gweision fwyta ac yfed a gwarchod y praidd yr un pryd gan eistedd ar y drol oedd yn llonydd am y tro. Yna roedd yn bryd bwrw ymlaen gan addo galw yno eto rywdro, a mynd heibio i Langolman ac Efail-wen i Lanboidy dros nos.

Roedd croeso i bawb fwyta yn y dafarn cyn noswylio ond byr fu arhosiad y gweision yno. Cyn swpera roedd rhaid hebrwng y gwartheg i gae cyfagos a gadael un i warchod tra byddai'r lleill yn bwyta.

'Gruff Llwyd—fe gei di warchod gynta.'

'Iawn, mishtir.'

Roedd yn rhy flinedig i ddadlau ac yn ddigon balch i dynnu'i got yn dynnach amdano a chael llonydd i bwyso ar y glwyd a syllu ar y da. Roedd ei goesau'n brifo ar ôl diwrnod o gerdded ac fe fyddai'n braf cael gorwedd a gorffwys yn y man. Roedd y cae fel lloc gyda gwaliau sych o gerrig yn ei amgylchynu. Roedd carnau cant a hanner o anifeiliaid yn gwneud niwed mawr i wyneb y cae ond roedd wedi dysgu'r diwrnod hwnnw fod croeso i wartheg porthmon oherwydd y tail a adewid yno wedi i'r gyr symud ymlaen. Tir ffrwythlon oedd y tir lle teithiai gwartheg porthmon. Roedd tair pinwydden yn sefyll wrth ymyl y tafarndy, yn dal a thywyll yn erbyn yr wybren agored ac yn arwyddo y byddai croeso i borthmyn alw heibio ar eu taith. Yno fe fyddai lloches ac ymborth iddyn nhw ac i'w praidd.

Roedd hi bron â thywyllu pan gamodd Twm ato a'i anadl yn gymysgedd o aroglau baco a chwrw a wynwns. Safodd o'i flaen gan simsanu ychydig a daeth golwg ddireidus i'w lygaid. Pecialodd yn uchel.

'Well iti fynd miwn, gwlei, neu wyt ti'n siŵr o'i cholli hi!'

Rhuthrodd y gwaed i'w fochau.

'Be ti'n feddwl?'

Daeth edrychiad deallus i lygaid Twm.

'Wên inne in Abergweun ddydd Llun, a mi weles y cifan, yn cynnwys y ffrenshibeth rhyntoch chi'ch dou. Gwed wrtho i, odi Peter Jenkins yn gwbod?'

'Nag yw, a licen i tase fe ddim yn dod i wbod.'

'Ie, wel, dyw ffarmwr cifoethog ddim yn croesawu pob siort o ddyn in fab-ing-nghyfreth.'

'Yn gwmws, ac os deiff e i wbod mi fydda i ma's ar 'y nhin a fydd dim gobeth 'da fi i briodi Elinor wedyn heb ffarm na gwaith o werth. Twm, wnei di ddim gweud wrtho fe, wnei di?'

'Wel, sa i'n gwbod. Mae'n werth ambell beint i gadw'n dawel, gwlei.'

Roedd Gruff wedi cyffroi gormod i synhwyro mai ei boeni oedd y llall a bod hwnnw'n mwynhau ei weld yn gofidio.

'Faint bynnag lici, Twm, ond iti gadw'n dawel obeutu Elinor a fi, wy'n begian arnat ti.'

'Wel, paid â becso, weda i ddim un gair ond iti dorri'n syched i nawr ac yn y man. Cer i ga'l dy fwyd!'

Ni fu angen dweud eto—roedd yn llwgu ar ôl diwrnod o gerdded a rhedeg ac fe gâi gipolwg ar Elinor gyda lwc. Rhuthrodd i'r dafarn heb sylwi ar y wên ar wyneb Twm.

A dyna lle'r oedd hi—wedi diosg ei chot a'i sgarff ac yn eistedd wrth fwrdd derw isel—a'r bonheddwr yn eistedd am y ford â hi a'r ddau'n sgwrsio'n ddyfal dros olion pryd. Gallai weld yn syth bod ei swildod cynhenid wedi diflannu wrth iddi wenu a chwerthin ar eiriau'r llall, yn union fel petaen nhw wedi nabod ei gilydd erioed, neu'n union fel dau gariad. A oedd mwy o wirionedd yng ngeiriau Twm na'r jôc a fwriadwyd? Roedd hwn yn arglwydd cyfoethog; hawdd y gallai droi pen rhoces ddiniwed fel Elinor petai'n dymuno gwneud hynny.

Safodd yn llonydd am foment gan gau'i ddwylo'n ddyrnau mewn ofn a dicter; roedd yn deimlad anghyfarwydd; peth eitha brawychus oedd teimlo casineb personol at ddyn arall yn y ffordd hon. Roedd wedi teimlo ofn ac arswyd pan fu yng ngafael y milwyr ond roedd hwn yn wahanol—roedd ei galon yn llawn eiddigedd ynghylch y ferch a garai. Wrth weld Elinor yn gwenu i lygaid y Gwyddel fyddai dim yn well ganddo na phlannu dwrn ar ganol yr wyneb hunandybus ac arthio arno i'w gwanu hi o'na. Ac eto, hwn oedd y dyn oedd wedi'i achub o afael y rhingyll ac wedi sôn yn gyfeillgar am eu cartref nhw ill dau, hynny yw, cartref Elinor ac yntau. Rhaid ei fod yn cenfigennu'n ddiangen; digon tebyg mai bod yn gwrtais oedd y dyn, yn falch i gael cwmni merch brydferth i lonni'r daith heb feddwl dim drwg.

Diflannodd y dicter yn raddol ac ymlaciodd. Cerddodd draw at y gwesteiwr i ofyn am gael ymolch a symud bryntni'r dydd cyn bwyta. Cafodd ei gyfeirio at y drws cefn gyda chawgaid o ddŵr oer a chnepyn o sebon melyn a darn o sach i'w sychu'i hun.

Pan gerddodd 'nôl i'r stafell fwyd edrychodd yn syth i gyfeiriad bord Elinor a suddodd ei galon wrth weld ei bod hi wedi diflannu a bod ei thad wedi cymryd ei lle. Digon tebyg ei fod wedi'i hanfon i'w stafell o fforrd llygaid blysiog, ac fe fyddai yntau'n cael ei gyfrif ymhlith y rheiny, siŵr o fod. Ai fel hynny fyddai pethau ar hyd y daith, a'i thad, neu'r bonheddwr, yn cadw llygad barcud ar Elinor?

Er ei fod yn llwgu o eisiau bwyd doedd dim llawer o awch arno pan gafodd gawgaid o gawl twym yn llawn llysiau. Roedd yn hiraethu am gwmni Elinor a hithau mor bell oddi wrtho er ei fod mor agos. Eto i gyd, roedd y bwyd yn rhy faethlon i'w adael ac ar ôl llond pen neu ddau fe'i cafodd ei hun yn bwyta gydag arddeliad oherwydd y gwacter yn ei stumog.

'Gest ti dy wala, Gruff Llwyd?'

Peter Jenkins oedd yr holwr, wedi croesi o'i fwrdd draw ato, a'i lestr cwrw gydag ef. Eisteddodd gyferbyn ag ef wrth y ford ac yfed, yna syllodd arno.

'Y—do, diolch yn fowr, Peter Jenkins.'

'A wyt ti 'di joio dy dd'wrnod cynta?'

'Wdw'n weddol.'

'Dim ond yn weddol?'

'Wel—nage—ie—o ystyried nad wdw i ddim wedi gwneud hyn o'r bla'n, wy'n feddwl.'

'Dwyt ti ddim wedi difaru, gobitho.'

'Nag w, ddim hyd yn hyn 'no.'

'Gobitho na wnei di ddim difaru o gwbwl yntefe?'

'Ie.'

'Wel gawn ni weld shwd byddi di'n teimlo ar ôl noson o gwsg ma's ym môn y claw'! Nos da 'te a gwed nos da drosto i wrth Twm.'

'O, nos da, mishtir'

Eisteddodd Peter Jenkins yn llonydd fel petai'n golygu bod yno am oriau a sylweddolodd Gruff mai gorchymyn iddo fynd at y lleill oedd y cyfarchiad. Cododd ar ei draed a throi i fynd.

Cyn i Gruff gyrraedd y drws roedd Peter Jenkins wedi croesi draw i eistedd gyda'r bonheddwr.

Roedd hi wedi oeri eto pan aeth o glydwch y tafarndy a thynnodd ei got yn dynnach amdano wrth gerdded yn ofalus yn y tywyllwch i gyfeiriad y cae. Roedd hi'n noson olau leuad a'r golau'n ei gwneud yn bosibl iddo symud heb gamu i bwll o laid neu o ddŵr ar yr heol, a gallai weld ffurfiau tywyll y dynion eraill yn lled-orwedd yn erbyn y mur o gerrig o amgylch y cae.

'Twm?' galwodd.

'Fan hyn!'

Cerddodd i gyfeiriad un o'r cysgodion, gan faglu dros garreg.

'Mae Peter Jenkins yn gweud "nos da" wrthych chi, Twm,' meddai.

'Hy, digon hawdd iddo fe weud "nos da"; fe fydd e'n cysgu mewn gwely cysurus drw'r nos, myn uffach i, tra byddwn ni'n dou'n rhewi ma's fan hyn! Dere, gwell iti gwtsio lawr ar 'y mhwys i. O leia fe allwn ni gadw'n gilydd yn gynnes wedyn!'

192

Doedd Gruff ddim wedi ystyried y peth tan y foment honno; fe wyddai y byddai amodau byw'n ddigon anghysurus wrth deithio ond doedd ef erioed wedi meddwl y byddai'n gorfod cysgu yn yr awyr agored, a hynny ar noson rewllyd, ar brydiau. Ac roedd meddwl am gydorwedd â Twm yn ei ddiflasu wrth feddwl am ei anadl ansawrus.

'Beth sy'n bod? Dere i gwtsio lawr er mwyn popeth!'

'Wel, ym . . .'

'Beth sy'n bod? Wes ofan arnot ti? Ti'n ofni y gwna i rwbeth iti ganol nos?'

Teimlodd y gwrid yn codi dros ei ddwyfoch.

'Nag w.'

'Wel, sdim eisie iti fecso, rhocesi wy'n lico nid dynon!'

Roedd geiriau'r dyn yn gysur; eto i gyd roedd y syniad o orwedd yn agos ato'n troi arno; rhaid iddo ddod o hyd i ryw esgus i gadw draw oddi wrtho.

'O, reit, wel, fe fydda i 'nôl mewn muned 'te. Mae eisie mynd i dapo arna i,' chwanegodd o ran esboniad.

'Wel, paid â bod yn hir 'te. Ma' eisie mynd i gysgu arna inne.'

Dyna oedd ei obaith, y byddai Twm wedi mynd i gysgu erbyn iddo gyrraedd 'nôl. Camodd draw oddi wrtho gan anelu at ochr y tafarndy a'i lygaid yn chwilio am arwydd o stafell Elinor. Roedd golau cannwyll i'w weld drwy amryw ffenestri, golau digon pŵl o gofio fod llen yn gorchuddio'r ffenest. Pa un ohonyn nhw oedd stafell Elinor?

Y foment nesa daliodd ei anadl wrth i len symud i'r ochr y tu ôl i un o'r ffenestri ac fe nabyddodd Elinor yno'n edrych i'r tywyllwch. Curodd ei galon yn gyflym. Beth a roddai am allu dringo lan ati'r foment honno? Neu efallai y gallai dynnu'i sylw drwy daflu graean at y ffenest a thorri gair â hi. Daeth geiriau hen gân werin i'w feddwl:

> Titrwm, tatrwm, Gwen lliw'r wy,
> Ni alla i'n hwy mo'r curo,
> Mae'r gwynt yn oer oddi ar y bryn—
> O, flodyn y dyffryn, deffro!

Titrwm, tatrwm—sŵn y graean yn taro yn erbyn cwar y ffenest, a Gwen lliw'r wy—wy â phlisgyn golau amdano mor hufennaidd ei liw â'i chnawd—yn noswylio ar ei phen ei hun, a'i charwr yn sythu o dan y bargod a'i lygaid yn syllu ar lewych ei channwyll, nes i hwnnw ddiffodd yn sydyn.

Trodd 'nôl at fur y cae mewn siomedigaeth ac ymestyn yn lletchwith wrth ochr Twm. Cyffrôdd hwnnw ychydig yn ei gwsg wrth deimlo corff arall yn gorwedd wrth ei ymyl a llonyddu wedyn. A sach wedi'i lapio am ei goesau uwch ben ei got fawr, cap gwlanen ar ei ben a menig am ei ddwylo a chynhesrwydd Twm yn help i gadw'i gefn rhag sythu, gwnaeth ei orau i anwybyddu caledwch y garreg wrth ei ben a'r arogl drycsawrus oedd yn codi o'r pentwr o wellt llaith o dano. Hefyd ceisiodd feddwl am Elinor yn ei stafell unig—mor bell oddi wrtho â phetai hi wedi aros gartref yng Nghasmael a'i thad yn cadw llygad arni. Ai fel hyn y byddai pethau tan ddiwedd y daith, tybed?

*   *   *

Roedd gan y ddeuddyn bob o gannwyll wrth iddyn nhw ddringo'r grisiau ac anelu am eu stafelloedd. Oedodd y porthmon wrth ddrws a galw gan daro'n ysgafn.

'Wyt ti'n iawn, Elinor?'

'Ydw, nos da, 'Nhad.'

Nodiodd y porthmon yn foddhaus a symud ymlaen. Yna safodd wrth ddrws arall.

'Nos da i chithe 'te, Arglwydd Kilrush.'

'Nos da, Mr Jenkins, wela i chi yn y bore.'

23

Llaw frwnt Twm dros ei geg a ddihunodd Gruff yn y bore a'i lais yn sisial, 'Paid â chadw sŵn! Dyall?'

Nodiodd Gruff a symudodd Twm ei law a chodi oddi ar ei gwrcwd.

'Beth sy'n bod?'—sibrydiad yn hytrach na llais.

194

'A wes pastwn 'dat?'

'Wes.'

'Dere ag e 'te.'

Dilynodd Twm yn dawel; roedd hi'n ddigon golau i allu gweld ffurf y wal gerrig o amgylch y cae, a rhyw gysgodion yn symud wrth y gornel bellaf. Safodd Twm yn llonydd.

'Drych!'

'Beth?'

'Draw fan'na—lladron!'

'Lladron?'

'Ar ôl y gwartheg!'

Tynnodd Gruff anadl yn sydyn gan deimlo'i galon yn dechrau rhedeg.

'Beth wnawn ni? Galw'r lleill?'

Ysgydwodd Twm ei ben.

''Sdim amser. Dere, fe awn ni ar 'u hole'n hunen.'

Prin hanner can llath oedd gan y ddau i fynd at y glwyd ond yn sydyn sylweddolodd Gruff fod rhywun wrthi'n ei hagor.

'Hei! Gad lonydd i'r gat 'na!'

Llais Twm yn gweiddi a'r ddau'n rhedeg am y glwyd, a'r cysgod yn diflannu'n sydyn i'r dde o'u blaenau.

''Co fe!'

Heb aros eiliad roedd Gruff wedi troi i redeg ar ôl y ffigur tywyll oedd yn anelu am gasgliad o goed ond pan gyrhaeddodd y coed bu rhaid iddo sefyll gan nad oedd sôn am y dyn.

'Na! Y cythrel diawl! O!'

Daeth cyffro sydyn a gwaedd o boen i'w glustiau ac wrth droi ei ben gwelodd Twm yn ymrafael â dau o ddynion.

'Twm! Wy'n dod!'

Rhedodd ar draws y tir garw a gwelodd un o'r dynion yn troi i'w gwrdd. Cododd ei bastwn a bloeddio â sŵn aflafar ac yna roedd yn anelu ergydion at y dyn.

'Cymer hon'na!'

Roedd y llall yn chwimwth ond heb fod yn ddigon cyflym i osgoi'r ergyd a rhoddodd sgrech o boen wrth i'r pastwn roi clec iddo ar ei benglog. Ac yna roedd yn ffoi am ei fywyd a Gruff yn bytheirio ar ei ôl a Twm yn pwyso ar y glwyd wrtho'i hun ac yn chwerthin fel ffŵl.

'Dere 'nôl er mwyn popeth, Gruff Llwyd!'

Rhoes Gruff y gorau i'r ymlid a brysio 'nôl at Twm.

'Twm! Wyt ti'n iawn? Pam yn y byd wyt ti'n chwerthin?'

Estynnodd Twm law a phwyso ar ysgwydd Gruff.

'Gruff bach, taset ti'n gallu gweld dy olwg; wet ti'n gynddeirog. Own i'n meddwl dy fod ti'n mynd i ladd y cythraul!'

Lledodd gwên foddhaus dros wyneb Gruff.

'Dim peryg! Ond wedd eisie dysgu gwers i'r tacle.'

'Wel y cifan weda i yw na fydd eisie i Peter Jenkins fecso llawer obeutu lladron ar y daith hon, 'no!'

*   *   *

Dechreuodd y gwynt godi wrth i'r fintai gychwyn y bore hwnnw gan hyrddio cymylau tywyll ar draws yr wybren a chan beri i'r teithwyr godi'u coleri rhag ei frath. Ond doedd hwnnw ddim mor llym â'r disgwyl ac i'r cyfarwydd roedd rheswm da pam; roedd newid yn y tywydd ac oerfel y gaeaf yn troi'n gynhesrwydd llaith y gwanwyn cynnar. Prin yr oedd y fintai wedi bwyta milltir o dir pan ddechreuodd fwrw glaw, yn fân ar y cychwyn, ac yna'n drymach nes ei fod yn tasgu oddi ar wyneb bawlyd y ffordd gan adael diferion o laid ar esgidiau a dillad ac ar goesau'r anifeiliaid.

Crensiodd Peter Jenkins ei ddannedd mewn diflastod wrth weld y glaw'n pistyllio i lawr. Peth annifyr oedd teithio gan wlychu i'r croen a heb fawr ddim cyfle i sychu cyn cyrraedd pen y daith am y dydd. Yn yr haf fe fyddai gobaith i'r gwlybaniaeth sychu yng ngwres y cerddwr ond yn y gaeaf byddai'n oeri'i gorff ac yn ei wneud yn agored i ddal annwyd neu wynegon neu beswch neu waeth. Ar y dynion fyddai hi waethaf a'u hunig amddiffynfa rhag y glaw fyddai clymu sachau am eu hysgwyddau ar ben eu cotiau a hetiau ar eu pennau. Syllodd ar y drol ar flaen y fintai'n hercian dros y ffordd garegog. Roedd Elinor yn weddol lwcus gan fod ganddi glogyn trwchus uwchben ei chot a het gantel lydan ar ei phen ond ni allai hithau osgoi gwlychu'n raddol chwaith. Ond o leia mi gâi gyfle i sychu o flaen tân pan alwen nhw mewn tafarndy neu efail ar y ffordd am seibiant.

Gallai weld fod Kilrush wedi hen arfer â glaw a bod ei got aeaf a'i esgidiau lledr tal a'i het yn amddiffynfa ddigonol ar gyfer tywydd gwael. Roedd yn marchogaeth yn hamddenol wrth ymyl y drol ac yn torri gair bob hyn a hyn ag Elinor. Er eu bod o ddau fyd gwahanol gallai weld eu bod yn esmwyth yng nghwmni'i gilydd. Dyna ffordd bonheddwr o ymddwyn, gan helpu cydymaith i dreulio oriau hir a diflas y daith.

Roedd Twm a'r dyn newydd, Gruff Llwyd, i'w gweld yn camu ar flaen y fintai yn chwilio am fylchau. Roedd y ddau'n wahanol iawn o ran oedran a golwg ond wedi profi'u gwerth yn barod y bore hwnnw wrth frawychu'r lladron. Teimlodd awydd i wenu wrth weld pen Twm, a'i ddwy glust fawr yn cynnal ei het, yn cydgerdded â Gruff, oedd ugain mlynedd yn ifancach nag ef ac yn gefnsyth a'i gerddediad yn sionc hyd yn oed yn y glaw. Roedd Twm wedi dweud yr hanes wrtho dan chwerthin am y darpar-leidr yn ffoi ar ôl cael ei daro. Rhaid bod nerth anghyffredin yn yr ysgwyddau ifanc i roi ergyd o'r fath.

Doedd fawr o siarad wedi bod rhwng Elinor a Gruff ers cychwyn ar y daith ar wahân i'r tro y bu Kilrush yn eu darlunio ac roedd hi wedi mynd i'w stafell y noson gynt cyn i Gruff ddod i'r dafarn am ei swper. Wrth eu gweld gyda'i gilydd cafodd ymdeimlad o weld pâr cymharus. Nawr petai gan y dyn rywbeth i'w gynnig fe allai fod yn fodlon iawn ar eu gweld yn briod. Ond doedd priodi mab i grydd ddim yn dderbyniol iddo, nac i fam Elinor chwaith. Ar y llaw arall, petai'n profi'n weithiwr da ac yn gwneud llwyddiant o fod yn borthmon byddai'n stori wahanol. Ond ar hyn o bryd, gwell fyddai cadw'r ddau ar wahân. Wedi'r cyfan, fe fyddai Elinor yn Llundain am gyfnod amhenodol a hawdd y gallai briodi rhywun yno.

Ni allai dyngu ynghylch y peth ond a oedd rhyw aflonyddwch ynddi hi amser bwyd, a'i llygaid yn crwydro fel petai'n disgwyl gweld rhywun—rhywun fel Gruff Llwyd? Ac roedd hi'n gyndyn i fynd i'w stafell pan awgrymodd hynny iddi, ond efallai mai cwmni Kilrush oedd y rheswm am hynny. I Elinor, oedd wedi byw ei bywyd mewn ardal dawel a di-nod, byddai cwrdd â dyn tebyg iddo'n siŵr o fod yn brofiad ysgytwol, gyda'i straeon am fywydau'r cyfoethogion yn Llundain a Dulyn a Pharis. Cafodd ennyd o edifeirwch wrth feddwl ei fod wedi torri ar y sgwrs, ond eto i gyd fe gâi hi ddigon o gyfle i holi Kilrush eto am wisgoedd y merched yn nawnsfeydd Llundain a'i anturiaethau ar y cyfandir. Roedd cryn ddeunaw mlynedd o wahaniaeth oedran rhyngddyn nhw, ac Elinor ar drothwy bywyd, a Kilrush ym mlodau'i ddyddiau. Iddo fe doedd hi fawr mwy na phlentyn diniwed, debyg iawn, ac fe fyddai derbyn ei hedmygedd a'i sylw yn brofiad digon pleserus yn ystod y daith. Hawdd y gallai hi gael ei swyno, fodd bynnag, gan ddyn fel Kilrush oedd wedi gweld cymaint o'r byd. Nid bod hynny'n debyg o arwain at drafferthion gan y byddai'n gwbl amhosibl i ddyn yn ei safle cymdeithasol ystyried merch o ddosbarth a chefndir Elinor fel gwraig, a bwrw'i fod yn ddibriod. Ni fyddai'n fwy na chyd-deithiwr a chwmni diddan iddi—ond ar ben hynny, byddai'i gwmni'n fodd i'w chadw rhag cymryd gormod o ddiddordeb yn Gruff Llwyd a'i debyg. Trodd a cherdded 'nôl i gefn y fintai i weld fod popeth yn iawn yno.

Roedd y ffordd yn rhedeg drwy gymoedd cul a throellog ar ôl gadael Llanboidy a'r gwartheg yn symud yn araf fel petaen nhwythau wedi diflasu yn y glaw. Roedd pawb yn falch am seibiant yn efail Caerlleon ar y ffordd lle'r oedd cyfle i sefyll o flaen y tân a gweld y dillad gwlyb yn anweddu.

Doedd neb â mwy o angen sychu na Gruff. Roedd eisoes wedi gwlychu i'r croen yn y glaw mawr ond wrth yrru buwch anufudd o ymyl afon Cyning llithrodd ar y bencyn serth a'i gael ei hun yn y cerrynt. Pwl o chwerthin a ddaeth o enau Twm ar y cyntaf ond yna daeth terfyn ar y chwerthin pan welodd fod Gruff mewn trafferth gan fod y cerrynt yn gryf. Yna bu traed yn rhedeg a dynion yn gweiddi ac Elinor yn crynu mewn arswyd a'i dwrn yn ei cheg, a Gruff yn stryffaglio ac yn methu cael ei draed o dano i sefyll ac yn ymladd am anadl ac yn poeri dŵr. Yna daeth caseg Edward

Fitzgerald heibio ar garlam ac i lawr y bencyn ac i mewn i'r dyfroedd. A theimlodd Gruff law gref yn gafael yn ei goler a'i helpu i orwedd ar draws pen ôl y gaseg. Unwaith eto gwelodd Edward yr edrychiad o ddiolchgarwch ac o addfwynder arbennig yn llygaid Elinor wrth iddo ollwng Gruff i'r tir a hwnnw'n peswch ac yn ceisio diolch iddo am yn ail.

Bwriwyd ymlaen ar ôl i Gruff gael cyfle i sychu ychydig, drwy ragor o law trwm nes cyrraedd ffermdy Trafel-yr-ych yn ymyl Meidrim. Ymlaen wedyn drwy Sarnau i ymuno â'r ffordd dyrpeg o Sanclêr a'r teithio'n esmwythach.

Roedd yn syndod i Edward weld cymaint o bris oedd rhaid ei dalu wrth y glwyd ar draws y ffordd dyrpeg a honno'r gyntaf o bosibl o ddwsinau o glwydi cyn cyrraedd pen y daith. Pa ryfedd fod Peter Jenkins, y dyn addfwyn ag ef, yn grwgnach am y gost? Dyn canol oed hawddgar ac araf ei symudiadau oedd Ephraim Lewis ac roedd ar ganol ei ginio pan glywodd sŵn cyfarwydd y fintai, y brefiadau a galwadau'r gweision a chyfarth y cŵn. Camodd i'r golwg yn nrws bwthyn y dyrpeg gan sychu briwsion bara o'i farf a golwg syn ar ei wyneb. Foment yn ddiweddarach ymwthiodd tri o wynebau llai, fersiynau iengach ohono, i'r golwg o gwmpas ei goesau. Roedd ei drwyn piws yn brawf o'r annwyd oedd arno a daeth at y glwyd yn ddigon anfodlon mewn hen glogyn brethyn a het lydan, gan beswch a thisian.

'Wel i, duw, duw, ti 'di dechre dy ffordd yn gynnar 'leni, Jincins! Beth yw'r achos, dy wraig wedi ca'l digon arnat ti, ife?'

''Y musnes i yw hynny, ddyn. Mwstra, wnei di, mae hast arna i i gyrra'dd rhywle cyn boddi!'

Tynnodd Ephraim wyneb wrth dderbyn y cerydd; roedd yn amlwg nad oedd hwyl dda ar Jenkins y prynhawn hwnnw.

'Ie, wel, mae'n dywydd digon garw, on'd yw hi? Fe fyddi di'n falch i ga'l rhywle i gysgodi, wedwn i. Nawr 'te.' Aeth ymlaen yn frysiog wrth weld y cuwch ar wyneb Peter Jenkins, 'Dere weld 'te, faint sy 'da ti heddi 'te, Jenkins?'

'Cant a hanner union, Lewis. Fe alli di 'u rhifo nhw os leici di.'

'Gymra i dy air di.'

Gwnâi, fe gymerai air y porthmon unplyg hwn gan wybod na châi ddim twyll ynddo.

'Wedwn ni bedwar ugain ceiniog am y cyfan 'te. Iawn?'

'Iawn, a diolch yn fowr.'

'Croeso.'

Bu bron i Edward dynnu sofren o'i boced i dalu ond ymataliodd gan synhwyro y byddai hynny'n bychanu'r porthmon ac yn ei iselhau o flaen gofalwr y glwyd. Ond mynnodd gael dealltwriaeth y byddai'n talu'n llawn drosto'i hun pan fyddai'r swm dyledus wedi codi'n ddigon sylweddol i'w dalu mewn arian gleision.

Agorodd Ephraim y glwyd a rhoi carreg i'w dal ar agor ac yna aeth 'nôl i gysgodi ym mhorth ei fwthyn. Safodd yno gan wylied yr orymdaith. Cododd ei het yn foesgar ar y bonheddwr dierth ar gefn ei farch a gwenodd yn siriol ar y ferch yn y drol a nodiodd ar y gweision wrth iddyn nhw stablad heibio yn y stecs. Prysurodd i symud y garreg a chau'r glwyd a brysio 'nôl i glydwch ei fwthyn a gwylied y fintai'n diflannu o gwmpas y tro. Agorodd gledr ei law a syllu ar yr arian, gan ddiolch nad oedd rhaid iddo yntau dreulio'r dydd yn y glaw.

*   *   *

Roedd y glaw wedi lliniaru erbyn diwedd y prynhawn ac roedd pawb yn teimlo'n hapusach o'r herwydd. Doedd Edward ddim wedi cael cyfle i arlunio o gwbl drwy'r dydd ond fe allai wneud iawn am hynny drwy dynnu llun o'r olygfa yn y tafarndy ar ôl swper, llun o'r porthmon a'i griw'n ciniawa, o bosibl.

Roedd y daith araf yn pwyso arno'n barod, yn enwedig ar dywydd mor wael. Gymaint yn gynt fyddai hi petai ar ei ben ei hun. Ac roedd y posibilrwydd y byddai'r Ffrancod wedi cyrraedd Abergwaun cyn iddo yntau gyrraedd 'nôl yn ei ofidio. Ond rhaid dyfalbarhau ac arfer amynedd nes cyrraedd y Bont-faen a chwrdd â'r Edward arall hwnnw oedd yn dipyn o fardd ac o radical, yr union gyfuniad fyddai angen i gynhyrfu'r bobl o blaid y chwyldro a'u harwain yn fintai fawr i groesawu'r Ffrancod . . .

*   *   *

200

Roedd y tywydd wedi newid erbyn iddyn nhw gyrraedd Tafarn y Porthmyn rhwng Llan-llwch a Chaerfyrddin a'r haul yn gwenu wrth fachlud. Unwaith eto cafwyd gwahoddiad i gadw'r gwartheg mewn cae wrth gefn y tafarndy dros nos a chroeso wedyn i swpera. A'r tro hwn mynnodd Edward dalu am gwrw i'r gweision am gael tynnu llun ohonyn nhw wrth y ford. Ac unwaith eto cafwyd difyrrwch mawr wrth i Twm weld ei ben garw'n ymddangos ar bapur gwyn, ac un o'r lleill yn bochio'i ddiod.

'Ble dysgoch chi dynnu llun fel'na, os ca i ofyn?'

Roedd Gruff wrth ei benelin a'i lygaid yn llawn edmygedd. Gwenodd Edward; byddai'n anodd egluro mai gan diwtor y cafodd y fath hyfforddiant i ddyn nad oedd addysg ac ysgol yn golygu dim mwy na lle i ddysgu darllen a sgrifennu a rhifo ychydig.

'Ydych chi wedi trio erioed, Gruff?'

Ysgydwodd Gruff ei ben.

'Ble dysgwn i wneud peth fel'na, syr?' Yna daeth balchder i'w lygaid.

'Ond rwy i wedi dysgu darllen, yn yr Ysgol Sul, a sgwennu, a chadw cownts.'

Doedd hynny ddim yn syndod. Roedd golwg fel petai tipyn ym mhen Gruff ar waetha'i olwg dlodaidd.

'Fyddech chi wedi hoffi cael rhagor o ysgol?'

Gloywodd llygaid Gruff.

'Byddwn, tase cyfle, a tase 'nhad yn gallu fforddio. Mi fyddwn i wedi lico stydio rhyfeddode'r byd, natur, anifeilied, ffermwriaeth.'

'Ffermwriaeth?'

'Ie, shwt i wella'n ffordd ni o ffarmo a cha'l gwell cnyde, a magu anifeilied cryfach ar gyfer y farchnad ac yn y bla'n.'

'Rwy'n casglu eich bod chi'n mynd yn borthmon oherwydd eich diddordeb mewn anifeiliaid?'

'Wdw, syr, i radde o leia, gan na allwn i aros gartre.'

'O? Pam felly?'

'Yr ail fab ydw i, syr—alle 'nhad fyth fforddio rhannu'r fferm rhwng dou ohonon ni. Felly mi feddyles i y bydde mynd yn borthmon yn ffordd ma's i fi, a cha'l cyfle i weld tipyn o'r byd yr un pryd!'

'A chadw llygad ar rywun arbennig?'

Ymatebodd Gruff i'r wên gellweirus yn llygaid Edward.

'Dwy' i ddim yn dyall am bwy ych chi'n siarad, syr.'

'Na, na, a ddweda i ddim un gair wrth ei thad, chwaith!'

Cochodd wyneb Gruff. Yna gwenodd.

'Ga i jyst diolch i chi 'to am fy achub i yn yr afon, syr?'

''Sdim tamaid o eisie i chi wneud hynny. Rown i'n digwydd bod wrth law ac roedd y gaseg gen i a, wel, byddai unrhyw un wedi gwneud 'run peth â fi.'

''Na'r ail gymwynas ych chi wedi gwneud i fi'r wthnos hon. Sena i'n gwbod shwt galla i dalu 'nôl i chi fyth.'

'Gobeithio na ddaw achos i chi wneud, yntê?'

Syllodd Edward arno'n mynd 'nôl at y gweision eraill. Digon hawdd deall y byddai Elinor yn teimlo atyniad mawr tuag ato, yn ddyn ifanc nerthol a chryf yr olwg—dyn ifanc oedd yn ddigon penderfynol i ddilyn ei gwys ei hun drwy fywyd ac nid ildio i ffawd ddidostur.

Stafell hirgron oedd prif stafell y dafarn a'i muriau wedi'u gorchuddio â phlastr garw. Ac fel y rhelyw o dafarndai'r wlad roedd pawb yn eistedd wrth fordydd a meinciau o bren derw a'r canhwyllau a'r tân yn taflu cysgodion tywyll dros y porthmon a'i ferch wrth ford fach yn ymyl y lle tân. Gwenodd hithau arno wrth iddo gerdded draw atyn nhw ac eistedd eto.

Roedd Elinor yn ferch arbennig o brydferth. Pa ryfedd fod y dyn wedi syrthio dros ei ben a'i glustiau mewn cariad â hi? Roedd ei llygaid yn arbennig o ddisglair yn fflamau'r tân a'r tro yn ei gwefus yn atgof eto o Pamela, a theimlodd ei galon yn llamu'n sydyn. Rhyfedd fel yr oedd ystum neu edrychiad yn gallu deffro atgof, gwên Elinor yn deffro atgof am Pamela'n chwerthin arno ar eu mis mêl ar y cyfandir a'r atgof yn deffro atgof am y serch yn llygaid Elizabeth Sheridan wrth iddi gymryd ei fraich mewn dawns yn Llundain. Bu'n agos iddo dorri'i galon pan aeth honno i waeledd a marw ond gwellodd o'i hiraeth pan gyfarfu â Pamela. Roedd fel petai'n gweld harddwch Elizabeth yn adfywio eto ar ei hwyneb, ac yntau'n brysio i'w phriodi o fewn ychydig wythnosau fel petai'n ofni i'r harddwch hwnnw lithro o'i afael eilwaith.

'O, ga i weld beth ych chi wedi'i wneud, syr?'

Roedd awydd Elinor i weld ffrwyth ei lafur yn rhoi pleser iddo; doedd dim yn hyfrytach na gweld y syndod a'r mwynhad yn ei llygaid wrth iddi edmygu'r llun. Syllodd yntau ar ei cheg lawn a'i dannedd mân—oedd, roedd yn gariad i gyd.

*   *   *

Gorweddodd Elinor ar ddi-hun am dipyn y noson honno a'i meddwl yn crwydro dros ddigwyddiadau'r dydd, am y glaw'n troi'r heol yn stecs o'u blaenau ac am Gruff yn cwympo i'r afon a Kilrush yn ei achub. Pan gyrhaeddodd Gruff dir sych roedd hi'n crynu drosti mewn ofn. Roedd Gruff yn crynu hefyd—gan oerfel ar ôl gwlychu at y croen—gobeithio na ddaliai annwyd neu rywbeth gwaeth. Ond mi gafodd sychu yn yr efail a diod dwym i gynhesu ac roedd golwg iawn arno yn y dafarn, hynny o olwg a gafodd arno o dan lygad barcud ei thad.

Am ba hyd y gallai hyn fynd ymlaen a'r ddau'n ymddwyn fel dieithriaid o flaen pawb? Wythnosau o deithio araf a llafurus heb ddim ond ambell gipolwg ar ei gilydd a gair cyflym nawr ac yn y man ac yna ar ddiwedd y daith—beth wedyn? Oedd Gruff yn mynd i aros yn gyw borthmon gyda'i thad a mynd adre i Eglwyswrw neu a arhosai yn Llundain a chwilio am waith? Ond sut waith a gâi Cymro yn Llundain? A fodlonai Gruff ar fod yn grydd neu'n weithiwr cyffredin er mwyn bod gyda hi? Petai'n aros gyda'i thad a dod yn borthmon byddai ganddo yrfa dipyn mwy llewyrchus o'i flaen. Dyna fyddai orau gan wybod y caen nhw weld ei gilydd bob tro y dôi i Lundain gyda'i waith. Y gobaith wedyn oedd y byddai'i thad yn bodloni ar eu carwriaeth ryw ddydd, fisoedd pell i ffwrdd. Daeth ochenaid ysgafn dros ei gwefusau—hir oedd pob aros.

24

Roedd y cwrw'n flasus ar dafod sychedig y Rhingyll Evans ac yn falm i'w enaid o flaen y tân yn stafell fawr hen westy'r Llew yn Ninbych-y-pysgod, a'i flas mor dderbyniol â chorff siapus y pishyn penddu oedd yn ei lygadu'r funud honno wrth weini arno a'i gydfilwyr. Roedd hi wedi hen nosi ac fe fyddai'n bryd mynd i glwydo heb fod yn hir iawn a honno gydag ef yn gwmni pe bai modd. Er ei bod yn adeg rhyfel, roedd yn noson o ryddid a doedd neb o'r swyddogion yn poeni ble treuliai'r dynion eu nosweithiau, ar y ddealltwriaeth fod rhaid i bob jac wan ohonyn nhw fod ar barêd am wyth yn y bore mewn cyflwr trwsiadus a theilwng.

Roedd hi wedi bod yn wythnos hynod o bleserus rhwng popeth yn y barics yn Ninbych-y-pysgod, wythnos o fywyd cysurus. Ni fyddai 'moethus' yn air priodol yn y fath amgylchedd o furiau plastr melyn, lloriau noeth a dodrefn digysur a bwyd garw cogyddion y fyddin. Bu'n wythnos o seguryd cymharol ac amser i ymlacio ar ôl straen yr wythnosau blaenorol yn Iwerddon. Roedd yn straen ddiamheuol i hela gwrthryfelwyr a llosgi'u hofelau heb wybod pryd y byddai rhyw greaduriaid bawlyd, anwar, yn eu hyrddio'u hunain arnoch chi a chrymanau neu bicellau yn eu dwylo, gan sgrechian y seiniau mwya dieflig ac aflafar mewn iaith anwaraidd. A doedd y merched ddim gwell ond eu bod yn debycach o grafangu wyneb dyn wrth geisio plannu'u hewinedd miniog yn ei lygaid a'i ddallu am byth; ond o leiaf fe ellid trechu'r rheiny gan amlaf a'u defnyddio wedyn i foddio chwantau'r corff.

Yn hynny o beth, roedd yn anodd cofio weithiau eu bod 'nôl gartref yng Nghymru erbyn hyn ac nad Pabyddion oedd o'u cwmpas ond eu pobl eu hunain. Roedd wedi rhybuddio'r dynion i gofio hynny a thrin y bobl leol â pharch a gwên ac nid ag ergyd a rheg fel yn Iwerddon.

Nid bod prinder merched i ddiwallu'u hanghenion mwyaf sylfaenol chwaith; roedd milwyr proffesiynol wedi hen arfer ag edmygedd merched a'u parodrwydd i ufuddhau i'w dymuniadau mewn llwyn neu wely.

Nid pob merch chwaith, yn enwedig merched crefyddol—y siort a fynychai dai cwrdd y Sentars, yn Undodiaid a Phresbyteriaid a Bedyddwyr ac Annibynwyr, a nawr roedd rhai o bobl yr Eglwys hefyd yn troi'n wynepsur ac yn cefnu ar wyliau'r tymhorau a'r twmpath dawns a'r dafarn ac yn eu galw'u hunain yn 'Fethodistiaid' ac yn mynychu cwrdd gweddi a soseiti profiad ac yn troi cefn ar ddynion o waed coch cyfan.

Fel y ddwy ferch 'na yn ffair Abergwaun wythnos 'nôl, yn gwrthod cadw cwmni â'i filwyr ef; fydden nhw ddim wedi cael cyfle i wrthod yn Iwerddon! Roedd dwyn i gof eu cnawd meddal yn deffro chwant arno'r foment honno, a dicter wrth gofio'r drafferth a gawson nhw gydag un o'r gweision fferm. Cariad i un o'r merched, digon tebyg, yn gomedd i'w filwyr gael gwobr haeddiannol am eu gwasanaeth i'w gwlad. Ac oni bai fod y cyrnol a'r tynnwr lluniau wedi ymyrryd fe fydden nhw wedi cael sbort yn dysgu tipyn bach o faners ac ufudddod i'r diawl!

Cyrnol! Hy! Digon hawdd gweld fod y llipryn heb gael unrhyw brofiad milwrol o werth erioed yn ei fywyd. Meddylier am y peth —cyrnol yn wyth ar hugain oed! Fyddai hwnnw ddim wedi para diwrnod yn Iwerddon!

Nawr roedd Cawdor yn ddyn gwahanol iawn, nid yn unig yn aeddfetach ond hefyd yn ddigon o ddyn i ennill parch ac ufudd-dod. Roedd yn ddigon hawdd gweld nad oedd llawer o fol rhyngddo a'r mursen oedd yn bennaeth ar y Gwirfoddolwyr.

Drachtiodd ei ddiod hyd at y gwaddod a galw am ragor. Daeth y groten wengar ato a'i phiser ar anel. Gwenodd arno'n ddireidus.

'Ble licech chi ga'l e, yn y ffiol neu'n syth yn eich ceg, Sarjant?'

Yr eiliad nesa fe roes sgrech fach wrth iddo gydio ynddi a'i thynnu ar ei arffed.

'Mi ddeuda i wrthat ti ble licen i ga'l o, a nid siarad am gwrw ydw i.'

'Tria hwn 'te!'

Yr eiliad nesa roedd y cwrw'n tasgu dros ei wyneb. Agorodd ei geg mewn syndod, a llyncu a chwerthin am yn ail; yna gafaelodd yn y biser.

'Ty'd â honna i mi!'

Ac yna roedd hi'n gwichian 'Na! Paid!' wrth iddo wlychu'i hwyneb hithau yn yr un modd a'r ddau'n ymrafael am y biser. Yna'n sydyn roedd y piser yn y naill law a'r rhingyll yn hanner llusgo'r groten gydag ef â'r llaw arall yn sŵn cymeradwyaeth y milwyr eraill drwy ddrws i dywyllwch y cefn a dringo grisiau tywyll troellog, gan ymbalfalu am ganllaw a thyngu ac ebychu 'Ty'd 'laen, hogan!' Oedi wedyn a chymryd llond pen arall o gwrw a'i gorfodi hithau i wneud hynny a rhagor o chwerthin a gwichian ac yna dyma hithau'n ei arwain at ddrws ar ben draw coridor ac i mewn i'r stafell. Anodd fyddai dweud pa un o'r ddau fu fwyaf awchus i ddadwisgo ac anwesu'i gilydd yr un pryd a'r ochneidio a'r cyffro'n codi a chynyddu i uchafbwynt ac ymollwng wedyn mewn lludded a boddhad. Gorwedd wedyn ochr-yn-ochr yn llonydd cyn yfed eto ac anwesu eto ac ymaflyd yn ei gilydd. Yna rhaid oedd gorffwys yn fodlon a llesg nes iddo deimlo'i phen yn mynd yn drymach a'i hanadl yn arafu a dyfnhau mewn cwsg haeddiannol.

Wnaeth Evans ddim cysgu, fodd bynnag, gan fod ganddo bethau ar ei feddwl na allai anwes merch eu dileu. Doedd e ddim wedi anghofio digwyddiadau'r wythnos flaenorol a'r modd y cafodd ei rwystro'n sarhaus gan y cyrnol. Ac yna wrth ymaflyd yn y ferch llifodd atgofion drwy'i ben am ferched eraill y bu'n eu trin yn ddiweddar. Cofiodd am un wraig yn arbennig yn ymbil arno mewn iaith na allai mo'i deall a'i llygaid yn llawn arswyd wrth iddo'i threisio yng ngoleuni fflamau'r plasty ym Mae Bantry. Cofiodd iddo anwybyddu'i sgrechiadau, a derfynwyd yn y diwedd gan lafn ei gyllell. Roedd heno wedi bod yn bleserus, yn gyffrous hyd yn oed, ond nid yn agos mor gyffrous â'r noson yn Bantry.

Roedd rhywbeth arall yn mynnu pwyso ar ei feddwl a'i sylw wrth iddo gofio Bantry, y ffigurau annelwig hynny yn y gwyll a'r fwled yng ngwddw Parri, a'r arswyd o saethu dyn a gweld wyneb du! Roedd wedi glynu yn ei feddwl yn ystod yr wythnosau a'r llygaid a'r dannedd mor wyn yn nüwch y cnawd. A'r dyn arall—Fitzgerald! Rhyw ddyn o dras uchel gyda gwas o ddyn du, yn ochri gyda'r gelyn.

Dyn hurt a dweud y lleiaf, yn troi'i gefn ar hawddfyd ei ddosbarth er mwyn cyfeillachu â'r anwariaid yn Iwerddon!

Roedd y golau'n rhy ansicr a'r cysgodion yn rhy dywyll iddo gael golwg iawn ar y dyn ond eto roedd ganddo argraff o ffigur bachgennaidd ac wyneb glân. Roedd yr argraff honno'n mynnu dod 'nôl i'w ymwybyddiaeth dro ar ôl tro, fel petai rhywbeth wedi rhoi achos iddo feddwl amdano—fel petai wedi gweld rhywun tebyg iddo'n ddiweddar iawn. Ond pwy fyddai'n ateb y disgrifiad? Pwy fyddai â chyswllt ag Iwerddon, yn fonheddwr, yn fedrus wrth ymladd ac yn gyfarwydd â marchogaeth ceffyl?

Y foment nesa agorodd ei lygaid yn syn a rhythu at y nenfwd a'i galon yn carlamu. Yr artist! Y dyn a ymyrrodd rhyngddo a'i sbort wythnos 'nôl, y bonheddwr ag acen Wyddelig! Roedd yn fwy na chyd-ddigwyddiad; roedd yr awdurdodau'n chwilio am y dyn ar ôl y gyflafan ym Mae Bantry; beth fyddai'n fwy rhesymol na ffoi dros y môr i Gymru a chymryd arno fod yn artist? Ac roedd ei olwg yn ddigon tebyg i'r atgof oedd ganddo am Fitzgerald; ai am mai hwn *oedd* Fitzgerald—y bradwr a laddodd Parri?

Roedd pwysau'r ferch yn faich ar ei fynwes. Daeth ochenaid o brotest oddi wrthi wrth iddo'i gwthio oddi arno'n arw. Roedd ganddo amgenach peth i'w wneud na bod yn obennydd iddi'r noson honno. Ond yna ymbwyllodd. Doedd dim pwynt iddo godi a cheisio cael gair â swyddog mor hwyr yn y nos a chael cerydd o bosibl am aflonyddu arno. Gwell fyddai aros tan y bore a cheisio cael ychydig o gwsg a dychmygu amdano'n cael y pleser o lindagu'r bradwr diawl a'i weld yn marw'n araf ac yn boenus. Trodd ar ei ochr a gafael eto yn y ferch; fe gâi hi fod yn obennydd iddo fe ar ôl iddo gael ei wala ohoni.

*   *   *

Roedd wedi cymryd awr dda i garlamu i Stackpole o Ddinbych-y-pysgod drwy Benalun a Hodgeston ac nid harddwch plasty Stackpole gyda'i golofnau Groegaidd a'i lawnt ysblennydd a'r llyn y tu hwnt iddi oedd ar ei feddwl pan gyrhaeddodd; erbyn hyn roedd yn sicrach ei feddwl nag erioed mai Fitzgerald oedd yr artist yn Abergwaun.

Safodd yn ddiamynedd yng nghyntedd y plasty wrth aros am Arglwydd Cawdor, er na fyddai wedi meiddio dangos y diffyg amynedd o flaen dyn mor bwysig. Roedd y gwas ffroenuchel wedi'i roi i sefyll yn anniddig yn y cyntedd yng nghanol arwisgoedd, pennau anifeiliaid, a hen ddarluniau o hynafiaid y teulu ar y muriau tywyll. Roedd yr Arglwydd ar fin mynd i hela ond os oedd hwn yn fusnes swyddogol roedd y gwas yn siŵr y byddai'n fodlon oedi am funud neu ddwy i'w weld. Yna, roedd sŵn esgidiau'n taro ar loriau pren wrth i'r Arglwydd Cawdor gamu i mewn, yn ei ddillad hela.

'Wel, Sarjant?'

Roedd y llais yn frau. Gobeithio fod neges y rhingyll yn ddigon pwysig i gyfiawnhau ei dynnu oddi ar ei bleser.

'Syr! Mi ges i air efo'r capten ac ro'dd o'n meddwl y byddech chi am wybod.'

Oedd, roedd Cawdor yn hynod o falch i glywed amheuon y rhingyll am yr artist. Edrychodd arno â'i wyneb yn ddifynegiant wrth wrando ar ei neges, yna gwawriodd arwyddocâd geiriau'r rhingyll arno.

'Ac rwyt ti'n meddwl 'i fod wedi croesi'r môr i Abergwaun?'

'Ydw, syr! Fitzgerald wedi diflannu o'i gartref, ninnau bron yn 'i ddal ym Mae Bantry! A 'chydig wythosau wedyn bonheddwr o Iwerddon yn dangos 'i drwyn yn Abergwaun. Ma' hynny'n fwy na chyd-ddigwyddiad, os gofynnwch i fi.'

'Hm.'

Roedd y peth yn ddigon posibl, Fitzgerald yn ffoi o Iwerddon ac yn cymryd arno fod yn artist â diddordeb mewn porthmona er mwyn egluro'i bresenoldeb. Ac eto roedd y dyn yn dipyn o artist yn ôl yr hanesion oedd wedi cyrraedd o Abergwaun; fe allai fod yn gyd-ddigwyddiad. Ond os Fitzgerald oedd y dyn rhaid ei hela a'i ddal ar unwaith a'i roi i sefyll ei brawf. A gorau po gyntaf.

Camodd at fur a thynnu ar raff i ganu cloch.

'Fe wnaethoch y peth iawn wrth ddod yma, Sarjant. Mi gofia i am hyn eto.'

208

Camodd y gwas i'r golwg.

'Arglwydd?'

'Fy nghot deithio, a dau bistol, ar unwaith!'

Ymgrymodd y gwas heb ddangos mymryn o chwilfrydedd na syndod a diflannu fel darn o gysgod drwy ddrws arall.

'Sut mae dy geffyl, Sarjant?'

'Mewn cyflwr da, syr.'

'Gobeithio hynny. Mae gyda ni ffordd go bell i fynd cyn nos.'

'Ni, Arglwydd? Ydych chi am i fi 'nôl y milisia?'

'Does dim amser, mae'r dyn wedi cael rhai dyddiau i achub y blaen arnon ni. Fe fydd yn anodd iawn dod o hyd iddo wedi iddo gyrraedd Llundain. Rhaid inni'i oddiweddyd cyn hynny.'

Tro'r rhingyll oedd teimlo syndod.

'Ych chi'n gwbod ble mae o wedi mynd, syr?'

'Ydw, Sarjant. Mi drefnes iddo fe deithio gyda'r porthmon y bydda i'n 'i ddefnyddio i fynd ar neges drosto i i Lundain.'

Troes syndod y rhingyll yn llawenydd.

'Os yw'n teithio gyda phorthmon fydd o ddim wedi mynd yn bell, Arglwydd.'

'Dyna beth rwy'n obeithio, Sarjant. Yr unig broblem yw nad ydw i ddim yn siŵr pa ffordd maen nhw'n mynd. Mae 'na hanner dwsin o ffyrdd rhwng Abergwaun a Llundain. Y cyfan allwn ni wneud yw dilyn y trywydd mwya tebygol.'

Cyrhaeddodd y gwas 'nôl gyda'r got a'r pistolau. Wrth iddo wisgo rhoddodd Cawdor orchymyn i'r gwas i egluro i Arglwyddes Cawdor ei fod wedi gorfod mynd i ffwrdd am ychydig ddyddiau ar neges bwysig.

Arweiniodd Cawdor y ffordd i'r buarth a daeth gwas arall â'i geffyl ato ar unwaith. Brysiodd y rhingyll at ei geffyl yntau.

'Barod, Sarjant?'

'Ydw, syr!'

'O'r gore, dewch; does dim amser i'w golli os ydyn ni'n mynd i ddal Fitzgerald cyn nos!'

Sbardunodd ei geffyl ar draws llawr cerrig y buarth a phrysurodd y rhingyll ar ei ôl a golwg greulon ar ei wyneb.

'Jyst gadewch i mi gael gafael ynddo fo, syr. Mi laddodd un o 'mechgyn i yn Bantry!'

25

Roedd Kilrush wedi bod yn cadw draw oddi wrthi ers deuddydd am ryw reswm na allai hi mo'i ddirnad. Roedd hi'n unig ar ei phen ei hun yn y drol drwy'r dydd ac yn dyheu am fynd ato a gofyn beth oedd hi wedi gwneud i'w ddigio ond feiddiai hi ddim rhag ofn iddo ddweud rhywbeth creulon wrthi.

Doedd hi ddim yn meddwl ei fod yn ddyn creulon chwaith; i'r gwrthwyneb roedd yn hawddgar a boneddigaidd bob amser tuag ati ac yn siarad â'r gweision, Twm a'r lleill, a Gruff yn enwedig, â pharch oedd yn anarferol ymhlith dynion o'i safle mewn cymdeithas yn ôl pob sôn. O leiaf roedd Twm wedi sôn ganwaith am ffordd boneddigion o drin eu gweision fel baw, fel petaen nhw'n llai na dynion. Yn wir, byddai ambell fonheddwr yn trin ei geffyl â mwy o garedigrwydd nag a ddangosai i'w was. Ond roedd Arglwydd Kilrush yn fodlon sgwrsio a chydyfed gyda'r gweision fel petai pawb yn gydradd.

Roedd patrwm eu bywyd wedi mynd i rigol, a doedd hi ddim wedi mentro torri mwy nag ambell air wrth basio gyda Gruff ers wythnos, ddim hyd yn oed wedi cael cyfle i ddweud wrtho am beidio â theimlo'n eiddigeddus o Kilrush. Oblegid roedd hi'n gallu gweld wrth ei olwg fod Gruff yn poeni ac yn ofni y trôi'i chefn arno o dan swyn y bonheddwr o Wyddel.

Ac roedd iddo'i swyn diamheuol hefyd, gyda'i olwg fachgennaidd a'i lygaid direidus—yn ddyn a wyddai'r union bethau i'w dweud wrth ferch i beri iddi deimlo'n ifanc a phrydferth a deniadol, a'i holl sôn am Lundain a Pharis a Dulyn a Philadelphia'n rhoi cipolwg ar fyd mawr rhyfeddol na wyddai hi odid ddim amdano. Roedd yn ddyn a allai gyflawni holl freuddwydion a gobeithion merch mewn bywyd, yn hudwr a ddenai rywun i gredu pob gair a ddôi o'i wefusau—yn ŵr y byddai cannoedd o ferched yn barod i aberthu popeth er mwyn ennill ei serch.

Nawr, wrth ei weld yn cyfeirio'i gaseg i gefn y fintai roedd hi'n teimlo'n drist, yn wrthodedig, yn unig. Fe wyddai fod hynny'n hurt, y byddai Kilrush yn ymwahanu â nhw ymhen wythnos neu ddwy os nad cyn hynny ac na welai hi mohono fyth eto. Gwyddai hefyd na feddyliai ddwywaith amdani ar ôl ffarwelio â hi a phan fyddai'n ymdroi yng nghwmni boneddigesau o uchel dras unwaith eto. Byddai'n siŵr o ymysgwyd o'r iselder hwn yn y man ond byddai'i hatgofion a'i hiraeth amdano gyda hi am amser maith, ymhell wedi iddo fynd. Ond tan hynny, pam na allai roi mwy o sylw iddi a bod yn gwmni a'i difyrru yn ystod y dyddiau hir a blinderus?

Roedd hi wedi sylwi fel yr oedd yr arlunio wedi lleihau'n ddiweddar, fel petai Kilrush yn colli diddordeb neu wedi gwneud cymaint o waith arlunio ag a ddymunai. Os felly, doedd dim i'w gadw bellach. Gallai ganu'n iach â nhw unrhyw ddydd a charlamu ymlaen i gyfeiriad Llundain neu i Gaerfaddon, efallai—y ddinas ffasiynol honno lle na châi hi mo'i weld fyth eto. Roedd hynny'n ei gofidio'n fawr. Os oedd y dyn ar fin eu gadael y peth lleiaf y gallai wneud fyddai treulio peth o'r amser oedd yn weddill gyda hi.

Teimlodd yn euog wrth feddwl hyn, yn euog oherwydd ei chariad at Gruff, rhyw deimlad ei bod yn anffyddlon yn ei meddwl iddo. Ac eto, beth oedd anffyddlondeb? Cyd-chwerthin â dyn deniadol a mwynhau ei gwmni, ymollwng i demtasiwn y foment gan wybod na fyddai'r rhamant fyth yn datblygu'n bellach neu gefnu ar ei hen gariad a dilyn rhywun arall? A oedd modd bod yn ffyddlon yn feddyliol ond eto'n anffyddlon yn gorfforol? Roedd byd o wahaniaeth rhwng diwallu angen a phleser y foment ar y naill law, heb feddwl dim am y dyfodol, ac ymserchu mewn rhywun am weddill eich bywyd—rhywun fel Gruff . . .

*   .   *   *

Gallai weld fod Elinor wedi digio ato hyd yn oed o gefn y fintai; gallai weld hynny wrth ei hosgo a'i hystum o falchder—wrth fel y byddai'i llygaid yn ei osgoi a hithau'n digwydd troi'i phen ac edrych 'nôl. Gallai fod yn edrych am ei thad wrth wneud hynny ond roedd yn sicr ganddo ei bod hi'n methu deall pam yr oedd yntau'n cadw draw.

Ond beth arall a wnâi os oedd yn mynd i ymwrthod â'r demtasiwn o ymserchu ynddi? Roedd Pamela yn disgwyl amdano yn Iwerddon, gwraig yr oedd yn ei charu â holl ddyfnder ei enaid. Byddai'n annheg iddi hi, yn bechod yn ei herbyn ac yn bradychu'i serch hithau tuag ato petai'n cymryd y ferch ifanc, nwyfus hon o ddifri. Bellach roedd wedi cyd-deithio â hi ers dyddiau ac wedi treulio pob min nos yn ei chwmni hi a'i thad—a chael digon o amser i ymgyfarwyddo â lliw a llawnder ei gwefusau a'r mwynder yn ei threm. Roedd pob modfedd ohoni'n gweiddi fod arni angen cariad, rhywun i'w hanwylo a'i haddoli a rhannu'i fywyd â hi, fel na allai yntau fyth obeithio gwneud. Ac roedd ei llygaid yn ei hudo a'i gwên yn ei demtio. Dyna pam yr oedd marchogaeth yng nghefn y fintai'n ddiogelach, yn lleihau'r demtasiwn iddo. Ar ben hynny roedd ganddi gariad deng mlynedd yn ifancach nag ef, a allai gynnig bywyd llawn iddi gan ei fod o'r un cefndir a'r un diwylliant â hi. Ni allai ef gynnig dim iddi ond gwefr dros dro ac yntau'n ŵr priod . . .

*   *   *

Roedd Jenkins, ac Elinor a Fitzgerald wedi hen ddiflannu y tu ôl i ddrysau'r tafarndy yn ymyl yr Hen Gastell yn nhref Pen-y-bont pan ddechreuodd y gweision droi'r gwartheg i mewn i gae nos.

Roedd Twm yn llawn grwgnach fel arfer, am annhegwch byd lle'r oedd y mishtir a'i ferch yn cael y gorau o bopeth a nhw'r gweision yn gwneud y gwaith caled i gyd ac yn gorfod cysgu yn yr awyr agored ym mhob tywydd.

Ychydig o sylw a gymerai Gruff o hyn, wedi hen arfer â chlywed y truth; roedd wedi ymatal rhag gwneud unrhyw sylwadau ei hun hefyd, rhag ofn i rywun glepian wrth Peter Jenkins. Y tro hwn eto teimlodd awydd i ddweud wrth Twm am ddal ei dafod gan ei fod yn gwybod beth oedd amodau'r gwaith cyn ymgymryd ag ef. Roedd heno, fodd bynnag, yn oer a diflas, er bod y glaw wedi peidio, ac roedd y ffordd yn lleidiog ac annifyr i gerdded drosti a'r gwartheg yn arafach nag erioed, fel petaen nhw wedi danto.

Roedd un fuwch yn arbennig o araf.

'Diawl, fuwch, dere mla'n, 'es, 'sdim trwy'r nos 'da ni!' Cododd Twm ei ffon ac yna safodd a'r ffon ar anel wrth i'r fuwch ollwng llifeiriant o ddrewdod a thail wrth ei draed.

'Uffarn gols!'

Cuddiodd Gruff y wên ar ei wyneb wrth weld Twm yn rhoi naid yn ôl.

'Welest ti 'na, Gruff Llwyd. Mae'n traddu fel llo bach!'

'Gwell ma's na miwn, gwlei.'

A'r tro hwn ni allai guddio'r wên yn ei awydd i chwerthin.

Rhythodd Twm arno a'i wyneb yn duo.

'Dyw hyn ddim yn fater chwerthin, ti'n gwbod!'

'Ma'n flin 'da fi. Nag yw, sbo.'

Ond roedd anghrediniaeth yn ei oslef a barodd i Twm ffromi. Pwyntiodd ei ffon at Gruff.

'Grondo di 'ma, gw'boi. Fyddi di ddim yn wherthin os deiff yr ynadon 'ma a'n hala ni i ladd pob wan jac o'nyn nhw, a chladdu'r esgyrn!'

'Pam, be chi'n feddwl?'

'Y fuwch 'ma, w. Os yw pla'r gwartheg arni ddi fe fydd lle ma', creda di fi!'

'Shwd ych chi'n gwbod bod pla'r gwartheg arni ddi?'

'Dyw buwch ddim yn traddu'n rhydd fel'na, 'chan, a 'drych ar 'i cheg hi. Ti'n gweld fel ma' hi 'di whiddo?'

Edrychodd Gruff arno. Roedd golwg ddifrifol ar wyneb Twm; yna syllodd ar y fuwch. Roedd Twm yn dweud y gwir, roedd gweflau'r anifail yn amlwg wedi chwyddo a llysnafedd gludiog yn diferu o gorneli'i cheg.

'Beth ŷn ni'n mynd i wneud—'nôl mishtir?'

'Wyt ti'n gall? 'Na'r peth dwetha wy'n mynd i 'neud!'

Roedd yr angerdd yn anarferol yn llais Twm.

'Pam 'ny?'

'Pam? Achos y peth cynta wneiff e fydd galw'r ynad ma's, i ddangos y fuwch iddo fe.'

'Pam wnele fe shwd beth?'

'Achos nad yw Peter Jenkins ddim yn galler gweud celw'dd, 'na pam, achos bod celw'dd yn bechod yn 'i olwg e.'

'Fel 'na ces i'n nysgu, 'ed.'

'Ife wir? Wel meddila di amdanon ni'n gorfod ca'l gwared o'r cwbwl lot ohonyn nhw am fod yr ynad yn gweud, a bod ma's o waith o achos 'ny!'

'Ti'n meddwl digwydde hynny?'

'Wy'n gwbod 'ny! A 'sdim ond un ffordd amdeni ddi.'

'Beth?'

'Ca'l gwared ohoni ddi heb iddo fe Jenkins ddod i wbod!'

Lledodd llygaid Gruff mewn syndod.

'Ond fe fydde hynny'n dwyllodrus.'

'Bydde! Ac yn ein cadw ni mewn gwaith! Dere, cer i nôl rhaff o'r drol, a siapa hi!'

Ymhen munud roedd Twm wedi gosod y rhaff mewn cwlwm am wddw'r fuwch. Yna estynnodd y pen rhydd i Gruff.

'Dere, cer â hi i ben pella'r cae a chadw dy lygaid ar agor am unrhyw un dierth! Fe fydda i 'da ti mewn muned!'

Roedd wedi troi'i gefn arno ac wedi diflannu i'r gwyll cyn iddo gael cyfle i'w holi ymhellach, felly dechreuodd Gruff gerdded ar draws y cae gan dynnu'r fuwch ar ei ôl. Roedd yn gwybod am glefyd y gwartheg, wrth gwrs, ac am y clefyd arall hwnnw, y clefyd du, gyda'i gornwydydd erchyll. Gartre yr arfer fyddai lladd anifail afiach a'i gladdu'n ddistaw bach ond doedd e erioed wedi meddwl tan y foment honno y byddai mintai ar daith yn fygythiad i anifeiliaid bro gyfan gan ddwyn clefyd o fan i fan. Gallai ddeall gofid Twm ar y mater, y gallai ynad orchymyn difa a llosgi'r fintai gyfan. Gallai hynny ddigwydd nawr petai Jenkins yn dod i wybod am y fuwch sâl ac yn mynnu rhoi gwybod i'r ynad o ran cydwybod, er y byddai hynny'n golled ariannol aruthrol iddo'n bersonol.

Erbyn iddo gyrraedd pen pella'r cae gwelodd Twm yn brysio ar ei ôl, gyda chaib a chyllell hir a pheryglus yr olwg yn y naill law, a rhaw yn y llall. Doedd dim angen holi ymhellach, ac o'i ran ef, roedd yn ddigon bodlon cydweithredu â Twm wedi deall beth fyddai goblygiadau sôn wrth y porthmon fod un o'i wartheg yn gwaelu.

Roedd tro yng nghlawdd pella'r cae a chlwyd oedd yn agor i gae arall. Wedi mynd i hwnnw fe fydden nhw a'r fuwch o olwg yn dafarn.

'Mi agora i'r glwyd.'

Camodd Twm heibio iddo a gwthio'r glwyd ddigon ar agor i'w galluogi i gamu drwodd i'r cae nesaf oedd wedi'i aredig ar ddechrau'r gaeaf a heb ei hau. Nodiodd Twm mewn bodlonrwydd; byddai gymaint â hynny'n haws cuddio'r dystiolaeth.

'Nawr 'te, lawr â hi, fel tasen ni'n mynd i'w phedoli. Mi ddalia i ben y rhaff yn dynn iti!'

Oedodd Gruff mewn ansicrwydd am ennyd, yna gwasgodd ei ddwy wefus at ei gilydd yn galed. Dyna'i gyfle iddo ddangos ei fod wedi dysgu gan y pedolwyr sut i gwympo buwch. Gafaelodd yng nghyrn y fuwch a rhoi cic i'w choes flaen a rhoi troad i'r cyrn yr un pryd nes iddi gwympo i'r pridd meddal. O fewn eiliadau roedd y rhaff wedi clymu'r coesau at ei gilydd yn dynn. Yna gwyrodd Twm dros yr anifail mud a thrychu gwddw'r creadur anffodus nes i'r gwaed ffrwydro o'r clwyf. Daeth pwl o drueni dros Gruff wrth weld y fuwch yn cyffroi ychydig ac yna'n gorwedd yn llipa ac yn raddol ymdawelu.

'Reit, pala dwll, glou!'

Gafaelodd Gruff yn y rhaw a dechrau palu twll yn y pridd. Byddai angen twll go fawr i gladdu buwch. Erbyn iddo orffen palu fe fyddai'r fuwch druan wedi hen waedu i farwolaeth. Diolch byth fod y pridd mor feddal ar ôl yr holl law yn ddiweddar. Diolch hefyd y byddai pant bas yn ddigon yn hytrach na bedd llawn. Serch hynny, roedd yr isbridd yn galetach ac fe fu'n ddigon balch pan bwriodd Twm ati i geibio o'i flaen.

Erbyn iddo orffen roedd yn chwys i gyd drosto a phrin yn gallu gweld o gwbl gan ei bod mor dywyll.

'Wyt ti 'di bennu?'

215

'Ydw, gwlei.'

Oedodd, gan deimlo'n falch fod ei orchwyl wedi gorffen, ac ychydig yn anfodlon na fyddai Twm wedi cynnig palu am yn ail ag ef.

'Reit 'te, lawr â hi!'

Bu'n ymdrech eto i wthio a llusgo'r corff i'r pant.

'Reit, fe lenwa i. Cer i ymolch a chael bwyd. Wyt ti 'di gneud dy siâr heno!'

Roedd yn rhy dywyll i Twm weld y syndod ar ei wyneb.

'Ti'n siŵr?'

'Odw! Cer w!'

Doedd dim angen ei gymell eilwaith. Brysiodd Gruff at y dafarn i gael ymolchad a thamaid o fwyd, a chyfle i gael cipolwg ar Elinor, gyda lwc.

*   *   *

Roedd y porthmon yn sefyll yn y drws ac yn tynnu ar ei bib â bodlonrwydd pan welodd ffigur tal Gruff Llwyd yn nesáu ato.

'Gruff Llwyd, fan hyn wyt ti! Wyt ti 'di gweld Twm?'

Cyffrôdd Gruff wrth ei weld, fel petai wedi'i ddal yn gwneud rhywbeth na ddylai.

'Chi sy 'na, mishtir. Ma' Twm yn dod nawr. Fe fuon ni am dro bach rownd y ca' i weld fod y gwartheg yn iawn.'

Os oedd yn gelwydd roedd yn gelwydd golau, meddyliodd Gruff a theimlai'n falch na allai'r porthmon weld yr euogrwydd yn ei lygaid. Ymesgusododd a brysio heibio, fel petai'n awchus am ei swper.

Roedd wedi bod yn benderfyniad iawn i roi cyfle i'r dyn, meddyliodd y porthmon; roedd wedi gwneud ei orau glas i blesio ac i ddysgu'i grefft ac roedd gan Twm air da amdano. Roedd yn gryf o gorff ac yn amlwg yn barod i wneud diwrnod caled o waith.

Doedd e ddim wedi aflonyddu ar Elinor mewn unrhyw fodd chwaith. Roedd yn ddyn golygus, gallai feddwl, a phetai ganddo fodd i gadw gwraig a theulu fe allai Jenkins fod wedi croesawu

216

carwriaeth rhyngddo ac Elinor. Ond bellach a hithau'n mynd i Lundain at ei modryb doedd hynny ddim yn debyg o ddigwydd.

'Nosweth dda, mishtir!'

Llais dwfn Twm y tro hwn.

Nodiodd yn foddhaus. Os oedd Twm wedi rhoi tro am y da fe fyddai popeth yn iawn.

'Popeth yn iawn, Twm?'

'Odi, mishtir.'

'O'r gore, mae dy swper yn dy ddisgw'l.'

Nodiodd Twm a chamu heibio i mewn i'r dafarn, heb ddisgwyl na chael gair o ddiolch am wneud ei ddyletswydd..

Tynnodd Peter Jenkins ar ei bib eto a syllu fry. Roedd yn noson glir a'r sêr yn ddigon o ryfeddod yn sbotiau dirifedi ar draws y ffurfafen. Doedd ganddo fawr o ddileit yn y sêr ond roedd yn gyfarwydd â'r Arth Fawr a Seren y Gogledd a'r tair planed, Mawrth a Gwener ac Iau. Digon tebyg fod planedau eraill yno yn rhywle pe bai ond yn gwybod ble i edrych. Ac wrth syllu yn y distawrwydd a'r tywyllwch daeth geiriau'r salmydd i'w gof am y 'lloer a'r sêr, gwaith dy fysedd' a'r cwestiwn—'pa beth yw dyn . . . ?' Ie, wir— beth oedd dyn, y creadur bach pitw, o'i gymharu â mawredd y Greadigaeth? Byddai'r ddeubeth yn destun pregeth ganddo yn y man, digon tebyg.

Roedden nhw wedi cael llawer o law yn ystod yr wythnos y buon nhw ar daith o Gas-mael—ond roedd wedi bod yn sychach ers deuddydd ac yn debyg o aros yn sych nes iddyn nhw gyrraedd glan y môr a chymryd llong o Sili i Weston. Roedd hon gystal ffordd â mynd trwy Gaerloyw ac yn fyrrach, pedwar ugain milltir yn llai o daith i Lundain, a chan fod Kilrush yn awyddus i fynd trwy'r Bont-faen roedd wedi bod yn eitha bodlon i fynd y ffordd honno.

Roedd ei bib wedi diffodd. Trawodd y pen yn erbyn sawdl ei esgid a mynd i mewn i'r dafarn ac i'r cynhesrwydd.

*   *   *

217

Roedd hi yno gyda'r bonheddwr pan gerddodd Gruff i mewn a gofyn am gawl a chosyn a thamaid o fara a chwrw ac roedd y gwesteiwr yn barod iawn i ddiwallu'i anghenion fel petai hynny'n un o freintiau mawr ei fywyd.

Roedd y ddau'n sgwrsio'n ddyfal ond cyffrôdd Elinor wrth ei weld a daeth edrychiad addfwyn i'w llygaid, edrychiad oedd yn wahoddiad distadl. A feiddiai fynd draw ati i fwyta? Ond yr eiliad nesa suddodd ei galon wrth i Peter Jenkins gyrraedd 'nôl a dweud rhywbeth wrthi. Ac unwaith eto, fel ar bob noson arall yn ystod y daith, roedd yn amlwg fod y porthmon yn ei gyrru hi i'w stafell cyn iddo gael cyfle i siarad â hi. Roedd y Gwyddel yn cael llawer mwy o'i chwmni nag ef, ond roedd hwnnw'n fonheddwr ac yn gyfoethog, ac yn talu am ei siwrnai—ac oherwydd hynny fe gâi siarad ag Elinor faint a fynnai ar waetha'r bwlch cymdeithasol rhyngddyn nhw. Roedd yntau wedi sefyll yn nüwch y nos ers wythnos yn craffu ar ei golau nes i hwnnw ddiffodd, yn dyheu am fynd ati, am guro ar ei ffenest a galw'i henw a'i chymryd yn ei freichiau unwaith eto. Y noson flaenorol roedd wedi sefyll yn y tywyllwch am awr, yn gweddïo yr agorai'r ffenest ac edrych i lawr ato, ac roedd wedi sibrwd 'Elinor—wy'n dy garu di!' drosodd a thro gan wybod na allai hi'i glywed—ac yn ffyddiog y byddai hithau'n dweud yr un geiriau wrtho yntau petai'n cael y cyfle.

*   *   *

Caeodd Edward Fitzgerald ddrws ei stafell a cherdded draw at y gwely ac eistedd arno gan deimlo'i galedwch o dano. Roedd yn wahanol iawn i'r gwely plu meddal yn Kilrush, gwely dwbl lle byddai breichiau agored Pamela'n ei ddisgwyl. Roedd hwn yn wely sengl a phob symudiad yn esgor ar wichian yn y fframwaith haearn. Dododd y ganhwyllbren ar ford fach wrth ymyl y gwely ac yna gafaelodd yn y gobennydd a'i bwnio i'w feddalu cyn ei osod eto yn ei le. Tynnodd ei esgidiau uchel yn araf a'r ymdrech i wneud hynny'n galw am dipyn o nerth ar ôl diwrnod o deithio blinderus. Gollyngodd y ddwy i'r llawr yn eu tro, yna trodd ar ei gefn ac ymestyn yn ddiolchgar o dan y cwrlid garw

Estynnodd ei law a phinsio'r gannwyll a'i diffodd a ffroenodd arogl y mwg. Syllodd ar y llen ar draws y ffenest gul. Roedd golau'r lleuad yn ddigon cryf i arllwys drwodd i'r stafell a chreu cysgodion annelwig ynddi. Galwodd i gof ddigwyddiadau'r dydd ac ail-fyw eto'r olygfa o gant a hanner o wartheg yn llwybreiddio'u ffordd araf yn sŵn bloeddiadau a chwibaniadau'r gweision a chyfarth y cŵn.

Mi fyddai 'nôl yn Abergwaun o fewn wythnos gobeithio. Erbyn hynny byddai wedi cysylltu â'r radicalydd o'r Bont-faen a'r dynion o deimladau tebyg. Yn wir, fe fyddai'n debyg o weld Edward Williams drannoeth! Os oedd pethau cynddrwg ag yr oedd Knox wedi'u darlunio roedd Cymru'n ferw gan ddicter; wrth wrando ar y rhestr o anghyfiawnderau, gormes crefyddol, meistri tir trachwantus, cyni cyffredinol, a'r awdurdodau pellennig yn Llundain yn gweithredu'n unig i warchod cyfoeth y cyfoethogion a'r Brenin, roedd y tebygrwydd rhwng y Cymry a'r Gwyddelod yn drawiadol. Roedd yn fwy ffyddiog nag yr oedd wedi bod er pan laniodd yn Abergwaun, y byddai dynion yn heidio i Abergwaun i groesawu'r Ffrancod—pe câi yntau ei ffordd.

Yn sydyn daliwyd ei sylw gan sŵn drwy'r pared. Rhaid bod hwnnw'n denau oblegid gallai glywed anadlu ysgafn merch—merch y porthmon, gyda'r llygaid tywyll a'r enw prydferth—Elinor. Petai'n sibrwd ei henw a glywai hi, ac arswydo? Neu petai'n galw arni a ddôi hi ato i fod yn gwmni iddo drwy dywyllwch y nos? Roedd hi'n beth fach ddiniwed a'i diniweidrwydd yn her i'w wrywdod yntau. Byddai'n bleserus i'w harwain ar hyd llwybrau serch . . .

*   *   *

Roedd Kilrush wedi dod atyn nhw fel arfer i swpera'r noson honno; a oedd hi'n synhwyro euogrwydd yn ei lygaid am gadw draw oddi wrthi drwy'r dydd? Ond camodd at eu bwrdd yn y dafarn ym Mhen-y-bont fel pe na bai angen iddo gynnig eglurhad am ei ymarweddiad, ond o leiaf fe gâi'i gwmni nawr dros y ford swper.

Roedd hi wedi teimlo'n ofnadwy am hynny, wrth weld Gruff â golwg mor flinedig ac unig arno yn y drws. Roedd hi'n dyheu am ei alw i gydeistedd â nhw ond wnâi hynny mo'r tro a'i thad yno. Fe fu'n meddwl am esgus wedyn i weld Gruff yn ddirgel; mynd allan am lond pen o awyr iach, o bosibl, a chael munud felys yn ei freichiau o dan y bondo. Ond hysiodd ei thad hi i'r gwely gan dybied ei bod wedi blino. Roedd hynny'n wir ond doedd hi ddim yn rhy flinedig i aros ar ei thraed am dipyn eto yn y gobaith o gael ychydig o gwmni Gruff. Ond gwelya fu rhaid pan ddaeth ei thad 'nôl ar ôl gorffen ei fygyn a hithau'n synhwyro'r siomedigaeth ar wedd Gruff draw gyda'r dynion eraill, ac yn teimlo llygaid Arglwydd Kilrush yn craffu arni wrth iddi ufuddhau i'w thad.

Gorweddodd ar ei chefn yn y gwely a'i alw i'w chof. Roedd hi'n caru Gruff ond doedd hynny ddim yn golygu na allai werthfawrogi deniadoldeb mewn dynion eraill. Roedd y bonheddwr yn olygus a hynaws ac roedd y wên garedig ar ei wyneb yn tynnu pobl ato. Yn fwy na dim roedd ganddo foesau gŵr bonheddig na wnâi ddim byd isel na chyffredin yn wyneb y byd na chwaith ym mhreifatrwydd ei gartref a'i deulu. Sut fywyd fyddai bod yn briod i arglwydd? Gallai ddychmygu'i hun yn gorwedd mewn gwely enfawr rhwng cynfasau sidan gyda morwyn i'w helpu i ddewis pa wisg a wisgai'r diwrnod hwnnw. Fe'i gwelai'i hun yn gyrru yn ei cherbyd bach i weld rhyfeddodau'r wlad neu'n dawnsio'n ysgafndroed yn ei freichiau. Sut garwr fyddai Arglwydd Kilrush? Tipyn yn wahanol yn ei ddull o garu i arferion carwriaethol meibion ei bro, gallai fentro. Byddai hwn yn gwybod sut i anwesu merch yn gelfydd a'i deffro a'i llenwi â dyheadau cyn eu diwallu. Tybed a fyddai Gruff hefyd yn garwr tyner ryw ddydd? Gallai glywed y bonheddwr yn mynd i'r gwely am y pared â hi ac yn troi a throsi cyn ymlonyddu. Trodd ei phen a syllu at dywyllwch y pared. Tybed a ddôi Arglwydd Kilrush ati ganol nos petai hi'n sibrwd ei enw drwy'r pared—iddi gael diolch iddo am arbed bywyd Gruff?

26

Roedd y dydd wedi gwawrio'n niwlog a bygythiol pan gychwynnodd Evans o Ddinbych-y-pysgod ar ei ffordd i weld Iarll Cawdor, ac er i'r niwl godi, ychydig o effaith a gafodd yr haul gwan ar olwg ddiflas a marwaidd y wlad. Carlamodd Cawdor ac Evans ar hyd y ffordd i dref Penfro cyn mynd ymlaen i gyfeiriad Sanclêr. Roedd yr awyr yn oer ac yn anghysurus ar wyneb yr Iarll a'r gwynt yn peri i'w lygaid ddyfrhau wrth iddo ystyried pa ffordd i'w chymryd. Fe wyddai mai ffordd arferol Jenkins fyddai mynd trwy Lanboidy i Feidrim ac yna ymlaen i Gaerfyrddin gan ymuno â'r ffordd dyrpeg newydd oedd gymaint yn haws i'w thramwyo na'r llwybrau mynyddig. Ar ôl cyrraedd Caerfyrddin fe fyddai fel arfer yn dilyn y dyffryn eang trwy Ffair-fach a heibio i Landeilo hyd at Lanymddyfri; troi i'r dwyrain i gyfeiriad Aberhonddu ac ymlaen wedyn drwy Abergafenni a'r Rhos ar Wy i Gaerloyw. Ar y llaw arall, mi allai groesi Tywi a bwrw ymlaen i gyfeiriad Castell-nedd a Llandaf, neu gallai gymryd llwybr cwbl wahanol a mwy gogleddol hyd yn oed, drwy gefn gwlad i gyfeiriad Brechfa. Eu siawns orau i'w goddiweddyd fyddai bwrw ymlaen i gyfeiriad Caerfyrddin gan obeithio codi'u trywydd ar y ffordd.

Roedd arogl tail yn llenwi'u ffroenau pan gyrhaeddon nhw'r groesffordd o Feidrim. Crychodd yr Iarll ei drwyn mewn diflastod ond yn foddhaus; byddai angen mintai go fawr o wartheg i adael cymaint o dail ar eu holau ar y ffordd. Bellach, mater o ddilyn y trywydd hwn fyddai hi cyn goddiweddyd y teithwyr. Pwyntiodd at y ffordd ac roedd llawenydd yn ei lais.

'Edrychwch, Sarjant!'

'Syr?'

Edrychodd y milwr i gyfeiriad ei fys ond roedd yn amlwg na welai beth a ddylai weld.

'Y tail, ddyn, y tail!'

Roedd tystiolaeth y tail yn golygu na fyddai angen iddyn nhw fynd 'nôl i gyfeiriad Llanboidy i chwilio. Serch hynny, arafodd yr Iarll ei geffyl o flaen hen Dafarn y Porthmyn ger Llan-llwch a galw am was i ddal pen ei geffyl tra byddai'n cael gair â'r gwesteiwr; roedd am gadarnhau'r mater rhag ofn fod porthmon arall wedi bod ar daith.

'Ydach chi am i mi ddod mewn hefyd, syr?'

Gwenodd Cawdor. Roedd y dyn yn amlwg yn sychedu.

'Wrth gwrs, Sarjant, ewch i gael diod neu rywbeth!'

Ni fu angen dweud eilwaith wrth y rhingyll.

Roedd y gwesteiwr yn falch i allu dweud fod Jenkins y porthmon o Gas-mael wedi mynd drwy Lan-llwch yn gynt yn yr wythnos ac wedi treulio noson yno.

'Diolch am hynny, o leia, Sarjant!'

'Syr?'

'Ffordd hyn y daethon nhw! Dewch!'

Llyncodd y rhingyll ei gwrw'n frysiog cyn dilyn yr Iarll.

Roedd yn nosi pan gyrhaeddodd y ddau Gaerfyrddin a galw mewn tafarndy ger y farchnad. Roedd y gwesteiwr wrth ei fodd yn cael y fraint o letya'r Iarll am y nos ac fe baratoid y stafell orau ar ei gyfer ar unwaith tra byddai'n swpera.

Diosgodd yr Iarll ei got fawr a galw am gwrw i ddau a suddodd yn lluddedig ar stôl o flaen y tân gan amneidio ar i Evans wneud yr un peth.

'O, diolch yn fawr, syr.'

Brysiodd y gwesteiwr atyn nhw, gan hyderu y byddai'r ddiod wrth eu boddau.

'Ardderchog, Davies. Dwedwch wrtho i, ydi Peter Jenkins, y porthmon o Gas-mael, wedi pasio heibio ffor'ma'n ddiweddar?'

Nodiodd yn foddhaus pan gadarnhaodd Davies fod y porthmon wedi treulio noson yno. Roedd y gwesteiwr yn nabod Peter Jenkins ers blynyddoedd, wrth gwrs. Cadarnhaodd hefyd fod merch ifanc, ei blentyn, gyda'r porthmon.

'Ond beth am y teithiwr arall, Davies, sut un oedd hwnnw?'

'O, yr artist, chi'n feddwl?'

'Ie, yr artist!'

Gwenodd y gwesteiwr. Roedd yr atgof yn amlwg wrth ei fodd.

'Bonheddwr os buodd un erio'd, syr, a thynnwr llunie ardderchog. Chi'n gwbod beth? Fe dynnodd lun ohono i mewn wincad!'

222

Erbyn iddo orffen disgrifio'r bonheddwr roedd golwg bles ar wyneb y rhingyll.

'Fitzgerald ydi o, syr, ar fy llw!'

*   *   *

Dechreuodd fwrw cyn nos, yn drwm fel petai'n law taranau, ac roedd y cymylau bygythiol, tywyll, yn dal i arllwys yn ddidrugaredd y bore wedyn. Er hynny, roedd yr Iarll yn falch i weld fod llygedyn o haul wedi torri trwodd erbyn iddo adael y tafarndy a bod y glaw wedi peidio. Roedd yr awyr yn ffres yn ei ffroenau fel petai'r glaw wedi'i olchi'n lân dros nos.

'Dewch, Sarjant, mae gyda ni dipyn o ffordd i fynd cyn nos!'

Roedd Cawdor wedi carlamu canllath pan sylweddolodd fod y glaw wedi difa olion y tail i raddau helaeth. Rhegodd o dan ei anadl; roedd hynny'n gwneud pethau'n fwy anodd ac fe fyddai angen gwneud ymholiadau'n fynych. Fe wyddai, fodd bynnag, mai ffordd arferol y porthmyn trwy Gaerfyrddin oedd mynd trwy Heol-y-gwyddau, yn hytrach na Heol Awst, ac roedd y tafarnwr wedi cadarnhau hynny. Naturiol wedyn fu troi i gyfeiriad Llandeilo wrth groesffordd yr hen dderwen.

Roedd y ffordd dyrpeg newydd yn bleser i garlamu ar hyd-ddi heibio i Gastell Dryslwyn ac yna cyn bo hir daeth Castell Dinefwr i'r golwg y tu ôl i'w orchudd o iorwg a choed. Petai mwy o amser ganddo fe fyddai wedi hoffi taro heibio i weld Arglwydd Dinefwr yn ei blasty ond fe arbedai amser drwy anfon y rhingyll i mewn i dafarndy yn y dref i wneud ymholiadau.

Daeth golwg ddifrifol dros ei wyneb pan ddaeth y rhingyll 'nôl. Doedd dim sôn wedi bod am borthmon yn pasio ers misoedd.

'Beth? Ydyn nhw'n siŵr?'

Syllodd Evans arno'n anniddig.

'Ydyn, syr.'

Roedd y gwesteiwr yn gwbl bendant ar y mater nad oedd porthmon wedi pasio heibio oddi ar y tymor blaenorol. Ar y llaw arall, gallai Jenkins fod wedi osgoi'r dref yn fwriadol gan gadw ar lwybr

223

porthmyn ar ochr Tal-y-llychau i'r dref a theithio'n syth i lawr i Faenordeilo ac ymlaen i gyfeiriad Llanwrda. Gan hynny doedd ganddo ddim dewis ond bwrw ymlaen, am y tro o leiaf.

Roedd yn llawnach fyth o amheuon pan gyrhaeddodd Lanwrda a galw yn yr efail lle'r oedd y gof, dyn canol oed cyhyrog, wrthi'n pedoli ceffyl gwedd. Goleuodd ei wyneb barfog pan adnabyddodd ei ymwelydd a safodd a'i forthwyl ar anel i daro.

'Arglwydd Cawdor, dyma beth yw anrhydedd annisgwyl.'

'Bore da! Does gen i ddim amser i siarad; dwedwch wrtho i, ydych chi wedl gweld porthmon a gyr o wartheg yn pasio heibio'r ffordd hyn yn ddiweddar?'

Ysgydwodd y gof ei ben mewn syndod.

'Mae braidd yn gynnar yn y flwyddyn, Arglwydd, os ca i weud.'

'Rwy'n gwybod hynny, ond mae 'na borthmon ar daith yn rhywle serch hynny—Peter Jenkins o Gas-mael. Mae 'da fi neges bwysig iddo fe. Ych chi'n siŵr nad yw e ddim wedi dod y ffordd hyn yn ddiweddar?'

'Yn hollol siŵr. Mi fyddwn i'n cofio tase fe wedi gwneud.'

Roedd hynny'n wir. Byddai gof bob amser yn falch i groesawu'r porthmon ar daith gyda'r tebygolrwydd o gael ailbedoli carnau gwartheg drosto. Go brin y byddai wedi anghofio digwyddiad o'r fath. Crensiodd Cawdor ei ddannedd mewn dicter wrth sylweddoli eu bod wedi colli amser prin—oriau o bosibl. Pa reswm fyddai gan Jenkins dros newid ei lwybr arferol a chroesi Tywi yng Nghaer-fyrddin neu Abergwili? Arbed punt neu ddwy wrth osgoi'r tyrpegau? Nid dyna natur cymeriad Peter Jenkins. Rhaid bod rheswm go bendant ganddo i beri iddo gymryd y ffordd lai arferol drwy Forgannwg.

'Sarjant! Rhaid inni droi 'nôl ar unwaith!'

Roedd yn carlamu i gyfeiriad Llandeilo cyn i'r rhingyll gael cyfle i ddangos unrhyw syndod.

*　　　　*　　　　*

Roedd y ffyrdd mewn cyflwr gwael eto rhwng Llandeilo a Llandybïe ac yn waeth eto ymlaen i Fforest. Roedd yr Iarll yn ddyn digon diamynedd, ac yn tueddu i garlamu fel ffŵl heb sylwi dim ar ôl y pyllau o ddŵr brown a'r perygl o gael ei daflu heb sôn am dorri coes ei geffyl. Roedd Evans yn chwysu drosto wrth wneud ei orau i'w ddilyn, gan wybod y byddai mewn tipyn o drafferth pe digwyddai unrhyw ddrwg i'w farch. Diawl! Doedd ganddo fe mo'r cyfoeth i allu fforddio prynu ceffyl newydd pryd y mynnai! Doedd neb yn fwy awyddus i gael gafael ar Fitzgerald nag yntau ar ôl beth wnaeth hwnnw i Parri ond gallai un llithriad ar y ffordd arw a thwyllodrus olygu torri'i wddw'i hun unrhyw funud. Ac nid cerydd yn unig a gâi petai'n gyfrifol am niweidio un o feirch Ei Fawrhydi, Siôr y Trydydd!

Diflannodd ei ofid pan ddaeth tollfa'r Fforest i'r golwg a bu rhaid iddo wenu pan daflodd yr Iarll ddwy geiniog i'r llaid a bwrw ymlaen trwy'r glwyd agored cyn i'r hen ŵr oedd yn cadw'r glwyd gael cyfle i'w codi. Bellach roedd heol gadarn mewn cyflwr da o dan eu traed unwaith eto a gallai'r ddau farch garlamu'n eofn i lawr y rhiw i bentref cysglyd Pontarddulais ac ymlaen i Bont-lliw.

Roedd hi bron â nosi pan gyrhaeddon nhw dafarndy ym Mhen-lle'r-gaer. Byddai'r Iarll wedi dymuno aros yno ond pan glywodd Evans fod y porthmon wedi pasio'r ffordd honno ddeuddydd yn gynt crefodd arno am gael bwrw ymlaen am ychydig filltiroedd.

'Tase fo ond milltir neu ddwy, syr, fe fydden ni gymaint â hynny'n nes at ddal y diawl 'fory!'

Petrusodd Cawdor, gan synhwyro wrth weld yr edrychiad caled yn llygaid y rhingyll fod rhyw deimlad cuddiedig yn sail i'w ddyhead. Hawdd oedd gweld fod rhyw elfen bersonol yn y casineb amlwg a ddangosai tuag at Fitzgerald.

'Ie, wel, o'r gore, Sarjant, fe awn ni ymlaen am ryw hanner awr, falle.'

Gloywodd llygaid Evans wrth ddringo i'r cyfrwy. Tynnodd y ffrwyn yn arw gan beri i'r ceffyl gyffroi a gweryru, a'i sbarduno'n egr.

'Deuddydd yn unig, syr! Gyda lwc, fe ddaliwn ni nhw 'fory!'

*   *   *

225

Corlannodd y dynion y gwartheg dros nos yn gynt nag arfer y prynhawn hwnnw, mewn cae gwastad wrth gefn gwesty'r Baedd yn y Bont-faen. Llonnodd calon Edward wrth farchogaeth drwy'r dref a gweld ambell adeilad hynafol, fel neuadd y dref a'r tafarndy ac roedd y farchnadfa helaeth yn brawf fod hwn yn gyrchfan bro. Syllodd Edward ar hyd y stryd; doedd hi fawr fwy nag un stryd syth a dwy groesffordd, ond roedd hynny'n dref mewn gwlad fel Cymru lle'r oedd trefi sylweddol yn bethau digon prin. Doedd y dinasoedd hyd yn oed yn ddim llawer mwy na phentrefi yn ôl pob sôn, ac roedd hynny'n wir am Fangor a Llanelwy, fel y gwyddai drwy brofiad. Ac wrth sylwi ar feini llwyd yr ysgol ramadeg ac edrych i lawr y stryd hir cafodd ei atgoffa am dref Kildare gyda'i stryd hir hithau a meini llwydion yr eglwys, ac adfeilion yr hen gastell, a chartref Pamela ac yntau. Ymlonyddodd wrth i'r atgof ohoni lenwi'i feddwl, yr wyneb gwelw a'r llygaid llawn dagrau, a'r cerydd mud ynddyn nhw. Ond fe wyddai hi fod rhaid iddo wneud beth roedd e'n ei wneud er mwyn rhyddid ei wlad a'i genedl. Sylweddolodd fod ei galon yn curo'n gyflym. Yn yr ardal hon yr oedd Edward Williams yn byw ac yn bod. Nawr o'r diwedd fe gâi gwrdd ag un o arweinwyr y Cymry—a'i hen gyfaill.

A nawr roedd wedi cyrraedd y gwesty; disgynnodd o gefn ei geffyl a chlymu'r ffrwyn wrth bostyn a chyffyrddodd ei law chwith â ffurf y llythyr ym mhoced ei got.

'Arglwydd Kilrush.'

Doedd dim modd camgymryd y llais melodaidd.

'Miss Jenkins—Elinor—weles i monoch chi fan'na. Mae'n flin gen i.'

''Sdim eisie i chi ymddiheuro, wir, syr.'

Roedd ei harddwch mor amlwg ag erioed a hud ei llygaid dyfnion a'r tro pert yn ei gwefus wedi serio i'w feddwl. Mor galed fu cadw draw oddi wrthi! Serch hynny, craffodd arni.

'Os ca i ddweud, mae golwg flinedig arnoch chi.'

'Rhaid i fi gyfadde 'mod i'n ddigon balch i orffen y daith yn gynnar heddi.'

'Yn gynnar?'

Lledodd ei llygaid mewn syndod.

'Oech chi ddim wedi sylwi, syr? Ŷn ni'n bennu'n gynnar heddi o achos y gwasaneth.'

'Gwasanaeth?'

'Yn y farchnadfa ymhen rhyw chwarter awr. A gweud y gwir, 'y nhad sy'n pregethu. Ma' croeso i chi ddod, os licwch chi.'

'Ar bob cyfri.'

Ar bob cyfrif. Fe fyddai'n gyfle i gwrdd â'r bobl, a chyda lwc fe gâi eu hannerch nhw!

Roedd yn syniad go newydd iddo, gwasanaeth prynhawnol yn ystod yr wythnos, a lleygwr fel Jenkins yn pregethu. Gwyddai ei fod yn ddyn duwiol ac unplyg, a chofiodd fod sôn cynyddol am Fethodistiaeth yn Lloegr y dyddiau hyn, y brodyr Wesley a Whitfield. Rhaid bod Jenkins yn un o'u dilynwyr. Gwyddai fod rhai offeiriaid yn collfarnu'r Methodistiaid, ac eraill yn eu canmol am eu brwdfrydedd a'u hysbryd efengylaidd; byddai'n ddiddorol cael gweld un ohonyn nhw wrthi drosto'i hun.

'Wyddwn i ddim fod eich tad yn pregethu, Elinor. Fe fydd rhaid i fi ddod i wrando arno, wrth reswm! Ydi e'n un o'r Methodistiaid 'ma?'

Gallai weld fod ei gwestiwn yn un anffodus wrth iddi gochi a ffromi.

'Dyw e ddim tamaid gwa'th na neb arall o fod yn Fethodist, syr.'

Brysiodd i geisio gwneud iawn.

'Peidiwch â 'nghamddeall i. Wn i ddim byd am Fethodistiaid ond 'u bod nhw'n bobol dduwiol a brwdfrydig, ac os ydyn nhw'n debyg i'ch tad, mae'n siŵr fod 'u neges yn werth 'i chlywed. Gwrandewch, ga i'r pleser o'ch cwmni chi yn y gwasanaeth?'

Doedd e ddim wedi bwriadu gofyn hynny ond roedd y geiriau wedi llithro dros ei wefus cyn iddo ystyried. Ac roedd yn amlwg nad oedd yn annerbyniol ganddi hithau wrth iddo weld y pleser yn ei llygaid.

''Y mraint i fydd hynny, syr.'

*   *   *

Doedd dim sôn am feinciau i bobl eistedd yn y farchnadfa, ond roedd rhyw fath o bulpud cyntefig yn ganolfan sylw i'r dorf. Rhaid bod dau gant o leiaf yno, yn ffermwyr a'u gwragedd a phobl y dref fel ei gilydd. Peth arall oedd yn amlwg oedd fod pawb yn eu dillad gwaith.

'Dewch 'da fi, syr!'

Gadawodd iddi ei arwain i res flaen yr addolwyr a sefyll wedyn wrth ei hochr yn union o flaen y pulpud. Roedd yn brynhawn cymylog a diheulwen a'r hin yn oer; gobeithio na fyddai'n wasanaeth hir.

Cynyddodd ei syndod o funud i funud wedi i'r gwasanaeth gychwyn. Dyn ifanc mewn dillad duon a chanddo wyneb crwn a gwallt golau hir oedd yn arwain. Roedd yn dal a main a'i lygaid yn pefrio wrth iddo lefaru. Galwodd ar i bawb grymu pen mewn gweddi a gweddïodd o'r frest gan alw am fendith Nef ar yr addoliad. Roedd hyn ynddo'i hun yn beth dierth i Edward, oedd wedi arfer â cholectau cywrain y Llyfr Gweddi. Yr ail beth a'i synnodd oedd clywed y dorf yn canu emyn dan arweiniad y dyn ifanc, gan ganu un llinell ar y tro ar ei ôl. Roedd yn emyn newydd o bosibl nad oedd neb yn ei wybod ar eu cof ac felly roedd hon yn ffordd o'i ddysgu wrth fynd ymlaen. Darlleniad o'r ysgrythur wedyn o Feibl poced yr arweinydd a gweddi arall eto o'r frest ganddo. Ac yna camodd Peter Jenkins ymlaen i bregethu.

Roedd yn bregeth effeithiol a ddaliodd sylw'r gwrandawyr o'r cychwyn. Am y tro cyntaf sylwodd Edward fod gan Peter Jenkins lais soniarus a threiddgar oedd yn glywadwy o bell. Wrth i'r ymadroddion lithro a llifo'n donnau cynyddol, yn uwch ac yn uwch, gallai synhwyro fod y gwrandawyr yn ymgolli yn eu swyn a'u neges. Pan drodd ei ben gallai weld fod Elinor hefyd wedi ymgolli'n llwyr yn rhethreg y porthmon; edrychodd arno am eiliad a gwenu a'i llygaid yn llawn balchder cyn troi'i sylw 'nôl at ei thad.

Pan ddaeth y bregeth i ben roedd fel petai pawb wedi anghofio'r gwynt oedd yn sgubo o'u cwmpas yng ngwres geiriau'r pregethwr. A phan lediwyd emyn arall roedd adlais o'r gwres a'r brwdfrydedd i'w glywed yn y canu hwyliog.

Ond roedd y gwasanaeth ar fin dod i ben. Rhaid iddo symud ar unwaith cyn i'r cyfle fynd heibio. Camodd ymlaen.

'Mr Jenkins, ga i ddweud gair?'

Crychodd y porthmon ei dalcen mewn syndod, yna gwenodd mewn cwerteisi. Os oedd y bonheddwr yn teimlo ar ei galon fod ganddo air o brofiad, byddai croeso iddo wneud.

'A nawr, cyn terfynu'r oedfa hon, gyfeillion, mae'n hyfrydwch gen i groesawu'r Arglwydd Kilrush o Iwerddon i rannu'i brofiad â ni.'

Os oedd y dorf yn synnu ni ddangoswyd hynny, dim ond ar wyneb Elinor, o bosibl. Ond dechreuodd ei chalon guro'n gynt. Beth fyddai gan Kilrush i'w ddweud? Oedd geiriau'i thad wedi'i gyffwrdd i'r fath raddau?

'Annwyl gyfeillion; mae'n fraint arbennig i fi gael bod yma'r prynhawn yma, ac rwy'n arbennig o ddiolchgar i Mr Jenkins fan hyn am ganiatáu i fi gael dweud gair o brofiad.

'Mae 'mhrofiad i'n wahanol iawn i'ch profiad chi, yma yng Nghymru. Gwyddel ydw i ac felly'n hawlio perthynas gwaed â chi'r Cymry. Celtiaid ydym ni oll, ac fel Celtiaid fe fuom ni erioed yn barod i godi llais yn erbyn anghyfiawnder a gorthrwm a thrais. Ac yn arbennig iawn fe wyddoch chi yng Nghymru, fel ninnau yn Iwerddon ac fel pobl mewn llawer o wledydd eraill, fel y mae'r bobl gyffredin, y werin bobl, yn dioddef o dan ormes y mawrion, y meistri tir, a llywodraethau creulon!'

Oedodd er mwyn edrych am ryw fath o ymateb ond safai'r dorf yn fud a disgwylgar heb ddangos unrhyw deimlad. Tynnodd anadl eto.

'Gyfeillion, mae'n bryd i lais y bobl gael ei glywed yn llefaru'n glir yn erbyn gormes; gormes crefyddol pan fo llywodraeth gwlad yn gwrthod rhyddid cydwybod a hawl i addoli, a gormes meistri tir sy'n elwa ar lafur gwerin dlawd! Gyfeillion, mae fy neges atoch chi'n un syml, gwnewch fel y gwnaeth pobl America a phobl Ffrainc, gwnewch fel mae pobl Iwerddon am wneud, codwch a thaflwch hualau'r gormeswr oddi ar eich gwarrau, yn enw rhyddid a diwedd ar ormes! Codwch yn erbyn gormes fel y gwnaeth eich cyndadau gynt!'

Roedd y mudandod a'r syfrdandod yn llethol; bron na ellid eu galw'n glywadwy. Pylodd y wên o ymffrost a llawenydd ar ei wyneb. Pam na ddywedai rhywun rywbeth?

Yna cododd llais cryf yn y pellter mewn emyn ac yna roedd dau gant o leisiau'n ei morio hi ac yn dyblu'r cytgan. A phan ddaeth y canu i ben trodd y dorf mewn distawrwydd a symud i ffwrdd gan sibrwd a sgwrsio'n dawel. Nid hwn oedd yr ymateb yr oedd wedi'i ddisgwyl; roedd fel petai'r dyrfa'n anghysurus wrth ei glywed yn siarad ac wedi sefyll yno fel mudion. Mor wahanol fyddai hi wedi bod yn Iwerddon; banllefau a phorthi brwdfrydig am yn ail a churo dwylo brwd. A oedd y Cymry mor wahanol i'w cyd-Geltiaid o ran emosiwn?

Teimlodd gyffyrddiad yn ei fraich.

'Arglwydd Kilrush, dewch 'da fi, wnewch chi? Mae 'na rywun sy'n awyddus i gwrdd â chi.'

'Wrth gwrs, Mr Jenkins.'

Dilynodd Peter Jenkins ychydig gamau tuag at ffigur bach ar ymyl y dyrfa. Gwenodd hwnnw a chamu ymlaen tuag ato. Teimlodd Edward ei galon yn llamu; doedd dim modd peidio ag adnabod yr wyneb hir, gwelw a phantiog, a'r gwallt aflêr a'r llygaid bach pefriog.

'Arglwydd Kilrush, dyma'r gŵr bonheddig y buoch chi'n edrych ymlaen gymaint at 'i gwrdd, Mr Edward Williams. Mr Williams, Arglwydd Kilrush o Iwerddon.'

27

'Ned! Mae'n dda dy weld ti eto!'

'Arglwydd Kilrush? Ond . . .'

Tawodd Edward Williams mewn ansicrwydd wrth weld Fitzgerald yn rhythu arno'n awgrymog.

'Ym, shwd wyt ti ers lawer dydd?'

'Ie, ers lawer dydd. Mae dros ddwy flynedd siŵr o fod er pan gwrddon ni ddwetha.'

Rhoddodd Peter Jenkins besychiad bach.

'Ma'n siŵr felly fod gyda chi lawer o bethe i'w trafod, foneddigion, os esgusodwch chi fi.'

Trodd y ddau Edward at y porthmon.

'Ddim o gwbl, Mr Jenkins, mi hoffwn i chi ddod gyda ni'n gwmni.'

'Ie, wir, Mr Jenkins!' meddai Edward Williams. 'Dewch gyda ni i gael diod a sgwrs.'

Roedd Edward heb newid fawr ddim mewn dwy flynedd a hanner ond bod ei ddwyfoch efallai'n fwy pantiog a'i drwyn hir yn feinach ond roedd yr olwg syn yno o hyd fel petai'n gweld rhywbeth i ryfeddu ato'n barhaol mewn bywyd. A'r tro hwn roedd y syndod yn ddeublyg. Craffodd ar yr Edward arall wrth i'r tri gerdded i gyfeiriad Gwesty'r Baedd a chwestiwn yn ei drem.

'Mae golwg dda arnat ti—Arglwydd Kilrush.'

'Ac arnat tithe, Ned.'

'Iorwerth ydw i i fy ffrindie erbyn hyn, ac Iolo weithie.'

'Does neb yn debyg i chi'r Cymry am gymryd llysenwau, nag oes? Iolo, meddet ti; enw diddorol, barddol braidd. Ond fel rwy'n cofio mi fyddet ti'n barddoni tipyn yn Llundain 'slawer dydd. Sut mae dy *Poems* yn gwerthu, gyda llaw?'

Daeth golwg ymffrostgar i'r wyneb gwelw.

'O, dim lle i gwyno, ti'n gwybod. Maen nhw'n gwerthu yn Philadelphia.'

'Wy'n falch i glywed, er na ches i ddim gwahoddiad i danysgrifio i'r cyfrolau chwaith fel Tom Paine a Horne Tooke a Hannah More.'

'Ond oet ti 'di mynd 'nôl i Iwerddon cyn hynny.'

'Eitha gwir, ac mi faddeues iti, os wyt ti'n cofio, a phrynu dau gopi yn siop Mr Johnson yn Llundain y tro dwetha inni gwrdd.'

'Yn Naw Deg Pedwar.'

'Ie. Fel mae amser yn hedfan, yntê, Ned?'

'Yn rhy gyflym, rhy gyflym o lawer.'

*　　　*　　　*

231

Roedd yr ewyn ar y cwrw'n drwchus ac yn galw i gof amryw nosweithiau difyr yn nhafarndai Llundain ym meddwl Fitzgerald.

'Iechyd da!'

'*Slainte!*'

'Iechyd da!'

Yfodd y ddau'n ddwfn â boddhad. Yfodd y porthmon hefyd ond yn fwy o gwrteisi na dim arall. Syllodd Ned ar ei hen gydnabod.

'Wel 'te, beth sy'n dod â thi'r holl ffordd i'r Bont-faen—paso heibio ar y ffordd i Lundain, gwlei?'

'Nage.'

'Nage?'

'Nage. Mae gen i neges i ti, a llythyr.'

'Llythyr? I fi?'

'Oddi wrth y Parchedig Morgan John Rhys.'

'Ond shwd yn y byd? Ma' Morgan John Rhys wedi mynd i America ers dwy neu dair blynedd.'

'Wy'n gwybod; cyfaill i fi ddaeth â hwn o Philadelphia a gofyn i fi'i roi i ti.'

'Wel, wir i ddyn, Arglwydd Kilrush, ych chi'n fy synnu fwyfwy bob dydd, yn artist ddoe a heddiw'n bostmon!'

Gwenodd y porthmon ac edrych ar y Cymro arall fel petai'n ei annog yntau i wenu ond roedd sylw hwnnw'n llwyr ar y llythyr.

Roedd y dryswch yn amlwg ar wyneb y dyn wrth dorri'r sêl. Pam yn y byd y byddai Rhys yn anfon llythyr ato fe mewn ffordd mor gymhleth ac i ba ddiben? Doedd bosibl fod Rhys yn dal i feddwl ei fod yn awyddus i fynd i chwilio am dylwyth Madog fel y gwnaeth John Evans? Ond fe aeth y bwriad hwnnw i'r gwellt fel yr aeth bwriad Morgan John Rhys i genhadu yn Ffrainc i'r gwellt. Heblaw hynny, fe wyddai fod Iolo wedi rhoi'r gorau i'r syniad pan danysgrifiodd i'r *Poems* cyn iddo fynd i America. Ond efallai mai hanes y *Poems* yn Philadelphia fyddai yn y llythyr. Wedi'r cyfan, diolch i Dr Samuel Jones, Philadelphia, roedd hyd yn oed yr Arlywydd ei hun, George Washington, ymhlith y tanysgrifwyr; dylai hynny fod yn warant o werthiant sylweddol.

Dechreuodd ddarllen yn awchus, gan godi'i ben unwaith neu

232

ddwy i daro cipolwg o syndod ar Fitzgerald. Yn raddol cafodd hwnnw'r teimlad fod newid mawr yn digwydd ynddo a synhwyrodd fod y syndod ysgafn-galon wedi troi'n ddryswch anniddig. Tynnodd y Cymro ei anadl yn llym mewn un man a phan orffennodd ddarllen roedd yn amlwg wedi'i gyffroi os nad wedi'i syfrdanu. Yna'n ara' deg caeodd y llythyr, a'i wthio 'nôl i law Fitzgerald. Gwasgodd ei wefusau'n dynn cyn siarad fel petai'n cael anhawster i fynegi'i deimladau ar lafar.

'Rho hwn yn dy boced.'

'Ond llythyr i ti yw e.'

'Dw i ddim yn moyn 'i gymryd.'

Edrychodd y porthmon a'r bonheddwr yn syn ar ei gilydd. Sut reswm oedd hynny? A beth oedd yn poeni'r dyn iddo ymateb mor bendant?

'Ond beth wna i ag e?'

'Beth bynnag lici di, llosga fe, dyna fydde saffa.'

'Ond dwy' i ddim yn deall. Ned, rown i'n meddwl y byddet ti'n falch i glywed oddi wrth dy hen gyfaill.'

Gwylltiodd y Cymro a chododd ei lais main wrth i'w wyneb gochi mewn tymer.

'Cyfaill? O'r braidd roen ni'n nabod ein gilydd! A nawr mae wedi troi'n fradwr, bradwr, ti'n clywed? Dyn a redodd bant yn hytrach nag wynebu cyfiawnder. Alla i ddim derbyn llythyr oddi wrtho fe, ti'n dyall?'

'Wel, nac ydw, a dweud y gwir. Rown i'n meddwl y byddai'r llythyr yn dweud y cyfan.'

'Gweud llawer gormod, os gofynni di i fi!'

'Ned, beth sy'n bod? Dwy' i ddim yn deall.'

Yn sydyn roedd y dyn bach ar ei draed a dau smotyn o gynddaredd yng nghanol ei ddwyfoch.

'Wyt ti'n gwbod beth sy yn y llythyr? Galwad ar y Brythoniaid i godi mewn rhyfel gwaedlyd! Dod yma i greu chwyldro wnest ti, dyna yw'r gêm yntefe? Codi'r werin mewn gwrthryfel.'

Ffromodd y porthmon at y fath anghwrteisi.

'Mr Williams! Beth sy arnoch chi, ddyn, yn siarad ag Arglwydd Kilrush fel'na?'

'Rhyfel cyfiawnder, Ned.'

'Rhyfel i helpu'r Ffrancod! Tanseilio cymdeithas a chrefydd! 'Run peth â Twm Paen! Wn i ddim pam wyt ti'n galw dy hunan yn Arglwydd Kilrush, Edward, ond wyt ti 'di gwneud camsyniad mawr yn dod ata i. Wy'n ddilynwr ffyddlon ei Fawrhydi, Siôr y Trydydd!'

Prin y gallai Fitzgerald gredu'i glustiau ac ni allai nabod y dyn bach ffyrnig o'i flaen. Nid hwn oedd y radical penboeth fu'n canu i wawrddydd y chwyldro; beth oedd wedi digwydd i'w droi gymaint yn erbyn popeth yr oedd yn credu ynddo gwta dair blynedd 'nôl?

'Ond, Ned, ti fu ucha dy gloch o bawb yn gwawdio'r Unben ac yn galw am ei ddiorseddu! Wyt ti ddim yn cofio cyffro'r dyddiau hynny pan oedd Llundain yn ferw o sôn am gyfiawnder a chwyldro? Wyt ti ddim yn cofio amdanon ni yng nghanol y dorf enfawr a ddaeth i groesawu Tom Paine 'nôl o Baris i ddathlu cwymp y Bastille, a'r tafarnwr yn gwrthod agor ei ddrysau rhag ofn digio Pitt a'i sbïwyr? Wy'n dy gofio di'n herio Carchar Newgate gyda dy gerddi—beth ddigwyddodd i'r hen dân?'

'Mi weda i wrthot ti beth ddigwyddws i'r hen dân, Edward. Mi gallies! Mae'n ddigon hawdd i ti siarad yng nghenol dy gyfo'th. Dwyt ti ddim wedi gorfod codi o ddim fel y gwnes i ac wedi gweld yr hwch yn mynd trwy'r siop fwy nag unwaith! Dwy' i 'di gorfod crafu byw ar arian bach ar hyd 'y mywyd. Alla i ddim fforddio bywyd chwyldrowr!'

'Ond beth am y werin? Mae hi'n dlawd ac yn dioddef cynddrwg ag erioed. Dyna pam y des i atat ti, i grefu am dy help i godi'r werin bobol yn erbyn y Brenin. Mae Iwerddon yn gwaedu i farwolaeth o dan 'i sawdl. Fe wyddost ti cystal â fi mai gormeswr yw Brenin Lloegr, gormeswr a erlidiodd ddynion gonest fel Priestley a Tom Paine am bregethu hawliau dynion!'

'Edward Fitzgerald! Neu Arglwydd Kilrush, neu beth bynnag wyt ti'n galw dy hunan y dyddie hyn! Rwyt ti'n siarad ag un o ddeiliaid Siôr y Trydydd, disgynnydd i Harri Tudur o Benmynydd, a gipiodd Orsedd Lloegr gyda byddin o Gymry! Wyt ti am i Gymru droi 'nôl i ddyddiau tywyll Pabyddiaeth unwaith eto? Dyna a ddigwydde tase'r Ffrancod yn cael 'u ffordd! Fe ddylet ti a Twm Paen fod ar eich glinie'n diolch fel y mae pob Cymro o waed coch cyfan yn 'i wneud fod y Tuduried wedi dileu gormes y Pab a'i Eglwys ofergoelus. Cer 'nôl i Iwerddon a gwed wrth dy bobol am wneud yr un peth! Gwed wrth dy ffrindie nad yw pobol Cymru, o leia, ddim yn fradwyr i'w Brenin. A hal di'r llythyr 'na 'nôl at Morgan John Rhys. Nos da i chi'ch dou!'

Roedd y Cymro bach wedi cerdded yn swnllyd o'r dafarn cyn y gallai'r ddau arall ddweud gair pellach. Trodd Edward ei ben a rhythu ar y porthmon syfrdan ac anniddig wrth ei ochr. Roedd yn dal i fethu'n lân â deall ffyrnigrwydd annisgwyl Edward Williams, un a fu mor uchel ei gloch yn gwawdio'r Brenin a nawr yn barod i lyfu'r llawr o'i flaen. Roedd wedi gadael y llythyr yn ei law fel peth esgymun ac aflan. Syllodd arno gan betruso beth i'w wneud ag e. Ni allai ei adael lle gallai rhywun arall ei ddarllen; roedd yn llawn syniadau a gyfrifid yn rhai bradwrus. Gwell fyddai'i losgi yn y dirgel yn unol ag awgrym Edward Williams.

Mynnodd gipolwg brysiog arno, a gwelodd yn syth fod ei dybiaeth yn wir. Geiriau ymfflamychol yn galw ar y Brythoniaid i godi fel un gŵr yn erbyn yr hen elyn a chroesawu byddin Ffrainc yn enw rhyddid a chyfiawnder oedden nhw. Ac os oedd Cymro fel Edward Williams wedi newid ei agwedd, faint o obaith oedd ar ôl bellach fod chwyldroadwyr eraill ar gael yng Nghymru fyddai'n barod i godi, hyd yn oed petai'n gallu dod o hyd iddyn nhw?

'Arglwydd Kilrush.'

'Hm? O, maddeuwch i fi. Rwy i wedi synnu gymaint.'

'Nid chi yw'r unig un. Tybed a fydde modd inni fynd i rywle tawelach i gael sgwrs?'

'Ar bob cyfrif, Mr Jenkins. Fy stafell i, o bosibl?'

*   *   *

Suddodd ar ymyl y gwely yn llesg ei ysbryd ac amneidiodd ar i'r porthmon gymryd yr unig gadair yn ei stafell wely.

'Mae 'na lawer o bethe yr hoffwn i ofyn i chi, yn sgil beth glywson ni gynne, ac yn sgil eich geirie ar ddiwedd y gwasanaeth.'

'Ar bob cyfrif.'

Oedodd Jenkins gan ystyried ei eirau'n ofalus.

'Rhaid i fi gyfadde, profiad o fath gwahanol i'r hyn a ddisgwyliwn i a gelon ni 'da chi. Rown i wedi dishgwl i chi weud gair am brofiad mwy—ysbrydol.'

'Ysbrydol.'

'Yn gwmws, ond geirie gwrthryfel a glywson ni 'da chi; galw am chwyldroi cymdeithas pan own i'n dishgwl neges am chwyldroad ysbrydol.'

'Ond, Mr Jenkins, ma' chwyldroi cymdeithas yn cynnwys chwyldroad ysbrydol; ma' cael gwared o ormes yn chwyldroad ysbrydol ynddo'i hun.'

'Ond nid trwy godi'r cledd, Arglwydd Kilrush! Dyna ddysgodd yr Arglwydd Iesu Grist inni, ife ddim? Am roi'r cleddyf heibo yn y wain a charu ein gelynion.'

'A gadael i'r gormeswr wneud fel y mynno fe â'ch tir, a'ch bwyd, a'ch merched! Ai dyna beth ydych chi'n feddwl?'

'Fe fydd y sawl sy'n byw wrth y cledd farw wrth y cledd.'

'A chyn hynny fe fydd llawer o bobol ddiniwed wedi marw gynta!'

'Wela i. Rhaid i fi weud 'mod i'n siomedig iawn ynddoch chi, Kilrush, neu beth bynnag yw'ch enw iawn. Wy'n casglu wrth ymateb Mr Williams nad Kilrush yw'ch enw chi.'

'Edward Fitzgerald, Mr Jenkins, o Kildare, ac am ba werth yw hynny, ydw, rwy i yn "Arglwydd".'

'Ond pam defnyddio enw ffug?'

'Am fod rhai dynion yn meddwl fod sefyll dros iawnderau fy nghenedl yn frad, Mr Jenkins, dyna pam.'

'Ydych chi'n synnu, pan fo rhyfel rhynton ni a Ffrainc ar hyn o bryd?'

'Fel Gwyddel, Mr Jenkins, does gen i ddim diddordeb mewn rhyfel rhwng Lloegr a Ffrainc.'

'Ac fel Cymro gwlatgar, Arglwydd Fitzgerald, fe ddylwn inne eich rhoi yn nwylo'r awdurdode fel bradwr i'ch Brenin, Siôr y Trydydd!'

Cododd Fitzgerald o'r gwely ac wynebu'r porthmon.

'Ac fel gwladgarwr o Wyddel, Mr Jenkins, mi ddylwn i dynnu'r gwn sy gen i yn fy mhoced a'ch saethu chi'n farw er mwyn dianc.'

Nodiodd y porthmon a chraffu arno.

'Wrth gwrs, ond fe fydde rhaid i chi saethu amryw eraill wrth ddianc hefyd rhag iddyn nhw dystiolaethu yn eich erbyn—Elinor, er enghraifft.'

'Elinor?'

Cododd Jenkins ar ei draed ac wynebu Edward yn eofn.

'Fydde'ch cydwybod yn gallu dwyn y baich hwnnw, Kilrush? Rywsut, wy'n ame 'ny'n fowr.'

Estynnodd Edward ei law i'w boced a thynnu'r dryll ohoni. Syllodd arni ac yna ar Jenkins.

'Efallai'ch bod yn iawn, Mr Jenkins.'

Nodiodd Jenkins eto ac eistedd. Syllodd yn fud o'i flaen â llygaid di-weld am ysbaid, yna cyffrôdd a throi'i olygon at y Gwyddel eto.

'Mae 'na ffordd ma's ohoni, wrth gwrs.'

Edrychodd Edward arno.

'Mae'n amlwg i chi gael eich siomi yn eich neges at Edward Williams; falle taw camsyniad wedd dod i Gymru yn y lle cynta. Mae Cymru'n wlad heddychlon, yn wahanol iawn i Iwerddon. Mi wna i fargen â chi.'

'Bargen?'

'Os rhowch chi'ch gair i fi yr ewch chi adre i Iwerddon neu i ryw wlad arall ar unwaith, sonia i'r un gair wrth neb obeutu chi. Fe gewch ddod gyda ni i'r porthladd yfory a hwylio drosodd i Fryste a chymryd llong i Iwerddon neu America oddi yno. Shwt mae hynny'n eich taro chi?'

Oedodd Edward cyn ateb. Roedd y dyn yn dweud calon y gwir. Roedd ei neges at Williams wedi bod yn fethiant llwyr. Doedd 'na ddim rhwydwaith o gelloedd o Gymry gwlatgar yn barod i godi yn erbyn y Brenin na gobaith i laniad y Ffrancod lwyddo yn hynny o beth. Cyffrôdd. Y glaniad. Roedd yn siŵr o fethu. Gallai cannoedd o ddynion golli'u bywydau heb reswm. Rhaid iddo fynd 'nôl i Abergwaun i'w rhybuddio i droi 'nôl.

'Mi allwn i gymryd fy siawns a dianc.'

'Ond heb 'y nhawelu i ac Elinor elech chi ddim yn bell.'

Ochneidiodd Edward; doedd ganddo ddim dewis mewn gwirionedd. Byddai rhaid i Tate a'r Ffrancod gymryd eu siawns.

'Wel?'

'O'r gorau. Rwy'n cytuno.'

'Cyn i chi wneud, mae 'na amod.'

'Amod?'

'Dim ond un. Rhowch y gwn 'na i fi iddi gadw nes inni gyrra'dd Bryste. Fydd 'na ddim saethu tra byddwch chi gyda ni, nac wedyn gobeitho.'

Oedodd Edward; petai rhywun yn dod ar ei ôl fyddai ganddo ddim arf i'w amddiffyn ei hun. Ond pwy allai'i fradychu i'r awdurdodau? Doedd neb wedi clywed y siarad fu rhwng y tri. Ac er bod Ned wedi troi'i got roedd yn amau'n fawr a âi mor bell â bradychu'i hen gyfaill.

Trodd Edward y gwn yn ei law a chynnig y carn i Mr Jenkins.

*   *   *

Fe fu'n noson annifyr yng nghartre Iolo yn Nhrefflemin. Roedd wedi ei gyffroi ac yn methu cysgu wrth feddwl am helynt y prynhawn. Roedd Pegi'n cysgu'n dawel a llonydd a phrin y gallai glywed ei hanadlu ysgafn. Roedd hi bob amser yn cysgu'n dda, a pha ryfedd a baich magu'r plant yn disgyn arni, fel ar bob mam arall o ran hynny, heb sôn am y llafur caled oedd yn rhan pob gwraig, rhwng cario dŵr, golchi dillad, pobi bara, gwneud menyn, sgwrio lloriau, a chyflawni cant a mil o fân ddyletswyddau. Beth oedd yr adnod honno am y wraig na fwytâi fara seguryd? Ac yntau'n crwydro'r sir yn ei swydd newydd roedd y baich gymaint â hynny'n drymach arni. Dyna pam y ceisiai yntau wneud ei orau i beidio ag aflonyddu ar ei chwsg. Fel y noson hon er enghraifft; mynnodd orwedd yn llonydd rhag ei dihuno er bod ei bledren yn galw am gael ei gwagio. Yr un pryd roedd ei feddwl yn rhedeg ar garlam dros

helyntion y blynyddoedd a digwyddiadau'r dydd a'r tro annisgwyl
—a bygythiol—a ddigwyddodd yn eu sgil.

Roedd yr atgofion am Lundain yn rhai hapus, cyfarfodydd difyr y
Gwyneddigion a'r Cymrodorion a'r holl boeni a thynnu coes,
brwdfrydedd Joseph Johnson yn ei siop lyfrau a'r ciniawau dethol
a roddai i'w gyfeillion, huotledd Twm Paen, straeon Mary
Wollenstonecraft, a cherddi pruddglwyfus William Blake. Roedd
yn arbennig o falch o bennill Southey amdano wedi iddo gyhoeddi'i
gerddi Saesneg:

> Iolo, old Iolo, he who knows
> The virtues of all herbs of mount or vale,
> Or greenwood shade, or quiet brooklet's bed;
> Whatever lore of science or of song
> Sages and bards of old have handed down.

Roedd Dafydd Samwel yn dynnwr coes di-ail; gwatwarodd y
Cymry hynny oedd â'u bryd ar chwilio am ddisgynyddion Madog,
y 'Padoukas' fel y galwodd nhw. Pan anfonodd cyfaill *writ* ato i
restio Dafydd Samwel atebodd Dafydd â rhigwm:

> You and the *Awen*
> When well are *llawen*,
> But often fly, I know not why,
> Beyond the ken of mortal men.
> I sent my boy, a mortal sinner,
> To ask you here this day to dinner.
> Iorwerth, he said, was not at home,
> But on Monday will you come?
> Belial will have thee soon or late—
> Iorwerth's, Tom Paine's, and Dafydd Feddyg's fate.

Roedd hynny wedi'i blesio'n fawr—cael gweld ei enw wedi'i
gyplysu wrth enw'i arwr mawr. Yn ei dro gallai yntau foddio'i
gyfeillion drwy ganu cywydd yn null Dafydd ap Gwilym neu
enllibio'r Brenin mewn pennill beiddgar:

Clyw'r brenin balch di-ras,
A thi'r offeiriad bras,
Dau ddiawl ynglŷn;
Hir buoch fel dau gawr
I'r byd yn felltith fawr
Yn sarnu'n llaid y llawr
Holl freiniau dyn.

Gallai deimlo'i hun yn cochi'r funud honno wrth alw'r gerdd bechadurus i'w gof. I feddwl y gallai fod wedi bod mor anaeddfed a phlentynnaidd!

Ac roedd Edward Fitzgerald o bawb wedi ymdrafferthu i ddod i'w weld—a chael ei wrthod ganddo! Hyd yn oed nawr, prin y gallai gredu fod y peth wedi digwydd. Doedden nhw ddim hyd yn oed wedi cael cyfle i holi hanes ei gilydd yn ystod y ddwy neu dair blynedd diwethaf, manion teuluol, er enghraifft, heb sôn am wleidyddiaeth.

Roedd Fitzgerald yn aeddfetach ei olwg na'r dyn ifanc, bachgennaidd, hwnnw a welai'n gyson yn nhafarnau Llundain, y dyn ifanc oedd wedi meddwi ar huotledd Twm Paen fel yntau a phawb arall yn y cylch. Doedd hi'n syndod o gwbl pan ddilynodd Twm i Paris i ganol y berw chwyldroadol er bod pawb wedi rhyfeddu at ei briodas sydyn â Ffrances oedd o waed *aristo*. A doedd hi ddim yn syndod sylweddoli ei fod wedi parhau i goleddu syniadau chwyldroadol ar hyd y blynyddoedd, ond eu bod bellach ag arlliw cenedlaethol, bradwrus iddyn nhw.

Roedd syndodau wedi dilyn ei gilydd y diwrnod hwnnw, fodd bynnag; Fitzgerald yn cyrraedd a'r syndod o glywed ei enw honedig, a'r llythyr peryglus hwnnw oddi wrth Morgan John Rhys. Beth petai rhywun yn cael gafael ynddo a'i ddarllen? Gallai fod yn ddigon am ei fywyd. Hawdd y gallai gael ei lusgo o flaen yr ynadon a'i garcharu, a doedd hwnnw ddim yn brofiad yr oedd yn dymuno'i ailadrodd. Ar ben hynny fe allai golli'i swydd. Roedd yn ddwl o ofn pan ddarllenodd y llythyr, a pheth ffôl fu ei daflu 'nôl at Edward mor fyrbwyll. O leiaf petai wedi dod ag ef tua thref fe allai fod wedi'i losgi erbyn hyn. Ond nawr byddai'n mynd mewn gofid bob dydd yn ofni clywed llaw gwas yr ynad ar ei ysgwydd.

Beth oedd ar feddwl Morgan John Rhys yn ei annog i ymladd yn erbyn y Brenin? Oedd e'n meddwl fod ganddo fyddin o werinwyr arfog yn disgwyl eu cyfle i godi mewn gwrthryfel? Gallai ddeall mai felly yr oedd hi yn Iwerddon lle'r oedd y Pabyddion yn ochneidio o dan ormes y Sais ond roedd rhyddid i addoli yng Nghymru a phawb yn gytûn ac yn llawenhau fod Eglwys Rufain wedi colli'i grym i ormesu gwerin gwlad, diolch i deyrnedd o waed Cymreig! Digon hawdd fu gwawdio'r Brenin dros ddiod o gwrw a chael hwyl am ben y cyfoethogion a'r tirfeddianwyr 'slawer dydd. Mewn byd tecach byddai trefn fwy democrataidd a goruchafiaeth y werin bobl yn fwy derbyniol, fel yn America, er enghraifft, lle bu Twm Paen yn frwd dros gydraddoldeb a rhyddid. Ond erbyn hyn roedd pawb wedi gweld canlyniadau gormes o law carfan o eithafwyr fel Robespierre a Marat a'u tebyg. Wyddai Fitzgerald ddim fod Lloegr yn ymladd rhyfel yn erbyn Ffrainc a bod unrhyw lais yn erbyn y Brenin yn cael ei gyfrif yn llais bradwr?

A ddylai ddweud wrth yr awdurdodau? Petaen nhw'n dod i wybod ei fod wedi gweld Fitzgerald a heb ei riporto fe fyddai mewn perygl mawr. Pwy allai fod wedi'u gweld? Y gwesteiwr a'r ferch oedd yn ei helpu? Er ei fod yn amau a fyddai Gwenno wedi deall fawr ddim o'r sgwrs byddai'n dyst iddo fod yno gyda Fitzgerald a'r porthmon. Gwell iddo frysio i'r dref fore trannoeth i ddweud wrth y maer, rhag ofn.

Roedd Pegi'n dal i gysgu'n drwm; trodd Iolo ar ei ochr â'i gefn ati gan ddyheu am anghofrwydd cwsg am ychydig oriau.

* * *

Prin yr oedd wedi cau'i lygaid pan glywai sŵn o'i amgylch—y synau teuluol, boreol. Clywai brysurdeb ei wraig yn cynnau tân ac yn berwi dŵr ac yn gweiddi ar y plant stwrllyd, drygionus, i'w helpu yn eu tro drwy nôl coed tân, a bwydo'r ieir, a bwydo'r mochyn tew yn y cut, a sgubo'r gegin, a nôl y fuwch a rhoi dŵr mewn cawg yn barod iddi gael golchi'r tethi cyn dechrau godro. Fe wyddai'r plant nad oedd llawer o amser i chwarae ar fferm.

Roedd yntau'n ddiolchgar am wraig mor brysur oedd yn ei alluogi i grwydro'r fro wrth ei waith, fel yr oedd yn ddiolchgar am yr uwd twym mewn cawg ar y ford frecwast a llwyaid o fêl ynddo a llaeth enwyn i'w wlychu. Doedd dim yn bwysicach ganddo bellach na gofalu am ei blant a'i wraig a gweithio orau y gallai i dalu iddi am ei hamynedd tuag ato yng nghanol ei freuddwydion a'i grwydradau hir; hyd yn oed cyn cael swydd arolygydd tir. Pa wraig arall fyddai wedi goddef mor hir ei holl brysurdeb ynghylch Gorsedd y Beirdd a'r cyfrolau a gynhyrchodd, cyfrolau o farddoniaeth yn y ddwy iaith? Beth a feddyliai hi am ei ddiddordeb yn hynafiaethau'r fro, a hanes Ysgol Ramadeg Y Bont-faen. Oedd hi'n sylweddoli ei fod wedi *profi* fod yr ysgol honno yn ymestyn 'nôl o ran ei gwraidd drwy'r canrifoedd at Sant Illtyd a'r coleg cyntaf hwnnw yn Ynys y Cedyrn? Ond pan geisiai esbonio iddi mai hi oedd yr ysgol hynaf ym Mhrydain Fawr dim ond edrych yn amheus ac wfftiog arno a wnâi hi a sôn am y cynhaeaf gwair a phris y farchnad am loi gwryw. A phetai'n cael ei alw'n fradwr nid yn unig fe gollai'i swydd ond ei fywyd hefyd, ac yn waeth byth fe gollai'i enw fel bardd a hanesydd a hynafiaethydd!

Roedd eisoes wedi cychwyn ar ei ffordd i'r dref cyn i Pegi orffen godro.

28

Fe fu rhaid aros yn Nhreforus y noson honno gan ei bod wedi nosi ormod i deithio'n ddiogel. Roedd hyd yn oed Cawdor yn ymwybodol o'r ffolineb o garlamu mewn tywyllwch dudew a'r gwynt yn chwythu glaw mân i lygaid dyn nes ei ddallu. Yr unig gysur oedd gwybod na allai Fitzgerald achub rhagor o flaen arno ar noson mor stormus.

Fore trannoeth roedd y rhingyll wedi codi o'i flaen ac yn disgwyl amdano pan gamodd i'r stafell fwyta. Nodiodd arno a gorchymyn iddo ymlacio tra cymerai docyn o fara a chaws a'i ddisychedu'i hun â chwrw. Ni feddyliodd holi a oedd Evans wedi brecwasta.

Yna roedd yn bryd llamu i'r cyfrwyau, cyffwrdd â'r sbardun ac i ffwrdd ar drywydd y porthmon a'i gyd-deithiwr bradwrus.

Ychydig o gyfle oedd i siarad, hyd yn oed petai'r ddeuddyn o'r un safle cymdeithasol. Roedd y rhingyll wedi creu argraff arno o ddyn llawn gweithredoedd a phenderfynoldeb—styfnigrwydd mewn geiriau eraill—dyn cwbl ddidostur oedd wedi gosod ei feddwl ar un nod y byddai'i gyflawni'n cyfiawnhau amcan ei fodolaeth. A'r nod hwnnw, gallai feddwl, oedd restio'r bradwr, Edward Fitzgerald.

Beth oedd ar y dyn, yn taflu i ffwrdd holl freiniau ei safle mewn cymdeithas a gyrfa ddisglair yn y fyddin? Bellach y cyfan a allai ddisgwyl fyddai llys barn a chrocbren a rhyw eilunaddoliaeth dros dro gan werin anllythrennog Iwerddon.

Erbyn meddwl, roedd sôn am deulu'r Fitzgeralds yng Nghymru gynt—Geraldus Cambrensis—oedd wedi'i uniaethu'i hun â'r Cymry er ei fod yn rhannol o waed Normanaidd. Ond pam yn y byd oedd y Fitzgerald hwn, y bonheddwr difyr a gyfarfu yn Abergwaun, yn ymuniaethu â'r Pabyddion difreintiedig a thlawd? Roedd yn ddelfrydwr, neu'n ffŵl. Roedd hefyd wedi codi mewn gwrthryfel yn erbyn y Brenin. Roedd yn fradwr.

'Dewch, Sarjant! Pen-y-bont amdani!'

*   *   *

Roedd yn ganol prynhawn pan garlamodd y ddau i gefn Gwesty'r Arth yn y Bont-faen, ar ôl deall ym Mhen-y-bont fod y porthmon wedi pasio yno'r diwrnod blaenorol. Neidiodd yr Iarll oddi ar y ceffyl gan alw ar yr ostler i fwydo a sychu'r ddau geffyl blinedig. Brysiodd i gefn y dafarn a galw am fwyd a gair gyda'r perchennog.

Oedd, roedd y fintai wedi bod yno'r noson flaenorol, ac wedi symud ymlaen yn gynnar y bore hwnnw. I ba gyfeiriad? I Landaf? O nage, i borthladd Sili i gael llong drosodd i Fryste neu Weston gyda llanw'r prynhawn. Sili? Rhyw ddeng milltir i'r de. Deng milltir? Llanw'r prynhawn!

Fe fu rhaid i'r ostler roi'r gorau i drin y ceffylau wrth i Cawdor ac Evans a'r gwesteiwr ruthro i'r cefn.

'Ond, syr, maen nhw heb gael 'u bwyd.'

Tawodd y geiriau yn ei geg wrth i'r ddeuddyn afael yn ffrwynau'r ceffylau. Doedd dim amser i esbonio a hithau'n ganol dydd a'r môr yn dod i mewn. Deng milltir rhyngddyn nhw a'r bradwr, Fitzgerald! Drwy lwc roedd y tywydd yn braf, a'r trywydd tail yn amlwg o'u blaenau unwaith eto!

Carlamodd y ddau geffyl ar hyd y stryd fawr heb sylwi ar y dyn bach oedd wedi cerdded o Drefflemin ac a oedd yn chwilio am Ynad Heddwch i ddweud rhywbeth pwysig wrtho.

Fflachiodd y milltiroedd heibio rhwng y Bont-faen a Thresimwn ond yna trodd y trywydd i'r dde'n sydyn i gyfeiriad y môr gan adael y ffordd dyrpeg. Duodd wyneb yr Iarll, byddai'n anodd carlamu heb beryglu'r ceffylau ond roedd amser yn brin a'u hysglyfaeth mor agos.

Cyflawnwyd ei ofnau'n gynt na'r disgwyl wrth i'r ceffyl lithro mewn pwll lleidiog a'i daflu din-dros-ben i'r llaca. Ond llwyddodd i lanio ar ei draed cyn twmlo ar wastad ei gefn ac achubodd hynny ef rhag cael niwed. Arafodd y rhingyll ac edrych 'nôl.

'Cer mlaen er mwyn popeth, Sarjant!' ebychodd wrth godi. 'Mi fydda i'n iawn! Cer i ddala Fitzgerald!'

'Syr!'

Cododd ar ei draed, yn ddiolchgar nad oedd wedi cael unrhyw niwed, ond pan drodd ei sylw at ei geffyl, suddodd ei galon wrth ei weld yn cloffi. Un edrychiad oedd angen i weld fod y march wedi tynnu cyhyr yn ei goes flaen chwith. Gafaelodd yn y ffrwyn ac anwesu pen y ceffyl a sibrwd yn ei glust.

'Wyt ti'n iawn? Alli di gerdded? Dere—ara deg—dyna ti . . .'

Diolch byth nad oedd wedi torri asgwrn yn ei goes. Fe wellai'r cyhyr gydag amser; yn wir, roedd ei gerddediad yn gwella gyda phob cam. Arweiniodd y ceffyl ymlaen ac yn raddol lleihaodd yr herc yn ei gerddediad. Dim ond iddo fynd yn araf, fe fyddai popeth yn iawn, ond iddo beidio â charlamu na llethu'r anifail balch.

Ymhen pum munud roedd yr Iarll yn tuthio i gyfeiriad y môr gan deimlo'n ddiolchgar nad oedd pethau'n waeth. Gobeithio, serch hynny, y cyrhaeddai'r rhingyll mewn pryd.

*   *   *

Roedd Jenkins wedi cael llong yn ddidrafferth ym mhentref Sili, llong hwyliau oedd wedi bod yn dadlwytho llwyth cymysg o Fryste, yn winoedd a baco a llieiniau sidan i gyd ar eu ffordd i siopau trefi de Cymru, Abertawe'n bennaf a'r dref ddiwydiannol ifanc honno, Merthyr Tudful. Mantais arall i'r llong oedd bod estyll arni y gellid eu gosod i wneud llociau i gorlannu'r gwartheg. Nid hwn oedd y tro cyntaf iddo ddod y ffordd hon er na fyddai'n dod mor aml â hynny; ond roedd y mynd a dod o Sili i Fryste'n ddigon pwysig iddo gymryd siawns y byddai llong yno'n gyfleus ar gyfer y gwartheg pan gyrhaeddai. Y tro hwn roedd yn arbennig o falch na fyddai rhaid aros dros nos cyn croesi Hafren.

Roedd wedi cael noson ddigon annifyr wrth ystyried fod gwrthryfelwr yn ei gwmni. Rhyfedd o beth oedd cydwybod. Neithiwr câi'i dynnu ddwy ffordd gan ei gydwybod; teyrngarwch i'r Brenin a'r Llywodraeth ar y naill law a'i hoffter naturiol o'r dyn a'i bersonoliaeth radlon a charedig ar y llaw arall. Byddai ei drosglwyddo i'r awdurdodau'n bradychu perthynas, yn bradychu cyfeillgarwch, yn bradychu ymddiriedaeth. Cyfaddawd oedd cynnig cyfle iddo ddianc yn hytrach na dweud wrth yr awdurdodau amdano ond peth annifyr i gydwybod oedd yr orfodaeth i gyfaddawdu.

Roedd yn amlwg bellach mai esgus oedd yr holl ddiddoreb honedig mewn porthmona a gwartheg, er bod y dyn yn artist medrus—esgus oedd y cyfan er mwyn dod o hyd i Edward Williams ac annog gwrthryfel. Ond roedd gormod o synnwyr ym mhen hwnnw i fentro i fyd gwleidyddiaeth a chwyldro, ar waetha'i ddiddordebau rhyfedd mewn hen feirdd a barddoniaeth.

Roedd Kildare yn ddyn deniadol—pam yr oedd rhaid iddo gael y fath chwilen yn ei ben? Ochneidiodd yn ysgafn, gan obeithio na ddôi achlysur a ddodai brawf ar ei deyrngarwch nac ar ei gydwybod. Petai popeth yn mynd yn iawn, fe fyddai Kildare ar fwrdd llong arall ym Mryste ymhen diwrnod neu ddau a'i ran ef yn y busnes ar ben.

Roedd y capten yn ysu am gychwyn wrth i'r gwartheg olaf gerdded yn llafurus araf i'r llociau ar y llong a'r corgwn stwrllyd wrth eu sodlau. Roedd hi eisoes yn benllanw ac fe fyddai rhaid symud cyn bo hir neu byddai perygl i'r llong gael ei dal wrth i'r môr dreio a hithau mor isel yn y dŵr. Pan fyddai'r môr ar drai roedd modd cerdded allan at ynys Sili. Dim ond pan fyddai wedi llenwi y gallai llongau ddod at y cei.

'Mr Jenkins, rhaid inni gychwyn ar unwaith neu mi gollwn ni'r llanw. Ydi pawb yn barod i ddod?'

Edrychodd Jenkins o'i gwmpas. Gallai weld Twm a Gruff Llwyd a'r lleill yn rhoi trefn ar y gwartheg ar ddec y llong, yna sylweddolodd fod Elinor yn dal ar y tir ac yn cerdded gyda Fitzgerald.

'Dau ar ôl, Capten. Mi alwa i arnyn nhw ar unwaith.'

Roedd y ddau gryn ganllath i ffwrdd o'r cei ac yn cerdded yn hamddenol ar y rhimyn gwastad o borfa rhwng y cei a hen fwthyn gerllaw a weithredai fel swyddfa i wŷr y tollau pan fydden nhw yno. O'i flaen roedd sbwriel pysgotwyr, yn ddarnau o hen rwydi a chewyll cimychiaid a hyd yn oed angor wedi rhydu o gwmpas y lle.

Roedd y porthmon yn iawn, wrth gwrs. Camsyniad fu dod i Gymru o gwbl a ffolineb fu rhoi coel ar wladgarwch rhamantaidd a disylwedd y Cymry. Oni bai fod y pregethwr yn Philadelphia wedi sgrifennu'r llythyr nid oedd yn debyg y byddai wedi dod ac eithrio i ffoi rhag ei elynion yn Iwerddon. Wrth ymdeimlo â'r gobaith yn llythyr Wolfe Tone ato roedd wedi coleddu'r syniad fod rhuddin yn y Cymry a thân yn eu boliau. Bellach fe wyddai mai cachgwn oedden nhw, wedi'i cyflyru i ufudd-dod llwyr i'w gorchfygwyr ar ôl cael eu trechu'n derfynol bron bedair canrif 'nôl gyda marw Owain Glyndŵr. Gwyddai bellach hefyd na fyddai croeso i lynges Ffrainc yn Abergwaun nac yn unman arall yng Nghymru o ran hynny.

Roedd yn bryd iddo fynd 'nôl i Iwerddon i ailgychwyn y frwydr, gan obeithio y byddai Wolfe a Tate yn llwyddo i ddianc â'u bywydau o leiaf. Y peth gorau a allai ddigwydd nawr fyddai i'r llynges droi o Abergwaun ac anelu am Iwerddon ond gyda'r gobaith am fwy o lwyddiant na'r gyntaf. Gyda lwc, fe allai gael llong a'u goddiweddyd cyn iddyn nhw lanio! Tybed a fyddai llong niwtral, llong o America efallai fel yr un a fu ym Mae Bantry, yn digwydd bod ym Mryste ac yn barod i'w gario i Lydaw?

Doedd Elinor erioed wedi edrych yn brydferthach na'r prynhawn hwnnw ond roedd tristwch yn ei llygaid fel petai'n synhwyro eu bod ar fin ymadael â'i gilydd am byth. Taith fer ar draws y môr i Fryste ac yna ffarwél i'r llygaid tywyll. Ni wyddai faint yr oedd ei thad wedi'i ddweud wrthi am ddigwyddiadau'r prynhawn blaenorol, ond roedd hi fel petai'n deall na fyddai'n dod gyda nhw i Lundain.

'Elinor! F'Arglwydd!' Llais Jenkins yn y pellter yn ei chyffroi i dynnu'i hanadl yn sydyn a sefyll yn ei hunfan.

'Maen nhw ar fin cychwyn, Arglwydd.'

'Edward, os gwelwch yn dda.'

'Edward.'

'Edward Fitzgerald o Kildare. Wnewch chi gofio hynny?'

'Gwnaf, am byth, Edward.'

'Dewch chi'ch dau, neu mi gollwn ni'r llanw!'

'Elinor, cyn inni fynd . . .'

'Mae 'nhad yn disgwyl . . .'

'Un gair, dyna i gyd, i ddweud 'mod i'n edifar am fod mor esgeulus ohonoch chi ers rhai dyddiau, ond roeddwn i'n tybied na fyddai Gruff ddim yn hoffi imi roi gormod o sylw i chi.'

Gwenodd hithau arno.

'Mae hynny'n dangos boneddigeiddrwydd mawr, os ca i weud.'

Ond ni fu amser i sgwrsio pellach wrth i farchog garlamu i'r golwg a stopio'n sydyn.

Llanwyd mynwes Elinor â braw wrth weld fod y marchog mewn dillad milwr tebyg i'r rheiny roedd hi wedi'u gweld ac wedi dysgu i'w casáu yn Abergwaun. Yna arswydodd wrth weld wyneb cyfarwydd, chwyslyd, y rhingyll a'r wên ddieflig o adnabyddiaeth a ledodd ar ei draws wrth eu gweld. Teimlodd fraich Edward yn cylchynu'i hysgwydd ac yn ei gwthio.

'Elinor, rhedwch i'r llong ar unwaith!'

'Ond . . .'

'Rhedwch am eich bywyd!'

Dechreuodd Elinor redeg, ac Edward wrth ei hochr yn cadw llygad ar y marchog oedd wedi dechrau symud eto i lawr y llethr ar y chwith. Gwyddai yntau y byddai'n ras amhosibl; byddai'r march rhyngddyn nhw a'r llong ymhell cyn iddyn nhw ei chyrraedd.

Roedd Edward, fel Elinor, wedi nabod y pen brithgoch a'r llygaid creulon—y rhingyll fu'n gyfrifol am dreisio a lladd y merched yn Bantry! Yr eiliad nesa neidiodd y milwr oddi ar gefn ei geffyl a'u hwynebu, ac yn sydyn roedd sabr yn ddisglair yn heulwen y prynhawn. Gwynnodd gwedd Edward; gwyddai drwy brofiad mor effeithiol oedd sabr am dorri drwy gnawd ac asgwrn. Y foment honno teimlodd yn ddig am fod y porthmon wedi mynnu mynd â'i wn oddi arno; ni fyddai gobaith ganddo yn erbyn y marchog arfog. Rhoes Elinor sgrech wrth weld y sabr yn chwifio yn ei law a thynnu 'nôl i freichiau Edward. Gafaelodd ynddi a'i dal, a gweiddi.

'Sarjant, does gennych chi ddim cweryl â'r foneddiges yma. Gadewch iddi basio!'

'Fitzgerald. O'r diwedd!'

Cyffrôdd Elinor.

'Sarjant, Arglwydd Kilrush yw hwn, yr artist!'

'Artist o ddiawl! 'Dan ni'n dau'n nabod ein gilydd, on' tydan ni, Fitzgerald, oddi ar pan gwrddon ni yn Bantry!'

'Eitha cywir, Sarjant! Felly, wnewch chi ganiatáu iddi fynd at 'i thad ar y llong? Ac fe fydda i wrth eich gwasanaeth.'

'Na!'

Torrodd y sgrech o brotest o'i genau.

'Na, Edward, mi laddiff e chi!'

'Elinor, ma'ch tad yn disgwyl amdanoch chi, a Gruff. Ewch wir.'

'Edward!'

Crechwenodd Evans.

'Ewch 'te, 'nghariad i, ma' Dada'n disgwyl!'

'Na!'

'Elinor, wy'n begian arnoch chi! Ewch!'

Os oedd Evans wedi sylwi ar y pennau'n syllu arnyn nhw o'r llong ag arswyd yn eu llygaid wnaeth e ddim dangos hynny. Ac yn sicr ni welodd y gofid ar wyneb Gruff wrth iddo rythu o'i gwmpas yn wyllt am arf o ryw fath, na'r braw ar wyneb y porthmon wrth weld ei blentyn mewn perygl am ei bywyd. Ac os oedd ei blentyn mewn perygl un peth yn unig a allai wneud.

Yn raddol a phetrus camodd Elinor ymlaen mewn hanner cylch nes ei bod gyferbyn â'r milwr, yn dyndra drwyddi ac yn hanner marw o ofn, gan deimlo'i drem yn syllu ar ei chorff yn chwantus. Yr eiliad nesa roedd hi wedi camu heibio ond ar ôl cam neu ddau arafodd ei cherddediad a throdd ei phen 'nôl i edrych ar y ddeuddyn.

'Wel, Sarjant? Beth yw'ch neges?'

Roedd llais Edward yn glir a chadarn. Gwenodd y Cymro'n sarhaus.

'Arglwydd Fitzgerald! Beth fydda'n well gynnoch chi—cael eich crogi'n ara ar y grocbren am eich brad, neu flasu'r cleddyf 'ma nawr, am beth wnaethoch chi i Parri?'

'Sarjant, os oes rhaid i fi farw, mi fydda i'n falch i farw gan wbod mai fi gladdodd y fwled yng ngwddw'r cythrel!'

Ar y gair diflannodd y wên ar wyneb Evans a gwgodd mewn dicter a chwant dialedd.

'Y sabr, rwy'n meddwl, yntê, Fitzgerald? Rwy i am weld wyt ti'n gallu neidio'n uchel!'

Yr eiliad nesaf chwifiodd y sabr o'r naill ochr i'r llall o'i flaen ac yna anelodd at Fitzgerald gan beri iddo gymryd naid 'nôl ar waetha'i benderfyniad i aros yn llonydd ac wynebu'r diwedd yn eofn. Wrth neidio 'nôl baglodd Fitzgerald ar garreg a syrthio gan droi ar ei sawdl. Saethodd fflamau o boen ar hyd ei figwrn a'i goes wrth iddo gwympo. Chwarddodd y rhingyll a chamodd ato a syllu'n ddieflig i lawr arno wrth iddo godi ar ei ochr.

'A ble licet ti'i cha'l hi, dwed? Yn dy galon neu dy wddw? Y gwddw, wy'n meddwl. Deud gw-bei fel hogyn bach da!'

Cododd y sabr yn uchel er mwyn taro â'i holl ynni.

'Na!'

Llamodd Elinor ar ei gefn fel cath gan ei fwrw oddi ar ei anel a'i hewinedd yn crafangu'u wyneb, yn anelu am ei lygaid. Torrodd bloedd o boen a syndod a dicter o'i enau a hyrddiodd hi oddi arno i'r llawr.

'Yr hwch! Damia di!'

Cododd y sabr a'r tro hwn at Elinor yr oedd yn anelu.

'Paid, y diawl!' Llais dyn y tro hwn rywle y tu cefn iddo, yna daeth cryndod drosto a golwg ryfedd o syndod a phoen—cyn iddo suddo ar ei liniau ac yna ar ei hyd ar y ddaear, a sŵn ergyd o wn yn dal i atsain yn ei glustiau byddar. A phan gododd Elinor ei phen gallai weld y syndod ar wyneb Gruff wrth ei hymyl, a'r mwg yn dod o faril gwn Fitzgerald yn ei law.

Y foment nesa arteithiodd ei wyneb a thaflodd y gwn oddi wrtho.

'Wy i wedi'i ladd e!'

'Gruff! 'Nghariad i!'

Ac roedd Elinor yn ei freichiau ac yn ei gusanu dros ei wyneb gyda dagrau yn ei llygaid, yn chwerthin ac yn wylo am yn ail.

'Gruff, fe achubest ti 'mywyd i!'

'Beth?'

Roedd Gruff fel petai'n deffro o drymgwsg.

'Mae hi'n iawn, Gruff.' Llais Fitzgerald y tro hwn wrth i hwnnw godi ar ei draed a hercian draw atyn nhw yn ei gloffni. Cododd ei wn a syllu arni, yna edrychodd ar y ddau.

'Mi fyddai wedi 'i ladd hi, ein lladd ni i gyd! Does dim eisie i chi feio'ch hunan.'

'Nag o's?'

'Nag oes; dwedwch wrtho, Elinor.'

'Mae'n gweud y gwir, Gruff; fe neu ni o'dd hi i fod, do'dd dim dewis i ga'l.'

'Nag o'dd.'

Crynodd Gruff drwyddo wrth syllu ar y corff o'i flaen. Yna cododd ei ben ac roedd ei lais yn gryfach.

'Nag o'dd, fe fydde wedi'n lladd ni i gyd, y cythrel.'

'Elinor! Wyt ti'n iawn?'

Roedd Peter Jenkins yn agosáu a'i wynt yn ei ddwrn.

'Diolch byth, rwyt ti'n iawn, y tri ohonoch chi'n iawn. I'r

Arglwydd y bo'r diolch! Dewch, fe awn ni 'nôl i'r llong. Mae'n bryd inni hwylio. Pwyswch arna i—dyna chi . . . '

*   *   *

Roedd y llong eisoes chwarter milltir allan ar y môr pan gyrhaeddodd Cawdor y cei. Disgynnodd oddi ar ei geffyl a cherdded yn flinedig a siomedig at y pen draw. Syllodd draw at y llong; roedd yr holl ymdrech wedi bod yn ofer, a Fitzgerald wedi dianc o'i afael. Erbyn iddo ddilyn, a bwrw y câi long drannoeth, byddai Fitzgerald wedi cymryd llong arall i rywle, i America, o bosibl, neu i Ffrainc, yn bell o afael Siôr y Trydydd.

Trychineb, dyna'r unig air am y peth—dyn ifanc hoffus, anturus, wedi cymryd y ffordd anghywir gan ei gondemnio'i hun i fywyd herwr neu alltud. Trueni, mewn ffordd. Roedd e wedi dod yn hoff ohono. Petai yntau'n Wyddel ac nid yn Albanwr, tybed a fyddai'n teimlo'r un peth ag ef? O ran hynny, roedd digon o'i gyd-Albanwyr oedd yn dal i ffieiddio'r Ddeddf Uno, gwta naw deg o flynyddoedd 'nôl, ac yn cyfrif hynny'n frad ar annibyniaeth yr Alban ac yn sarhad ar Robert Bruce a Wallace. Ac wedi'r cyfan, dim ond ychydig dros hanner canrif 'nôl fe fu Siarl Edward yn hawlio Gorsedd yr Alban a theyrngarwch Cawdor a Glamis a Fyfe.

Wrth iddo ddringo ar gefn y ceffyl sylwodd ar y corff heb fod yn bell i ffwrdd. Digon hawdd oedd adnabod gwallt cochlyd y rhingyll a sylwi ar yr olwg o syndod yn dal ar yr wyneb gwelw a'r llygaid agored a di-weld. Felly, roedd Fitzgerald wedi cael y trechaf ar y dyn cyn dianc. Ochneidiodd ac ysgwyd ei ben. Syllodd ar y gwaed yn ceulo ar y ddaear wrth ymyl y corff. A welai neb eisiau'r dyn, tybed? Go brin, o gofio'r llysenw anhyfryd oedd ar y garfan arbennig honno o frifwyr Ei Fawrhydi.

Trodd ben y ceffyl am yr heol 'nôl i'r Bont-faen. Byddai rhaid iddo drefnu i rywun nôl y corff rywbryd.

29

Dyn trist oedd Peter Jenkins pan aeth i'r gwely y noson honno; dyn na afaelodd mewn cwsg am oriau hir a phoenus. Bu ar ei liniau am ddwy awr, ac yna bu'n gorwedd o dan ei gwrlid gan syllu ar olau pŵl y sêr a'i feddwl yn carlamu'n anghysurus dros ddigwyddiadau'r dydd. Amhosibl oedd amgyffred popeth oedd wedi digwydd a'u holl oblygiadau. Roedd yn ddydd oedd wedi pentyrru sioc ar ôl sioc arno.

Y gyntaf oedd marwolaeth y milwr. Er i'w lygaid rythu ar y nenfwd gwelai'r ymladd ar y cei a'r dyn erchyll yn anelu at ladd Elinor oni bai fod Gruff wedi'i saethu. Roedd hynny'n faich ar ei gydwybod fel Cristion a dilynwr i Dywysog Tangnefedd. 'Na ladd' meddai'r Gair ac roedd wedi mynd â dryll Fitzgerald oddi arno rhag i hynny ddigwydd, ond pan welodd y milwr yn bygwth Elinor â'i gleddyf roedd ei reddf fel tad wedi bod yn drech nag unrhyw egwyddor. Pan ddôi'n bryd iddo roi cyfrif am ei weithredoedd gerbron Gorsedd Gras byddai'n rhaid iddo ddweud fod ei gariad at ei blentyn yn drech na'i gydwybod, yn gariad oedd wedi peri iddo daflu'r dryll i Gruff wrth i hwnnw ruthro i amddiffyn Elinor. Ac ni allai deimlo dim edifeirwch am hynny; ni allai bwystfil a fygythiai fywyd merch ddiniwed ddisgwyl trugaredd o ddwylo tad y ferch honno. Ac eto roedd rheidrwydd arno i dawelu cnofeydd euogrwydd ac erfyn am faddeuant am ei ran ym marwolaeth y milwr.

Yr ail sioc oedd deall fod Fitzgerald wedi'i dwyllo gan gymryd arno fod â diddordeb mewn porthmona fel esgus dros deithio drwy Gymru heb dynnu sylw ato'i hun. Roedd hefyd wedi gwneud ei orau glas i godi gwrthryfel yn erbyn y Brenin gan ddefnyddio hen gyfeillgarwch i'r perwyl hwnnw. Roedd y dyn wedi'i siomi ac wedi'i ddefnyddio i'w bwrpas annheilwng ei hun ac nid hawdd fyddai maddau hynny iddo.

Roedd goblygiadau eraill i weithredoedd erchyll y dydd hefyd. Gan fod Gruff wedi lladd un o filwyr y Brenin roedd ei fywyd mewn perygl. Roedd yn rhaid iddo adael Cymru am byth neu gael ei grogi. Roedd hynny'n amlwg iddo pan welodd ffigur cyfarwydd Iarll

Cawdor yn cyrraedd y cei wrth i'r llong hwylio i ffwrdd. Doedd e ddim yn poeni amdano'i hun; go brin y beiai Cawdor ef am amddiffyn ei blentyn ei hun rhag bwystfil o ddyn. Ond doedd e ddim wedi disgwyl clywed Gruff yn gofyn am gael mynd ag Elinor gydag ef i America.

Honno oedd y drydedd sioc, a'r fwyaf o bosibl; sylweddoli fod bywydau Elinor a Gruff wedi'u gwau ynghyd. Roedd Gruff wedi dod gydag e'n was er mwyn bod gydag Elinor, gallai faddau iddo am hynny, ond pan ofynnodd Gruff iddo am ganiatâd i'w phriodi a mynd â hi gydag ef i America roedd y sioc yn ormod iddo'i goddef ar y pryd. Yng nghaban y Capten ar y ffordd i Fryste y digwyddodd hynny a'r tri ohonyn nhw ar eu pennau'u hunain am ychydig. Syllodd o'r naill wyneb i'r llall, a chladdu'i wyneb yn ei ddwylo gan deimlo'i gorff yn crynu drwyddo.

'Dat—beth sy'n bod? Odych chi'n dost?'

Roedd llaw dyner ei ferch ar ei dalcen. Ysgydwodd ei ben a thynnu macyn o'i boced a sychu'i lygaid, a pheswch mewn swildod.

'Priodi—chi'ch dou?'

'Ie, Dat—'

'Ond prin ych chi'n nabod eich gily',' dechreuodd ond yna stopiodd wrth weld Elinor yn gwenu.

'Pam ych chi'n meddwl 'mod i mor barod i fynd i'r farced yn Abergwaun ers mishodd?'

'Y farced? Wrth gwrs.'

Daeth cysgod gwên dros wyneb ei thad fel petai'n cofio'i deimladau'i hun flynyddoedd yn gynt.

'Mi fues inne'n llawn tricie er mwyn cwrddyd â dy fam 'ed.'

'Felly ych chi'n fodlon inni briodi?'

Syllodd yn graff ar yr ymbil yn ei lygaid ac ar wyneb Gruff hefyd. Faint o werth fyddai gwrthod caniatâd? Fe fyddai hi â hawl i ddilyn ei hewyllys ei hun ymhen llai na blwyddyn. Petai'n gwrthod yr hawl nawr fe fyddai fel cosb, fel dial ar y ddau am gadw'u carwriaeth rhagddo. Petai'n mynnu iddi fynd ymlaen i Lundain fe fyddai hynny'n gwahanu'r ddau am flynyddoedd o bosibl, os nad am byth, ac fe drôi hynny hi yn ei erbyn cyn wired â phader. Prin fod ganddo ddewis mewn gwirionedd.

'Os ych chi'n benderfynol, faint gwell fydda i o weud "na"?'

'Dat!'

Ac roedd y gusan ysgafn ar ei foch yn gyfrwng i godi'i galon ac i gryfhau'r loes o'i cholli yr un pryd; ac fe deimlodd chwithdod wrth i Gruff ymaflyd yn ei law a diolch o galon iddo mewn llais bloesg gan addo gwneud ei orau i ofalu am Elinor tra byddai byw.

*   *   *

Cysgodd Peter Jenkins o'r diwedd a chael hunllef lle gwelai filwr yn ymlid Elinor ac yn ei tharo â chleddyf er iddi weiddi ac ymbil am drugaredd. Roedd ei sgrechfeydd yn dal yn ei glustiau wrth iddo ddihuno'n sydyn â chwys oer dros ei dalcen. Dihunodd wedyn am ei fod yn methu cysgu oherwydd sŵn trafnidiaeth yn y stryd stwrllyd.

Roedd digon o ddewis o ran llongau ym mhorthladd Bryste, gan gynnwys un fyddai'n hwylio ymhen tridiau i Philadelphia a'i llond o Gymry arni ac un arall, un Americanaidd, oedd ar fin hwylio fore trannoeth i Efrog Newydd a lle arni o hyd i ragor o ymfudwyr. Doedd gan y tri ddim dewis ond cymryd y llong hon yn hytrach nag ymuno â'r Cymry rhag ofn i Cawdor gyrraedd, a milwyr i'w ddilyn.

Roedd y porthladd yn llawn synau wrth iddo hebrwng y tri at fynedfa'r llong a'i hiraeth a'i dristwch yn ei wneud yn fud. Mewn un man roedd cenfaint o foch yn uchel eu stŵr wrth gael eu gyrru heibio. Ble bynnag y byddid yn troi fe ellid clywed ceffylau'n gweryru, gwartheg yn brefu, olwynion pren yn taro dros wyneb caregog y strydoedd a lleisiau'n siarad ac yn gweiddi ar draws ei gilydd, a'r cyfan yn uno'n donnau byddarol o synau aflafar.

Petai dyn yn clustfeinio efallai y clywai sŵn wylo isel ac ochneidiau yma a thraw ymhlith pobl, hen ac ifainc, oedd yn ffarwelio â'u tylwyth. Roedd y llong i Efrog Newydd yn un sylweddol ac wedi'i gwneud o bren tywyll yn bennaf, gyda thair hwylbren braff i'w gyrru, cabanau dosbarth cyntaf i'r cyfoethogion a'r swyddogion, a dwy stafell enfawr a'u rhesi o welyau benben â'i gilydd oedd yn lleoedd i fyw a bwyta yn ogystal â chysgu i'r teithwyr cyffredin. Os oedd y rheiny'n ddigysur ac yn aflan a'r cyfleusterau'n gyntefig, roedd hi'n waeth fyth ar y criw a gysgai ar wellt drycsawrus o dan lefel y môr mewn tywyllwch ac eithrio am ambell gannwyll neu lamp olew, ac yng nghanol llygod mawr. Ac nid bychan o berygl a ddôi o symudiad sydyn a fygythiai daflu'r gannwyll neu'r lamp i lawr i'r gwellt a'i danio. Roedd yn beth da na wyddai Peter Jenkins, fel y gwyddai Edward Fitzgerald, am yr anghysuron a'r peryglon a wynebai Elinor a Gruff ar y daith.

Talwyd am docynnau i swyddog digon dihidans yn ei ddillad morwr.

Daeth munud yr ymadael a'r pedwar yn sefyll yn fud, yn rhy deimladwy i siarad. Roedd dagrau'n llenwi llygaid Elinor. I feddwl ei bod yn gorfod ffarwelio â'i thad yn sydyn fel hyn a mentro i wlad bell. Roedd hi'n gwybod na fyddai'n debyg o ddod adre eto na gweld ei rhieni byth mwy, ac yn gorfod dibynnu'n llwyr ar gariad a chadernid y dyn ifanc yr oedd hi'n aberthu cymaint—popeth—er ei fwyn. Y foment honno, roedd hiraeth am Gas-mael a'i theulu a'i ffrindiau yn ei llethu ac yn clymu'i thafod i daflod ei cheg sych.

Edrychodd y porthmon yn chwerw ei deimladau ar Fitzgerald. Roedd y dyn fu unwaith yn hoffus a deniadol ei bersonoliaeth wedi troi'n atgas ganddo. Mewn cyfnod byr—ychydig wythnosau—roedd wedi dod i'w fywyd a chwalu cymaint oedd yn annwyl a phwysig iddo. Oherwydd Fitzgerald roedd ar fin colli'i ferch ac wedi helpu Gruff i ladd ei gyd-ddyn a thrwy hynny wedi pardduo'i anrhydedd a'i gydwybod fel Cristion. Roedd hefyd ar fin gadael i un o elynion y Brenin ddianc o afael y Gyfraith. Mewn byd gwahanol fe allen nhw fod wedi bod yn gryn ffrindiau, ac mewn byd gwahanol ni fyddai dim o hyn wedi digwydd. Oni bai fod Fitzgerald wedi dod heibio ac oni bai fod y rhingyll wedi'i ddilyn ac oni bai fod hwnnw wedi bygwth lladd Elinor, oni bai, oni bai, oni bai . . .

Edward siaradodd gynta, fel petai wedi synhwyro beth oedd ym meddwl y porthmon.

'Mr Jenkins, sut galla i ymddiheuro i chi am yr holl dristwch rwy i wedi'i bentyrru ar eich pen?'

Ochneidiodd y porthmon fel petai'n gwbl ddiobaith.

'Mae braidd yn hwyr i hynny nawr, Fitzgerald.'

'Serch hynny, alla i ddim peidio â theimlo'n euog am yr hyn sy wedi digwydd, a'r cyfan o'm hachos i. Rwy'n teimlo'n ofnadwy ynghylch y peth. Rydych chi'n ddyn o gydwybod dyner; wnewch chi dderbyn fod gen innau gydwybod hefyd? Yr un pryd gobeithio y derbyniwch fy niolchiadau diffuant, fel bonheddwr o Wyddel i fonheddwr o Gymro, am ganiatáu i fi adael Prydain.'

Ac roedd gwasgad ei law'n gadarn yn llaw'r porthmon. Yna trodd a cherdded at y bont a chroesi i'r llong, gan wybod na allai unrhyw eiriau o'i eiddo wneud iawn am y golled yr oedd yn ei gorfodi ar y porthmon y diwrnod hwnnw. Ond oedodd eto am eiliad.

'Gofalwch am y gaseg, wnewch chi, Mr Jenkins?'

Roedd wedi diflannu cyn i'r porthmon gael cyfle i'w ateb.

Gafaelodd Peter Jenkins yn llaw Gruff a gwasgu pum sofren felen iddi.

'Fe fydd y rhain yn help i chi nes y cewch chi'ch lle eich hunain. Wy i hefyd yn rhoi Elinor iti. Gofala amdani, 'machgen i, mae hi'n fwy gwerthfawr na bywyd 'i hunan i fi.'

Llyncodd Gruff yn galed.

'Beth alla i weud ond diolch—diolch am yr aur, ond diolch am Elinor yn benna. Wy'n addo gwneud 'y ngore i roi bywyd iawn iddi, Peter Jenkins, wir i chi!'

Roedd y dagrau'n cronni a'i wddw'n gwynegu wrth iddo deimlo cusan Elinor ar ei foch.

'Dat, gwedwch wrth Mam 'mod i'n 'i charu ddi.'

Gafaelodd ynddi a'i gwasgu gan glapian cloriau'i lygaid er mwyn dal y dagrau chwerw 'nôl. Llwyddodd rywsut i sibrwd 'Bendith y Goruchaf arnoch chi'ch dou!' cyn troi i ffwrdd.

'Da bo chi 'te, Peter Jenkins, a diolch am bopeth.'

'Da bo ti. Gofala amdeni ddi!'

Daeth y tri i'r golwg ar ddec y llong wrth i'r bont gerdded gael ei symud. Yna codwyd yr angor yn ara' deg a disgynnodd yr hwyliau i'w lle. Dechreuodd y llong symud yn llyfn ar wyneb tawel y dŵr ger y cei.

Safodd arno a chwifio nes bod yr wynebau gwelw ar ddec y llong wedi mynd yn rhy aneglur i'w nabod, a'r cyfan a allai feddwl amdano wedyn oedd y daith unig i Barnet a'r siwrnai ddirdynnol 'nôl adref i Gas-mael ac yntau'n gorfod dyfalu gyda phob cam sut i ddweud wrth ei wraig fod Elinor wedi'u gadael—o bosibl am byth.

*   *   *

Roedd y tywydd yn arw ond nid mor arw ag y bu hi'r Rhagfyr blaenorol wrth i'r llong arafu yn y dŵr bas yng nghysgod y pentir, dŵr oedd yn ddigon llonydd i ganiatáu i gwch rhwyfo fynd o'r llong i'r cei. Galwyd gorchmynion a fflachiodd rhesaid o goesau chwim lan yr hwylbrennau ac allan ar hyd y breichiau er mwyn torchi'r hwyliau. Roedd yn olygfa ryfeddol i'r anghyfarwydd i weld dynion a bechgyn yn dringo â sicrwydd mwncïod er mwyn arllwys y gwynt o'r hwyliau.

Roedd tridiau wedi pasio er pan adawodd y llong borthladd Bryste; bellach roedd Baltimore yn nesáu, y porthladd bach oedd mor agos i Bantry.

Ymhen munud fe fyddai'r cwch yn barod i fynd ag ef i'r lan. Cyn iddo fynd, fodd bynnag, roedd ganddo rywbeth ar ei feddwl. Edrychodd ar y ddau wyneb ifanc, cyfeillgar o'i flaen, a'r tynerwch ar wyneb Elinor yn fwyaf arbennig. Roedd golwg hapusach arni erbyn hyn, fel petai'n gwbl fodlon dilyn Gruff i bedwar ban byd a threulio gweddill ei bywyd gydag ef. Roedd Gruff yn ddyn lwcus dros ben, meddyliodd.

'Rhaid i ni ddweud ffarwél mewn munud neu ddwy.'

'Gobeithio y bydd popeth yn iawn gartre, Edward.'

Roedd y ddau wedi dod i ddefnyddio'i enw cyntaf heb fawr ddim swildod erbyn hyn.

Gwenodd. Roedd yn hyfryd i weld dau mor llawn o hyder am y bywyd o'u blaenau, ac yn edrych ymlaen at ymgartrefu ar eu haelwyd eu hunain mewn gwlad newydd heb ofni gwg brenin na thirfeddiannwr. Gwyn eu byd. Parhaed eu diniweidrwydd ar hyd eu hoes heb na gofid na dadrithiad i'w bylu.

'Gwrandewch, Elinor—Gruff. Dyma'r cyfle ola ga i i ddiolch i chi am bopeth, am eich cwmnïaeth, ac am achub 'y mywyd i. Does ond gobeithio y maddeuwch i fi am eich arwain i'r fath helbul ac am eich gorfodi i fynd yn alltud o'ch gwlad.'

''Sdim tamed o angen i chi wneud, Edward; wedi'r cyfan, diolch i chi, wy i 'di cael Elinor yn wraig i fi gyda bendith 'i thad, neu mi fydd yn wraig cyn gynted ag y down ni o hyd i bregethwr. Tasen ni'n dal gartre fe fydde wedi cymryd blynydde i fi fagu digon o fodd i'w phriodi. Felly pidwch â beio'ch hunan. Wy i'n falch o fod wedi cwrdd â chi ta pun.'

'A finne, Edward.'

'Gobeithio y cewch chi fywyd gwell yn America.'

'Gwlad rhyddid a chydraddoldeb.' Roedd gwên ddireidus ar wyneb Gruff.

'Yn hollol, fel y bydd Iwerddon yn wlad rhyddid a chydraddoldeb hefyd ryw ddydd os ca i fy ffordd. Ond i ddod 'nôl at y testun, ydy'r llythyr gyda chi'n ddiogel?'

Nodiodd Gruff.

'A rych chi'n gwbod at bwy i fynd ag e?'

'Y Parchedig Morgan John Rhys yn Philadelphia.'

'Fe fydd e'n siŵr o edrych ar eich holau.'

'A beth amdanoch chi, Edward? Pam na ddewch chi gyda ni i Philadelphia? Dechre bywyd newy' gyda'n gily'.'

Daeth gwên dros wyneb Edward. Roedd didwylledd a diniweidrwydd Gruff mor amlwg. Beth wyddai fe am broblemau Iwerddon? Roedd pobl Cymru'n fodlon ar fod yn Saeson tlawd a thaeogaidd; sut y gallai Gruff, oedd wedi treulio'i fywyd yn nhawelwch cefn gwlad Cymru, amgyffred egwyddorion gwleidyddiaeth a grym cenedlaetholdeb? Wyddai fe ddim am wewyr Iwerddon a bod gwerin Iwerddon yn disgwyl, fod Siân Fân Focht yn ei ddisgwyl adref i arwain y frwydr tuag at ryddid. A phetai'r Ffrancod wedi glanio yn Abergwaun, digon tebyg mai codi arf yn eu herbyn ac nid o'u plaid a wnaethai Gruff petai yno.

Dridiau 'nôl, wrth gamu ar fwrdd y llong roedd wedi coleddu'r gobaith y gallai gyrraedd Llydaw a rhybuddio'r llynges Ffrengig rhag

258

mynd i Abergwaun cyn iddi gychwyn. Ond roedd y capten wedi gwylltio braidd pan aeth ato a gofyn am gael glanio yn San Malo; oni wyddai Fitzgerald fod ganddo gannoedd o Brydeinwyr ar fwrdd y llong? Oedd ef o ddifri'n disgwyl iddo beryglu'u bywydau drwy fentro i un o borthladdoedd eu gelynion er mwyn ei blesio fe yn unig? Petai Fitzgerald o ddifri ynghylch mynd i Ffrainc doedd arno ddim awydd cael gwybod pam, dylai fod wedi cymryd llong i'r Iseldiroedd a theithio oddi yno! Diolched ei fod ar long niwtral ac yn cael glanio yn Baltimore. Efallai y gallai ddod o hyd i longwr o Wyddel yno fyddai'n fodlon ei mentro hi i Lydaw a herio llongau rhyfel Prydain! Ond gwyddai Fitzgerald, fel y gwyddai'r capten, mai bychan o obaith fyddai am hynny yn sgil yr erledigaeth ar ôl methiant Bae Bantry.

Roedd y cwch bach wedi disgyn ar ymchwydd y tonnau a'r rhwyfwr yn disgwyl pan ysgydwodd Edward ddwylo â Gruff a chusanu Elinor ar ei thalcen. Ac roedd y llygaid treiddgar yn syllu i fyw ei llygaid hithau'n addfwyn ac yn llawn dealltwriaeth wrth iddo wasgu'i llaw.

'Bendith Duw arnoch eich dau.'

Wrth i'r cwch symud tuag at y lan cadwodd ei lygaid ar y ddau cyhyd ag y gallai. Gobeithio y byddai ffawd yn garedig i'r ddau ddiniwed.

Doedd fawr neb yn disgwyl amdano ar y cei, dim ond rhyw fân swyddog porthladd yn holi'i fusnes ac yn barod iawn i dderbyn yr eglurhad ei fod ar ei ffordd i Corc o Lundain i ymgymryd â swydd gyfreithiol yno. Erbyn i'r holi orffen gwelai fod hwyliau'r llong eisoes wedi disgyn ac wedi llenwi a bod y rhwyfwr wedi cyrraedd 'nôl.

Prynodd geffyl ar gyfer y daith mewn efail, un gwyn y tro hwn a smotiau llwyd drosto, ac wrth ddringo i'r cyfrwy a gafael yn y ffrwyn rhedodd gwefr drwy'i gorff. Roedd ar ei ffordd adref at Pamela a'i blant, adref i ymguddio nes i'r cynnwrf dawelu, adref i ailgynllunio'r frwydr dros ryddid ac annibyniaeth. Ac wrth duthio drwy heolydd geirwon cefn gwlad Iwerddon—oblegid byddai angen iddo osgoi'r priffyrdd a'r trefi rhag ofn cwrdd â'r milisia—fe gâi gyfle i fyfyrio dros ddigwyddiadau'r misoedd diwethaf. Sawl wythnos oedd wedi mynd heibio oddi ar i MacSheehy gael llond bola o ofn yng ngafael Tony yn Kildare wrth ddod â'r ddau lythyr ato? Gymaint o ddyheadau a gobeithion fu yng nghalonnau'r fintai fach ddewr ar lan Bae Bantry cyn i'r marchogion eu cymynu mor ddiarbed! Y tân yn Nhŷ'r Abaty a griddfannau'r dynion a sgrechfeydd y merched druain, a'r pleser dieflig a gafodd o saethu'r mochyn o dreisiwr; llifodd y cyfan 'nôl i'w feddwl wrth i'r ceffyl gamu'n amyneddgar dros y ffordd arw. Wedyn, yng Nghymru, roedd cwrteisi a chroeso'r bobl, cyfeillgarwch Knox, boneddigeiddrwydd a haelioni Cawdor a thynerwch Elinor yn bethau nad anghofiai fyth, na'r cythraul hwnnw mewn cnawd dynol a adawyd yn gorff ger cei Sili.

Roedd Bae Bantry wedi bod yn fethiant a doedd fawr o amheuaeth ganddo bellach nad methiant fyddai'r glaniad yn Abergwaun hefyd. Efallai eu bod nhw ar eu ffordd yno bellach, yn disgwyl croeso gan y werin heb wybod dim am Cawdor a Knox, a'r croeso o fath gwahanol a roddai'r rheiny iddyn nhw.

A oedd Wolfe Tone gyda nhw yn Abergwaun, fel yr oedd wedi gobeithio? Neu a oedd wrthi'n paratoi ymgyrch fawr arall? Oherwydd doedd dim yn sicrach ganddo na fyddai'r frwydr am ryddid Iwerddon yn parhau, a'r tro nesa, ymhen blwyddyn neu ddwy fan bellaf, fe fyddai gwell trefn ar bethau, a byddin o Wyddelod arfog yn barod i daro heb orfod dibynnu ar rymoedd allanol i'w helpu. Ryw ddydd mi fyddai'n arwain ei gyd-wladwyr yn fuddugoliaethus ac yntau yn lifrai gwyrdd ac aur cadfridog yr Iwerddon Rydd, a'r tro hwn ni fyddai storm ym Mae Bantry yn difa cynlluniau na rhingyll gwalltgoch o Gymro i ymgodymu ag ef. Ond nawr, roedd Kildare yn galw—a Pamela . . .

30

F'annwyl Dad,

Hyfryd oedd derbyn eich llythyr diweddaraf a deall eich bod fel finnau'n llawenhau mewn iechyd da. Gwir imi fod o dan annwyd ychydig wythnosau 'nôl ond gyda dyfodiad y gwanwyn cynnar a'i heulwen gynhesol mae hwnnw wedi diflannu fel mân us yr hwn a chwyth y gwynt ymaith i bedwar ban byd.

Mae fy newyddion y tro hwn yn bur gyffrous. Tua mis yn ôl fe gyrhaeddodd bonheddwr o Iwerddon i Abergwaun a'i fryd, medd ef, ar ddarlunio bywyd y porthmyn Cymreig a'u ffordd o fyw. Yr enw a roddodd oedd Arglwydd Kilrush a deallwn wrth ei ymarweddiad a'i ystwythder yn y cyfrwy iddo fod yn swyddog ym myddin Ei Fawrhydi am rai blynyddoedd cyn troi at fywyd a diddordebau mwy heddychlon. Byddai bellach o gwmpas y pymtheg ar hugain neu ychydig yn hŷn o bosibl ac ym mlodau'i ddyddiau, fel y dywedir. Yr oedd yn hoff gan y sawl a'i cyfarfyddai a'i wên yn magu awydd i ymgyfeillachu ag ef yng nghalonnau pawb, a chawsom sgyrsiau difyr dros ginio unwaith neu ddwy. Yr oedd yn amlwg ei fod yn ddyn dwys a theimladwy ynghylch cyflwr ei bobl yn Iwerddon ac yn gresynu at y tlodi sydd yno. Dangosodd ei ddawn fel arlunydd yn fuan drwy ddarlunio'r milwyr sy'n gwarchod y gaer ac y mae'r darlun hwnnw'n destun edmygedd i bawb a'i gwelo. Yr un modd pan gyrhaeddodd mintai o filisia 'nôl o Iwerddon un dydd fe enynnodd syndod ac edmygedd wrth eu darlunio ar barêd o'n blaen a phan ymadawodd â ni ymhen ychydig ddyddiau i deithio gyda Jenkins y porthmon yr oedd yn edifar gan bawb ei weled yn myned.

Meddyliwch fy syndod ddoe pan gyfarfûm ag Arglwydd Cawdor a deall iddo fod yn hela'r bonheddwr er mwyn ei restio fel bradwr! Mae'n debyg fod un o'r milwyr o Iwerddon wedi ei weld ymhlith y rhai fu'n ceisio codi'r Gwyddelod mewn gwrthryfel yn erbyn y Brenin yn ddiweddar ac mai esgus oedd yr holl ddiddordeb mewn porthmonaeth! Yn wir, deallwn yn awr iddo geisio cynhyrfu teimladau o wrthryfel yng Nghymru yn y Bont-faen ond fod doethineb a theyrngarwch y gwrandawyr yn drech na'i syniadau cynllwyngar.

Mae'n amlwg bellach iddo dwyllo'r porthmon, sy'n ŵr duwiolfrydig a gonest, yn llwyr a dianc ar long o Fryste rhag i Cawdor ei ddal a'i ddwyn o flaen ei well yn ôl ei haeddiant. Oni bai fod ceffyl yr Iarll wedi cloffi byddai wedi'i oddiweddyd ar lan y môr cyn iddo groesi i Fryste ond pan gyrhaeddodd yr oedd Kilrush wedi hwylio gan adael milwr yn gelain ar y cei, rhingyll o'r enw Evans.

Wrth feddwl 'nôl gallaf sylweddoli bellach pam yr oedd Kilrush yn cymryd y fath ddiddordeb ynof fi, wedi iddo glywed, mae'n siŵr, fod gen i swydd o bwys gan fy mod yn bennaeth ar y Gwirfoddolwyr ac yn gofalu am y gaer uwchben y porthladd. Wyddoch chi, mi geisiodd fy nhynnu i ddangos cydymdeimlad â'i achos gan apelio at fy ngwaed Gwyddelig. Mi awgrymodd hyd yn oed y dylwn sbragio'r gynnau yn y gaer, rhag ofn iddi syrthio i ddwylo'r gelyn petai'n ymosod ar Abergwaun! Gallaf weld yn awr ei fod wedi sylweddoli mai gynnau'r gaer yw ein hamddiffyniad pennaf yn erbyn ymosodiad o'r môr. Wrth reswm, petai ymosodiad yn dod dros y tir byddai'r gynnau'n ddiwerth gan nad oes modd eu troi i wynebu'r tir mawr ac o dan yr amgylchiadau hynny mi fyddai'n beth doeth eu difa petai rhaid. Mae 'na ryw sibrydion fod llynges o Ffrainc yn crwydro'r moroedd yn chwilio am le i daro y dyddiau hyn ond prin y disgwyliwn iddi ddewis man mor bell o bobman ag Abergwaun; byddai Bryste'n rheitiach man neu rywle yn neheudir Lloegr am y môr â Ffrainc.

Wel, dyna ddiwedd fy newyddion atoch am y tro, fy nhad annwyl. Diau y clywaf oddi wrthych yn y man neu pam na ddeuwch yma am ysbaid a'r gwanwyn o'n blaenau? Mae'n sicr gennyf nad oes harddach sir yn bod na Sir Benfro yn y gwanwyn a'r haf. Yn wir, fe ddywedodd Giraldus Cambrensis, onid do, mai Penfro oedd y lle harddaf yn y byd ac mai Maenor Bŷr oedd y llecyn harddaf ym Mhenfro, ac oherwydd hynny y llecyn hardda yn y byd!

Brysiwch yma cyn bo hir, rwy'n erfyn arnoch,

Yn serchog,

Thomas

*   *   *

Ealing,
Llundain.
Chwefror 22, 1797

Annwyl Thomas,

Parodd dy lythyr gryn syndod yn ogystal â diddordeb imi wrth ddarllen yr hanes am y 'Kilrush' honedig. Petawn i wedi digwydd bod yn Sir Benfro acw dros y cyfnod mae'n sicr gennyf na fyddai twyll y dyn wedi llwyddo. Gallwn feddwl y byddai wedi teimlo cryn ofid wrth glywed am ein perthynas ein dau oblegid fe fyddai'n debyg o wybod am fy swydd fel gwas sifil o gryn bwys gynt, er mai fi sy'n dweud hynny, ac nid heb gyfiawnhad dros wneud, ac fe fyddai'n gwybod nad oes gen i amynedd â'i Wyddelod Unedig bradwrus. Ond yn bennaf oll, byddai'n gwybod fy mod innau'n aelod o hen deulu'r Knoxes ac yn Wyddel fel yntau.

Byddai'n gwybod hefyd fy mod yn gyfarwydd ag uchelwyr Dulyn a theuluoedd pwysig Erin ac yn gwybod nad oes y fath berson ag 'Arglwydd Kilrush' yn bod, ond bod 'dafad ddu' teulu anrhydeddus a hynafol y Fitzgeralds, un Edward Fitzgerald, brawd Dug Leinster, nai Dug Richmond, cefnder yr Anrhydeddus Charles James Fox—a oes angen ymhelaethu—yn trigo yn nhref fach ddistadl Kildare ger adfeilion hen gastell y teulu.

Ni allaf lai na digio pan fyddaf yn clywed y Gwyddelod 'gwlatgar' hyn, rhai fel Tone, Tandy, O'Connor, a Fitzgerald ac yn y blaen, yn cwyno am ddioddefaint y Gwyddelod 'o law'r Saeson'! Ers canrifoedd lawer bu Cyfraith Lloegr yn agored i drigolion Erin fel i'r Saeson a'r Cymry, a phwy, meddet ti, fu'n gwarafun yr hawliau hynny i'r Gwyddelod? Y Saeson? Nage. Y Brenin ynteu? Eto, nage, meddaf, eithr y tirfeddianwyr a'n cyndadau ni, Brotestaniaid Iwerddon, a warafunai gysur Cyfraith Lloegr i'r Gwyddelod tlawd gan honni eu bod yn rhy anwybodus ac anwar i haeddu'r fath amddiffyniad. A phan fydd Fitzgerald a'i debyg yn adrodd yr anghyfiawnderau a wnaed fe ddylai gofio nad oes neb wedi gwneud mwy o anghyfiawnder yn Iwerddon na'i gyndadau yntau!

Yr un mor ddichellgar a hurt yw ei ymdrechion i greu casineb ac ewyllys ddrwg ymhlith trigolion Iwerddon yn erbyn eu cyd-ddinasyddion yn Lloegr ac i alw am Senedd annibynnol yn Iwerddon. Efallai fod y Gwyddel cyffredin yn anwybodus ac anllythrennog o hyd ac yn gaeth i unbennaeth ei offeiriad Pabyddol ond mae ganddo hawl i amddiffyniad Cyfraith Lloegr fel petai'n Brotestant. Dylai Fitzgerald ystyried y bendithion a ddaeth i'r Deyrnas hon drwy'r Uniad a'r bendithion a ddaw i Babyddion Iwerddon yn eu tro pan ddaw'r bleidlais i'r rheiny ryw ddydd. Llawenydd Cymru yw nad oes ganddi ei llywodraeth ei hun a allai gynhyrfu eiddigedd Lloegr ag ymdrechion hurt i gael annibyniaeth. Ac wrth roi heibio ei senedd, y weithred ddoethaf a wnaeth hi erioed yn ei hanes, darfu i'r Alban ddileu am byth yr holl rwystrau i'w chyfathrach a masnach â Lloegr, gan ennill yr hawl i gyfranogi o'r holl fendithion a hawliau ac elw y mae cyfoeth, grym a doethineb Lloegr wedi bod yn eu cronni ers oesoedd. Ac mae cyfranogi o'r bendithion lu yn filgwaith gwell peth i Wyddel ddyheu amdano na rhith annibyniaeth a Senedd yn Iwerddon a'i hamddifado o'r cyfryw fendithion.

Mae Grattan yn ŵr o anrhydedd a pharch; eto i gyd, gwell i Iwerddon fyddai pe na bai'r 'senedd' sy'n dwyn ei enw yn bod er mwyn i drigolion Erin gael mwynhau'r un breintiau â thrigolion Lloegr a'r Alban a Chymru ac i bawb gyd-fyw'n hapus, yn Brotestaniaid ac yn Babyddion fel ei gilydd.

Da gennyf glywed fod Fitzgerald heb gael croeso yng Nghymru a'i fod wedi gorfod ffoi fel llwfrgi a'i gynffon rhwng ei goesau. Os oes un peth yn sicr, mi ddaw diwedd cynnar i'w yrfa, gyrfa a fu unwaith yn anrhydeddus a disglair, ond sy bellach mor ysblennydd â thomen o dail gwartheg ar ddiwrnod glawog.

Byddai'n hyfryd gennyf ddod i Slebech am dipyn wedi i'r hin wella. Ar waetha'r gwelliannau diweddar yn y ffyrdd mae'r daith yn dal yn hir a blinedig a'r goetsh fawr yn oer a digysur. Erbyn mis Mai, fodd bynnag, mi fydd yn ddigon mwyn i henwr fel fi hyd yn oed fentro arni. Felly cei ddisgwyl fy ngweld rywdro ar ôl Calan Mai.

Yn serchog,

William Knox, dy Dad

*   *   *

Efrog Newydd,

Unol Daleithiau America.

Ebrill 20, 1797.

F'Annwyl Deulu,

O'r diwedd fe ddaeth cyfle i fi ysgrifennu gair atoch chi o'r Byd Newy' gyda pheth o'n hanes ni'n dou ac i weud ein bod yn fyw ac iach ac mewn hwylie da er pan gyrhaeddon ni America ychydig ddyddie 'nôl.

Shwd galla i weud yn llawn am fy nheimlade wrth madel â 'nhad ym Mryste a chymryd llong i Efrog Newydd? Beth o'dd yn fy mhoeni fwya oedd gofidio amdanoch chi, fy mam annwyl, a'r sioc a gelech chi pan ddele 'nhad adre gyda'r newyddion. A allwch chi fadde i fi byth am fynd heb ffarwelio a heb ofyn eich bendith? Ond doedd gyda ni ddim dewis, wedi i Gruff saethu'r milwr. Serch hynny, mae'n siŵr 'da fi fod yr Hollalluog yn gwbod taw'n amddiffyn i rhag y bwystfil 'na'th Gruff wrth 'i saethu, fel y bydd Dat wedi esbonio i chi, wy'n gwbod. Yn 'y nghalon wy'n ffyddiog na 'na'th Gruff ddim drwg, ond o'dd rhaid inni ffoi o Gymru rhag ofn. Wy'n siŵr eich bod chi'n dyall, ond ych chi, Mam, ac y ca i faddeuant 'da chi am fynd fel y gwnes i. Ond allwn i ddim pido mynd; allwn i ddim pido dilyn Gruff achos oen ni'n dou wedi ymserchu yn ein gily' ac wedi addo'n hunen i'n gily' gerbron Duw.

264

Y newyddion pwysig yw ein bod ni'n briod ers mish! Pan gyrhaeddon Efrog Newydd fe gafodd Gruff a finne ein huno mewn glân briodas mewn Eglwys i'r Bedyddwyr yma lle wedd Cymry'r ddinas wedi dod ynghyd i'n hanrhydeddu ac i gydlawenhau yn ein hapusrwydd. Wên i'n drist iawn na allech chi, fwy na theulu Gruff, fod 'da ni ar gyfer yr achlysur, ond wedd dim dewis, na wedd? Ond wên i'n gwbod y byddech chi wedi dwad bentigili yma tasech chi'n galler!

Byddwn yn meddwl yn ddwys amdanoch i gyd, ac yn gobitho fod pawb yn iawn. Mi sgwenna i eto yn nes ymla'n pan fydda i'n gwbod am long fydd yn mynd i Bryste o 'ma. Byddaf yn gweddïo ar yr Arglwydd i'ch cadw i gyd yn saff. Ych chi i gyd, a theulu Gruff yn Eglwyswrw, wastod yn ein gweddïe, a rhyw ddydd, pwy sy'n gwbod, falle cawn ni ddwad 'nôl i Gas-ma'l i'ch gweld eto!

Gyda'n holl gariad,
Elinor a Gruff

*   *   *

Iwerddon.
Ebrill 23, 1797

Ma chère Maman,

Dyma gyfle i sgrifennu atat ar ôl i oerfel a lleithder y gaeaf gilio. Mor braf yw gweld heulwen unwaith eto a theimlo gwres yr haul ar f'wyneb ac anghofio'r misoedd llwyd am dipyn!

Mae'r plant yn prifio, prin y byddet yn nabod Edward erbyn hyn. Mae wedi tyfu gymaint ac mae Pamela fach hefyd yn dod ymlaen yn dda ac yn cerdded yn hyderus!

Tristwch mawr ein teulu ni yw fod Tony druan wedi'i ladd. Aeth gydag Edward i weld ffrindiau yn Bantry a chafodd ei saethu gan y milisia oedd yn meddwl ei fod yn fradwr. Tristwch pellach yw na wyddom ni ddim ble mae'i fedd chwaith; mae Edward gymaint am dalu'r deyrnged ola iddo, ei gyfaill ffyddlon a arbedodd ei fywyd ar faes y gad flynyddoedd 'nôl, y dyn oedd yn fwy o gyfaill nag o was.

Mae pethau wedi tawelu yma nawr ar ôl y cynnwrf a fu pan fethodd y Ffrancod lanio yma bedwar mis 'nôl. Fe aeth Edward i'w croesawu ond ni chafodd gyfle i wneud hynny ac fe fu rhaid iddo ymguddio am rai wythnosau wedyn nes i'r digwyddiad fynd yn angof. Mi aeth draw i Gymru am ychydig i weld hen gyfaill ond, diolch i'r Arglwydd, mae ef gartref gyda mi yn Kildare

265

erbyn hyn ac rwy'n benderfynol o'i gadw yma hefyd tra medra i a'i gymell i fyw'n fodlon ar ei fyd cysurus.

Fel y gwyddoch chi mae'n enaid aflonydd ac afreolus a'i feddwl yn llawn o ofidiau'i bobl—dyna pam y dwedais 'tra medra i', achos rwy'n ofni yn fy nghalon y daw rhyw drybini arall heibio cyn bo hir a mynd ag ef oddi arnaf. *Maman!* Byddai'n dda gen i petai modd i'w gymell i fyw'n dawel a mwynhau hyfrydwch y Curragh ac urddas mynyddoedd Wicklow a bywyd difyr dinas Dulyn. Efallai y medraf ei berswadio i fynd â ni i Hambwrg unwaith eto i'ch gweld—er mwyn ei gadw allan o drwbwl. Pa bryd y daw'r rhyfel ofnadwy hwn i ben, tybed? Yna fe allem fynd i Paris unwaith eto a gweld hen ffrindiau annwyl a thylwyth. Ac ni fyddai angen i fi ofni'n fy nghalon bob tro y bydd yn mynd oddi cartref heb wybod pa bryd y daw ef adref eto, os daw adref eto, os daw adref o gwbwl! *Maman!* Wnewch chi anfon llythyr o wahoddiad atom i ddod i Hambwrg i'ch gweld? Mae arna i gymaint o ofn colli Edward. Rwy'n ei garu gymaint, allwn i ddim byw hebddo!

Gyda 'nghariad i gyd,

Pamela.

*   *   *

Kildare.

Mai 1, 1797

Annwyl Wolfe,

Mae'n braf i allu sgrifennu atat eto o glydwch fy nghartre ac i drefnu inni gael cyfarfod eto cyn bo hir.

Mae cymaint wedi digwydd er pan dderbyniais dy lythyr fis Tachwedd diwethaf a ninnau wedi cael sawl ergyd greulon i'n gobeithion. Y siomedigaeth fwyaf fu methiant y Ffrancwyr wrth geisio ein helpu ym Mae Bantry i ddechrau ac yna yn Abergwaun. Gyda llaw, wrth feddwl beth fu tynged y glaniad yno, roeddwn yn hynod falch i ddeall nad oeddet ti wedi cyrraedd mewn pryd i ymuno â'r ail fintai. Rwy'n deall fod General Tate wedi rhoi'r gorau i'r ymgyrch heb danio gwn braidd cyn gynted ag y gwelodd ddyrnaid o'r milisia'n agosáu. Ond beth arall a allai wneud o gofio fod y llongau wedi hwylio i ffwrdd a'i adael heb fodd i ddianc ac mai gwehilion carchardai Ffrainc a'r rheiny'n hanner meddw oedd y rhan fwyaf o'i filwyr? Mae 'na chwedl wedi tyfu fod un o ferched y fro, cawres o fenyw, mae'n debyg, wedi cipio hanner dwsin o Ffrancod meddw ohoni'i hun!

Yr ail siomedigaeth oedd fy methiant personol i i godi'r Cymry o'n plaid. Anodd esbonio'u diffyg gwladgarwch ond mi welais anfodlonrwydd llwyr i godi yn erbyn y meistri a'r carn Unben ei hun ymhlith y Cymry. Ac os oedd fy hen gyfaill radical Edward Williams, wedi newid ei gân pa obaith oedd am gael nac ymateb na chydymdeimlad gan y Cymry llugoer? Beier canrifoedd o daeogrwydd, canrifoedd o weld eu harweinwyr naturiol yn ymbriodi â'r Saeson ac yn tyrru i Loegr i ennill cyfoeth, beier eu crefydd anghydffurfiol neu Fethodistaidd sy'n ymwrthod â'r cledd, a beier o bosibl eu casineb at Eglwys Rufain. Beth bynnag yw'r esboniad, doedd dim croeso i Wyddel gwlatgar yng Nghymru.

Ar y llaw arall mi dderbyniais bob cwrteisi a chyfeillgarwch personol gan bawb, ac eithrio'r milisia cythreulig fu'n taenu arswyd drwy Iwerddon, ac a fydd yn dal i wneud hynny, o ran hynny, hyd nes y daw llwyddiant i'n hymgyrch. Roedd hyd yn oed y Sgotyn ffroenuchel hwnnw, Cawdor, yn ddigon caredig a haelionus tuag ataf. F'anlwc i oedd fod un o'r diawliaid fu'n treisio ac yn lladd ein pobl yn Bantry wedi fy nilyn, drwy gyd-ddigwyddiad, i Abergwaun ac wedi f'adnabod. Diolch i garedigrwydd ffrindiau o Gymry llwyddais i ddianc ond nid heb gost aruthrol iddyn nhw; bu rhaid i ddyn ifanc ddianc gyda mi ar y llong am ei fod wedi lladd un o'r rhai oedd yn fy hela ac erbyn hyn mae yntau a'i gariad yn America, gobeithio, wedi gorfod troi'n alltud o'u mamwlad. Mi gofiaf tra bydda i byw am Gruff a'i Elinor fwyn. Mi rois i'r llythyr (a anfonaist ataf i'w drosglwyddo i Edward Williams) i Gruff gan feddwl iddo fynd â hwnnw 'nôl at ei awdur a cheisio ymgeledd ganddo. Does ond gobeithio y caiff yr un cymorth gan Morgan John Rhys yn America ag a ges innau ganddyn nhw.

A sut mae'n digwydd, meddet ti, fy mod i 'nôl yn Kildare ac yn rhydd o afael ein gelynion? Yn syml, am nad oedd tystiolaeth ddigonol yn fy erbyn. Er i'r Cadfridog Dalrymple daranu a bytheirio yn Youghal ni allai brofi dim. Roedd yr unig dyst a allai honni imi danio ar y milisia yn Bantry, y cythraul Evans, yn farw ac nid fi a'i lladdodd. Do, mi fûm yn Bantry—wnes i ddim gwadu hynny erioed—yng nghartre fy hen gyfaill, Padraig O'Neill, a'i deulu, a fasacrwyd gan y milisia o flaen fy llygaid! Gorfu imi ffoi am fy mywyd ond saethwyd fy ngwas, Tony, druan ohono. Bu'n gyfaill personol imi er pan achubodd fy mywyd ym mrwydr Eutaw Springs yn Wyth Deg Un a bu'n ffyddlon hyd at angau byth oddi ar hynny, gan wneud yr aberth olaf er fy mwyn. Yr unig gysur imi yw fod y Cymro ifanc, Gruff, wedi dial ar y llofrudd ar fy rhan, neu ar ran Tony yn hytrach, petai'n gwybod hynny. Pan ddaw cyfle, pan fydd Iwerddon yn rhydd, mi godaf gofgolofn yn Bantry i ddangos ble y cafodd Tony ei ferthyru, ynghyd ag O'Neill a'i deulu. A nawr rhaid imi weithio'n galetach nag erioed i sicrhau na fu eu haberth yn ofer!

Wolfe, ar waethaf pob siomedigaeth mae'n rhaid inni ddal ati; mae'n bryd inni fwrw ymlaen i drefnu byddin fawr drwy bedair talaith Iwerddon. Oblegid mae Bantry wedi dangos y pwysigrwydd o drefnu'n drylwyr. Rhaid inni sefydlu cadwyn o gelloedd o Wyddelod Unedig ar hyd a lled y wlad, a rhwydwaith o ddynion dibynadwy a all alw'r minteioedd ynghyd dros nos i ymateb i'r alwad pan ddaw honno, ac mae hi'n siŵr o ddod ryw ddydd os ca i fy ffordd!

Yn rhwymau Iwerddon,

le citoyen Edward Fitzgerald

*   *   *

Loxley House,
Second Street,
Philadelphia,
Pennsylvania.
Hydref 15, 1797

Annwyl Dad a Mam a phawb,

Dyma fi'n sgwennu atoch chi gan obitho eich bod chi i gyd mewn iechyd da a bod fy llythyre blaenorol wedi cyrra'dd yn saff.

Ŷn ni wedi cyrraedd Philadelphia ers rhai wythnose ar ôl teithio'n ara drwy wlad goediog Pennsylvania—ma' Griff yn gweud na welodd e'r fath gwed erio'd ac wy'n cytuno ag e, canno'dd o filltiro'dd a dim ond ambell fwlch lle mae ffarmwr wedi cliro'r tir i blannu cnyde ac i gadw gwartheg. Erbyn hyn, wrth gwrs, ma'r hydre wedi dod a'r dail wrthi'n troi'u lliw. Weles i erio'd y fath liwe godidog—nid rhyw droi'n frown pŵl fel yng Nghymru ond coch a melyn a sgarlad sbo'r wlad i gyd yn drychyd fel se rhywun wedi bod yn towlu paent ym mhobman.

Ŷn ni'n bwriadu aros yma dros y gaea. Y rheswm penna am hynny yw fod 'da fi newyddion MOWR i chi. Ma 'da fi fab bach, ers wsnos! 'Na ddigon o reswm dros aros yma dros erwinder gaea yntefe? Fe fydd hindda gwanwyn a haf o'n blaene pan symudwn ni mla'n y flwyddyn nesa. Ond fe ddo i at hynny mewn munud. Ma' Gruff wrth 'i fodd 'da PETER, fuodd na ddim babi tebyg iddo erio'd—a mae pawb yn gweud ei fod yr un boerad â'i dad gyda'i ben hir a'i wallt tywyll ond dw i'n ei weld yn debycach i Dad-cu Cwm-glas, fy hunan. Wyth pwys yn gwmws wedd 'i bwyse fe pan anw'd e a mae e'n hen gariad bach, yn sugnwr cryf ac yn gysgwr da, diolch byth. Rwy inne'n syndod o dda hefyd ar ôl y geni ac yn teimlo'n gryfach o lawer erbyn hyn. Chware teg iddi, mae Mrs Loxley, gwraig y Cyrnol Loxley sy pia'r tŷ 'ma, wedi bod o help mowr i fi ac wedi hala un o'i morynion i ofalu amdana i a gweld 'mod i'n gorffwys a byta digon. Alla i ddim â gweud mor garedig yw pawb wrthyn ni.

Ma' Philadelphia'n ddinas fowr. Dyma brifddinas yr America newy' ar hyn o bryd er 'u bod nhw wrthi'n codi prifddinas arall yn bellach i'r de o'r enw Washington ar ôl General Washington, y President cynta. Ches i byth weld Llundain a braidd gyffwrdd â Bryste wnes i ond ma' Philadelphia'n ddinas ryfeddol o hardd. Ma'n debyg fod William Penn wedi diseino'r ddinas dros gan mlyne' 'nôl fel sgwâr mowr a ffyrdd yn rhedeg o'r gogledd i'r de ac o'r dwyrain i'r gorllewin a chi wastod yn gwbod ble rych chi achos mae'r hewlydd o'r gogledd i'r de i gyd yn ca'l 'u galw'n First Street, Second Street, Third Street ac yn y bla'n a'r strydo'dd o'r dwyrain i'r gorllewin yn ca'l 'u galw wrth enwe fel Walnut Street, Chestnut Street, Spruce Street. Mae dynon y llywodraeth yn cwrdd yma yn Independence Hall a'r tu fa's iddi ma' cloch fowr y Liberty Bell a gas 'i chanu pan ddechreuodd America wmladd am 'i rhyddid beutu ugen mlyne' 'nôl.

Ma'r canol yn llawn adeilade mowron a phrydferth, wedi'u codi o farbl a charreg galch yn hardd i rifeddu atyn nhw gyda gerddi pert o'u blaene, fel Independence Hall a Carpenter's Hall ac Eglwys Crist a'r Eglwys Bresbyteraidd a'r ddwy dros ganrif wêd. Mae lot o dai mowr 'ma hefyd ac un ohonyn nhw yw Loxley House yn Second Street lle buodd y Parchedig Morgan John Rhys yn byw ar ôl iddo fe briodi Ann Loxley. Ma'i thad, Cyrnol Ben, yn ddyn pwysig iawn yn y ddinas ac wedi codi lot fowr o dai—yn un o'r rheiny ma' Gruff a fi—a Peter—yn byw ar hyn o bryd. Mae'n debyg fod y pregethwr enwog George Whitfield wedi pregethu o falconi Loxley House rywdro pan wedd e yn America.

Ta pun, ma' Gruff wedi cwrddyd â lot fowr o Gymry yma ac maen nhw wedi gneud 'u gore i'n helpu ni, gan ffindo gwaith i Gruff ar ffarm nes bo fe'n galler ca'l 'i le'i hunan. Y drafferth yn Philadelphia yw fod cyment o bobol yma o bob gwlad er taw Saesneg yw'r iaith bwysica wrth gwrs ac ŷn ni'n gweld eisie cwmni pobol o'r un iaith â ni. Ond nid dod yma i fyw nethon ni yn gyment â mynd i fyw mewn rhan o'r wlad lle bydd pawb yn siarad Cymra'g. Achos mae'r Parchedig Morgan John Rhys wedi sefydlu tre yn y gorllewin lle bydd Cymry'n galler byw gyda'i gily' a siarad Cymra'g gyda'i gily' a phawb o'u cwmpas. Enw'r dref Gymra'g yw Beulah yn Cambrian County a ma' Mr Rhys draw 'co ar hyn o bryd yn trefnu pethe. A'r flwyddyn nesa ŷn ni'n gobitho mynd draw i Beulah i fyw—ac erbyn hynny fe fydd yr un bach wedi tyfu'n ddigon o gnepyn i drafaelu, gobitho! Dŷn ni ddim wedi cwrdd â Mr Rhys eto ond ŷn ni'n ffyddiog o ga'l croeso mowr yno gan fod gwahoddiad i unrhyw Gymro Cymra'g fynd yno i fyw. Yn ôl partner Mr Rhys, Dr Benjamin Rush, sy hefyd yn byw yn Second Street, mae enw da 'da ni'r Cymry o fod yn weithwyr arbennig. A medde fe taw'r union beth sy eisie i ddofi'r wlad wyllt yw ca'l canno'dd ohonon ni'r Cymry gyda'i gilydd yn mynd yno yr un pryd! Ma' un garfan wedi gwneud hynny'r llynedd ac ŷn ni'n gobitho'u joino nhw'r flwyddyn nesa os bydd popeth yn iawn.

Heblaw 'ny ma' gyda ni lythyr iddo fe a roddodd y Gwyddel, Edward Fitzgerald i ni ar y llong o Fryste. Mor hir 'nôl ma'r holl hanes 'na erbyn hyn—y daith o Gas-ma'l i Sili—a'r ymladd ar y cei! Fe fuodd y cyfan ar gydwybod Gruff am hydo'dd druan. 'Sgwn i beth sy wedi digw'dd iddo fe, Edward Fitzgerald? Wedd e'n benderfynol o fynd 'nôl i Iwerddon i ymladd dros ryddid y wlad er na allwn i na Gruff ddyall pam wedd hynny mor bwysig iddo fe. Wedi'r cyfan ŷn ni'r Cymry wedi byw'n ddigon heddychlon wrth ochr Lloegr ers canrifoedd. Pam na all y Gwyddelod wneud yr un peth, gwedwch? Serch 'ny, wedd e'n cymryd dewrder anghyffredin i aberthu dros yr achos fel wedd e'n ei wneud, druan. Gobitho'i fod e'n saff ta pun—fel ŷn ninne'n saff.

Yn ffyddiog y cewch chi'r llythyr hwn cyn diwedd y flwyddyn.

Gan ddymuno Nadolig llawen a blwyddyn newydd dda inni i gyd,

Yn serchog,
Elinor a Gruff—a Peter bach

31

'Edrych, Elinor, Melin Hywel! Weli di'r enw uwchben y drws?'

'Beth? Wel i—y nefo'dd sy'n gwbod! Ti'n iawn—Melin Hywel yw hi! Stopa'r cart w!'

Doedd dim angen iddi ofyn eilwaith, a Gruff mor awyddus i gael gorffwys ar ôl bod yn y cart drwy'r dydd. Heblaw hynny, roedd Peter yn flinedig ar arffed ei fam, ag angen ei newid a'i fwydo a'i roi yn y gwely. Roedd hi bellach yn ddechrau mis Hydref a'r dyddiau'n byrhau ac yn oeri gyda'r nos. Roedd hi'n hwyr brynhawn hyfryd, serch hynny, a'r haul yn disgyn yn belen goch dros y bryn o'u blaenau a'r llyn wrth ei droed, a'i belydrau eisoes yn cochi wyneb y dyfroedd llonydd.

Ar lan y llyn safai Melin Hywel a'i hwyliau mawr yn llonydd ar ddiwrnod tawel a chart rhyw ffermwr yn sefyll o flaen y porth ac yntau'n sgwrsio'n ddyfal â'r melinydd. Tawodd y sgwrs wrth i geffyl Gruff sefyll yn ei unfan a throdd dau bâr o lygaid chwilfrydig i fwrw golwg dros y newydd-ddyfodiaid.

'Hylô! Alla i'ch helpu chi?'

Edrychodd Gruff ac Elinor ar ei gilydd. Cymro!

'Hylô 'na! Eisie gofyn odyn ni'n bell o Beulah?'

Gwenodd y melinydd a'r ffermwr yn ddeallus. Rhagor o bobl Morgan John Rhys.

'Nag ych, obeutu tair milltir, 'na i gyd, dros y topie 'co a lawr yr ochor arall wedi i chi adael Ebensburg a chymryd y tro cynta i'r dde, ac i'r dde eto ymhen ryw hanner milltir.'

Tair milltir, dyna i gyd!

'A fe welwch Beulah lan ar ben y bryn yng nghanol y goedwig. Allwch chi ddim colli'r ffordd.'

Llais uchel, gwichlyd y ffermwr y tro hwn.

'Diolch yn fowr! Ym, "Ebensburg" wedoch chi?'

Nodiodd y melinydd, dyn barfog a chyhyrog yr olwg.

'Ie, Cymry sy fan'na 'ed gan mwya. Fe enwyd hi ar ôl crwtyn bach y Parchedig Rees Lloyd, Eben.'

'Ma' croeso i chi aros yma yn Ebensburg, cofiwch. Ma'r lle'n fwy na Beulah a gweud y gwir a digon o dir i bawb. A ma' gyda ni eglwys Gymra'g wedi'i hagor.'

Edrychodd Gruff yn ansicr ar Elinor ond gwelodd ei llygaid yn dweud na'.

'Na, well inni fwrw mla'n. Fe fydd Mr Rhys yn ein disgw'l.'

Nodiodd y melinydd fel pe na bai'n synnu at yr ateb.

'O, wel, chi sy'n gwbod, yntefe, John?'

'Siwrne dda i chi 'te!'

'Da boch, a diolch!'

Roedd hi wedi cymryd mis i deithio o Philadelphia, ar hyd ffordd fawr Pittsburg i gychwyn ac yna troi yn Bedford a dringo gyda godre mynyddoedd Allegheny; troi i'r gorllewin eto a dringo bwlch Cresson ac ymlaen drwy dref fach Munster. Roedd yr hewl yn syndod o lyfn, y ffordd 'dyrpeg' fel y gelwid hi, er nad oedd clwydi arni, a llawer enw lle'n codi atgof am Gymru, Bryn Mawr, Bala-Cynwyd, Berwyn, Morgantown. Ond doedd hynny'n ddim wrth ochr Eagle a Middletown a Carlisle a Bedford ac yn y blaen ac roedd hi'n amlwg fod y Saesneg yn drech nag unrhyw iaith arall. Dyna pam roedd hi mor hyfryd i weld yr enw 'Melin Hywel' a chlywed pobl yn siarad Cymraeg unwaith eto.

Wagen Americanaidd a gorchudd o liain cotwm drosti oedd eu cludiant a'r lliain yn iawn i roi cysgod rhag yr haul a'r glaw ond yn ddiwerth rhag oerfel y nos ac roedd hynny'n gofidio Elinor braidd a Peter mor fach. A'r hydref yn agosáu doedd hi ddim yn mofyn treulio llawer noson arall yn yr awyr agored.

Roedd hi'n ddringfa serth i'r groesffordd ar gopa'r bryn yn Ebensburg gyda'i chlwstwr o dai a'r Eglwys Gymraeg yn amlwg ar y llaw dde a thafarndy a siop oedd yn gwerthu popeth am y ffordd â hi. Roedd yn gysur meddwl y gallen nhw ddod 'nôl i Ebensburg petai rhaid ryw ddydd os oedd y melinydd i'w goelio. Roedd y ffordd yn rhedeg yn wastad wedyn rhwng caeau o wenith cyn disgyn ac esgyn eilwaith nes cyrraedd y gyffordd a'r tro i'r dde.

Ac yna o'r diwedd wrth i'r haul fflamio'n goch tân uwchlaw'r gorwel roedd y cart wedi dringo'r hanner milltir olaf i ganol tir agored gwastad a rhesi o dai pren taclus wedi'u gosod gyferbyn â'i gilydd. Ac roedd lleisiau Cymraeg i'w clywed ymysg y bobl ddierth a ddaeth i olwg y cart a gwahoddiad i'w droi i'r naill ochr a chartrefu dros nos a dod i dafarn John Evans am damaid o fwyd a chroeso a help i fwydo'r ceffyl.

Syllodd Elinor â syndod ar yr olygfa o'i chwmpas fel petai'n methu credu'i llygaid a'i chlustiau. Ond roedd y wên fodlon ar wyneb Gruff a'r llawenydd yn ei lygaid yn ddigon i'w bodloni hithau. Roedd y cyfan yn wir, felly, a'r wladfa fach Gymreig yn ffaith. Yfory fe gâi Gruff a hi gwrdd â Morgan John Rhys, sefydlydd Beulah, a chael gwybod ymhle y bydden nhw'n cael ymgartrefu a dechrau bywyd newydd a magu teulu Cymraeg yng nghanol eu pobl eu hunain!

Roedd tŷ'r Parchedig Morgan John Rhys yn fwy na'r lleill, fel y gellid disgwyl, wedi'i godi ar feranda a chyda rhan flaen y to'n ei gysgodi rhag y tywydd. Tŷ o goed, wrth gwrs, fel pob adeilad arall yn Beulah, tai dros dro bob un nes y dôi cyfle i godi tai o gerrig a brics wedi iddyn nhw orffen clirio'r tir a'i ddiwyllio ymhen blwyddyn neu ddwy.

Ar achlysur mor bwysig y bore wedyn roedd Gruff ac Elinor wedi gwisgo'u dillad parch er mwyn cwrdd â'r sefydlydd. Dringo'r feranda a chnoc ar y drws a disgwyl.

Dyn cymharol ifanc a atebodd y drws i'r tri, dyn byr a'i wallt a'i farf yn dal yn dywyll a heb ddechrau britho, dyn ifancach na'r disgwyl i fod yn bregethwr enwog ac yn weinidog ac yn ddyn busnes o fri, ac yntau'n dri deg wyth oed. Ond roedd gwên groesawgar ar ei wyneb a'r gwahoddiad i ddod i mewn mor ddiffuant â'i ymddiheuriad am beidio â dod i'w croesawu'r noson gynt ond roedd yn hwyr iawn yn cyrraedd 'nôl o dref Somerset, yn rhy hwyr i aflonyddu ar y teulu bach.

Roedd y stafell yn blaen a diaddurn ar y cyfan, er ei bod wedi'i chyweirio â phopeth a gyfrifid yn angenrheidiol, gyda stolau a bwrdd praff a Beibl mawr ar liain gwyn arno, a chwpwrdd llyfrau fel a ddisgwylid mewn tŷ i weinidog neu ŵr diwylliedig.

'Gruff ac Elinor Llwyd, yma yn y cnawd o'r diwedd, a finne wedi clywed cyment amdanoch chi'ch dou oddi wrth 'y nhad-yng-nghyfreth a Dr Rush. Mae'n dda iawn 'da fi gwrdd â chi.'

Daeth ymlaen at y ddau gan ysgwyd llaw ac edrych gydag anwyldeb ar y bachgen bach ym mreichiau Elinor.

'A dyma?'

'Peter, ar ôl 'i dad-cu.'

'Peter, ardderchog. Mae e'n grwtyn bech annw'l iawn, Mrs Llwyd.'

'Yn werth y byd i gyd yn grwn, Mr Rhys!'

'Fel ein dou fech ni hefyd! Wel, ishteddwch, wnewch chi? Inni ga'l siarad. O, gyda llaw, ga i ymddiheuro nad yw Mrs Rhys ddim yma. Ma' hi'n gorwedd ar y foment, wedi bod ar ddi-hun yn y nos gyta'r plentyn bech.'

Estynnodd Elinor becyn iddo.

'Ŷn ni wedi dod â hwn i chi oddi wrth Mr a Mrs Loxley, rhywbeth bach i'r plentyn, medden nhw.'

Derbyniodd Morgan John Rhys y pecyn a'i roi ar y bwrdd.

'Diolch yn fawr. Fe gaiff Mrs Rhys 'i agor e yn y man. Wel 'te, shwd o'dd y daith o Philadelphia?'

Gwenodd Gruff cyn ateb.

'Syndod o dda, Mr Rhys—wnaethon ni ddim brysio—ond wedd rhaid inni aros yn amal; wedd y plentyn yn blino trafaelu trwy'r dydd.'

'Wrth gwrs. Wela i ddim bai arnoch chi am hynny. A'r cwestiwn nawr yw ble gawn ni'ch doti chi dros y gaea. Ma'n gallu bod yn o'r iawn 'ma dros yr hirlwm, chi'n gwpod.'

'Unrhyw le sy'n gyfleus, yntefe, Elinor?'

Edrychodd Elinor ar Gruff a nodio.

'Ie, cyd â bo fe'n ddiddos dros y gaea, yntefe?'

'Wrth gwrs, y drefen yma yw fod pob dyn yn codi'i gaban 'i hunan o'r co'd ma' nhw'n 'u torri lawr wrth glirio'r tir.'

Syrthiodd wyneb Gruff.

'Ond fe alle gymryd wythnose a mae ishws yn hydref.'

'Ond drwy lwc, ma 'na gaban wedi'i adael ar 'i hanner, os gallwch chi ymdopi am bythewnos go lew, fe ddyle fod yn barod i chi symud miwn weti'ny.'

'Diolch byth. Licwn i ddim gorfod treulo gaea yn y cart.'

'Fydd dim rhaid i chi, Mrs Llwyd! Nawr 'te fe fyddwch chi'n moyn gweld eich cartre newydd mewn muned, ond cyn 'ny o's 'na rwbeth ych chi'n mo'yn gofyn i fi obeutu Beulah?'

'Wel, ma' 'na un peth ar 'y meddwl i, Mr Rhys, er nad obeutu Beulah mae e.'

'Ie?'

Estynnodd Gruff ei law i boced fewnol ei siaced a thynnu llythyr ohoni a'i gynnig i'r dyn arall.

'Wedd hwn i fod fel rhyw fath o gyflwyniad i chi.'

Cyffrôdd Morgan John Rhys wrth weld y llythyr.

'Shwd yn y byd cesoch chi afael ar hwn, gwedwch?'

'Edward Fitzgerald roes e i fi.'

274

'Fitzgerald? Yr Arglwydd Fitzgerald, chi'n feddwl?'

''Na chi, Mr Rhys. Fe dda'th e i Abergweun o Iwerddon a gofyn am ga'l dod gyda ni, wrth inni hebrwng gwartheg i Lunden. Y syniad wedd y bydde fe'n tynnu llunie o'r gwartheg a'r porthmyn. Ond esgus we' 'ny i ga'l cwrdd â'r dyn sy â'i enw ar y llythyr, Edward Williams. Wedd e'n moyn i'r Cymry godi mewn gwrthryfel ond wedd neb yn fodlon gwneud a fe fu rhaid iddo fe adael y wlad ar yr un llong â ni—'na pryd roes e'r llythyr i fi i roi i chi.'

Syllodd Morgan John Rhys ar y llythyr ac ysgwyd ei ben yn drist.

'Hen fusnes diflas, Mr Llwyd. Rown i'n ofni taw fel hyn y bydde hi. Fitzgerald druan.'

'Pam, o's rhwbeth wedi digw'dd iddo fe, Mr Rhys?'

Roedd llais Elinor yn floesg wrth i'r cwestiwn lithro dros ei gwefus. Edrychodd Morgan John Rhys arni.

'Ond wrth gwrs, dych chi ddim wedi clywed.'

'Clywed beth?'

'O'dd e yn y papure. Ma' Fitzgerald wedi'i ladd.'

'Na!'

Roedd yn ebychiad o sioc ac ing a barodd i Gruff edrych yn syn ar ei wraig, a honno'n gafael yn dynn yn ei mab bach â gwewyr yn ei hwyneb.

*   *   *

Ma'n wythfed o Fedi 'leni, ym mlwyddyn yr Arglwydd, Mil Wyth Cant a Thri Deg, a dyma fi'n cysgu fy noson gynta yng nghartre Peter a'i wraig yn Ebensburg ar ôl hebrwng Gruff i dir ei hir gartre ym Mynwent y Cymry.

Mae'n wely eitha cysurus, gwely plu ac nid yr hen fatras o wellt wedd 'da ni gartre 'slawer dydd. Sena i'n gwbod faint cysga i chwaith ar 'y mhen fy hunan heb gynhesrwydd Gruff wrth fy ochor a'i fraich yn gafel amdana i. Gruff bach, ma' hireth rhyfeddol amdanat ti arna i heno. Peth mowr yw bod heb dy gwmni di ar ôl tair blynedd ar ddeg ar hugen gyda'n gily'.

Heno ma' mywyd i'n llifo o fla'n fy llyged a wy'n cofio pethe—cofio'r tro cynta gweles i di erio'd, yn y farced yn Abergweun, yn holi prish ein menyn ni. *Wedd hi mor amlwg taw esgus wedd hynny i ddechre siarad! A wedyn yn ca'l gwared o'r meddwyn 'na pan wedd e'n ein poeni ni. Wên i mewn cariad â thi o'r diwrnod hwnnw! Ond wnes i ddim breuddwydio y byddwn i'n dy ddilyn di i wlad bell mewn llai na blwyddyn.*

Wy'n beio'r llythyr 'na. Oni bai am hwnnw fe fydde bywyd wedi bod yn gwbwl wahanol i ni'n dou. Alla i ddim gweud y bydde fe wedi bod yn fywyd gwell chwaith, felly falle fod 'beio' yn air rhy gryf. Fe weda i taw'r llythyr wedd yn 'gyfrifol' am beth ddigwyddodd. Tase Morgan John Rhys ddim wedi hala hwnnw at Edward Fitzgerald i roi i'r dyn yn y Bont-fa'n fydde fe ddim wedi dod i Abergweun na thynnu'r milwyr ar 'i ôl e, a fydde Gruff, druan, ddim wedi saethu'r milwr 'na er mwyn fy achub i, a ninne'n gorfod ffoi wedyn o Gymru. Ond pwy all weud beth fydde wedi digw'dd sen i 'di mynd i Lunden fel own i fod? A fydde Gruff wedi aros 'da fi neu a fydde fe wedi mynd 'nôl i Gas-ma'l gyda 'nhad i fod yn borthmon? A phan ddele fe i Lunden y tro nesa falle bydde fe neu fi 'di cwrdd â rhywun arall. Felly, wna i ddim beio'r llythyr, ond diolch iddo, falle, am roi Gruff i fi, yn gymar bywyd c'yd.

Wedd hi'n dipyn o antur inni'n dou, on' wedd hi? Yn enwedig i ferch wedd heb fod yn bellach o gartre nag Abergweun erio'd . . . mi ges i hunllefe am wythnose ar y llong i America pan fydden i'n gweld y milwr ar y cei a'i gleddyf uwch 'y mhen yn sgirnigu arna i. Dim ond dy fraich amdana i genol nos fydde'n 'y nghysuro i wedyn. Wên nhw 'di meddwl ein bod ni'n dou newy' briodi ar y llong—'na shwd celon ni gornel fach inni'n hunen lle gallen ni ddod yn ŵr a gwraig mewn gwirionedd. Sena i'n timlo cwilydd am hynny—wên ni 'di addo'n gily' i'n gily' a fe briodon ni mewn capel gynted gallen ni. A wên ni giment mewn cariad . . .

Po fwya wy'n meddwl am Gruff, mwya i gyd wy i'n diolch amdano, am 'i fawredd fel dyn ac fel Cristion, achos wedd 'i gapel yn goligu pŵer i Gruff. Wy i'n galler cofio'r siomedigeth yn 'i laish pan dda'th tua thre un nosweth a gweud fod Mr Rhys yn symud o Beulah i Somerset; wedd hi fel 'se fe'n gwbod taw honno fydde'r ergyd farwol i'r gymdogeth. Heb Mr Rhys wedd y nerth tu ôl i Beulah wedi mynd ac fe wydde Gruff taw mater o amser fydde hi cyn i'r lle farw wedyn, yn enwedig gan fod yr hewl fowr wedi paso heibo i Beulah a mynd trwy Ebensburg yn lle'ny.

Erbyn hyn wrth gwrs ma'r rhan fwya o'r tai wedi hen gwmpo a mae natur wyllt yn cymryd Beulah 'nôl iddi'i hunan eto ac yn wherthin am ben ein hymdrechion i'w dofi. Fentra i taw dim ond y cerrig beddi fydd ar ôl ymhen can mlynedd a'r rheiny o'r golwg rhwng y cwed a'r llwyni.

Erbyn y diwedd dim ond Gruff a fi wedd ar ôl yn byw yn Beulah a wedd yr holl dir 'na at ein gwasaneth ond pan ddelon yno gynta wedd angen i Gruff gliro tir er mwyn ca'l perci i witho. Wedd e wrth ei fodd—dyma gyflawni'i holl freuddwydion, medde fe droeon—yr union sialens wedd yn apelio ato—a wedd yn waith dychryn o galed gan fod y tir mor garegog. Ond yn y pen draw wedd 'da ni ddigon o dir i wneud stad ugeinwaith yn fwy na fferm fach 'i dad yn Eglwyswrw. Mor falch fydde hwnnw 'se fe ddim ond yn gwbod! Bydde Gruff yn arfer gweud â gwên yn 'i lyged 'i fod e wedi troi'n dirfeddiannwr cyn diwedd 'i fywyd.

Fe fu'n gofidio am flynyddo'dd am beth ddigwyddodd cyn inni adel Cymru. Wedd y dyn a laddodd yn ddihiryn, yn dreisiwr ac yn llofrudd drosodd a thro a ma'n siŵr y bydd 'dag e gownt go fowr i setlo ar Ddydd y Farn. Ond fe fu'i farwoleth e ar gydwybod Gruff am amser go hir a mi fydde'n gweddïo am faddeuant am flynyddo'dd. Ond wy'n siŵr iddo fe wneud iawn am hynny drwy'i fywyd a'i wasaneth ffyddlon i'r eglw's yn Beulah tra parodd hi a wedyn yn Ebensburg. Wên i a Peter yn trafod pwy adnod i'w dodi ar 'i garreg fedd. Wên i'n moyn rhoi 'Y cyfiawn a obeithia pan fyddo yn marw' ond fydde Gruff ddim yn lico ca'l 'i alw'n 'gyfiawn' rhag ofon i'r Hollalluog feddwl 'i fod e'n rhyfygu. Ar y llaw arall ma' 'na bennill arall wy'n lico'n fowr,

> Ni chaiff y pridd a'r pryfed tlawd
> Ond malu'i gnawd a'i buro,
> Nes dêl ei enaid llon ryw ddydd
> I'w wisgo o newydd eto.

Odw, wy'n 'i lico fe'n rhifedd. Ma'n rhoi gobeth i fi heno y ca i weld Gruff eto 'yn 'i newydd wedd' ryw ddydd. Hwn'na ddoda i ar y garreg, wy'n meddwl.

Mi ddangosodd Gruff 'i fawredd hefyd pan gyrhaeddon ni Beulah. Wên ni 'di mynd i dŷ Morgan John Rhys i weud ein bod ni wedi cyrraedd a fe gas syndod ofnadw pan roddodd Gruff 'i lythyr at y dyn 'na yn y

Bont-faen 'nôl iddo fe. Wedd e'n ffaelu credu'i lyged a phan wedodd Gruff yr holl hanes wrtho, mi ysgydwodd 'i ben a gweud fod Fitzgerald wedi'i ladd. Wedd 'y nghalon i'n curo fel sena i'n gwbod beth a'n stumog i'n troi.

'Na pryd cydies i yn Peter a'i wasgu'n dynn, a 'na pryd gwelodd Gruff y tebygrwydd, yn y llyged mowr glas, diniwed, a'r gwallt brown lawr dros y talcen a'r trwyn pwt yn troi lan. Wedodd e'r un gair erio'd, ond own i'n gwbod wrth 'i edrychiad 'i fod e'n gwbod ac fe wydde fe 'mod inne'n gwbod 'i fod e'n gwbod.

Shwd dangosodd Gruff 'i fawredd o'dd na wna'th hynny ddim byd hyn o wa'niaeth rhynto fe a Peter. Chas neb dad tynerach erio'd. Wedodd e'r un gair wrtho inne chwaith, na dangos dim ac am hynny mi fydda i'n ddiolchgar iddo fe tra bydda i byw. Ond wy wedi gofyn iddo am faddeuant yn 'y nghalon yn ddistaw bach ganwaith, ac wedi'i ga'l e 'fyd, wy'n gwbod. O leia, mi geson fywyd hapus 'da'n gily' a byw'n gymharus i rifeddu yn Beulah.

Mae'n breuddwydion ni i gyd yn dod i ben yn y pen draw. Fe gollodd Morgan John Rhys 'i weledigeth am gymdogeth Gymra'g er na fuodd byw i weld Beulah'n marw chwaith. A faint gwell wedd Gruff am freuddwydio am ddod yn ffermwr cyfoethog a dim ond chwe throedfedd o dir 'dag e yn y diwedd fel pawb arall? Ond falle'i fod e wedi trysori trysore iddo'i hunan yn y nefo'dd.

Fi freuddwydiodd leia a fi gas wireddu 'mreuddwyd lawna, sbo— o leia mi ges i briodi 'nghariad a cha'l bywyd hapus gydag e a magu plentyn iddo a gweld hwnnw'n briod a theulu 'dag e. Rhwng popeth wy'n fenyw lwcus, yn fwy lwcus nag dw i'n haeddu, glo, ta pwy mor unig ydw i heno.

Y freuddwyd fwya a gollw'd o bosibl wedd breuddwyd Edward Fitzgerald, —druan ohono—i farw fel y gwna'th e, mewn gwynie ofnadw yn y carchar. Mi ddealles wedyn iddo fe ga'l 'i ddala a'i glwyfo ond 'i fod e wedi lladd rhywun wrth stryglad, a fel y buodd e farw o'i glwyfe wedyn. Chas e fowr o lwc mewn bywyd, er y gallech chi weud taw towlu'r cyfan bant wna'th e mewn gwirionedd. Ond wedd 'dag e freuddwyd i ddilyn ta beth fydde'r gost a fe ddilynodd hi pentigili i'r diwedd. 'Sgwn i na'th e gofio am y dafarn ar y ffordd o Gas-ma'l i Sili wedi iddo adel y llong yn Baltimore, a'r rhoces ddiniwed a gollodd'i phen amdano'n lân ar funed wan ac a dreuliodd 'i bywyd yn 'difaru? Edward, druan—a'i freuddwyd rhy bell.

ATODIAD: CYMERIADAU HANESYDDOL
A LLED-HANESYDDOL

Yr Arglwydd Edward Fitzgerald
Fe'i ganwyd yn 1763, yn fab i Iarll ac Iarlles Kildare yn Iwerddon ac yn ŵyr i Ddug Richmond. Daeth o dan ddylanwad eu diwtor [a'i lystad], William Ogilvie, oedd â syniadau blaengar am addysg ac yn un o edmygwyr Rousseau. Bu'r teulu'n byw yn Ffrainc am gyfnod nes i Edward ddod yn 16 oed pan ymunodd â'r fyddin yn Youghal, ger Corc. Yn ystod ei yrfa bu yng ngogledd America yn ymladd yn erbyn y gwrthryfelwyr. Cafodd ei glwyfo ym mrwydr Eutaw Springs yn 1781 ac achubwyd ei fywyd gan ddyn du, Tony, a fu'n was ffyddlon iddo tra bu byw. Yn 1789 daeth i gyswllt â llwyth o frodorion a magu cydymdeimlad â nhw. Arweiniodd hynny at wladgarwch Gwyddelig ynddo yntau. Troes ei gefn ar yrfa filwrol ddisglair a rhoi'i sylw i faterion gwleidyddol. Roedd yn aelod seneddol yn Senedd Grattan yn Nulyn ac yn pledio hunanlywodraeth a daeth yn un o arweinwyr y Gwyddelod Unedig, mudiad gwladgarol. Daeth o dan ddylanwad Tom Paine a'i syniadau pan oedd yn byw yn Llundain yn ystod 1791-2 ac yn cymysgu â radicaliaid fel William Blake a Mary Wollenstonecraft, ac fe ddilynodd Paine i Baris ym mis Medi 1792 lle galwodd ei hun yn '*citoyen*'. Priododd Pamela de Genlis yn Tournai yn Rhagfyr 1792 ac ymgartrefu yn Kildare. Bu'n gweithio'n ddyfal i godi byddin o wrthryfelwyr ond yn 1798 cafodd ei glwyfo pan geisiwyd ei restio ar gyhuddiad o frad a bu farw o'i glwyfau. Bu ei farw yntau—a marw Wolfe Tone—yn 1798 yn ddwy ergyd drom i obeithion y gwrthryfelwyr.

Pamela de Genlis
Merch Madame de Genlis [Sillery] a Phillipe Egalité, Dug Orleans, gyda thebygrwydd pryd a gwedd, meddid, i hen gariad Edward, Elizabeth Sheridan. Yn ôl ffynonellau eraill, Anne Stephanie Carter Sims, merch o Newfoundland, oedd hi. Ar ôl marw Edward gadawyd hi'n weddw gyda thri o blant bach a chipiwyd ei stad oddi arni dros dro gan y Llywodraeth. Yn nes ymlaen priododd lysgennad America yn Hambwrg.

William Knox
Yn enedigol o Ddulyn ac wedi codi i swydd o fri o dan y Llywodraeth fel yr Is-ysgrifennydd Gwladol olaf dros Drefedigaethau Gogledd America cyn i'r taleithiau ddod yn annibynnol. Mae'n debyg mai ef a luniodd gynigion y Prif Weinidog, Yr Arglwydd North, i'r gwrthryfelwyr yng Ngogledd America

adeg y Rhyfel am Annibyniaeth. Pan ddaeth ei swydd i ben cafodd gynnig ei wneud yn farchog ond gwrthododd gan obeithio cael anrhydedd uwch. Ymgartrefodd yn Slebech, Sir Benfro, a dod yn Uchel Siryf ac yn ddyn pwysig yn y sir. Sefydlodd gatrawd o wŷr traed—Gwirfoddolwyr Abergwaun a Threfdraeth—gan benodi ei fab, Thomas, yn bennaeth arnyn nhw. Roedd yn awdur amryw bamffledi gwleidyddol, e.e. un yn amddiffyn Eglwys Loegr ac un arall yn gwrthwynebu senedd i Iwerddon, gan ganmol y Cymry a'r Albanwyr am eu 'doethineb' yn ymuno â Lloegr mewn un deyrnas unedig.

Cyrnol Thomas Knox
Mab William Knox a Phennaeth Gwirfoddolwyr Abergwaun a Threfdraeth adeg glaniad y Ffrancod, 1797 ac yntau'n 28 oed. Bu'n destun digrifwch a gwawd am iddo gilio 'nôl o Garreg Wastad yn lle gwrthwynebu'r Ffrancwyr. Roedd lluoedd Knox o dan 200 o wŷr ac fe farnodd mai doeth fyddai cilio i gyfeiriad Hwlffordd i ymuno â lluoedd y milisia yn hytrach na gwrthsefyll ymosodiad y Ffrancod ac am hynny fe'i darluniwyd fel llwfryn gan rai ysgrifenwyr.

Arglwydd Cawdor
John Campbell, tirfeddiannwr mawr yn Nyfed, a oedd wedi bod yn aelod seneddol am ddeunaw mlynedd ac wedi'i godi'n Farwn Cawdor o Gastell-martin, gyda chartref godidog yn Llys Stackpole a phortread ohono gan Joshua Reynolds. Ef oedd arweinydd y lluoedd arfog yn Sir Benfro adeg glaniad y Ffrancod a derbyniodd ildiad Tate a'i luoedd yn Abergwaun. Ceisiodd barddu anghydffurfwyr lleol a'u cyhuddo o frad, gan geisio llwgrwobrwyo carcharorion rhyfel i dystio yn eu herbyn, ond yn aflwydd-iannus.

Edward Williams [Iolo Morganwg]
Saer maen, bardd, hynafieithydd, sefydlydd Gorsedd y Beirdd a chefnogwr brwd i radicaliaeth. Bu'n byw yn Llundain mewn dau gyfnod yn ei fywyd, ac yn cyfeillachu â Chymry Llundain fel William Owen [Pughe], Dafydd Samwel ['Dafydd Feddyg'] ac Owen Jones [Owain Myfyr]. Roedd hefyd yn edmygydd mawr o Tom Paine ['Twm Paen'] ac yn adnabod Southey, John Boswell, Hannah More a chyhoeddwyr fel J. Nichols a J. Johnson ac yn troi yn yr un cylch o lenorion a radicaliaid ag Edward Fitzgerald yn ystod 1791-92. Canodd Dafydd Samwel rigwm iddo yn cysylltu'i enw â Paine:
'Belial will have thee soon or late—
Iorwerth's, Tom Paine's, and Dafydd Feddyg's fate. . .'

Nid gormod yw disgwyl y byddai Fitzgerald wedi clywed am ei gerddi Saesneg, *Poems, Lyrical and Pastoral* a gyhoeddwyd yn 1794 gyda than-ysgrifwyr fel Paine, Boswell, Hannah More, Dr Samuel Jones [Philadelphia], Robert Raikes, Joseph Hoare [Rhydychen], yr Arlywydd George Washington, Syr Watcyn Williams Wynn a'r Parchedig Morgan John Rhys. Tua 1791/92 bu'n bwriadu mynd i America i chwilio am y Madogiaid ond cafodd wynegon ar ôl cysgu allan ym mhob tywydd a rhoi'r gorau i'r syniad. Dychwelodd i Gymru i fyw tuag 1795/6 a chafodd waith fel tirfesurydd ym Morgannwg. Erbyn hyn roedd ei radicaliaeth wedi tawelu—yn gyhoeddus o leiaf.

Gruffydd ac Elinor Llwyd
Nhw oedd trigolion olaf Beulah a gwelir eu beddau yn Mynwent y Cymry yn Ebensburg (gw. *The Search for Beulah Land*, G. A. Williams). Mae'r pennill hwn ar garreg fedd Griffith Llwyd:

> Ni chaiff y pridd a'r pryfed tlawd
> Ond malu'i gnawd a'i buro,
> Nes dêl ei enaid llon ryw ddydd
> I'w wisgo o newydd eto.

Morgan John Rhys
O Lanbradach, Morgannwg. Bu'n athro ysgol ac yna'n weinidog gyda'r Bedyddwyr ym Mhont-y-pŵl. Yn Awst 1791 aeth i Ffrainc gan feddwl rhannu'r Beibl ymhlith y bobl a'u troi'n Brotestaniaid. Cyhoeddodd bum rhifyn o'i gylchgrawn radical, *Y Cylchgrawn Cynmraeg*, ond yn 1794 ffodd i America i osgoi erledigaeth. Bu ar daith drwy'r taleithiau'n pregethu ei syniadau crefyddol a radicalaidd; cafodd annerch y fyddin Americanaidd ar Orffennaf 4, 1795, araith oedd yn cynnwys y geiriau canlynol:
   'Ancient Britons! Awake out of your sleep! Open your eyes! Why are your tyrants great? Because you kneel and cringe to them. Rise up—you are their equals! . . .'
   Yn Philadelphia ymgyfeillachodd â Dr Benjamin Rush (gw. isod). Priododd ferch i gymydog i Rush, Ann Loxley, hithau'n blentyn i Cyrnol Benjamin Loxley, un o ddynion allweddol y rhyfel am Annibyniaeth. Cymaint oedd ei barch at Rush nes iddo roi ei gyfenw ar ei feibion. Sefydlodd dref Beulah gyda chyfran helaeth o'r trigolion yn Gymry Cymraeg a chydag Eglwys Gymraeg yno. Ond ychydig o lewyrch a fu ar y dref gan fod tref Gymreig arall, Ebensburg, wedi'i chodi o fewn tair milltir iddi, ac yn raddol symudodd trigolion Beulah i ffwrdd. Roedd hyd yn oed M. J. Rh. wedi symud i dref

Somerset ymhen ychydig flynyddoedd ac yno y bu farw'n ddyn cymharol ifanc. Fe'i claddwyd ym meddrod teulu'i wraig yn Philadelphia.

Dr Benjamin Rush

Dr Benjamin Rush, Philadelphia, meddyg ac arloeswyr seiciatrig ac un o arwyddwyr y Datganiad o Annibyniaeth. Gwerthodd dir i Morgan John Rhys yng Ngorllewin Pennsylvania ar gyfer ei drefedigaeth Gymreig. Byddai'n gyfarwydd iawn â syniadau Tom Paine oddi ar y cyfnod pan fu hwnnw'n byw yn Philadelphia ac yn dylanwadu'n drwm ar y gwrthryfelwyr gyda'i gyhoeddiadau a'i syniadau am ryddid a chydraddoldeb.

Wolfe Tone

Un o brif arweinwyr y Gwyddelod Unedig. Bu'n gyfrwng i gymell Llywodraeth Ffrainc i anfon dwy lynges i ymosod ar Loegr yn 1796/7 ac yna yn 1798. Yn 1795 bu yn America yn ceisio ennill cefnogaeth yr Unol Daleithiau i'r gwrthryfel yn Iwerddon ac yna yn 1796 roedd yn Ffrainc ac yn dal swydd uchel yn y fyddin a anfonwyd i geisio glanio ym Mae Bantry. Pan laniodd byddin y Ffrancod yn Iwerddon yn 1798 roedd Wolfe Tone yn flaenllaw ynddi; cafodd ei gipio a'i gondemnio am deyrnfradwriaeth ond cyflawnodd hunanladdiad cyn cael ei grogi.

Sargeant Evans

Cymeriad dychmygol yw hwn ond roedd digon o'i debyg ar gael ar y pryd. Sefydlwyd iomanri Dinbych a Meirionnydd—'The Ancient British Fencible Cavalry' yn 1794 gan Syr Watcyn Williams Wynn. Enillodd milwyr y gatrawd enwogrwydd o fath am dreisio menywod yn Iwerddon. Un o hoff bleserau un o'r milwyr hyn oedd llindagu carcharor â rhaff gan ei hanner crogi a'i lusgo o gwmpas. Ar hwn y seiliwyd y cymeriad Evans. Enillodd y gatrawd enw mwy addas iddi'i hun—'the Bloody Britons' yn Iwerddon yn 1798.

Richard White, Y.H., Seaward House, Bantry

Tirfeddiannwr yn Bantry, yn gyfrifol am amddiffyn yr ardal—fe gafodd ei godi'n farwn yn wobr am ei ymdrechion i drefnu gwrthwynebiad i'r Ffrancod. Mae'r tŷ ychydig y tu faes i bentref Bantry ar yr ochr ddwyreiniol —ar fryncyn bach uwchlaw'r traeth mwdlyd ac yn wynebu'n syth at yr ynysoedd yn y bae—hwn fyddai'r union fan i'r Ffrancod lanio. Ar ochr chwith y tŷ ymhen rhyw ganllath mae bryn yn codi uwchlaw'r traeth ag olion hen abaty yno. Yno hefyd mae 'na dŷ a allai fod wedi'i godi gyda meini'r abaty.

283

Llyfryddiaeth

Y Bywgraffiadur Cymreig.

Dictionary of National Biography.

Papurau Iolo Aneurin Williams, Llyfrgell Genedlaethol Cymru, Aberystwyth.

Poems, Lyrical and Pastoral, Edward Williams, Llundain, 1794.

Benjamin Rush, Physician and Citizen, R. G. Goodman, Philadelphia, 1934.

History of Cambria County, H. W. Storey, 1907.

History of the Commonwealth of Pennsylvania, W. H. Egle, 1883.

Annals of South-Western Pennsylvania, vol II, L. C. Walkinshaw, pp. 315-30.

History of the Life of Morgan John Rhys, J. F. Griffith, Evans & Son, Caerfyrddin, 1910.

Morgan John Rhys a'i Amserau, J. J. Evans, 1935.

Dylanwad y Chwyldro Ffrengig ar Lenyddiaeth Cymru, J. J. Evans, Evans a'i Fab, Lerpwl, 1928.

Gwaith Morgan Rhys, H. Elvet Lewis, 1910.

On the Pioneer Trail in Rural Cambria County, W. R. Davis, Cambria County Historical Society, Ebensburg, 1990.

The Search for Beulah Land, Gwyn A. Williams, Croom Helm Ltd., London 1980.

The Most Distressful Country, Robert Kee (Cyfrol 1 o gyfres 'The Green Flag') Quartet Books, London, 1976.

The Life and Major Writings of Thomas Paine, P. S. Foner, The Citadel Press, New Jersey, 1974 edition.

The Growth of the American Republic (vol I), S. E. Morison, H. S. Commager, and W. E. Leuchtenburg, OUP, 1980.

Thomas Jefferson, Hargrove, Jim, Childrens Press, Chicago, 1986.

Wolfe Tone, Prophet of Irish Independence, Marianne Elliott, Yale UP, 1989.

The History of the Welsh Militia and Volunteer Corps,

1. Anglesea & Caernarfonshire
2. The Glamorgan Regiments of Militia.

Bryn Owen (Radyr, Cardiff), Palace Books, 1989.

Fit for Service: the training of the British Army, 1717-1795, J. A. Houlding, Oxford, 1981.

A History of the British Army (vol. IV), J. W. Fortune, London, 1899-1910.

1. 'Indiscipline and disaffection in the armed forces in Ireland', Thomas Bartlett;

2. 'The 1798 rebellion in its eighteenth century context', L. M. Cullen;

3. 'The United Irishman as Diplomat', Marianne Elliott, in 'Radicals, Rebels & Establishments', *Historical Studies*, Appletree Press, Belfast, 1985.

The Shining Life and Death of Lord Edward Fitzgerald, John Lindsay, Rich & Cowan.

Lord Edward Fitzgerald, P. Byrne, Staples Press Ltd., London, 1955.

The Ancient and Modern History of the Ports of Ireland, A. W. H. Cox, Marmion, 1860.

The Royal Mail to Ireland, Watson, Edward Arnold, 1917.

Rosslare Harbour, Past & Present, John Maddock, Harbour Publications, Rosslare, 1986.

Before Rebecca, D. J. V. Jones, Allen Lane, London, 1973.

Morgan John Rhys a'i Amserau, J. J. Evans, G.P.C., 1935.

Merioneth Volunteers & Local Militia During the Napoleonic Wars, Hugh J. Owen, Hughes Bros, 1934.

Thomas Paine, A. J. Ayer, Penguin Classics.

William Blake, A New kind of Man, M. Davies, Paul Elek, 1977.

The Last Invasion, the story of the French landing in Wales, Phil Carradice, Village Publishing, 1992.

William Blake, Mona Wilson, O.U.P.

Mary Wollenstonecraft, her Life and Times, Edna Nixon, Dent & Sons, 1971.

Wales Through the Ages (vol II): *Wales and the French Revolution*, David Williams.

The Last Invasion of Britain, Syd Walter, 1992.

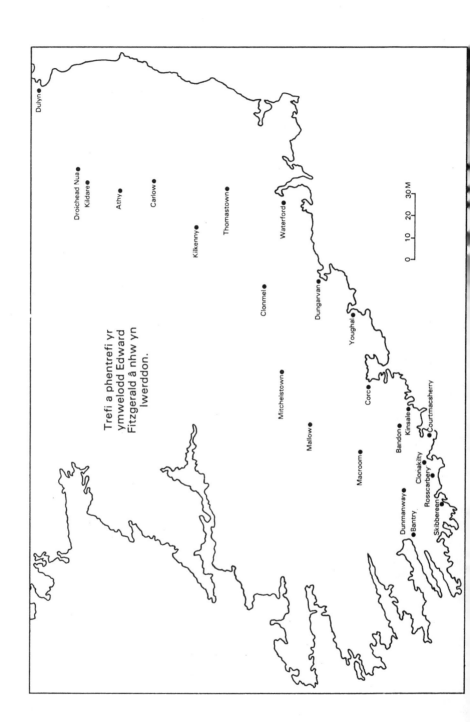

Trefi a phentrefi yr
ymwelodd Edward
Fitzgerald â nhw yn
Iwerddon.

Dulyn

Droichead Nua
Kildare
Athy
Carlow
Thomastown
Kilkenny
Waterford
Clonmel
Dungarvan
Youghal
Mitchelstown
Corc
Kinsale
Mallow
Bandon
Courtmacsherry
Macroom
Clonakilty
Rosscarbery
Dunmanway
Bantry
Skibbereen

0 10 20 30 M

WEST GLAMORGAN COUNTY LIBRARY

1	4 96	25		49		73	
2		26		50		74	
3		27		51		75	
4	11·97	28		52		76	
5		29		53		77	
6		30		54		78	
7	6100	31		55		79	
8		32		56		80	
9		33		57		81	
10	3 99	34		58		82	
11	7 02	35		59		83	
12	9 9	36		60		84	
13		37		61		85	
14		38		62		86	
15		39		63		87	
16		40		64		88	
17		41		65		89	
18		42		66		90	
19		43		67		91	
20		44		68		92	
21		45		69		**COMMUNITY SERVICES**	
22		46		70			
23		47		71		*WGCL 111 LIB/008*	
24		48		72			